Clarke Street 64

ANDREW HOLMES

Clarke Street 64

Traducción de Julia Osuna Aguilar

451.http://

ISBN 978-84-96822-61-0

PRIMERA EDICIÓN EN 451 EDITORES
2009

TÍTULO ORIGINAL
64Clarke

© DEL TEXTO: Andrew Holmes, 2005
© DE LA TRADUCCIÓN: Julia Osuna Aguilar,
 2009
© DE LA EDICIÓN: 451 Editores, 2009

Xaudaró, 25
28034 Madrid - España

tel 913 344 890 - fax 913 344 894

info451@451editores.com
www.451editores.com

DIRECCIÓN DE ARTE
Departamento de Imagen y Diseño GELV

DISEÑO DE COLECCIÓN
holamurray.com

MAQUETACIÓN
Departamento de Producción GELV

IMPRESIÓN

 Talleres Gráficos GELV
 (50012 Zaragoza)
 Certificado ISO

DEPÓSITO LEGAL: Z. 306-09
IMPRESO EN ESPAÑA

Para Dylbot

BEN SNAPE SE SEPARÓ DE SU PADRE EN EL ANDÉN DE LA ESTACIÓN DE   9
metro de Finsbury Park la tarde del sábado 22 de febrero. Ese fue
el día en que desapareció el pequeño Ben.

Ben, seis años; Patrick, su padre, treinta y seis. Habían ido a
pasar el día a Londres, donde habían visitado la tienda del Arsenal
contigua a la estación de Finsbury Park, y ahora estaban pensando en asistir al partido en Highbury. Los Gunners jugarían con
los Hotspurs en lo que estaba llamado a ser un derby muy reñido y movidito (como lo es siempre). A pesar de la desaparición
de Ben, el partido se jugó. El Arsenal ganó por 3 a 2. Ben llevaba unos vaqueros azules, un plumas azul marino y un gorro de
lana recién comprado con el escudo del Arsenal Fútbol Club. En
las manos llevaba unos guantes negros de punto y un álbum de
futbolistas, como los de cromos Panini.

Sus últimos movimientos conocidos fueron registrados por
las cámaras del circuito cerrado de televisión en una grabación
a saltos que lleva ardiendo en la memoria colectiva desde entonces, tal y como lo hacen las imágenes estroboscópicas; porque
el momento, la verdad, tartamudea.

Fue una cámara del CCT instalada en la explanada principal
de la estación de Finsbury Park, por la zona de las máquinas de
tiques, la que captó las primeras imágenes de Ben y de su padre.
La cámara, una de las seis que cubrían la explanada (de las cuales dos estaban inoperativas aquel día), recogió a Ben y Patrick

a intervalos de dos segundos mientras entraban en la estación y se paraban ante la máquina de tiques para dirigirse luego hacia el túnel principal. De espaldas a la cámara, caminaban de la mano, aparentemente tranquilos y contentos, con el partido en mente. Al estar muy próximo el saque inicial, la explanada se veía abarrotada de hinchas del Arsenal, todos de rojo y blanco, todos estroboscópicos por el camino hacia el túnel.

Después de eso los captaron dos cámaras del túnel principal cuando caminaban hacia él y luego dentro. Como antes, parecían contentos y a gusto. Daba la impresión de que Ben —el pequeño Ben— le estaba enseñando algo a su padre en el álbum de futbolistas tipo Panini.

Su padre consultó el reloj. Empezaba a inquietarse por la hora, había que contar con una parada en boxes para que Ben fuese al baño, y luego una hamburguesa para cada uno, o quizá una para los dos, no era cuestión de chafarle el apetito. Si no aligeraban, pensó mirando de nuevo su reloj, la hamburguesa iba a tener que esperar al descanso y, en tal caso, media para cada uno y no más, si no luego Ben no iba a querer la merienda.

Una segunda cámara, instalada en dirección contraria a la primera, mostró sus espaldas al pasar por el último tramo del túnel (aquí ya más aprisa) y torcer para bajar por las escaleras que dan a la línea de Piccadilly, que, en una parada, los dejaría en la estación de Arsenal, antes conocida como Gillespie Road.

Ahora paso de nuevo a la primera cámara, la de la explanada principal. Mostraba a un grupo de diez jóvenes entrando en la estación. Acababan de salir del pub de enfrente, el Twelve Pins, y, dado que llevaban bebiendo desde el mediodía, estaban muy animados. A saltos estroboscópicos se apresuraron hacia el túnel. Conscientes también de que la hora del partido se acercaba, iban aprisa, contando ellos a su vez con su propia parada en boxes: baño (cuando llegasen al campo estarían a punto de reventar) más una última ronda antes de que empezase el partido. (Puedes comprar en el estadio, pero no te puedes subir la cerveza a las gradas y solo se vende antes del partido, ni durante ni después). Los diez jóvenes, la mayoría vestidos con camisetas y gorras del Arsenal de imitación, pasaron rápidamente por delante de las cámaras del túnel. Algunos llevaban las manos extendidas como las alas de un avión; iban con las bocas bien abiertas, tarareaban algo que resonaba por todo el túnel, como si hubiera cien de ellos en vez de solo diez.

Paso al andén. En él había numerosas cámaras, pero solo dos con un campo de visión relevante, y una de ellas no operativa. La otra captó a Ben y a Patrick mientras caminaban por el andén, que ya estaba medio lleno y congestionado, sobre todo alrededor de la zona de entrada.

Puede que aquí Ben estuviese un poco más nervioso, la multitud se espesaba. Al verse zarandeado por las piernas de imprudentes e impetuosos hinchas, apretó la mano de su padre. Patrick sintió cómo la pequeña mano enguantada se ponía rígida y le devolvió el apretón. No te preocupes, decía el apretón, tú mantente a mi lado y ya está, todo irá bien.

Se los puede ver todavía cogidos de la mano abriéndose camino hacia una zona menos concurrida del andén. Patrick miró su reloj, quería librar a Ben de los imbéciles que se quedaban en la entrada como zombis. Costó un poco, estratégicos empujoncitos por aquí y por allá, pero por fin se quedaron en un punto que estaba más apartado y menos congestionado, con algo de sitio al menos para respirar. En este punto se encontraban más cerca de la cámara y aparecen un tanto escorados a la izquierda, en la parte inferior de la imagen. «El tren va a efectuar su entrada», anunció el panel del andén, y Patrick avanzó con Ben, dispuesto a montarse en el metro que llegaba.

Detrás de ellos había un grupo de cuatro chicas, de entre quince y diecisiete años. El pequeño Ben las observaba desde abajo; estaban todas como histéricas por algo que había dicho una de ellas. Resultaba que había confundido la NASA con Ikea y eso les hizo troncharse de la risa. Siempre se estaba liando: pensaba que a los perritos calientes les echaban perros de verdad, creía que Cary Grant era una mujer. Ese tipo de cosas.

Ben las estaba observando y, cuando se dieron cuenta, empezaron a cuchichear sobre él un poco y eso. Al notar sus miradas, Ben se sintió bien de una forma que no llegaba a entender. Al notar sus miradas, Patrick se sintió bien de una forma que entendía a la perfección; quien haya establecido que el orgullo es un pecado es porque nunca se ha sentido como Patrick en ese momento.

Ahora la misma cámara muestra a los diez jóvenes borrachos haciendo su aparición en el andén, en la parte superior de la imagen, a una velocidad que pareció sobresaltar a los que se congregaban en la entrada. Los jóvenes se abrieron camino a empellones por el andén, hacia donde estaban Ben y Patrick, justo en el momento en que el metro entraba en la estación. Patrick parece estar agachándose para decirle algo a Ben.

—Tenemos que meternos en este como sea —le dijo—, así que, en cuanto se abran las puertas, date mucha prisa, pero sin soltarme la mano.

Ahora los jóvenes borrachos estaban al lado de la pareja, su avanzada se había detenido ante la visión de las cuatro chicas, con las que empezaron a bromear afablemente («Anda, capullo, largo», ese tipo de cosas), mientras que, a la vez, no dejaban de empujar para alcanzar las puertas del tren que estaba llegando. El metro se paró y los hinchas —unas cuatro filas desde el borde del andén— corrieron en dirección a las puertas, la multitud parecía tirante, como si se pusiera tensa. Las puertas se abrieron y, a cada lado, un buen puñado de hinchas alrededor, empujándose y apretujándose hacia delante. Desde el interior, los pasajeros que querían bajarse se abrieron camino a empujones mientras una avalancha de seguidores comenzaba a entrar en el metro. «Por favor, avancen por los vagones —rogó el altavoz de la estación—. Utilicen todo el espacio disponible».

Por lo que se ve, ahora parece haberse producido un pequeño altercado entre Patrick Snape y uno de los jóvenes. Enfadado por los empujones, y viendo que el cuerpecito de Ben desaparecía por momentos entre la maraña de piernas, Patrick se volvió para reprender al joven. Como el hombre fuerte, miembro de un equipo de fútbol dominical y asiduo al gimnasio que era, no estaba dispuesto a dejarse intimidar por unos chavales con gorras de béisbol.

—Eh, cuidado —le increpó.

—Anda y vete a tomar por culo —fue la respuesta.

Y puede que después de todo la persona que estableció la historia esa del orgullo y el pecado tenga razón, porque Patrick no constató el tirón en la mano por parte de su hijo, que no tenía en mente ni la hora del partido ni la pausa para ir al baño, solo las puertas abiertas y a su padre diciéndole «Tenemos que meternos en este como sea. Date mucha prisa», eso y solamente eso. Pero Patrick, fuera de sí al ver que un joven al que doblaba la edad (no tanto, claro, el joven tenía diecinueve) lo había mandado a tomar por culo, no se iba a quedar con las ganas de decir la última palabra.

—Ya está bien, deja de empujar, y cuida ese lenguaje —le advirtió, e hizo acopio de toda la energía que pudo para girarse un poco y enderezarse, con lo que logró sobresalir entre los hinchas que se abalanzaban sobre el metro. Ni rastro de Ben en la imagen, oculto por los cuerpos que presionaban en dirección a las puertas.

—Vale, vale —concedió el joven levantando los brazos como cuando los futbolistas niegan una falta, y se largó detrás de sus colegas hacia otra puerta, por donde entró a codazos, las puertas entonces cerrándose y después volviendo a abrirse para que los últimos se colasen, las puertas volviendo a cerrarse y Patrick, circunspecto porque ahora tendrían que esperar al siguiente, y Patrick dándose cuenta a cámara lenta de que ya no tenía cogida la mano de su hijo.

Porque la grabación del CCT mostró —apenas— a Ben alejándose de su padre: un diminuto borrón. Un movimiento que, una vez ampliado, era poco más que una nube de tinta de periódico pasando por delante de otra. Con todo, era Ben, y cuando un círculo rodeó el movimiento durante la retransmisión televisiva, se le podía ver claramente entrando en el vagón. Y hubo expertos que examinaron la cinta en busca de cualquier rastro de coacción, queriendo y no queriendo ver el blanco borroso de una mano indefinida sobre el plumas; pero no había nada. Al parecer el pequeño Ben, un Ben nervioso, se había soltado de la mano de su padre y había subido al metro por sus propios medios, girándose, y «Papá. ¡Corre!», mirando entre los cuerpos mientras papá terminaba de amonestar a los jóvenes y escrutaba a su alrededor en busca de su hijo sin lograr verlo; las puertas del vagón cerrándose ante Ben mientras la cabeza de su padre todavía oscilaba de un lado a otro, y la cámara estroboscópica no registrando los puntos intermedios pero sí los pronunciados perfiles izquierdo y derecho de su cabeza, la expresión apenas visible pero en cierto modo terroríficamente clara: ¿Dónde está Ben?

PRIMERA PARTE

EL SPEAKERS' CORNER

UNO

MAX NO ERA VIEJO. TENÍA TREINTA Y OCHO, LO QUE, A NO SER QUE
tengas doce años o seas futbolista de primera, no es viejo para
nada. Pero el caso es que él se sentía viejo. Se sentía como uno
de treinta y ocho al que dos de veintisiete hubiesen agarrado
por la espalda y apaleado. También cansado, de hecho agotado,
con las mejillas levantadas por el viento y envasadas al vacío alrededor de una colilla, en un intento de extraer todo el cáncer del
pitillo. Fumaba a pesar de que los cigarrillos ya no eran benig-
nas y humeantes comas en el día: más bien eran morbosas ten-
tativas menores de suicidio; un torpe arrastrar de pies hasta el
filo de los acantilados de Beachy Head, un asomarse y decidir que
quizá no sea hoy el día, mejor mañana.

En su bolsillo había una carta en la que se cuestionaba su
contribución al mundo, y pensaba que la respuesta no valdría más
que el papel donde se escribiese. En el otro bolsillo había una cuchilla, un cúter. Y podría deslizar esa cuchilla por una vena cualquiera, abrirla y ver cómo el coraje de sus convicciones emba-
durnaba la pared.

Pasó por delante de un niño que se entretenía en vaciar el contenido de sus bolsillos sobre la acera. Un niño gordo, con su carnosa
y burda frente arrugada como si en el acto de tirar basura se estuviese rompiendo la cabeza o algo así. Max se figuró que podría o
debería decirle algo, pero decidió que no porque lo más probable
era que el niño lo mandase a tomar por culo. Y eso en el caso de

que no tuviese una navaja, o una panda de amiguetes que averiguaría dónde vivía Max y adoptaría un nuevo *hobby* llamado «Vamos a Destrozarle la Vida al Pavo Este». Así que no dijo nada, se limitó a pasar de largo mientras sobre la acera, a sus pies, llovían tiques de metro, envoltorios de chicle y un paquete vacío de B&H.

En Manor House cogió el metro y terminó mentalmente un juego de tres en raya que alguien (lo más probable, dos personas) había grabado en las paredes del vagón. Los círculos ganaban, a pesar de la dificultad de grabar un redondel en cualquiera que fuese el material del que estaba hecho el vagón, fibra de vidrio o algo por el estilo. Frente a él estaba sentada una chica con la piel más bonita que jamás había visto hasta la siguiente vez que viera a una chica de piel bonita, absorta en su estéreo personal. Si hubiese sido menos guapa, a Max le habría molestado el tiqui-piqui que escapaba de sus auriculares. Pero como era guapa, no le molestaba, y lo sabía y se sentía culpable pero también, por un momento, ligeramente menos viejo y menos gastado, y menos por la labor de dar el siguiente paso hacia su Beachy Head particular. La chica sonrió, pero no por él, sino por algo que había leído encima de su cabeza.

La siguiente era su parada, y cuando se levantó y se volvió para ver qué era lo que le había hecho sonreír, esperaba encontrar un poema o una cita promocionando un libro, algo por el estilo, vamos, algo profundo y bello, lo típico que haría sonreír a una chica de piel impecable. Pero nada de eso. Era una insinuación sexual para vender cerveza. Así que para cuando puso el pie en el andén de Wood Green, su corazón estaba salpicado de decepción, y volvió a sentirse como un viejo. No sé por qué le llamarán Wood Green, pensó mientras subía a la superficie. De verde tiene poco. Se tanteó los bolsillos en busca del tabaco y se encaminó hacia la casa de su hermana.

—Pero Max.

Las manos de Verity estaban congeladas a medio secar sobre su delantal (blanco, limpio, con el logo bordado de la revista *La*

Buena Ama de Casa). Se quedó mirándolo desconcertada, como si estuviese intentando calcular algo.

—Vienes temprano... —dijo por fin, mosqueada.

—Perdona, Ver.

Parecía exasperada.

—Pero... ¿por qué? A ver, no quiero parecer una borde, pero es que no sé dónde meterte hasta la cena. Verás, no es que no quiera que...

Se reconcomía en busca de las palabras adecuadas, y Max, entretanto, allí plantado, mirándola con las manos embutidas en los bolsillos del chaquetón. Por dentro podía sentir el cúter, el paquete de tabaco, el mechero, las llaves del piso, la carta. Siguió plantado allí observándola hasta que ella se dio por vencida al no encontrar las palabras adecuadas para reprobar su conducta poco ortodoxa, eso de aparecer unas tres horas antes de la hora convenida.

—Perdona, Ver. ¿Puedo pasar?

—Podrías haber llamado... —le estaba diciendo, y era verdad, ¿por qué no había llamado?

En cuanto entró en la casa de su hermana se dio cuenta del cambio en el barómetro que suponía su entrada. Su chaquetón olía a chucho fumador; sus zapatos habían conocido días mejores; sus vaqueros eran de ese negro que solían llevar los hombres de su edad: de esos que se supone disimulan las manchas.

Verity le sujetó la puerta como si hubiese venido el repartidor del carbón y él serpenteó desde la entrada hasta la cocina, donde arrastró una silla de madera por las baldosas y se sentó.

Su hermana entró tras él y se le quedó mirando desde arriba. Max tenía los ojos cansados, notó, negros círculos y bolsas inmunes al efecto de cualquier bolsita de té o rodaja de pepino. Se inclinó para besarlo en la frente. Al sentir que la cara de él se apretaba como buscando calor, atrajo su cabeza hasta el delantal y la estrechó allí un instante.

—Max —le dijo soltándolo. Él se despegó y volvió al respaldo de la silla. Se enjugó un ojo—. Max, ¿cómo es que has venido tan pronto?

—Es que... Yo... Perdona, pero es que no me puedo quedar para cenar —le respondió apartando la mirada—. Tengo que trabajar por la noche. Lo siento.

Verity profirió unos sonidos que bien podrían haber sido la avanzadilla de una frase antes de cuajar:

—No me lo puedo creer. Venga, hombre, no me lo creo. ¿Qué trabajo ni qué trabajo? ¿Qué me estás contando?

—Es un trabajo de tasación. Me ha salido de un día para otro. —Se pasó una mano por el pelo.

—Pero... —Sus ojos recorrieron la cocina, toda la parafernalia pre-cena: rebosantes cuencos de barro con cucharas de palo brotando de ellos; botes de especias en una fila perfecta; un libro de cocina sobre un grueso atril de metal—. Pero ¿qué clase de trabajo de tasación? Llevas meses sin hacer nada de eso. Y qué clase de trabajo de tasación se hace por la noche, ¿eh? Me he tomado tantas molestias... —Su voz iba subiendo de tono.

—Es la liquidación de una casa —la interrumpió—. Un trabajo en Green Lanes que les corre prisa. Hay que ponerle precio a un montón de cosas. No había nadie más que pudiese hacerlo así, avisando con poco tiempo, así que me han llamado a mí. —Mientras hablaba se le iba frunciendo la boca—. Me puede venir muy bien, Ver —insistió.

—¿Green Lanes?

—Sí.

—Pero... Es que me he tomado tantas molestias... Yo no puedo... —Pareció ablandarse—. Pero, por el amor de Dios, ¿por qué no me has llamado?

—Es que de todas formas quería verte.

—Bueno, vale, muy bien, sí, pero ¿por qué no me has llamado en cuanto te has enterado? No me habría molestado...

—Perdona, Ver. —No la estaba mirando; estaba mirando el horno, que refulgía y humeaba como una candela.

—Es que ahora no puedo coger y ponerte tu plato y listo.

—Perdona.

—No sé si me vale con ese «perdona».

Una ola de culpabilidad al ver las tribulaciones de su hermana y, aun así, aumentarlas aposta:

—Ver, he recibido otra carta.

Había estado todo el rato con los brazos en jarras pero ahora dio un paso al frente como para volver a coger a Max; no obstante, se detuvo:

—Oh, no —dijo—. ¿En serio? ¿De ella? —«Ella»: véase la madre de la chica, la hija de la señora Larkin.

—A no ser que alguien más haya decidido unirse a la causa. En plan una cadena de mensajes de odio o algo así.

Ignoró su comentario.

—Se la vas a llevar a la policía. Una vez, vale, un arrebato tonto e ingenuo de ira, pero dos veces... —Ya no quedaba ni rastro de la Verity aturullada. En su lugar, una especie de furia de cocina de la Inglaterra central, enjugándose las manos con rabia en un paño.

—No, Verity. —Sacudió la cabeza con tristeza.

—Te lo estoy advirtiendo... ¿Qué ponía?

—Más de lo mismo.

—Sí, pero ¿qué exactamente?

—Mira, no quiero entrar en detalles escabrosos.

—¿Qué has hecho con ella? Tienes que llevársela a la policía.

—Pues no puedo. La he roto.

Soltó un bufido:

—No, Max, lo siento pero tienes que ir a la policía. Y les dices que esa mujer te está acosando, porque eso es lo que es, un acoso en toda regla. —En sus mejillas se manifestaba el enfado—. Y no solo eso. —Hizo un gesto con las manos a lo *mamma* italiana—. Es que además ni siquiera tienes culpa de nada, por el amor de Dios. Fue su asquerosa hija la que lo lió todo, esa vaca enana y estúpida. —Puso una mano sobre la encimera, sus hombros se derrumbaron.

—Pues es evidente que ella sí cree que hice algo.

—Claro, porque la han atiborrado a mentiras. Y no te quepa ni la menor duda de que el hecho de que tú te quedes ahí sentado aceptando el acoso sin más le hace creer que tiene toda la razón. Y precisamente por eso tienes que informar de todo esto.

Hablaba del tema como si fuese una riña de patio de colegio, una en la que las madres se han involucrado y que ha generado animadversión entre familias. Nada de mayor importancia, y no una acusación que había mandado a Max a la cárcel: lo había mandado a la cárcel y peor todavía. No es un mal brote de gripe y ya está, quería decirle. No es una cuestión de superarlo y mover ficha, como si no estuviesen esas tinieblas ocupando mi cerebro, empujando cada día más y más. Se sacudió el pensamiento de la cabeza.

—No quiero ir a la policía —dijo por fin—. No puedo.

Se volvió hacia él de nuevo:

—¿Por qué no? —Los ojos de ella parecían arder en los suyos, por mucho que él apartase la mirada y se negase a responder a la pregunta.

Arrastró una silla y se sentó frente a él, inclinada hacia delante para poder mirarle a los ojos.

—Max, eres inocente, y tienes que ir a la policía por una razón: porque alguien culpable no iría. Pero tú tienes que hacerlo... —Sus ojos eran dulces e implorantes—. Porque eres inocente. Métetelo en la cabeza. Porque ¿sabes lo que estás haciendo ahora mismo? Estás echando tu vida a perder por culpa de un sentimiento equivocado de culpabilidad. Es tan estúpido, tan egoísta, tan autodestructivo como todo lo que hacía mamá. Te estás destrozando por algo que ni siquiera has hecho.

De pronto la puerta de la entrada se abrió de golpe y volvió a cerrarse, y Verity apenas tuvo tiempo de ver con incredulidad cómo Roger irrumpía en la cocina.

—Se me han olvidado las puñeteras preguntas del concurso —estaba diciendo mientras tiraba el maletín sobre la encimera hasta que vio a Max en la mesa—. Vaya.

Max, sentado, le dedicó una leve sonrisa. Roger, de pie, le devolvió la leve sonrisa.

—Buenas, Max —dijo Roger arrastrando la voz—. No contaba con verte por aquí. Creía que te esperábamos para más tarde.

—Miró con ojos acusadores a Verity en busca de corroboración. Esta posó su mirada en el techo a modo de respuesta. En plan «A mí no me preguntes».

—Bueno, a nadie le gusta ser previsible —respondió Max, todavía sonriendo.

—A ti desde luego que no.

—Exacto. Esas cosas te las dejamos a ti.

Roger se dirigió a su mujer:

—Pues bien, como era previsible, me he dejado las preguntas del concurso en casa. —Y a Max—: Seguro que Verity ya te habrá contado que esta noche no voy a estar por aquí. Me ha tocado a mí presentar el concurso de música. Se me olvidó por completo. Lo siento.

Max ni parpadeó. Sentía los ojos de Verity sobre él.

—¿Seguro que no puedes venir más tarde, Max? —le preguntó con suavidad—. Tantas molestias...

—Perdóname, Ver —dijo—. Tengo que hacer ese trabajo.

—¿Trabajo? —inquirió Roger—. Entonces tienes que ir. Por cierto, Verity me ha contado que los vecinos de arriba te están dando problemas. Que no paran de hacer ruido y no te dejan dormir y eso.

—Así es —Max odiaba reconocerlo.

—Es lo que pasa cuando uno tiene gente viviendo encima, siempre se corre un riesgo, ¿verdad? Bueno, y a ver, ¿dónde se han metido las malditas preguntas? —Y salió de la habitación.

Verity se quedó donde estaba. Sus ojos revolotearon hacia la entrada. A través de un hueco Max pudo ver a Roger, que le hacía furiosas señas a Verity desde el otro cuarto. Los ojos de esta volvieron a Max:

—¿Seguro?

—Sí, seguro.

Desde donde estaba, fuera de la cocina, Roger, frustrado, hizo un patético intento de estirar la voz, haciendo como que estaba en otra parte de la casa.

—Veriiityyy, no sabrás tú por algún casual dónde están las preguntas, ¿no? —Max podía verlo perfectamente a través del hueco: de espaldas y tapándose la boca con una mano—. ¿No podrás echarme una mano por casualidad...? —Dejó que la última palabra sonase ahogada.

—Mejor que vayas, Ver —le dijo Max señalando la puerta con la mirada.

Verity suspiró.

—Ni siquiera te has tomado un té —dijo—. ¿Por qué no te preparas uno mientras voy a ayudar a Roger?

Salió y Max volvió a mirar hacia la puerta, donde ya no estaba Roger. Se los imaginó a ambos en otro cuarto; él friéndola a preguntas: «¿Qué hace aquí el quinqui?». Recordándole lo afortunada que era; lo tolerante que había sido él.

Max se levantó y fue a por la tetera, que era plateada y brillante y humeaba hacendosamente sobre su soporte, sin hervir ya. Cogió una de las tazas que había colgadas de unos ganchos, cogió una bolsita de té de un tarro de cristal con la tapa de corcho y se sirvió, luego añadió un chorro de leche de la nevera. En busca de una cucharilla, abrió un cajón lleno de papelajos, y a punto estaba de cerrarlo cuando algo le llamó la atención: una carpeta de plástico. Lo típico que alguien como Roger usaría para mantener sus preguntas en perfecto estado. El encabezado: «La noche del Quiz», y la fecha. Max inspeccionó la puerta de la cocina, sacó la carpeta, la enrolló rápidamente y se la metió en el bolsillo del chaquetón.

Se oyó un ruido en las escaleras. Cerró el cajón y volvió a la silla con el té en la mano, para cuando entraron Roger y Verity ya se había instalado. Roger estaba diciendo en plan teatrero: «Claro, el cajón de la cocina», y lo abrió de un tirón para descubrir que las preguntas ya no estaban allí, habían desaparecido por arte de magia.

—Vaya. —Se volvió hacia Verity—. Aquí no están. ¿Tú las has cambiado de sitio?

—No —respondió. Miró de reojo a Max. Sus ojos vieron que Max tenía la taza de té en las yemas de los dedos—. ¿Estás seguro de que las dejaste ahí?

—Bueno..., una vez que he recordado que estaban ahí, yo diría que creía que fijo que estaban ahí, sí. —También él miró de reojo a Max, sentado allí con cara de no haber matado nunca una mosca.

—¿Qué? ¿Más preguntas sobre REM y eso, Roger? —preguntó Max, que no permitiría nunca que Roger se olvidase de cuando había creído que REM eran las siglas inglesas de Movimiento Rápido de Orejas, en vez de «Ojos».

—No, esta noche nada de preguntas sobre REM —respondió Roger, sucinto—. Bueno, pues nada, tendré que imprimirlas otra vez, ¿no es eso? —Y volvió a irse por las escaleras hasta su despacho, donde encendería de mala gana el ordenador y se comería la cabeza: negros pensamientos sobre Max mientras esperaba a que se iniciase el ordenador.

Hubo un tiempo en que ambos pactaron una tregua. Pero lo cierto era que Max nunca fue del estilo de Roger. Roger era del estilo «sentar la cabeza-casarse-contratar una póliza de seguros». Max no. Aunque era un hombre que había creado su propio negocio, Roger lo veía como una especie de bohemio. Cuando Max le entregó a Verity en matrimonio, su flamante marido aprovechó el discurso del novio para pedir a cualquier mujer disponible en la casa que hiciese de Max un hombre de provecho: «Arrancadlo de las manos de su hermana. —Mirada cariñosa a Verity—. Me temo que las va a tener muy ocupadas cuidando de mí», pausa para risas.

«Tu padre habría estado tan contento hoy...», comentó su madre aquel día, con la voz pastosa. No, pensó Max en aquel momento. No lo habría estado. Habría hecho todo lo posible, pero no, él se habría quedado mirando a Roger y pensando: «Borrachín». Su madre debería haber pensado lo mismo de él; debería. No es que ella se hubiese matado a base de beber para evitar reuniones familiares con Roger, pero bueno, no hay mal que...

Aun así, en cierto momento Roger debió de pensar que Max era un bala perdida, un ciudadano irresponsable, pero no de la peor calaña, así que hizo un esfuerzo. Y Max otro tanto. Claro, que hoy por hoy apenas quedaba el armazón del civismo. Max sabía que solo lo admitían en casa de su hermana por una razón: porque era la prueba viviente de que Roger no se había equivocado con él. «Mira en lo que se ha metido tu hermano. Tu madre tenía ya un pie en la tumba, pero no creo que algo así le haya sido de mucha ayuda». Y las visitas de Max significaban que Roger podía demostrar que llevaba la razón permanentemente. Max se había convertido en la vara con la que solía golpear a Verity. Era su vergüenza.

—¿Y cómo está Roger? —preguntó Max con, esperaba, suficiente sorna.

—Pues ya lo ves, está bien —respondió Verity.

—¿Y el trabajo bien?

—No te molestes, Max. Y tampoco intentes cambiar de tema. —Ahora que Roger se había ido, quería retomar la charla—. Las cartas. Es acoso, Max, eso es lo que es. Y por eso tienes que dar parte. Te está acosando. Por favor... —Intentó otra táctica—: Por favor, informa sobre ella, solo eso, no dejes que quede impune. Porque tú sabes muy bien que cuanto más dure esto, cuanto más tiempo pases sin hacer nada, más fundamentos va a creer tener. Pensará que tiene razón. Y no la tiene, ¿verdad que no?

—No.

—Pues ¿entonces...?

—No voy a ir a la policía.

Frustrada, levantó las manos en el aire.

—Muy bien, pues entonces seguirás castigándote sin razón. Yo lo siento mucho pero no puedo ayudarte. Vive en tu infierno particular si eso es lo que quieres. Pero no esperes que vaya detrás de ti. Allá tú y tu autoflagelación.

Max se levantó:

—Es mejor que me vaya. Tengo que llegar a la hora.

—Todavía te da tiempo a cenar.

—Tengo que trabajar. Tú eres la que siempre me está diciendo que tengo que hacer algo en la vida. «Despierta. Vuelve a lo de los muebles». Pues eso es lo que intento.

—Mientras sea verdad —dudó ella, y al acompañarlo hasta la puerta en sus labios fruncidos había un gesto de desconfianza. Se quedaron allí un momento, ella escrutaba sus ojos, ambos desconsolados—. Bueno, pues buena suerte —dijo por fin—, en Blackstock Road.

—Gracias —respondió, y la puerta ya se estaba cerrando tras él cuando recordó que la casa de la liquidación estaba en Green Lanes.

DOS

—NO ES LO MISMO SER NARANJA QUE NEGRO, TÍO. NO TIENE NADA
que ver. —Warren había detenido la furgoneta para soltar eso.
Se estaba desabrochando el cinturón y profundas arrugas le sur-
caban la frente cabreada—. Joder, no me compares, tío.

—Mira, escúchame —dijo Dash, a toda prisa, porque, si no se
equivocaba, Warren estaba, sí, Warren se estaba bajando de la furgoneta—. Yo no quería decir... ¿Qué haces? ¿Warren? —Ahora
se estaba deslizando por los asientos para llamarlo. Warren ya
avanzaba por la acera, largándose.

—A la mierda, tío —ladró Warren por encima del hombro—.
Dejo esta mierda, así te lo digo. —Se sacudió las manos como
si se estuviese quitando esa mierda de encima para siempre.
Y entonces se fue. Un conductor cabreado menos.

Apenas pasaba un día sin que Dash se arrepintiese de haber
pegado a aquel chaval con síndrome de Tourette. Hacía tantos
años, en el patio del colegio, aquella vez. Con cámaras grabando
y todo. Poco más o menos como ahora, mientras veía cómo se es-
fumaba Warren, con la boca más abierta que un tendero del
mercado de Berwick Street, sintiéndose ligera, vagamente confuso. Porque lo cierto es que él no había pretendido ser racista,
solo había defendido el honor de su novia, eso era todo.

—¡Warren! —gritó en vano, y se dio cuenta de que tenía la
mano apoyada en el asiento donde había estado sentado Warren, y el asiento estaba caliente, así que la retiró.

Dash podía ver a través de la gente, tenía ese don especial, y sabía que Warren había estado buscando gresca: una excusa cualquiera para estampar la puerta de la furgoneta y largarse. Lo único que podía hacer era intentar no perder los estribos porque Warren era de esas personas a las que les ponen los malentendidos. Y esa era toda la verdad. Sin embargo, sabía conducir. Se le daba bastante bien. Y aunque Dash también sabía conducir (o sea, que tenía el carné y era perfectamente capaz de pilotar la furgoneta por el norte de Londres), necesitaba un conductor para poder concentrarse en la parte comercial de la movida. La parte comercial de la movida requería mucha concentración.

Bajo presión, las manos de Dash no podían evitar ir a parar a su pelo. Llevaba una melena corta estilo Madchester, con la raya en el medio, que en teoría debía hacer las veces de cortina de la cara, pero cuando se alteraba desaparecía toda raya y los pelos se le arremolinaban sin sentido sobre la frente, como reclutas en un desfile. Se los apartó de los ojos, sabedor y temeroso: ahora tendría que llamar a Chick.

Nunca debió haberle pegado al chaval con Tourette. Fue entonces cuando todo empezó a torcerse.

Una hora después entraba en el Flat Cap de la calle principal de Stoke Newington, donde Chick estaba sentado con pinta de escoria humana, que es lo que era.

Cuando Dash llegó, en la barra reinaba una gran hilaridad. Aparte de Chick solo había otras dos clientas, dos viejas ya borrachas y aparentemente pirradas por el dueño, del que podía adivinarse que era el dueño por su camiseta de los Foreigner. Estaba utilizando un abrecajas de una forma poco habitual —para abrir una caja— y en cierto modo esa era la razón del ambiente patéticamente festivo del Flat Cap.

Cuando Dash se estaba acercando a la mesa, Chick apuró a propósito el último trago de una pinta de cerveza negra y la soltó con estrépito sobre la mesa. Llevaba la gorra de siempre, con una visera exageradamente arqueada. Por debajo sobresalía su cara de globo, grande, rosa, redonda, como un condón lleno de meado. El labio inferior le colgaba como de costumbre, rojo y húmedo, se limpió la espuma de la boca y eructó.

—Justo a tiempo —bramó, con una voz que recordaba una hormigonera—. Tomaré otra. Una Guinness, sin tréboles ni mierdas por encima.

Dash volvió a la barra mientras Chick sacaba el móvil. Al acercarse, las dos viejas lo observaron, ajadas, cacareantes, como salidas de un aquelarre, sus arrugados rostros parecían calaveras. Tenían los ojos clavados en el dueño, que terminaba ahora de recortar la caja para empezar a escribir algo en una pizarra: «¿Por qué no...?», rezaba. Se paró para atender a Dash, que subrayó el componente «sin tréboles ni mierdas» de su comanda antes de volver con las dos bebidas, una Guinness para Chick y una rubia de las baratas para él.

Chick estaba hablando por el móvil. Como veterano que era del mercado negro de colonias de Oxford Street, tenía por costumbre ponerse la mano delante de la boca cuando hablaba por teléfono. Era lo que hacían los vendedores ambulantes para que los lectores de labios de la Municipal no se enterasen de lo que decían. Así estaba ahora, murmurando con cierta aspereza, cuando Dash se sentó, y entonces colgó y lanzó el móvil sobre la mesa.

—Veamos, Dashus —dijo—. ¿Tienes algún cupón para mí?

Chick, que ejercía su poder de extrañas maneras, le pedía a Dash que juntase cupones de supermercado para dárselos a su hijo. A canjear por ordenadores para el colegio y cosas de ese estilo.

Dash blasfemó para sus adentros pero esbozó una sonrisa en plan «Tío, es que con tanto follón».

—No, lo siento.

La cara de Chick se ensombreció.

—Bueno, entonces me habrás traído mi pasta, ¿no?

Dash sonrió, esta vez un poco más compungido.

—La verdad es que no, tío.

Chick parecía confuso, como si le acabasen de preguntar una raíz cuadrada.

—¿Qué quiere decir «la verdad es»? —Ya se estaba echando mano a la chaqueta vaquera para sacar la libretilla donde tenía apuntado hasta el último penique de lo que le debía Dash.

—Es que he tenido un problemilla, por eso.

Chick alzó la mirada:

—¿Problemilla? ¿Qué clase de problemilla?

El pub olía a mantas viejas, a humo de época y a algo menos humano. Dash miró tras de sí como buscando público.

—Es Warren —dijo girándose—. Se ha cogido un cabreo y se ha largado. Necesito otro conductor. —Extendió las manos—. No puedo hacerlo yo solo.

Chick parecía contrariado.

—¿Estás de coña o qué? Ya te conseguí a Warren, no sé qué más coño quieres, no soy una puta ETT.

—Ya lo sé, tío, pero he pensado... —decía Dash, recordando al Chick que vio la primera vez. Un Chick que pagaba las copas y que le había ofrecido, si le hacía falta, un poco de dinero contante y sonante o algo, una especie de trabajo diario. Por culpa de un ligero incremento en el coste de la vida, resultaba que sí, que necesitaba dinero contante o algo, así que aceptó, y el bueno de Chick le había insistido para que se quedara a tomarse otra copa, así que se quedó, hasta que en poco tiempo se había juntado un buen grupo, Chick y los colegas de Chick, la mayoría con miedo o necesidad en los ojos; y los que daban más miedo, los más íntimos, con desprecio en ellos.

Dash se quedó allí con los huevos en la garganta. El peligro, la excitación de ser parte de una banda. Cada vez que Chick le daba una palmadita en la espalda —y Chick le daba bastantes palmaditas en la espalda—, se sentía más integrado. Tambaleante, con el pelo revuelto, derramando la birra, pero sintiéndose ciego y protegido y parte del asunto.

Luego había llegado la señora de Chick. Era rubia, del color de los *cornflakes,* con el típico tinte de mediana edad que dejaba entrever las raíces. Mascaba chicle. Bajo los ojos endurecidos tenía bancos de carne, como si se hubiese metido en una pelea hacía tiempo y todavía no se le hubiesen curado bien las heridas. A Dash le parecía que había vuelto herida de guerra y derrotada de las batallas de amor de su juventud y eso le maravillaba, las mujeres así le maravillaban; cómo en algún momento la señora de Chick se hubiese pirrado por Leonardo DiCaprio, o un coetáneo suyo, el de turno de su adolescencia. Se habría imaginado a sí misma como Kate Winslet en la proa del barco, o como Demi Moore en el torno de alfarero de *Ghost,* o como Julia Roberts en la bañera de *Pretty woman.* Solo que, en cierto momento, el apremio por conocer a alguien, aparearse y procrear se había hecho tan abrumador que había permitido que sus sueños con Richard Gere y Patrick Swayze se convirtiesen en las pesadillas con Chick, un hombre que no tenía reparos en rascarse los huevos en público y olerse luego los dedos (un fino lecho de tabaco, coronado por un toque de sudor de huevos); un hombre que, aquella noche y a pesar de las protestas de ella, había insistido en que les enseñase el regalo que él le había hecho por su cumpleaños.

—Venga, cariño —le decía—, venga, no me he gastado esa pasta gansa para nada. Enséñales a los chicos lo que te he comprado por tu cumple. —E insistió e insistió («O luego te vas a enterar», parecían decir sus ojos) hasta que a ella no le quedó más remedio.

Y resultó que su regalo de cumpleaños había sido una operación de tetas. «Menos mal que no ha sido una histerectomía», murmuró alguien cuando la señora de Chick suspiró y exhibió sus tetas, seguido de su propia mirada de «Luego te vas a enterar» a Chick, que estaba demasiado ocupado contándoles a los chicos los detalles de la operación.

—Pero yo no estaba allí para verlo, ¿verdad, amorcito? Estaba demasiado ocupado ganándome los cuartos para pagarlas. —Guiño.

En ese momento, Chick le pareció lleno de peligro pero en cierto modo benévolo. Por lo menos, eso había pensado Dash, benévolo cuando lo miró a él. Pero las cosas cambian. Ahora Chick le arrimaba la cara a la suya con un Embassy del 6 humeando entre sus dedos.

—Mira —le dijo, y Dash pudo ver que estaba puesto: los ojos inyectados en sangre—. A mí tú no me llamas «tío». Si me quieres llamar algo, llámame Chick. O «jefe».

—Vale, perdona, Chick —dijo Dash como si estuviese contemplando el despertar de un perro gigante.

—O «jefe».

—Vale, jefe —Dash miró hacia atrás para escapar del bochorno.

Y ahora Chick hojeaba su libreta. Hojas y hojas con números, Dash lo estaba viendo: el imperio de Chick, sus dominios.

—Me debes un buen cacho, Dashus. ¿Quieres verlo? —Sujetaba la libreta en alto, abierta como si fuese una placa de policía—. Lo que me debes es la cifra del final, colega.

Dash sabía la cifra pero aun así echó un vistazo y luego le dio un buen trago a la cerveza. Chick bajó la libreta.

—Pero lo que te digo... —Dash era incapaz de repetirlo, no podía decir «jefe»—. Lo que te estoy diciendo es que no puedo. Warren se ha cabreado. Se ha largado. —Lo sabía, sabía que no tenía que haber quedado con Chick.

—Warren es negro. Los negros siempre se cabrean por algo. Es su estado natural. Les va la marcha, ¿por qué te crees si no que siempre están disparándose? —Un comentario social de lo más incisivo, en boca de Chick.

—Vale, sí, pero sin Warren no puedo vender. Necesito un conductor.

Chick se arrellanó en la silla y resopló.

—¿Y no tienes ningún colega que pueda hacerte el favor o qué?

—No, la verdad es que no tengo a nadie.

—¿Y tu parienta? ¿Sabe conducir? —Muy gracioso, Chick.

—Está currando —dijo Dash, sus palabras escapando en un gemido.

Chick torció el gesto:

—Está bien —dijo por fin—. Ve a pillarme otra pinta y, mientras, yo hago una llamada.

Y allá que volvió Dash a la barra. El barman ya había acabado el cartel: «Apúntate a nuestro increíble concurso de degustación de chicharrones». Las viejas brujas humedecían sus taburetes mientras él se acercaba y pedía la pinta de Chick, una Guinness, sin tréboles ni mierdas.

—¿Te apuntas? —le dijo el barman señalando la pizarra—. Una libra por vez. Son cinco si notas la diferencia.

—Si eres judío, es gratis —soltó una de las viejas brujas.

—No, gracias —dijo Dash cuando las risas se apagaron—. Odio esas movidas. —Los tres lo miraron alicaídos—. ¿Dónde está el truco? Venga —añadió.

—¿Qué truco?

Dash suspiró:

—Siempre hay un truco, tío.

El barman les guiñó un ojo a las brujas.

—¿Se lo contamos? —Un resuello a modo de respuesta—. Todos los chicharrones son iguales. No hay ninguna diferencia. Es para echar unas risas, nos han mandado una caja de más. Por supuesto, todo lo que se recaude es para la beneficencia. —Otro guiño.

—Devuélvelos —se encogió de hombros Dash.

—Ni de coña, es un error del distribuidor.

—Ah, en el albarán solo pone una.

—Exacto.

Dash se rió, aunque no tenía gracia. Para nadie menos para él.

—Pues entonces quédatela —dijo, y pagó las bebidas.

Chick seguía al teléfono.

—Espera —masculló cuando Dash volvió con la pinta. Luego a Dash—: ¿Cuál es tu dirección? La calle es Clarke, ¿no? ¿Y el número?

Dash se lo dijo y Chick transmitió la información y colgó para encontrarse con la mirada expectante de Dash.

—¿Has encontrado a alguien? —Chick lo miró con mala cara—. Quiero decir... ¿Has encontrado a alguien, jefe?

Chick ignoró la pregunta:

—Oye, ¿te vienes al meódromo a meterte una rayita?

Dash no quería pero sabía que sería de mala educación rechazarla.

—Claro, de puta madre —dijo, y siguió a Chick, que ya estaba de camino al de caballeros.

Una vez dentro, Chick no se molestó en meterse en un váter, se limitó a darle la espalda a Dash y pintarse las rayas en la balda del espejo.

—Pues sí, ya te he conseguido a alguien —dijo, y el sonido del ñiqui-ñiqui de su tarjeta de miembro del Blockbuster—. Un pavo que conozco. —Ñiqui-ñiqui, chiqui-chiqui.

En la pared, un cartel enmarcado advertía de los riesgos de conducir borracho. Solo que, se fijó Dash, en realidad no era así: era un anuncio de un videojuego provocador.

—¿En serio?

—Sí, en serio. Tendrás que vigilarlo, y ni se te ocurra dejarle hablar con los clientes, pero, vamos, conducir sabe.

—¿Quién es?

—Un pavo al que llaman Pesopluma. Le llaman Pesopluma porque está enganchado al crack. Bueno, se está quitando más o menos, así que yo que tú ni se lo mencionaría. Pero sabe conducir y, mientras no se meta nada, está bien tenerlo al lado. Un navajero. Solía trabajar en el Kwik Save. Te va a llamar mañana. «¿Se viene Dash a jugar?» o una contraseña por el estilo.

—Perfecto —dijo Dash, esperando que Chick no notase el temblor de su voz.

—Creía que te alegraría. Bueno... —Se volvió una vez terminado el ñiqui-ñiqui y el chiqui-chiqui, y cogió a Dash por los hombros.

Por un segundo —quizá menos, medio segundo tal vez— Dash pensó que Chick estaba a punto de endosarle algún tipo de sabio consejo paternal; o que simplemente lo agarraba en plan compadreo, porque eso es lo que suelen hacer los colegas antes de esnifar coca en los meódromos de un pub. Por el contrario, la rodilla de Chick se incrustó en su entrepierna. Indefenso, desprevenido. Blando y vulnerable.

—Aggg —soltó Dash. Se desplomó, con las manos ya en los vaqueros, mientras Chick se quedaba mirándolo, desde arriba. Dash se retorció, con la vaga conciencia (y hasta cierto punto indiferente al dolor entre las piernas) de que estaba tirado sobre las losetas empapadas en la orina de todo parroquiano con pene del Flat Cap. Y allí tirado pensó en que no hacía tantos años que había ido de vacaciones a la playa, a Suffolk. Y que hasta allí lo había llevado unos padres que le pusieron una caracola en el oído, «¿Lo oyes, Darren? Es el sonido del mar», y que probablemente imaginaban un brillante futuro para su hijo. Dash se preguntó por qué ese brillante futuro se había convertido en el maloliente suelo del Flat Cap y, como siempre, se acordó del chaval con Tourette.

Chick se quedó admirando el efecto de su rodillazo.

—La próxima vez asegúrate de traerme mi dinero —dijo, y se giró para meterse la única raya que había pintado.

TRES

las preguntas del concurso en el limpiaparabrisas del Saab de
Roger, que estaba aparcado en la acera, con el permiso de resi-
dentes pegado en el cristal. Pero se contuvo y en vez de eso se
las sacó del bolsillo y las fue hojeando mientras andaba: «Pregunta 24. Nombre del cantante principal de los Dexy's Midnight
Runners. (Pista: Rata)».
   —Nombre del capullo del marido de mi hermana —dijo Max,
y tiró las preguntas a una papelera—. Pista: Subnormal.

   Cogió el metro a Manor House, a solo una parada, y desde
allí fue a pie hasta casa. Entró y se quedó un momento parado
en el recibidor, estirando el cuello hacia las escaleras para ver si
llegaban sonidos del piso de arriba. Nada. Sintió cómo se le re-
lajaban los hombros, consciente de repente del miedo que había
sentido: el miedo a llegar a casa esperando encontrarte ruido.
Cerró tras de sí la puerta de la calle —tanto el cerrojo Yale como
el de la marca Chubb— y abrió la del piso.
   En el interior, el sofá lo atrajo a su regazo. Era uno de esos sofás que te encuentras por la calle, o en el porche del vecino, o detrás de la estación: le pegaba. Buscó el mando del televisor y se
encendió un cigarro, le quitó la voz a la tele, después miró al techo, con el oído alerta. Nada. Volvió a darle voz, pero la bajó, para

ver si oía algún ruido de arriba. Creyó escuchar algo y volvió a quitar el sonido. Dejó caer la cabeza contra el sofá y miró hacia arriba, aguzando el oído. Observó fijamente el techo y deseó poder ver a través de él, traspasar todo aquello —la escayola, las vigas, los listones, monedas, trozos de papel y pelusas— y entrar al piso de arriba, donde los hombres habían quitado la moqueta de la señora Larkin para sustituirla por tarima flotante. Quería ver a través de la tarima flotante, hasta el piso de los nuevos, la pareja ruidosa, solo para comprobar que no había nadie en casa. Solo para saberlo. Porque solo entonces podría relajarse.

El propietario del piso de la pareja ruidosa era el señor Frewin-Poffley, quien se lo había comprado a la señora Larkin. A Max no le hacía falta ver las escrituras para saber que había sido un trato rápido y sucio. Frewin-Poffley debía de haberse frotado las manos relamiéndose del gusto.

Brotaron carteles de «Se vende». No uno, muchos. La señora Larkin hija probó con todos los agentes inmobiliarios del distrito para que vendiesen el piso de su madre, y la entrada pronto estuvo plagada de carteles. Agentes inmobiliarios. Solía oír la llave en la cerradura. Duplicados que habían sacado a partir de la llave maestra de la señora Larkin. Duplicados malos que nunca valían pero que aun así los agentes probaban y volvían a probar. Entonces sonaba su portero automático: «Perdón, es que parece que la cerradura del portal no va y tenemos que enseñar el piso de arriba». Varios pares de pies repiqueteando al pasar por delante de su puerta y subir las escaleras. La llave en la puerta de la señora Larkin. Miraba el techo y los oía charlar y zapatear por todo el piso. Oía el tuing de la luz del baño. On. Off. A veces incluso on y off de nuevo. Y después los pies bajando ruidosamente por las escaleras (una pausa para hablar en voz alta en el pasillo al que daba su puerta, por mí no os preocupéis), adioses en la entrada. Y cuando se iban nunca echaban el doble cerrojo de la puerta de la calle, ni el Yale ni el Chubb. Así que, cuando se iban, desfilaba hasta la puerta y lo echaba él. Como el guardián de la puerta. Como un portero.

Lo siguiente fue un cartel de «Vendido», y quienquiera que lo hubiese puesto se había asegurado de quitar los letreros de sus rivales y tirarlos en el jardín delantero de Max. Quince días después llegó una carta para un tal señor Frewin-Poffley. A lo mejor la dirección estaba equivocada, pero Max la puso en el pasillo para que se viese, y después vinieron unas personas. Tres o puede que cuatro hombres que se pasaron allí arriba una hora, sus voces reverberando en el vacío a un volumen estratosférico. En el piso de abajo Max supo que se avecinaban reformas, y que aquellos hombres llevaban botas con tachuelas. Cuando se fueron, la carta ya no estaba.

Oyó todos y cada uno de sus golpes y maldiciones mientras arrancaban de cuajo la cocina de la señora Larkin e instalaban una nueva. Cambiaron el lavabo y sustituyeron la bañera por un plato de ducha y, como consecuencia, la presión del agua de Max se resintió un poco, pero no dijo nada. Y cuando la cocina y el baño estuvieron reformados, se pusieron con las paredes; lo decoraron y, por último, sin pensar en el efecto que podía causar en el piso de abajo, despegaron la moqueta y colocaron tarima flotante, porque el tipo de arrendatarios que el señor Frewin-Poffley quería atraer sería sin duda de esa clase de gente que aprecia las cosas más exquisitas de la vida. Como un suelo imitación de madera. Una pareja de clase media, como mucho.

Fueron Sophie y Darren, la pareja ruidosa. Al día o así de mudarse, llegó una carta para «Darren y Sophie». Una carta de recién-mudados, supuso, y la dejó a la vista para que la cogiesen. Bienvenidos a vuestra nueva casa, ese tipo de cosas. Quizá debería llevarles una botella de vino. Conocerlos. Contarles todo sobre la puerta, la basura, lo del aislamiento, que no era precisamente el fuerte de esas casas de estilo victoriano. Lo fuerte que suenan las deportivas sofisticadas cuando entran en contacto con la tarima flotante a cierta velocidad. Cómo me tiemblan los huesos cuando cerráis la puerta de un portazo. Mis pobres y cansados huesos...

Max se despertó de una pesadilla incendiaria al sonido de unos graves provenientes de arriba. Un canal de música. Darren y Sophie habían instalado la antena parabólica como si se tratase de una máquina de constantes vitales, y Max les había visto subir el televisor por las escaleras. Lo mismo que con la bandera en el palacio de Buckingham y la reina, cuando la tele estaba encendida era que Darren y Sophie estaban en casa.

Se llevó los puños a los ojos y se los frotó, y luego miró el reloj de su vetusto vídeo y temió llegar tarde; no había contado con quedarse dormido. Pero apenas había dormitado un par de horas, tenía tiempo de sobra. Se levantó para ponerse el chaquetón antes de darse cuenta de que ya lo llevaba puesto. Pasó lista a los bolsillos: tabaco, mechero, cúter y la carta, que sacó del bolsillo y que estuvo a punto de soltar pero decidió que no y volvió a guardarla. No sabía por qué. Una última cosa. Encontró un pedazo de papel, un mapa: «Uno de esos mapas de Internet», le habían dicho. El número de la casa y la calle lo habían añadido a boli, una flecha señalaba el punto en la cuadrícula. Lo dobló y se lo metió en el bolsillo del chaquetón.

Y luego se fue cerrando la puerta con cuidado tras de sí. Porque una puerta así, si la cierras de un portazo, puede remover la casa desde los cimientos. Él lo sabía.

En Saint Pancras compró un billete e hizo tiempo para coger el último tren, que le sorprendió encontrar medio lleno, incluso a esas horas de la noche. Los asientos dobles estaban monopolizados por hombres trajeados que se sentaban en el asiento exterior para evitar vecinos potenciales. Olían a priva y a pubs y a un duro día de trabajo convenciendo a la gente de que se desprendiese de su dinero. Iban repantigados, cabeceando, leyendo algún periódico o hablando por teléfono. Un ambiente de silencio resentido que solo era quebrantado por el pitido de los móviles; incorpóreas conversaciones a media voz y de sentido único; alguien aclarándose la voz. Max imaginó que en un ataúd habría más vida.

Dio con un asiento doble y, ya en Rome, se sentó en el exterior, con las rodillas apoyadas contra el asiento de delante y acurrucado en su chaquetón. No se sentía a gusto allí, y entonces se preguntó cuándo había sido la última vez que se había sentido a gusto. Al sonar el silbato y cerrarse las puertas sobre Londres, se preparó para el largo viaje hasta Kettering. Hora prevista de llegada: 23.59.

«Nada de taxis —le habían dicho (como si pudiese permitirse uno)—. Vas a tener que ir a pie. No está lejos, mira». Un dedo gordo señalando la estación y viajando luego hacia el sur del mapa, donde el boli se detuvo en Cowley Close. «No preguntes, ¿lo pillas? No hables ni con un alma a no ser que sea necesario. Tú lleva el mapa, toma, cógelo, y llegarás bien».

Estaba en lo cierto. A Max le llevó una hora pero acabó encontrando Cowley Close, un pequeño y poblado círculo de casas para parejas jóvenes que colmaban una avenida principal; de vez en cuando una gasolinera, una tienda de muebles, cosas parecidas. La avenida principal estaba tranquila, apenas pasaron un par de coches, y Max iba con la cabeza gacha para protegerse del relente, fumándose un cigarro y con la otra mano metida en un bolsillo, la carta en sus yemas, el cúter también allí.

Al doblar en Cowley Close fue como entrar en un decorado de cine vacío. Unas casas inmaculadas que lo miraban con reprobación, lustrosos coches aparcados en los porches y a lo largo de la acera. Era como si no hubiese nada detrás de las fachadas, como si estuvieran sujetas por maderas. Se quedó un rato o así asimilando el silencio, observando las casas, buscando el número seis. Había dos vacías: en los jardines delanteros, carteles de inmobiliarias como banderines de golf gigantes. Jardines vacíos, todavía sin verde. Algunas de las luces de las plantas bajas estaban aún encendidas; en la mayoría había una luz en un dormitorio, una se apagó justo cuando estaba mirando. Buscó alarmas y luces de seguridad, de esas que saltan si pasas por debajo de ellas, pero lo que no vio fue basura. Y lo que es más, ni siquiera vio bolsas negras.

No iba a ser tan fácil como había esperado; ni tan fácil como le dijeron que sería. «Tú como siempre, es lo mismo. Solo que tiene que ser en esta dirección particular. Y no me vuelvas con las manos vacías, ¿estamos?».

Número seis. Ahí estaba, empotrado entre el cinco y el siete. Luces de seguridad, nada (eso debía de venir como extra). Luz del salón encendida; arriba, nada. Resultaron ser de esa gente que esconde la basura, así que Max buscó una entrada trasera y vio un callejón a un lado de la casa, una verja con tirador. Uno de esos tiradores pesados, de vivero, que hacía un fuerte BUUM, y en Cowley Close un fuerte BUUM sonaría como Hiroshima. Frunció el ceño, esperó que nadie lo hubiese visto allí mirando y se fue hacia la izquierda para buscar otra forma de entrar.

Por la parte trasera de las casas el asunto no pintaba mucho mejor; de hecho, era peor. Con regocijo vio que se trataba de una cancha de juego, solo para descubrir acto seguido que los jardines traseros de Cowley Close habían sido vallados con la eficiencia de Colditz. Encontró las espaldas del número seis, comprobó que no hubiese ni paseadores de perros, ni borrachos, ni pandas de niños con gorras de béisbol y, una vez satisfecho al verse solo, pegó el ojo a un agujero que había en la madera. A través de él pudo ver una cristalera, el salón, las cortinas echadas y la luz todavía encendida. Y al fondo del callejón, una visión que hizo que le diera un vuelco el corazón: un carrito de la basura. Nada de bolsas negras. Suspiró. Ya puestos, se podía haber dejado también el cúter en casa.

Se incorporó y se alejó de la valla. Si hubiese sido más joven y más fuerte, y quizá medio metro más alto —o mejor aún, un ninja—, podría haber intentado trepar por ella, pero, después de estudiarla con mirada aviesa, decidió que no. En vez de eso, vio un columpio con forma de castillo sobre una base de superficie reglamentaria recién estrenada —no el lacerante cemento que había conocido en su infancia— y se subió para descubrir que desde esa posición podía observar el número seis, que continuaba con las luces de abajo encendidas. Oteó a su alrededor pero era demasiado tarde hasta para las bandas de gorras de béisbol, solo él y el número seis seguían aferrados al día. Se cubrió bien con el chaquetón, se puso lo más cómodo posible y se dispuso a esperar.

Cuando la luz se apagó, casi se alegró. Llevaba allí lo que le habían parecido horas, y en ese tiempo había estado dándose ánimos para ir fuese como fuese, con luz o sin luz. ¿Cómo podía saber él qué hacían los del seis con las luces? Quizá no había nadie despierto, o ni siquiera un alma en toda la casa. Podía ser que siempre dejasen encendida la luz de abajo, por precaución. Podía ser que alguien se hubiese ido a la cama y la hubiese dejado así.

Pero entonces se apagó. Y después se encendió lo que Max se figuró que era la luz del baño, y se imaginó a quienquiera que estuviese allí lavándose los dientes y manchándose la manga del pijama de pasta. Se lo estaba imaginando enseñando los dientes limpios frente al espejo y —clic— la luz del baño se apagó. Y luego quienquiera que estuviese allí se iba hacia el dormitorio y se metía bajo un edredón frío (o quizá caliente si había alguien más allí dentro), y se los imaginó quedándose dormidos con la tranquilidad de saber que nadie iba a llegar dando portazos en plena noche, o a ponerse a ver la MTV Base por encima de sus cabezas.

Esperó otra hora para bajar del castillo y volver a la parte delantera de Cowley Close. Le costó contenerse para no ponerse de puntillas al entrar, tenía que parecer que era de allí. Cerca ya del número seis, hizo como si fuese a pasar de largo y, entonces, después de un último vistazo alrededor (tan veloz que fue prácticamente inútil), salió flechado hacia un costado de la casa. Gracias a Dios que no había luces de seguridad. Pegado contra el costado de la casa, escrutó toda la calle, las ventanas, en busca de alguna señal que se le hubiese pasado. Nada: Cowley Close dormía profundamente, sin sospechar su presencia allí.

Ahora se deslizó hasta la verja, donde le tomó las medidas a su nuevo enemigo. Olía a creosota fresca, y parecía como si la inmensa argolla del tirador, negra y reluciente, fuese a tirar de su puño hacia otra dimensión. Max se puso de puntillas y miró por encima. Un cerrojo. Deslizó las dos manos sobre la verja y una ayudó a la otra a descorrerlo con sigilo. Después cogió la argolla, empujó la puerta hacia él durante una fracción de segundo, agarrándola bien de arriba. Y, valiéndose de todo su cuerpo, la levantó.

BUUM. No sonó muy fuerte, pero aun así pareció una detonación. Contuvo la respiración, mantuvo la argolla hacia arriba, esperó, escuchó. Entonces se coló por la puerta y la empujó con sigilo. Frente a él estaba el carrito de la basura, su verdor desafiando su derecho a entrar en el jardín. Una vez allí evaluó la situación: miró alrededor y no vio ninguna ventana a la vista. Nadie podría verlo a no ser que estuviese mirando por aquel agujero en la valla. El jardín estaba tranquilo. No había nada fuera de lugar, ni crujido de árboles, ni pájaros madrugadores cantando. Solo el sonido de un avión a diez kilómetros por encima de su cabeza. Cogió la tapa del carrito de la basura y la levantó.

Lo que buscaba era material impreso. El tipo de cosas que buscaba todas las noches, cuando recorría las calles del norte de Londres, con un cúter en el bolsillo y un ojo puesto en las bolsas de basura de los patios delanteros. Y no solo cualquier bolsa de basura sino aquellas con el tipo idóneo de bultos planos y rectangulares en sus entrañas. ¿Y cuando veía una? Muy fácil. Agacharse, cortar la bolsa, rebuscar, sacar un fajo de papeles mojados y apestosos y seguir su camino. Cinco segundos. Un trabajo de cinco segundos para un puñado de papel mojado. Esos documentos que se amontonan en las mesas del salón, en los revisteros y en los cajones de la cocina llenos de papelajos. Las típicas cosas que se clasifican y se tiran juntas, sin pensar en que el nombre y la dirección impresos en la carta, «Estimado cliente del Barbican», pueden venderse para ser utilizados en un robo de identidad. Max se agachaba cinco segundos y la vida de alguien era redireccionada; no necesitaba más que una carta mendicante de la Asociación Nacional para la Prevención del Maltrato Infantil, por ejemplo. Las direcciones de correo electrónico eran escasas, pero si pillabas una, se podía usar para una estafa de *phishing* por Internet, sin más complicaciones si disponías de alguna información suplementaria. Cualquier cosa valía para corroborar la identidad, tal vez para una solicitud de pasaporte falsa. Las facturas de servicios públicos eran estupendas; los extractos bancarios, oro macizo; cualquier documento con un número de cuenta, cualquier papel con un número de tarjeta; con recibos bastaba. La gente guarda los recibos; los guardan en montañitas sobre las mesas del salón, los revisteros y los cajones de la cocina y se dicen «Pasas de ir a devolver ese suéter, ¿verdad? Sí, paso», y los tiran y Max se agacha, rebusca y extrae, y consigue lo suficiente para un fraude de tarjeta ausente.

Esas eran las cosas que andaba buscando cuando levantó la tapadera del carrito de la basura y miró en su interior.

Todo lo que vio fueron sobres.

La basura estaba llena de ellos, había como cientos, todos con el sello diligentemente recortado, como harías si te mandasen docenas y docenas de cartas selladas, porque nunca se sabe quién te puede demandar; Max pensó en los cupones de supermercado que él mismo coleccionaba.

Algunos eran blancos, otros marrones, otros de extraños colores, incluso de esos que brillan en la oscuridad. Metió la mano en la basura y, en plan tómbola, sacó uno y lo orientó hacia la precaria luz de la luna.

«A los padres de Ben Snape», ponía.

Sacó otro: «Para el papá y la mamá del pequeño Ben».

Otro: «Patrick y Deborah Snape».

«Señor y señora Snape».

«Mamá y papá de Ben».

«A los padres de Ben Snape».

«Ben Snape».

«Pequeño Ben».

Todos sin la esquina superior derecha, con el sello arrancado.

CUATRO

AL DÍA SIGUIENTE, UN JOVEN LLAMADO BARNABY HORTON SOSTENÍA SU pipa de agua al trasluz, estudiándolo con detenimiento. El agua estaba turbia, del color de un jersey de un catálogo de 1974, y en ella flotaba..., lo mismo daba, cosas que deberían haberse hundido hasta el fondo pero que todavía, advirtió Barnaby, seguían allí suspendidas, como si estuviese haciendo una gelatina sabor bongo que hubiese decidido aliñar con un puñadito de mugre. En verdad, una de las visiones más asquerosas de este mundo. Pero molestarle no pareció molestarle mucho a Barnaby, que sacó un pellizco de maría de una bolsita de plástico (de esas bolsitas que él había visto usar solo para guardar o maría o botones sueltos de ropa comprada en grandes almacenes). Desmenuzó la maría en el bongo, se llevó el tubito de cristal a los labios y la prendió con el clíper.

La maría brilló con un rojo imponente. El humo viajó a través del agua ahumada de la pipa, se refrigeró, se concentró en el tubo y Barnaby se lo tragó. Ahora el humo le abarrotaba los pulmones y Barnaby se apartó el tubo de la boca y se puso el dedo en los labios para aguantar la calada. Se la dejó dentro unos treinta segundos. Se quitó el dedo, soltó el humo y repitió la operación. La repitió hasta que toda la maría se hubo ennegrecido y desaparecido.

Ahora tenía unos cinco minutos de gracia antes de que su cerebro se convirtiese en una plasta feliz y, ducho como era en las artes de la pipa de agua, empleó bien ese tiempo. Comprobó que la puerta trasera estuviese cerrada; verificó que la plancha estuviese apagada y la puerta del congelador sellada y que no hubiese quedado ningún rastro de bongo. Luego se echó la mochila al hombro, apagó la cadena Denon (una vez transferido a su discman el cedé que estaba en la pletina), se puso los cascos y se fue al trabajo. Cuando estaba saliendo vio el periódico del día anterior en la mesa del salón, y el titular: «Futbolista bajo fianza tras vista por violación».

Seguro que lo hizo, pensó Barnaby, y se rió para sus adentros. Ya había empezado. Ahora estaba en modo bongo.

Había un buen trecho hasta el trabajo, desde Finsbury Park hasta Church Street en Stoke Newington, pero ahí estaba la cosa: dejar que su mente colocada jugase al fútbol de asociación de palabras mientras caminaba a su bola, jugando feliz en el mundo de Barnaby, solo extraños pensamientos aleatorios en compañía de los Wu-Tang Clan.

Sonaban potentes los Wu-Tang. Tan potentes que apenas se fijó en la mugrienta furgoneta blanca que se paraba a su vera en el bordillo; hasta que la ventana estuvo bajada y vio —pero no oyó— a un hombre negro sobresaliendo por ella y diciéndole algo, sus labios en un «bla, bla, bla, bla...».

Barnaby se quitó los cascos:

—¿Perdona?

El «bla, bla, bla» se convirtió en palabras:

—¿Tienes un momento, jefe? —preguntó el negro.

Como la mayoría de los chavales blancos que suelen colocarse y escuchar hip-hop, Barnaby sentía un deseo no expresado de codearse con tipos negros grandes y duros. Así que allí estaba, con una ridícula satisfacción por que esos dos negros grandes y duros le hubiesen considerado lo suficientemente enrollado como para pararse y preguntarle una dirección. Por otra parte, estaba oyendo a los Wu-Tang, y en el mundo Wu-Tang las cosas feas suelen venir acompañadas de pistolas Glock. Así que se acercó a la furgoneta con un cincuenta por ciento de miedo y un cincuenta de deseo.

—Claro.

—El caso, jefe... —dijo el copiloto. Llevaba un papel en una mano—. El caso es que, verás, es un poco una locura...

Barnaby se acercó un paso más a la furgoneta cochambrosa. Fumado como estaba, tomó conciencia de pronto de su propia cara, y en particular de su boca. La tenía atascada en una mueca burlona, así que intentó desatascarla mientras oía lo que el negro grande y duro tenía que decirle.

—La cosa es que, aunque parezca raro, mi colega y yo... —señaló al conductor, que sonrió a la vez que ponía cara alentadora— estábamos haciendo un reparto hoy, ¿sabes?, dos juegos de altavoces para un estudio de Hackney. Dios, compadre, tenías que haber visto ese sitio, vaya equipo que tenían, lo último de lo último. Y bueno, el caso es que, cuando hemos ido a entregarles los altavoces, resulta que nos dicen que solo habían encargado un juego, sabes. Así que miramos el albarán y... —Blandió el papel que sostenía—. Míralo tú mismo, compadre.

Barnaby lo cogió, sin captar muy bien el grueso del asunto. Las palabras habían sido dichas con rapidez, adrede, y ahora le estaban enseñando un papel que se suponía debía probar el origen de un par de altavoces, pero no sabía muy bien por qué.

—¿Lo ves? —preguntó el copiloto.

—No —respondió Barnaby, despacio, como si arrastrar la palabra le fuese a dar más tiempo para comprender—. ¿Qué se supone que tengo que ver?

—¿No lo ves, compadre? Solo un juego de altavoces. —Sonrió el tipo negro—. Se han equivocado en el almacén.

—Mola —dijo Barnaby, en su lucha por atar los cabos de la conversación.

El tipo siguió. La cosa es, le estaba diciendo, que podían llevar los altavoces de vuelta al almacén y ya está, pero que bien mirado es un par de altavoces de más y lo más probable es que el capataz no se dé ni cuenta. El caso es que, ¿por qué no sacarse un dinerito extra?

Fue en ese momento cuando Barnaby cayó en la cuenta de que le estaban vendiendo un juego de altavoces, que no necesitaba, puesto que en casa tenía un buen par conectado a su cadena Denon, todavía refrigerándose tras su marcha.

—Ah —dijo—. Ah, gracias, tío, pero la verdad es que aunque los quisiera no llevo pelas encima.

«Encima»: segundo error. Primer error: pararse. Segundo error: no terminar la frase con la palabra «pelas».

—Por eso no te preocupes —dijo el altavocero—. Te llevamos al cajero.

Barnaby tragó saliva mentalmente. En Poly unos amigos suyos habían sido escoltados hasta un cajero por un grupo de negros. Los habían llevado en la furgo y habían charlado alegremente durante todo el trayecto antes de llegar y liquidar sus cuentas.

—Muy amable —dijo—, pero la verdad, o sea, gracias y eso, pero voy de camino al trabajo y ya llego tarde y no puedo ir cargando con unos altavoces.

El altavocero pareció deliberar:

—Bueno, ¿para dónde vas?

—Al trabajo.

—Que sí, tío, pero ¿que dónde curras?

—En Church Street.

—¿En Stoke Newington?

—Exacto.

—Bueno, mira, no vives muy lejos de aquí, ¿no? —Barnaby afirmó con la cabeza, como si hubiese vaciado ya hasta la última gota de astucia—. Pues te llevamos a tu keli para que dejes los altavoces en casa, y después te llevamos para Church Street. A ti no te importa, ¿verdad? —le dijo esto último a su colega, que, a modo de respuesta, puso una teatrera cara de «Chas, si no hay más remedio...».

Barnaby se sentía como en arenas movedizas. Como si hubiese tenido todo el tiempo del mundo para salir de allí pero por alguna razón se hubiese decidido a salir demasiado tarde.

—Para serte sincero —dijo—, no es que necesite los altavoces. Tengo un par en casa.

El altavocero parecía exasperado. En plan: «Joder con el crío este».

—Vale —dijo—, claro que tienes, pero conoces los Auridial, ¿no?

Barnaby no los conocía:

—Claro.

—Pues estos son unos Auridial Pro, gama alta. ¿Qué música te mola?

—Hip-hop.

—Pues estos son de los mejores altavoces para oír hip-hop, ¿es o no? Tienen una respuesta de graves superior. ¿No es verdad?

—A su colega. En respuesta, cara de «Claro, por Dios, tío, tienes que estar flipado para no pillártelos»—. Mira esto. —El altavocero se sacó de la manga un pequeño folleto en color, con el tamaño y la calidad de impresión de un menú cutre de comida para llevar. Bastante manoseado. Esta era la prueba B de lo realmente buenos que eran los altavoces.

Barnaby sacó en limpio que por lo general se vendían a mil libras, y que tenían un montón de especificaciones técnicas que no creyó de buena educación pararse a leer (y que de todas formas tampoco habría entendido). Las arenas movedizas eructaban cada vez más, conforme Barnaby desaparecía en sus fauces. Lo siguiente fue que el altavocero estaba fuera de la furgoneta, aún más grande, más duro y más negro fuera de su cascarón. Condujo a Barnaby hasta la parte trasera de la furgoneta, donde, era inevitable, había un «También disponible en blanco» escrito sobre la mugre de los portones traseros, y fueron estos portones los que el altavocero abrió de golpe para descubrir los altavoces en el interior.

Había que admitirlo, pensó Barnaby a su pesar, eran unos mastodontes impresionantes.

Estaban contra la pared trasera de la furgoneta, sujetos por una correa. Negros mate e inmensos: negras torres de sonido imponentes y monolíticas. Bajo las tapas —tapas como la seda elástica de una media—, Barnaby pudo ver los plateados discos gemelos del *woofer* y del *tweeter* acurrucados en un diafragma del color de un gorro de policía. Un pequeño planeta orbitando alrededor de otro mayor. Estas dos columnas de sonido tienen que retumbar, pensó. Con los graves fijo que palpitan. El sonido del paisaje urbano.

Las arenas movedizas eructaron por última vez.

El viaje al cajero fue de lo más emocionante. El altavocero puso la música que le gustaba —música que le recordaba lo fumado que estaba—, y sonaba tan alta que los transeúntes se giraban en redondo a su paso, y lo que veían esos transeúntes era a tres tíos en una furgoneta, dos negros, uno blanco, una panda de tres. Cosa que le parecía de maravilla a Barnaby. Se sentía como si, por primera vez, estuviese experimentando el hip-hop en su hábitat natural. Advirtió que encontraban las letras divertidísimas (cuando él siempre las había encontrado tremendamente serias); y se fijó en la forma que tenían de menear la cabeza al compás, casi de forma imperceptible, y registró ese movimiento para su posterior uso.

Estaba siendo tan emocionante el viaje que casi le dio pena cuando llegaron al cajero. Y sí, vale, fue un poco raro, un tanto inquietante, cuando el altavocero lo acompañó hasta el agujero de la pared. Era grande, y duro, y negro, y Barnaby se figuró que esa era la razón por la que el mendigo a sus pies no les pidiera calderilla. También fue esa la razón por la que, cuando el altavocero le pidió (de buen rollo y eso, pero...) «Aparte, algo de pasta para unas birras, anda. Te estamos haciendo un favor», sacara algo más de pasta y le pasara todo el fajo con una sonrisa de «A su servicio».

—Qué grande eres, compadre. Mola —dijo el altavocero, embolsándose el dinero, y no tardó un segundo en volver a la furgoneta con Barnaby pisándole los talones, pero esta vez, cuando subieron y salieron disparados para su piso, Barnaby ya no iba en el centro.

—No serán de imitación o algo, ¿no? —preguntó retórico.

—¿Los Auridial? Ni de coña, jefe. Son Auridial de los buenos. —Y ambos esbozaron una sonrisilla a la que Barnaby no dio muchas vueltas. Luego, cuando les daba instrucciones para ir hasta su casa, pasa los badenes esos, ahora a la izquierda, después a la derecha, a la izquierda en la tienda de bebidas, notó la impaciencia en la furgoneta; la notó aflorar:

—¿Queda mucho, jefe? No tenemos todo el día, colega.

Pero por lo menos cumplieron con su palabra. Lo llevaron hasta la puerta de su piso y le ayudaron a descargar los altavoces, que, para su desconcierto, resultaron ser bastante ligeros; de hecho, si consideramos su tamaño... Vaya. No habían cumplido con su palabra.

—Perdona, jefe, pero tenemos que irnos echando leches. Que los disfrutes...

Y Barnaby se vio a sí mismo sonriendo como si ese hubiese sido el plan desde el principio, no timarle a él. Sonriendo mientras la furgoneta, «también disponible en blanco», se largaba a toda velocidad, dejándolo allí plantado en la puerta de la calle.

Se giró para contemplar sus dos monolitos; pensó en instalarlos en ese mismo momento. Mejor no, pensó. No hay tiempo. (Y cierto instinto le dijo que se guardara esa decepción para más tarde).

Ahora Barnaby sí que iba a llegar tarde al trabajo. Ya no estaba fumado, cerró su piso con los altavoces dentro. Los altavoceros le habían fastidiado el paseíto, así que cogió el metro desde Finsbury Park hasta Manor House y desde allí dejó el metro y fue andando a toda prisa por Green Lanes en dirección a Clissold Park, y después hacia Church Street, rumbo al Threshers donde trabajaba, dando gracias a Dios por esos turnos de noche. Gracias a Dios por la ley del alcohol.

Y estaba como a doscientos metros de la tienda cuando una furgoneta se paró en la acera junto a él y un tipo —esta vez un tipo blanco— sobresalió por la ventanilla con los labios moviéndose en un «bla, bla, bla, bla».

55

CINCO

No era más que otra becaria, lo que hacía de su logro algo
más notorio aún: el haber prolongado las típicas prácticas semanales en dos e incluso tres semanas enteras. De modo que, aparte de sus habituales tareas, como hacer té, clasificar la corres-
pondencia y hablar sobre Ibiza, le habían sido confiadas otras
—un tanto menos secundarias—, como clasificar facturas, ac-
tualizar archivos e incluso controlar a otras becarias en prácticas
(a las recién reclutadas, las de media jornada), asegurándose de
que sabían cómo funcionaba todo a la hora de repartir los cafés
y escoger las rosquillas adecuadas para la mesa de las fotos y,
tal vez, pongamos, si llegaban al trabajo más monas que ella,
darles algún que otro consejillo amigable sobre cómo vestirse al
día siguiente.

Así que allí estaba, con los pies bajo su mesa. Su propia
mesa. La gente había empezado a referirse al sitio donde se sentaba como «el escritorio de Sophie» y, como si eso no fuese lo bastante sorprendente, le habían pedido que evaluase bronceadores
para un especial de cinco páginas que saldría —Dios, trabajaban con tanta previsión...— en el número de junio. El Grandio-
so Test del Bronceador.

Por supuesto, a ella no le habían pedido que siguiese ninguno de los carísimos cursos o tratamientos, eso estaba reservado
para los editores y los editores adjuntos; tampoco le habían pe-

dido que evaluase ninguna de las cremas o lociones de más nombre, eso estaba reservado para los redactores externos y en plantilla. Las que le habían sido asignadas eran las más baratas, de la gama «Lagartona de Newcastle», las que probablemente saldrían en la sección «Se ve a la legua el moreno de bote» del especial. Lo que podía explicar el hecho de que, mientras que a todo el mundo se le había dado un solo producto, a ella le hubiesen pedido que hiciera cuatro. Cuatro lotes enteros de distintas lociones de tinte de piel que —tampoco es que le importase— habían empezado a ponerle la suya de color ladrillo.

A ella no le importaba, porque ¿acaso sabe una cómo no ser ni demasiado rica ni demasiado delgada? Por lo que respectaba a Sophie, tampoco puede una saber si está demasiado bronceada. Además, esa transformación gradual le había conferido una especie de estatus en la oficina, lo que había socavado su anonimato. Significaba que la gente la veía; y para el becario ambicioso ser visto es la primera batalla ganada.

Aparte de por su color de piel, había algo más por lo que era cuasi famosa: por su novio, Dash. Antes incluso del «Naranjómetro de Sophie» había existido «Dash el Chungo». Cuando Gabrielle, la directora, entrevistó a Sophie para las prácticas, estaba desayunando una loncha de queso, dispuesta sobre el plato más estiloso que Sophie jamás había visto. Cuando le vociferó a Sophie con un aliento nauseabundo, se disculpó diciendo que estaba haciendo la dieta Atkins, y Sophie dejó los carbohidratos ipso facto. La conversación se había visto interrumpida en varias ocasiones, cada vez que se acercaba algún empleado a los sillones donde estaban sentadas. Venían con extraordinarias preguntas para Gabrielle. Preguntas sobre una sesión de fotos en isla Mauricio, sobre el clima de allí; preguntas como «¿Tenemos algún nuevo experto en sexo este mes?». ¿Tenía el número de la amiga de Kate Winslet? Porque la gente de Kate está siendo como muy desagradable. Y ¿decimos que hemos probado el vibrador anal o no? «Bueno, ¿lo hemos hecho?», preguntó Gabrielle. «Sian sí», fue la respuesta. «Puaj... Vale, entonces contesta que no. Sé evasivo. Pon "Sin testar, gracias", entre signos de exclamación; y espero que Sian sepa que se lo puede quedar, ¿entendido?».

Las chicas que la importunaban con sus preguntas eran unas pijas y unas amargadas. Sus ojos caían sobre Sophie y los apartaban corriendo, como si estuviesen leyendo una especie de pintada ofensiva. Pero Gabrielle no era ni una pija ni una amargada y cuando miraba a Sophie sus ojos eran cálidos, y Sophie se imaginó que Gabrielle había visto algo en ella, allí en el sofá de enfrente.

Así que moló cuando Gabrielle le preguntó por su novio: «¿En qué trabaja?». Moló porque la mayoría de las chicas tenían novios que trabajaban en otras revistas, o hacían algo igual de glamouroso y *cool*, e incluso las otras becarias tenían novios que querían trabajar en otras revistas o hacían cosas glamourosas y *cool*. Moló decir: «¿Dash? Pues vende cosas en la parte trasera de una furgoneta», en un tono de conciliábulo muy logrado. Suficiente, Dash se convirtió en Dash el Chungo, a Gabrielle le gustó la idea de él, y al resto de la oficina lo mismo. Cuando no estaban observando cómo se volvía naranja Sophie, se ponían «Él es como muy guau», al oír el nombre de Dash, y alzaban sus brazos como exploradoras en la cima de una montaña rusa. Brazos arriba y abajo. «Es como muy güei». Y otra vez arriba y abajo. Antes de empezar a ponerse naranja, había tenido a Dash. Él había sido su pasaporte a la fama.

Había otra cara de la moneda, siempre hay otra. Los pasaportes suelen usarse para enseñarse un momento, conseguir acceso y volver a guardarlos. La fotografía está bien para echarse unas risas con los colegas, para romper el hielo en vacaciones, pero nunca es la cara que quieres mostrar al mundo. Es un recordatorio de otros tiempos, del pasado.

—Entonces ¿cuándo vamos a conocer a Dash el Chungo? —le preguntó Gabrielle, cuyo novio era director de una revista masculina de moda, divinamente norteño y apuesto. La respuesta, Sophie empezaba a darse cuenta, era «nunca».

Ahora estaba en el baño, embadurnándose con una toallita de autobronceador y comprobando con horror que se lo tenía que dejar —Dios— ¡veinte minutos hasta que se secase!

Dash llamó a la puerta del baño. De hecho, la aporreó.

—¿Cuánto piensas estar ahí metida, Sophie? —bramó.

—Un rato —bramó a su vez, y volvió a mirar las instrucciones al dorso del envoltorio arrugado de la toallita—. Pone que diez minutos.

—¡Tengo que mear, nena! —gritó Dash—. No puedo más.

—¡Pero si ya has meado! —El recuerdo estaba todavía reciente.

—Tengo que ir otra vez. —Demasiado café.

—¿No te puedes esperar?

—Llevas años ahí metida. Ya he esperado.

Suspiró:

—Pues bien, vas a tener que esperar un poco más. Estoy en mitad de una cosa. —Sus palabras resonaron en el diminuto baño, poco más que un cubículo.

—¿No puedo entrar y echar una meada?

—No —respondió indignada—. Estoy en mitad de una cosa. ¿Cómo te las apañas para tener que mear siempre que estoy en el baño?

—¿Y tú cómo te las apañas para estar en el baño siempre que tengo que mear?

—Se siente. Tendrás que esperarte.

Se quedó allí, con los brazos y las piernas separados, como un maniquí, oyendo cómo maldecía Dash y se iba indignado hacia la cocina.

—Y no vayas a usar el fregadero de la cocina —gritó. No hubo respuesta—. Y ponme una taza de té si haces uno —añadió agitando un poco los brazos.

Eran tantas las ganas que tenía Dash de mear que acabó haciéndolo en el fregadero, con el grifo abierto a la vez. Eso significaba que cuando Sophie saliese del baño tendría que hacer como que iba a mear, porque si no se daría cuenta, y lo de mear en el fregadero no le hacía mucha gracia. Se veía obligado a hacerlo a menudo, y siempre se acordaba del mismo chiste. Ese de un tío que una noche va y se liga a una piba en una disco y terminan en la casa de ella. «No hagas ruido —le dice ella, mientras se acoplan en el sofá—. Papá y mamá están durmiendo arriba». Así que se ponen a magrearse —un poquito de calentamiento— y entonces él se disculpa y le dice que tiene que ir al baño urgentemente. «Bueno, pero arriba no puedes ir —dice—, despertarías a papá y mamá. Tendrás que usar el fregadero». Así que ahí que se va a la cocina y se tira un buen rato hasta que ella le oye llamarla por la puerta de la cocina y va a ver qué es lo que quiere. «¿Va todo bien?», le pregunta desde el otro lado de la puerta. «Sí, perfecto —responde—. Pero ¿dónde está el papel higiénico?».

Ves, Soph, pensaba Dash mientras terminaba y se sacudía, las últimas gotas de pis chapoteando por el desagüe. Ves, se pueden hacer cosas mucho peores en el fregadero.

Y entonces, como si estuviese en el guión, oyó a alguien gritando desde la calle, seguido de un insistente pitido del timbre. Fue a abrir y cogió el telefonillo.

—Sí —dijo poniendo adrede un tono grave y serio.

—Soy Pesopluma. —Una respuesta áspera—. Me manda Chick.

¿Había tres palabras menos apropiadas en el diccionario? Me manda Chick. Dash suspiró para sus adentros.

—Vale, sí. Espera ahí.

Y Dash deseó que el señor Frewin-Poffley hubiese arreglado el seguro de la puerta para abrirle a Pesopluma desde arriba, pero el señor Frewin-Poffley aparecía con la frecuencia de un eclipse de sol, así que Dash bajó pesadamente por las escaleras, pasó por delante del piso de abajo y abrió la puerta de la calle para descubrir a Pesopluma en el umbral.

Al instante deseó no haberle pegado al chaval con Tourette. Podía ver a través del chaval, ahí estaba la cosa. Estaba haciendo teatro. Y cuando el puño de Darren entró en contacto con la estúpida y orgullosa cara del chaval con Tourette, Darren murió y nació Dash.

Ahora era lo mismo. Podía ver a través de Pesopluma. Casi literalmente. La humanidad marchitándose con avara desesperación.

Pesopluma era delgado. Mucho. Era negro pero solo en teoría. Su piel había empezado a volverse del color de las escaleras mecánicas. Llevaba un cochambroso pantalón de chándal negro y una chaqueta vaquera cuyo cuello, a pesar del soleado día, mantenía subido con una mano temblorosa. Por encima de unos pérfidos ojos lechosos y una boca arrugada por la costumbre de suplicar, llevaba el pelo desaliñado, anticuado y con un color que hacía pensar que alguien le había tirado un cenicero encima. Tal vez se lo hubiesen tirado. Al traspasar el umbral trajo consigo un abrumador hedor a tabaco que incluso a Dash, no ajeno a los placeres del cigarrillo, le resultó nauseabundo.

—¿Cómo va eso, tío? —saludó Dash.

—Bien. —Hablaba con unas cuerdas vocales torturadas—. Solo que un poco temprano, ¿no?

Dash no había tomado nota del trémens de su nuevo compañero, pero ahí estaba.

—Así que tú eres el conductor. —Ese tipo no parecía capaz ni de llevar un carrito del súper, y menos todavía una furgoneta.

—Eso es lo que me dijo Chick. Un curro de conductor.

—Chick me aseguró que eres bueno con el cúter. —Dash podía oírse intentando parecer un tipo duro.

—No me dijo nada sobre problemas.

—No tiene por qué haber problemas. Hablaba por hablar. Por sacar conversación, vamos.

Pesopluma se sorbió la nariz:

—Sí, bueno, solía trabajar en el Kwik Save, ¿o no?

—Claro, tío.

Pesopluma tosió como al borde de la muerte, como si fuese a depositar sus pulmones justo allí en la moqueta del pasillo, justo en la puerta del piso del viejo. Dash esperó a que terminara.

—Qué saludable...

Pesopluma lo miró:

—Pues no.

—Bueno, vale, espera aquí. Voy a por las llaves. Nuestra primera parada es el almacén. Ya te lo explico todo por el camino.

Una nube de oscuridad y confusión se cernió sobre la mirada de Pesopluma.

—Chick me dijo que era solo conducir.

—Sí, bueno, hay algo más.

—Me dijo que era solo conducir, compadre. —Una mueca forzada en su boca, su cabeza inclinándose amenazante.

—Sí, sí, de acuerdo —dijo Dash, haciendo un gesto pacificador con las manos—. Tú espera aquí un minuto, bajo en un segundo y hablamos de camino al almacén.

Dejó a Pesopluma apoyado contra la puerta del piso de abajo y salió corriendo escaleras arriba. Sophie había salido del baño en pijama, brillando como si fuese radioactiva. Dash quería demasiado a su novia como para decirle que se estaba convirtiendo en un umpa-lumpa, pero aun así se preguntaba cuánto más podría soportar mirarla sin tener que ponerse gafas de sol. Entre ella y Pesopluma, empezaba a preguntarse si él era el único que conservaba la piel con la que había nacido.

—¿Me has hecho té? —preguntó acoplándose en el sofá y abriendo una bolsa de maquillaje.

—No —dijo—. Me voy a currar.

—Ah. ¿Ha venido Warren?

—No, nena. Warren se cabreó conmigo ayer. Tengo un conductor nuevo. —Buscando su chaqueta en la percha. Una chaqueta de Sophie, una chaqueta de Sophie, una chaqueta de Sophie—. ¿Dónde está mi chaqueta?

—Ni idea. Donde la dejaste. Y entonces ¿quién es tu nuevo compañero?

—Se llama Pesopluma. Mira, estás sentada encima de la chaqueta.

—Ah, vaya. Toma, cógela. ¿Que se llama cómo?

—Pesopluma.

—Ah, y ¿dónde está?

—Abajo en el pasillo. Oye, ¿has visto mis llaves?

Sophie dejó el bote de pintaúñas que tenía en las manos —lo puso en la caja de cartón que tenía delante— y fue a espiar por la puerta. Al final de las escaleras se veía a Pesopluma apoyado contra la puerta del piso de abajo, fumando. Este miró hacia arriba y ella se apartó.

—Por Dios —dijo en un murmullo—. Parece una bandera pirata. ¿Qué le pasa?

—Está enganchado al crack —respondió Dash con un absurdo orgullo.

—¿En serio? —Volvió a mirar. («Esta mañana ha traído a un yonqui». «Como muy guau. Como muy güey»).

—Sí, en serio. —Se puso la chaqueta y estrujó el bolsillo: ahí estaban las llaves—. Un auténtico yonqui viviente. Oye, nos vamos para el almacén. ¿Estarás aquí cuando vuelva?

—No creo. Voy a trabajar.

—Vale. —Se detuvo en la puerta y miró hacia donde estaba sentada ahora Sophie, embebida por su movida de uñas, y sus ojos se clavaron en su escote.

—No llevas el collar nuevo.

Se encogió:

—Me lo puse ayer —replicó. Se mordió el labio sin saber que lo estaba haciendo—. Tampoco quiero gastarlo.

—Es que todavía no te lo he visto puesto.

—Ya lo verás —dijo—. Pero hoy no, eso es todo.

—De acuerdo, pequeña —dijo, y le mandó un beso—. Entonces nos vemos luego.

—Eh, creía que te morías por mear.

Pero la puerta ya se había cerrado de un portazo tras él. No me llames «pequeña», por favor, pensó, pero no lo dijo, mientras él bajaba corriendo las escaleras, otro portazo de él y de su nuevo compañero.

—¿Esa es tu chica? —preguntó Pesopluma, con el tono amenazador de un merodeador nocturno. De camino a la furgoneta seguía con la chaqueta vaquera hasta arriba.

La furgoneta era blanca y estaba sucia, y en la mugre Warren había escrito «Atrévete a golpear el techo de este cacharro», porque le daba mucho coraje la gente que golpeaba el techo de los coches cuando se subía. Dash se dio cuenta de que estaba mirando las palabras casi con nostalgia mientras se acercaban.

—Sí, esa es —respondió.

—Extraño color —valoró con sorna Pesopluma.

Y que lo digas, pensó Dash, pero se calló y se montaron en la furgoneta para ir al almacén.

SEIS

Le temblaban las manos al volante y, cuando ponía la izquierda en la palanca de cambios, Dash temía que metiese otra marcha e hiciese temblar toda la furgoneta. Con todo, al menos sabía conducir. Eso era así.

Desde su lado de la furgoneta, Dash contemplaba a su nuevo compañero como si perteneciera a una especie diferente, lo que, en cierto modo, era verdad: *Homo crackens.* Para Dash el crack estaba tan lejos de su órbita de maría y de las ocasionales pastillitas o rayas de coca como otra galaxia. «Hasta su mono tenía el mono», le había dicho Chick ingeniosamente. Dash nunca había tenido el mono, ni quería, pero no podía evitar sentirse fascinado por el de Pesopluma. No le preguntes, Chick te lo ha advertido. Así que...

—Así que —empezó Dash—, ¿qué has estado haciendo últimamente?

Pesopluma sacudió la furgoneta al reducir. La marcha no entró y los cambios rechinaron. Dash se estremeció. Pesopluma se puso pálido.

—Pues esto y lo otro —graznó—. Pasar el rato.

—¿Has estado malo? —preguntó Dash, un tanto impertinente, pensó, dado que saltaba a la vista que Pesopluma era un matón sanguinario que probablemente hubiese herido a cualquiera para conseguir una dosis (y una vez trabajó en el Kwik Save...).

Pesopluma recibió el interrogatorio con una mirada fija y prolongada más allá de los asientos. Tan prolongada que Dash creyó que se saldrían de la carretera.

—Qué va, compadre —dijo Pesopluma al rato—. Qué va, nada de enfermedades.

—Ah, bueno, perdona. Solo me lo preguntaba. —Dash se descorrió la cortina del pelo, dejó que el silencio salvara el escollo, hasta lo que consideró un intervalo de tiempo respetable, y luego rebuscó en el lateral de la furgoneta y sacó un folleto de Auridial.

—Esto es lo que vendemos —informó, pasándoselo a Pesopluma para que lo viese.

—Lo que vendes tú. Yo solo conduzco.

Dash suspiró. Este iba a ser un trabajo duro.

—Vale, que sí, tú conduces, compadre... —Sus ojos, nerviosos, se escoraron para ver si Pesopluma pensaba que le estaba tomando el pelo, con eso de «compadre». No le había sonado muy allá, como cuando te pruebas ropa que casi te está bien pero no del todo. Aun así, ninguna reacción—. Pero somos como un equipo. Tienes que arroparme un poco. ¿Qué te dijo Chick?

—Que era un curro de conducir.

—Pues no es solo conducir. Tienes que decir algunas cosas para ayudarme.

—¿Como qué?

Aquella primera noche en el pub, justo antes de que llegase la señora de Chick y enseñase las domingas, Chick le había contado qué era lo que había que hacer para ser un altavocero, y una de las cosas que le había dicho aquella vez fue: «Que tu conductor te arrope, ¿estamos?».

Dash, medio ciego, encantado y nervioso, le preguntó si los altavoces valían gran cosa.

—¿Gran cosa? A mi mujer no se los regalaría. Pero lo guapo del asunto es que los altavoces dan el pego. Ya los verás. Harían babear a cualquiera. Pero olvídate de ellos ahora, ¿quieres aprender o no?

Dash quería.

—Bien —dijo Chick—. Tienes el blanco, el rollo, el teatrillo y el cierre. Repítemelo. —Chick, ciego y disfrutando de dar clases.

—Tienes el blanco, el rollo, el cierre y el teatrillo.

—Al revés, chaval, pero no importa. Empieza por el blanco. O sea, encontrar a alguien que compre, y una vez que consigas hacer eso bien, te vas a forrar. Por supuesto, olvídate de las mujeres. Tenemos un perfume que echa para atrás a las mujeres, ¿sabes lo que te digo? —Le guiñó un ojo—. Los altavoces son cosa de hombres. Y de los viejos olvídate también. Si queremos «dinero viejo», podemos hacer como que leemos contadores, ¿sabes lo que te digo? —Dash sintió una ligera punzada de inquietud—. Nanay, lo que necesitas son chavales jóvenes, entre dieciocho y treinta y cinco. Lo suyo es pillarlos solos, o con la novia. A veces funciona con la novia, porque quieren impresionar a la chorba. Pero a veces la chorba se los lleva a rastras de la oreja. Y así es como vas a tener que tocar tú..., de oreja. —Se rió con su gracia. La risa derivó en tos, que se volvió pollo y aclarado de pulmones, luego una remesa gutural de moco en la boca, donde se quedó para que Chick la removiese entre los dientes como si fuera un chicle.

»Solos es mejor —continuó, metiendo la lengua en el pollo verde como si fuera a hacer una pompa con él—. Hasta por la ropa puedes saber si les va a interesar o no. Si llevan cascos tienes una venta. Y los estudiantes. Si son estudiantes tienes una venta. La pena es que el territorio de Holloway Road ya está pillado. Holloway Road está plagada de estudiantes que babean por impresionar a unos tíos con furgoneta comprándoles unos altavoces chungos. Pero, como te digo, el territorio está pillado. Y ni se te pase por la cabeza intentar colar ventas allí porque te patearían la cabeza y yo no podría hacer nada por ti. ¿Lo pillas?

Dash lo pilló, encantado con el ingrediente extra de peligro.

—De todas formas —prosiguió Chick—, por aquí hay más de un estudiante. Los mejores son los blancos. Con los negros tienes que andarte con cuidado, ¿sabes lo que te digo? Suelen ser más listos que la media cuando se trata de movidas callejeras. Los chavales pakis también son buenos, sobre todo si van andando con esa actitud que han aprendido de los negros. —Le dio un sorbo a la cerveza y Dash supo que estaba mezclando la Guinness con la sustancia de su boca y creando una sensación sabor Guinness-moco. Solo de pensarlo le dieron ganas de vomitar—. Pero lo más importante es que, sea quien sea, se tiene que sentir como... adulado por que te hayas parado con él para preguntarle. Como si tú pensases que son unos tíos enrollados, que saben de la calle, que son del tipo de tío que va a apreciar esos altavoces de puta madre que le vas a vender, del tipo que sabe reconocer un buen negocio cuando lo tiene delante. ¿Lo vas pillando? —Dash asintió—. Bien, porque ahora viene el rollo. ¿Qué pasa?

—Perdona, es que tengo que ir a mear. —Estaba empezando a pensar que seguir el ritmo de Chick con las pintas no había sido una gran idea.

—Venga, vale, pero date prisa que no tengo toda la noche.

Cuando volvió (una meada, un meterse los dedos cual pala por la garganta, sin resultado), Chick le instruyó sobre el rollo: la «Jugada Albarán», desarrollada y mejorada durante años de aplicación en sujetos tipo Barnaby Horton. Se puso a explicarle los viajes al cajero, y cómo mantener al objetivo hablando —hablando de cualquier cosa menos de altavoces—, para que no le dé tiempo a pensar en el dinero que está a punto de derrochar; en que su parienta le va a matar cuando vuelva.

Luego Dash le preguntó de dónde sacaba la furgoneta y Chick le dijo que de la nave, del mismo sitio donde se recogían los altavoces.

—Solo una cosa —añadió como si fuese una minucia—. Esto es como en un videoclub. Te tienes que llevar por lo menos dos juegos al día, que tendrás que vender para pagarme mi porcentaje de veinticinco libras por juego. —Sonrió y arrugó la nariz, en plan «Bah, es solo un pequeño cacho». Nada.

—Lo que no entiendo... —empezó Dash. Las pintas habían empezado a subírsele. Su mundo parecía ahora el de Willy Wonka—. Lo que no entiendo es que, vale, si te tengo que pagar veinticinco libras por juego de altavoces vendido, y tengo que vender por lo menos dos pares de altavoces al día, eso quiere decir que te debo cincuenta libras al día.

Chick estuvo de acuerdo en que sí, en que eso era lo que quería decir, como si fuese Chick el que le diese un trabajo, un conductor y un par de billetes de cien para empezar, y eso hiciese de él...

—... Ergo tu jefe, y como jefe tuyo que soy me quedo una parte, cincuenta al día. Pero no tienes por qué dármelas todos los días, somos gente ocupada, o lo serás, basta con que me las des en entregas semanales. Hacen doscientas cincuenta a la semana; no espero que trabajes en finde. —El benevolente, el bueno de Chick le dedicó a Dash otro guiño amistoso.

—Claro —masculló Dash—. Claro, vale, lo pillo. Pero ¿por qué tengo que ir todos los días a la nave a por dos juegos de altavoces?

—Porque tendrás que vender dos al día para darme mi parte.

—Ya, sí, pero lo que quiero decir es que, ¿qué pasa si no vendo dos al día?

—Más te vale que sí, porque yo quiero todo mi cacho —sonrió Chick.

—Ya, sí, no, eso lo entiendo. Pero lo que quiero decir es que, como tú te vas a llevar tu parte de todas formas, ¿qué importa cuántos altavoces me lleve al día?

—Ah, perdona, tío. Ahora te capto. Bueno, la cosa es que el tío del almacén es colega. Y por cada juego de altavoces que te vende a ti él me da una parte, siempre y cuando le garantice cierta cantidad de altavoces vendidos al día. ¿Entiendes? No tiene más historia.

—Ajá. —Dash reflexionó un instante al respecto, vio que no se había enterado y volvió a su preocupación inicial—. Ya, pero a lo mejor no puedo pagarte tu parte porque no he vendido dos al día, y además entonces tendría que pagarle al almacén.

Chick se echó hacia delante y le dio a Dash una palmadita en el brazo, amistosa, pero ahí se quedó, agarrándole con su mano-pezuña.

—Muy bien. —Se rió—. Lo has pillado. Y oye, no te preocupes por vender los altavoces. Los vendes fijo, sin problema. Ah, justo a tiempo. Aquí está la parienta...

Debería haberlo sabido.

—Hey, Dash —lo llamó Chick mientras Dash salía dando tumbos del pub—, una última cosa. —Se volvió—. Que no se te olvide ir mañana a trabajar. Bien tempranito. Ya les digo yo que te vas a pasar. Tengo tu dirección por si hay algún problema. ¿Vale, tío?

Al día siguiente Dash cogió el metro para Walthamstow, rumbo al almacén. La resaca le colgaba del hombro como un pájaro carpintero con obesidad mórbida, martilleándole el cráneo sin parar. Pero incluso por debajo de su dolor de cabeza podía reconocer los escollos potenciales del plan de Chick. Escollos para él, claro. Tenía que comprar todas las mañanas los altavoces. Cien libras por juego. Tenía que venderlos, pagar un porcentaje al conductor, pagar a Chick. Si podía vender los altavoces, guay. Si no, bueno, venga, Chick lo entendería. Eso es lo que se decía. Puede que incluso llegase a creérselo en ese momento.

Empezaba a dudar. Como que a lo mejor Chick pertenecía a la escuela de económicas del «Te jodes y me pagas».

Y ahora notaba cómo el miedo residente en su estómago se agitaba, con Pesopluma sentado a su lado, sin ningún interés por ayudar a colocar los altavoces que Dash tenía que vender a toda costa, porque lo cierto era que el negocio no daba para tanto.

La primera vez que salieron él y su conductor, Warren, en fase de adaptación aún, de treinta personas que pararon vendieron solo un juego. Toda una curva de aprendizaje. Al día siguiente vendieron cuatro. Tuvieron que volver al almacén a por más. La buena racha les duró toda la semana y acabaron embolsándose una ganancia importante, y Dash cumplió y le llevó su parte a Chick, más el préstamo inicial, y Chick se lo agenció, gruñó un gracias y Dash se largó. Esa semana, perfecto. La siguiente, no tanto. Consiguieron dos al día, salvo el martes (por tradición, pronto lo descubrió, un día en el que la gente no compra material de sonido), en el que solo vendieron uno, y, aunque el beneficio se redujo, todavía no cayeron en números rojos (Chick se llevó lo suyo, gruñido incluido). Al lunes siguiente vendieron tres, compensando la pérdida de la semana anterior, pero al día siguiente, otra vez un puñetero martes, no vendieron ni uno. El resto de la semana vendieron dos al día y llegaron al final de la semana sin estar todavía en número rojos (Chick se llevó lo suyo, gruñido incluido), pero con dos cajas de altavoces Auridial en el piso de Dash.

En este momento Dash pensaba: ¿Solo dos cajas de Auridial? Qué lujo. Porque ahora había más de dos (había dejado de contarlas). Ahora su media era de menos de una venta al día, pero seguía recogiendo dos cajas de altavoces cada mañana. Había semanas en las que no vendía ni una caja, y ni siquiera saliendo los fines de semana y por las noches conseguía recuperarse. Todos los días retiraban dos cajas más de altavoces del almacén. Todos los días depositaban una en el piso de Dash y paseaban la otra por su territorio. Era una zona pequeña, pronto se dio cuenta. O podía ser que, en lo que a zonas se refería, le hubiesen dado una porquería. Eran siempre las mismas caras. Los jóvenes del distrito los conocían y los odiaban, o conocían a alguien que los conocía y los odiaba. Una vez más, debería haberlo sabido. «El joven Dash se está haciendo con el negocio de los altavoces en la zona», les había dicho Chick a sus colegas, y a Dash le había parecido ver una risita cómica pasando de uno a otro.

A la mañana siguiente, cuando Dash y su pájaro carpintero fueron a presentarse, Phil, el capataz del almacén, le había dicho:

—Te ha tocado la ronda de Stoke Newington, ¿no? —Un buen acopio de aliento, la cara como si estuviese expulsando una piedra biliar.

Incluso Warren, el conductor, su supuesto compañero:

—Me cago en Stoke, tío. No hay más que veganos, profesores de yoga, judíos y turcos, ¿sí o no? Aquí no vamos a vender ni una puta caja.

No se equivocaba. Las únicas veces que hacían una venta era cuando ponían a prueba los límites de su zona, hacia Dalston, bajando por Seven Sisters y por Tottenham; o, mejor, metiéndose de extranjis por Finsbury Park y por Holloway, donde había estudiantes de verdad. Si hubiese sido por Dash habrían ido de caza furtiva todos los días, presionando: «Venga, Warren, aunque sea los fines de semana»; pero Warren no estaba por la labor. Como que sentía apego por sus piernas, ¿entiendes? Así que todos los días salían, recogían dos, depositaban una e intentaban —y por lo general no lo conseguían— vender la otra, y el almacén tenía su dinero, el capataz estaba contento y Chick se llevaba lo suyo, gruñido incluido, pero Dash se veía sudando cada vez más, un constante y penetrante olor a sudor de Dash en la cabina de la furgoneta. Hasta la semana pasada, cuando tuvo que darle cien libras de menos a Chick.

—Pues más te vale conseguirlas para la semana que viene —dijo Chick alegremente, y la experiencia no desanimó del todo a Dash. Hasta ayer no supo que Chick estaba alegre de la forma en que un bull terrier lo está justo antes de comer. Le dolían los huevos solo de pensarlo.

Después de todo, no era de extrañar que Warren se hubiese largado. La mayoría de los días su parte ascendía a cero. Estaba harto de conducir los fines de semana. Su novia había empezado a darle la vara. La pelea que había tenido con Dash solo había sido el pretexto que había estado buscando. Dash había visto a través de él.

Pero había algo positivo en su deserción: la marcha de Warren significaba que ya no tenía a ningún gallina en plantilla que le impidiese visitar Estudiantelandia. ¿Y Pesopluma? Bueno, don Piel de Plomo parecía apañárselas: le faltaba la fibra de Warren, pero para compensar tenía esa mirada de veterano del crack.

Además, había trabajado en el Kwik Save. Y lo que era más, Dash tenía otro ingenioso plan...

Pasaron al lado del canódromo y Dash intentó entablar conversación con Pesopluma.

—Una vez vi a Vinnie Jones ahí —dijo señalando el canódromo. Si lo que esperaba era una historia recíproca de avistamiento de famosos, no lo logró. A modo de respuesta, Pesopluma tosió. Probablemente se hubiese pasado el último año tirado en el suelo de una casa de yonquis, drogado, pensó Dash, antes de señalar una puerta y decir—: Gira aquí. Aquella es la nave.

En el almacén los gases de furgoneta blanca parecían estar suspendidos, formando capas en el aire, como hamacas vacías. La suya no era la única furgoneta en peregrinación. Como siempre, la nave era un hervidero, las persianas metálicas subidas y Phil en la explanada de la entrada, dirigiendo equipos de altavoceros, tachando artículos en su carpeta. Había hombres cargando cajas por doquier, hacendosos cual abejas obreras, a veces de dos en dos. Por el camino, Dash sintió celos de un equipo que cargaba una, dos, tres y hasta cuatro cajas de Auridial en la parte trasera de su furgoneta (tachón y saludo de Phil).

—Mejor métela de culo —dijo Dash, muriéndose de vergüenza por dentro. Era de esperar: las abejas obreras pararon su trabajo para ver cómo Pesopluma hacía un giro de 180 grados en la explanada de la nave. Las marchas chirriando al son de aplausos y vítores, hasta que por fin la furgoneta quedó de espaldas a la entrada de la nave.

—¡Para! —gritó Dash, con los ojos en el retrovisor—. Por Dios, poco más y matas a un tío.

Pesopluma lo miró un tanto avergonzado.

—Es que nunca he conducido una furgoneta tan tocha.

Dash se sintió cansado y se apartó el pelo humedecido de la frente.

—Vale, bien, mejor espera aquí. —Y bajó de la furgoneta.

El olor de la nave le recordaba al Scalextric que le habían regalado de chico. Le reconfortaba, o algo parecido. Al igual que el resto de altavoceros. O algo parecido. En parte los odiaba porque sus zonas eran mejores que la suya y porque la mayoría llevaba ropa deportiva de marca y podía permitirse zapatillas buenas, y lo más probable era, aunque tampoco podía asegurarlo, que no tuviesen a un Chick acechándolos, exprimiéndolos poco a poco. Pero había cierta cordialidad, y tenía un cierto estatus en el almacén. En broma, claro. El pobre pardillo que tiene la ronda de Stoke Newington. Pero aun así.

—Vaya, Stoke —le dijo uno—, ¿tenemos conductor nuevo?

Los de al lado se rieron. Y Dash también, con la esperanza de que Pesopluma no lo hubiese oído y se estuviese bajando a trompicones de la cabina, blandiendo su legendario cúter, dispuesto a saltar sobre todos los hijos de puta que se hubiesen metido con él, a toserles a todos encima...

—¿Qué le ha pasado a Warren? —El tipo tenía una sonrisa enorme. Estaba en su derecho. Por lo que Dash sabía trabajaba por Londres Oeste, todo población itinerante, un montón de niños pijos fumetas, cientos de chavales locos por la música.

—Nos hemos peleado.

—¿La parienta le ha leído la cartilla?

—Eso también.

Phil apareció por allí.

—Dash, compadre, ¿cómo va eso?

—Podría ir mejor —respondió Dash poniendo cara de perro apaleado.

—Qué me vas a contar a mí. Serán dos, ¿no? —El bolígrafo sobrevoló la carpeta.

—Esto, no, creo que hoy me llevaré una, gracias.

El bolígrafo de Phil continuó planeando, pero miró a Dash con la misma expresión de piedra biliar dolorosa en la cara:

—¿Una? —preguntó, como si Dash le acabase de decir las horas de vida que le concedía esa piedra biliar.

—Si puede ser.

—¿Chick te ha dicho que puedes llevarte solo una?

—¿Hay que decírselo a Chick?

—Me acabas de responder con una pregunta a otra pregunta, Dash. «¿Hay que decírselo a Chick?». ¿Tú qué crees?

—Creo que no hay por qué decírselo, ¿no?

—Pero acabará enterándose, ¿o no?

Dash miró a su alrededor. Se pegó un poco más a Phil.

—Mira, me sería de gran ayuda si... Ya sabes cómo es el negocio, Phil, va lento.

—Desde luego que lo sé, precisamente por eso tengo que cubrir tu cuota.

—Pero es que nadie quiere comprar altavoces en Stoke.

—Si no te llevas tus dos, yo no podré pagarle a Chick, y Chick no va a estar contento. Te apunto dos. Hoy es un buen día, se te dará bien.

—No, no, espera. —Dash puso su mano sobre la carpeta justo a tiempo para que Phil pintara un rayajo. Lo hizo como aposta, pensó que tendría gracia.

—Mira lo que me has hecho hacer.

—Espera. Mira, ayúdame. ¿Y si... y si te doy yo la parte de Chick para que tú se la des a él? Así podrás pagarle.

—Sí, podría hacer eso.

—Bien. Y Chick tendría su parte, y así Chick estaría contento.

—Bien... Pero ¿yo qué saco de todo esto?

—Tú..., pues, ¿ayudar a un colega a salir del atolladero?

Agotado, Dash cargó dos cajas de altavoces en la parte trasera de la furgoneta y se montó al lado de Pesopluma, que estaba allí fumando.

—Bien —dijo Dash alegremente. «Dos pares más de altavoces. Otros dos pares de altavoces en la parte trasera de la furgoneta. ¿Por qué, Señor, por qué?»—. Ya estamos. En marcha. De vuelta al piso tenemos que parar en el B&Q.

Pesopluma tiró la colilla por la ventanilla y se soltó el cuello de la chaqueta vaquera para arrancar la furgoneta. Con el habitual chirrido de marchas, salió hacia la explanada mientras entraba otra furgoneta.

—Son los muchachos de Holloway Road —dijo Dash, y las furgonetas se quedaron paradas a la misma altura, una entrando y la otra saliendo. Pesopluma y Dash les observaron y los muchachos de Holloway Road les devolvieron la mirada. La pareja de Holloway Road ojeó de forma extraña a Pesopluma, quien a su vez los miró de forma extraña, todos con los labios como arqueándose. Dash se vio en plan «Vale, pero a mí déjame fuera de esto», mientras observaba cómo los otros tres medían sus fuerzas. Y luego el momento pasó.

—¿Los conoces? —le preguntó Dash, mientras la furgoneta se incorporaba a la carretera. Solía pensar que todos los negros se conocían entre sí. Y de hecho así era donde él vivía. Al final de su calle la puerta de la agencia de apuestas siempre estaba flanqueada por un grupo de negros bebiendo de latas, saludando a los coches que pitaban al pasar. Y después estaba lo del saludo chocando puños. Dash envidiaba su solidaridad. Pero se equivocaba. Por lo menos en lo que respectaba a Pesopluma y al equipo de Holloway Road.

—Qué va, tío —respondió Pesopluma—. No los conozco.

Siguieron camino con su preciada carga. Los pensamientos de Dash volvieron a la venta de altavoces y bajó la ventanilla con la manivela. Por si el hedor de Pesopluma no fuese suficiente, él mismo había roto a sudar. Un sudor nervioso. Una vez había leído, en esa revista para la que trabajaba Sophie, que el sudor no olía si era el sudor corriente y moliente del trabajo duro. Solo olía cuando era nervioso, sudor Mierda-tío-acabas-de-perder-un-millón-en-la-bolsa. O por lo menos así lo pintaba la revista. No decían nada de encasquetarles altavoces a profesores de yoga.

Dash se bajó en el B&Q y dejó a Pesopluma en la furgoneta mientras recorría los pasillos en busca de cinta de embalar, la encontraba, la compraba y se reunía con su gris compañero.

—Todo listo —dijo Dash, sus vaqueros encontrándose con el asiento, y volvieron al traqueteo, de nuevo en la carretera, hasta que de pronto dijo—: Aquí. Párate aquí. —Y después al bajar—: Estate al loro, ¿vale? —Pesopluma se le quedó mirando como si estuviera a punto de decir: «Chick no me dijo nada de estar al loro».

—Por Dios —dijo Dash—, oye, por favor, solo echa un vistazo un segundo, ¿vale? Voy a mangarme esos ladrillos.

Odiaba ensuciarse las manos. Los ladrillos esos estarían sucios. Cogió cuatro. Después, consciente de que Pesopluma estaría mirándole, cogió dos más, miró atrás hacia la carretera y los lanzó al interior de la furgoneta.

Trepó al interior:

—Gracias por estarte al loro —dijo con sarcasmo. Miró a Pesopluma, esperando que le preguntara por los ladrillos, pero no lo hizo, simplemente se quedó con la mirada perdida en el horizonte mientras arrancaba otra vez. Lo que era una pena, porque Dash había estado planeando tocarse un lado de la nariz y decir: «Ah. Todo será revelado».

En vez de eso condujeron casi en silencio hasta la casa de Dash, donde descargaron (mejor dicho, Dash descargó) las dos cajas de altavoces, los ladrillos y la cinta de embalar, y lo subieron todo a trompicones hasta el piso.

Una vez dentro, Pesopluma encendió un cigarro y se recostó contra la puerta.

—Tienes un montón de altavoces aquí metidos —dijo, corriendo el peligro de esbozar una sonrisa.

Cierto. Dash tenía un montón de altavoces en su piso. Casi todo el suelo disponible estaba tomado por cajas de cartón con el logo de Auridial. De costado y de tres en tres. Una encima de otra y de dos en dos. Dash y Sophie no tenían mesa de centro: usaban una caja de Auridial. Encima estaban los cuencos de los cereales matutinos, un cenicero y el pintaúñas de Sophie. A medio camino, una maceta posada sobre una caja de Auridial, al lado del televisor. Encima de otra, una pila de revistas de Sophie. En otra esquina una caja de Auridial era el sitio ideal para poner el teléfono. E, irónicamente, las cajas de Auridial eran perfectas como soportes para la cadena de

Dash. Con una mirada torva inspeccionó su casa a los ojos del nuevo conductor.

—Vaya —dijo con tristeza—. Vaya, tengo un montón de altavoces. Pero... —le lanzó una alentadora sonrisita de Estamos-en-esto-juntos a Pesopluma—, no por mucho tiempo, ¿eh? Observa.

Con destreza sacó el primero de los altavoces de ese día de su caja y fue a buscar un destornillador en la cocina. Tampoco es que hiciese falta. Todavía no había estudiado el dorso de los altavoces, pero extrajo el panel trasero con una facilidad un tanto embarazosa. Glups.

Por un momento o así se maravilló con las entrañas de los Auridial. Se dice que la belleza está en el interior y esas historias. Por fuera los altavoces eran unos titanes del mundo de la música, bombas estéreo bombeadas por esteroides. ¿El interior? Una carcasa casi vacía que bostezó al abrirla. Un par de trozos desgarbados de cable, componentes añadidos como por añadir algo. No era de extrañar que pesasen tan poco.

Fácil de remediar. Unió dos ladrillos, los envolvió con cinta de embalar, los metió en la carcasa y volvió a poner el panel para obtener —voilà— el mismo altavoz pero ¡más pesado! Repitió el proceso con el segundo y los devolvió a su caja. Pesopluma estaba allí contemplándole, echando de vez en cuando un vistazo al pasillo como si no le importase ir a explorarlo. Pero más que nada, mirando y fumando.

—Una nueva técnica de ventas —le explicó Dash, a pesar de que Pesopluma no había preguntado—. Les voy a decir a los clientes que prueben a cogerlos para que sepan la mierda tan buena que están comprando.

Cargaron los altavoces, con su nuevo peso, y arrancaron. Dash: no optimista, no exactamente. Más bien... esperanzado. O expectante, por lo menos. Vale, rezando. Pero avistó su primera presa en Stamford Hill, un madrugador, podía ser una buena señal. O eso le dijo a Pesopluma, que volvió a torturar las marchas al reducir y parar.

Dios santo, pensó Dash, se supone que somos repartidores. Los repartidores saben conducir, por Dios bendito. Al menos captaron la atención del chaval. Dash se sonrió y bajó la ventanilla mientras el chaval pasaba a su lado con el ojo puesto en ellos, sabiendo que estaban a punto de preguntarle algo. Dash ya tenía el albarán en la mano. Ten siempre el albarán en la mano, le habían enseñado. Así creerán que les vas a preguntar una dirección. A todo el mundo le gusta que le pregunten direcciones.

—¿Cómo va eso, tío? —saludó al chaval. Un chaval blanco, quinceañero, con un polo blanco con el cuello subido, gorra y granos. Uich, pensó Dash cuando el chaval se le acercó de mala gana, granos gordos—. Esto te va a parecer una locura, tío.

—¿El qué?

Dash titubeó.

—Lo que te voy a contar.

Los ojos del chaval no estaban mirando a Dash. Estaban tomando nota de la aparición gris sentada junto a él, con la pose habitual de colilla en una mano y cuello de chaqueta vaquera en la otra.

—El caso —dijo Dash, poniendo todas sus fuerzas en combatir el tsunami de cansancio que amenazaba con engullirlo— es que acabamos de repartir unos altavoces en una de las discotecas grandes de la ciudad. Total, que vamos al almacén, cogemos el pedido con el albarán, donde pone dos cajas, todo perfecto, y entonces nos vamos para allá y resulta que solo querían una...

Los ojos del chaval hacían ping-pong entre él y Pesopluma, que estaba sufriendo un ataque de tos, su nariz como dos perros en liza.

—Perdona, tío —dijo el chaval, con los ojos como platos mientras retrocedía—. No creo que pueda ayudarte. No soy de aquí.

—No. No te enteras —dijo Dash, pero el chaval ya había dado media vuelta y subía la calle con un «perdona» final y una última mirada nerviosa a Pesopluma.

Dash se volvió a su nuevo compañero:

—Sabes, sería de gran ayuda si... —Y Pesopluma lo miró de tal forma que su frase nunca llegó al «hicieras un esfuerzo por no tener tanta pinta de yonqui moribundo»—. Venga, vamos —dijo—. Vamos a probar por la calle principal.

Marcharon. Dash avistó otra presa potencial y pararon, pero resultó que el chaval llevaba un sonotone ultradiscreto, así que Dash, que no tenía en mucha estima sus habilidades como vendedor, decidió preguntarle si sabía cómo llegar a Church Street.

—Un chaval con sonotone —se rió entre dientes Pesopluma, mientras reanudaban el camino.

—¿Eres consciente —le increpó Dash— de que si vendo unos altavoces tú te llevas un porcentaje? Pero si no vendo ni un altavoz, no te llevas nada.

—Pues entonces mejor que vendamos algún altavoz —advirtió Pesopluma.

—Mejor que me ayudes entonces.

Avanzaron hasta que Dash señaló:

—Allí. Un chaval con cascos. Probemos con ese.

Se pararon.

—Hey, tío —dijo Dash—, esto te va a parecer una locura... El chaval se quitó los cascos.

—¿Perdona?

—Digo que esto te va a parecer una locura, pero...

—Mira —dijo Barnaby Horton—, si lo que quieres es venderme unos altavoces, acabo de comprar un par.

SIETE

—CREO QUE VOY A CORTAR CON ÉL.

—Ay, Sophie, ¿porque te ha comprado ese collar horrendo? —le preguntó Peter, e inclinó la copa de vino del almuerzo con una sonrisa maliciosa.

Ella se avergonzó:

—No. Una no rompe con alguien porque le compre un collar espantoso.

—Quizá tú no... —dijo socarrón—. A mí me parece que es una razón tan buena como otra cualquiera.

—No es por el collar. Es porque estamos tomando direcciones diferentes. —Sonaba como si estuviese citando directamente de la revista, pero ella se lo creía—. Es como, uf, no sé, es como..., me siento como si —sin intentar hacer gracia ni nada—, como si lo estuviese dejando atrás. Como si se me estuviese quedando chico. Lo que quiero decir es que me daría algo si lo conocieses tú, o cualquiera de las chicas del trabajo, o Gabrielle. Y eso no está bien, ¿verdad?

Había conocido a Peter en el trabajo. En los aseos para ser exactos. Ella estaba totalmente aturdida, un día estresante y esas cosas. Sacha le había pedido que hojease fichas de modelos en la mesa de fotos y le había confiado el trabajo de encontrar el *look* perfecto para una sesión fotográfica que estaban haciendo sobre «Adiestra a tu hombre como si fuese un perrito». Esto significaba elegir entre cientos, y al final del día probablemente miles, de fotos de modelos masculinos, todos y cada uno de ellos mirándola desde sus fichas con ojos suplicantes: «Cógeme a mí, Sophie. Soy perfecto para ilustrar un especial sobre "Adiestra a tu hombre como si fuese un perrito"». No paraba de clasificarlas en montones de «no» y «quizá» (pero al final del día estaría tan hasta las narices de mirar músculos y mohínes y barbitas de tres días, algo que nunca habría creído posible, que empezaría a tirar las fichas a uno u otro montón, deliberando poco o nada) y acabó medio mareada con toda esa historia, razón por la cual pasó lo que pasó. Que fue al aseo de señoras y se dio de bruces con alguien que estaba saliendo. Un hombre.

—Ay, por Dios —dijo este, y se llevó la mano a la boca—. Perdona, de verdad. Me he equivocado de baño.

—Huy —se sorprendió ella.

—Ay, Dios, perdona —repitió y se apresuraba a irse, muerto de vergüenza, cuando de pronto se detuvo—. Espera un momento. Si me he equivocado de baño, ¿qué hace aquello allí?

Y ella miró hacia donde le señalaba: una fila de urinarios pegados a la pared, cada uno adornado por una franja *racing* de meado amarillo incrustada en el centro. Y se dio cuenta de que no era él quien se había equivocado de aseos, había sido ella, con todos esos modelos masculinos en la cabeza. Ahora le tocaba a ella decir «Ay, por Dios» y «Perdona», y se disponía a irse cuando él la retuvo, doblado de la risa, y le dijo: «Dios santo, cariño, le puede pasar a cualquiera, te lo juro. A mí también me ha pasado, solo que al revés». Y ella supo tres cosas sobre él: uno, por su acento, que era de Liverpool; dos, que era gay; y tres, que iba a ser su amigo quisiese él o no. Porque Sophie siempre había fantaseado con la idea de tener un amigo gay. Y los gays de Liverpool eran sin duda los mejores. Tendría un sentido del humor escandaloso e irreverente; tendría un cuestionable sentido del gusto a la hora de vestirse él, pero una habilidad casi inhumana para elegir lo mejor para ella; tendría una vida amorosa horrible o casi inexistente; en ocasiones lloraría borracho y le hablaría de sus padres, revelando a una persona herida en lo más profundo de su ser, bajo una fachada profesional de gay; a veces la heriría con comentarios mordaces y cáusticos; cambiaría su vida.

Se llamaba Peter y lo cierto era que en dos semanas se habían hecho amigos y, aunque todavía no lo había visto con lágrimas en los ojos, ya estaban tachadas las demás casillas. Trabajaba en otra planta, en otra revista, donde entretenía a sus compañeros con su sentido del humor escandaloso e irreverente, y se había adaptado a ella al instante, la trataba ya como una mezcla entre mejor amiga y apasionante descubrimiento antropológico.

Así que ayer, cuando se puso su flamante collar de Tiffany, era a Peter al que estaba deseando ver en el primero de sus múltiples descansos para fumar y poder enseñarle su nueva alhaja.

Porque no había sido fácil. Como que, prácticamente, había tenido que acosar a Dash para que se lo comprase.

Y ahora, sentado en la furgoneta, Dash volvió a pensar en ese momento, como un hombre que tiene que levantar una ropa empapada en sangre y mirar el espantoso desastre de debajo. En su cabeza veía el dedo de Sophie, una zanahoria con una perla brillante y ovalada en la punta. Señalaba el mostrador, y los ojos de Dash viajaron desde la uña rococó, a través del cristal del mostrador, hasta aterrizar en un collar. No un anillo, pensó, y sus sentimientos se debatieron entre el alivio y la decepción, sino un collar. Un colgante con forma de corazón en una gruesa cadena: el corazón de Tiffany. Y al ver pasar delante de él bolsitas turquesas de un lado para otro, se dio cuenta de que no le había convencido para un «es solo mirar» en la primera planta de la tienda de Bond Street. No, le había llevado allí por una razón de mayor peso. La boca de Sophie se movía y sus cejas estaban fruncidas de tal forma que supo que le estaba explicando lo mucho que quería un corazón de Tiffany, pero él no oía nada. A su alrededor otros clientes, la mayoría de su edad, gritaban a sus móviles. El personal estaba desbordado, atendiendo a la multitud de los sábados, poniendo corazones de Tiffany como si fuesen *bigmacs*. Los clientes abarrotaban el mostrador, se diría que era la barra de un bar, se morían por una pinta y justo era la hora de cerrar. El ambiente estaba cargado de aroma a Hué-leme, y saturado de actitud de Mírame. Un mar de gorras cabe-ceantes, convenientemente pertrechadas con suficiente pedrería como para llenar el árbol de Navidad de unos grandes almace-nes. Más tarde harían unos trompos en los aparcamientos del Asda, pero no ahora: ahora se estaban asegurando de que no quedase un escote desnudo; ahora estaban comprando corazo-nes Tiffany.

—No sé, Soph —decía Dash, cansado, mareado, pensando solo en Chick y en el piso hasta los topes de cajas de Auridial. El Speakers' Corner, así lo llamaba Warren—. No creo que pueda permitírmelo, nena.

Sophie no le estaba escuchando. Todo lo que podía ver era a las chicas de su alrededor, que recibían *takeaways* turquesas y mar-caban directamente un número para contárselo a sus amigas. En todo lo que podía pensar era en el lunes por la mañana y en las chicas del trabajo, en Gabrielle, en Peter. Ella no se podía per-mitir su propio corazón de Tiffany, no con la escueta voluntad que le pagaban en la revista; y además, no debería ser ella quien se comprase su propio corazón de Tiffany. Su visión del mundo estaba dictada y pervertida por la MTV, donde las letras de can-ciones habían sido remplazadas por listas de la compra. No que-ría un pringado. Quería un hombre que le pagase las facturas. Quería un corazón de Tiffany y quería que se lo comprase Dash.

Y lo consiguió. Sin saber que el lunes, mientras ella iba de ca-mino al trabajo, su corazón expuesto con orgullo alrededor del cuello, Dash estaba afrontando una crisis: Warren largándose; sin saber que mientras ella se encontraba con Peter para el pri-mer cigarrito del día y subía la barbilla para que su mejor ami-go gay pudiese ver su nueva alhaja, Chick estaba invitando a Dash a los servicios, para una raya fantasma de coca que de to-das formas no quería.

—Me lo ha comprado Dash —dijo con orgullo mientras Peter lo contemplaba con más detenimiento.

—Ay, por Dios, pobrecita. —Retrocedió—. Qué vulgarr. ¿Y te lo pones y todo? ¿No puedes hacer como que lo has perdido o algo?

Sin saber que mientras se quitaba el collar, sintiéndose mareada y mal y estúpida y engañada, Dash estaba tirado sobre un apestoso suelo empapado de meado, llorando lágrimas de agonía.

—Aparte está lo de todas esas cajas —decía sorbiendo su bebida, que, contraviniendo de pleno la dieta Atkins, también era vino, mientras veía cómo Peter se encendía un cigarro—. Y la gente que trae. Esta mañana había un adicto al crack en la puerta; tenías que haber visto qué pinta llevaba. —Haciendo como si en secreto no estuviese orgullosa del adicto al crack de Dash.

—Y el collar espantoso.

Suspiró e hizo pucheros con la boca:

—Si corto, ¿me puedo quedar en tu casa?

—Por supuesto, pequeña.

En cierto modo, cuando Peter la llamaba «pequeña» le parecía hasta *cool.*

OCHO

EL TELEVISOR PARPADEABA EN SILENCIO. LLEVABA PARPADEANDO ASÍ
desde las seis y media de la mañana, cuando la última parada del
viaje lo había dejado en brazos de su sofá, y entonces casi lloró
de alivio por estar en casa (tal cual). Se había encendido un cigarro
y se lo había fumado mientras en la pantalla se desplegaban las
noticias financieras, en un intento de borrar el recuerdo del número 6 de Cowley Close, sin lograrlo; como tampoco lo había logrado en el trayecto de vuelta a casa, en el tren de la leche, como
lo llamaban cuando era más joven, el primero que sale. Tal vez lo
hubiese compartido alguna vez con botellas de leche (aunque,
ahora que lo pensaba, no recordaba haber visto nunca leche en
esos trenes, en aquellas mañanas, él y sus colegas, todos amontonados, borrachos y hasta las cejas de todo, en el primer tren de
vuelta). Esta vez lo había compartido con hombres trajeados medio dormidos, con hombres en mono medio dormidos y con dos
chicas vestidas de negro y con un montón de perforaciones que
no estaban medio dormidas porque se pasaron todo el camino durmiendo, sus cabezas apoyadas una contra otra. Las estuvo observando durante casi todo el trayecto hasta Londres y envidió su
juventud, y que la cruz que llevasen encima, fuese cual fuese,
casi seguro que era una minucia comparada con la suya. Lo que
más envidiaba, no obstante, era cómo descansaban.

Así que había llegado a casa y se había sentado, con un sueño tremendo, mientras las fluctuaciones de la Bolsa de Tokio le

decían algo a alguien en alguna parte; y entonces, cuando por fin sintió que se adormilaba, Darren y Sophie se despertaron. Con un porrazo. Lo que probablemente significaba que uno de ellos estaba levantándose... Sí. Imaginó los pies saliendo por debajo de un edredón y entrando en contacto con el suelo de madera artificial, un talón huesudo haciendo contacto antes de que los pasos comenzaran su odisea hacia el baño y la luz se encendiese con un tuing. El trocotró pom era casi reconfortante, como si hubiese pocas cosas en las que confiar en este mundo, y Sophie y Darren, con sus pasos y su luz del baño que hacía tuing, fuesen dos de ellas. Escuchó por encima de su cabeza la lluvia dorada sobre la porcelana y aspiró profundamente, en vez de gritar, cuando oyó que la luz del baño se apagaba con un tuing («No has tirado de la cisterna —pensó Max—. No querría estar en tu pellejo cuando Sophie se dé cuenta») y siguió los talones huesudos mientras caminaban por el pasillo, saltaban los tres escaloncitos y entraban en la sala.

Ahora, como un director de orquesta, Max suspendió unos dedos temblorosos en el aire y contó cómo Darren buscaba el mando, lo encontraba, apuntaba al televisor, legañoso aún, se rascaba los huevos y, ¡tachán!, se encendía la MTV. El telón del día se había levantado: Max siguió las pisadas de Darren hacia la cocina, donde hicieron un alto: correr del grifo de agua fría, llenado de tetera. Cogió el tabaco y se encendió un cigarro (Max, no Darren, quien, arriba, encendía la tetera y miraba por la ventana que daba a Clarke Street para comprobar que la furgoneta estaba aparcada abajo, un bostezo que se convirtió en un suspiro que se convirtió en una mano tocándose el pelo).

—Darren. Daaarrreenn —se oyó. Como el que llama a un perro—. Bájala.

Ambos hombres lo oyeron, las orejas alzándose.

Dash se acordó al instante de que no había tirado de la cisterna y supuso que se le había olvidado bajar la tapa. ¿Y ese segundo «Daaarrreenn»? Lo más probable era que significase gotas anaranjadas de pis en la loza Armitage Shanks. Un tres para uno.

Consideró por un segundo levantar la ventana de guillotina y dar un paso hacia fuera. Tal vez la caída lo matase. Aunque con su suerte, lo más normal era que no.

—¡Darren, ven ahora mismo y arregla este baño!

Abajo, Max se frotó una mejilla sin afeitar y echó la cabeza hacia atrás para oír mejor. Frente a él, el televisor seguía parpadeando en silencio. Dos presentadores sentados en un sofá reían por algo que había dicho uno de los invitados.

No le hacía falta subir el volumen del televisor, estaba sintonizando *El programa de Darren y Sophie*. No...

—Daaarreeen. —La MTV Base de fondo.

—Sí, nena. —Chunda, chunda.

Era *Darren & Sophie: el Musical*. O simplemente *¡Darren & Sophie!* Y lo ponían sobre todo por la mañana, arrancaba con uno de sus números más apasionantes. Hacia las nueve se calmaba un poco, cuando Sophie se ausentaba durante casi todo el segundo acto, pero Darren mantenía viva la acción, gracias a su costumbre de irse a trabajar con su furgoneta y luego volver acarreando enormes cajas acompañado de otro hombre. Estas enormes cajas eran transportadas arriba (pom-pom-pom), donde hacían un sonido a medio camino entre el arañar y el deslizarse sobre el suelo de no madera (grr-ss-grr-ss-grr), como si un tipo en chaqué se estuviese volviendo loco al fondo de la orquesta con uno de esos tambores que se tocan con un cepillo. Y después, durante el tercer acto, podía pasar cualquier cosa. Podía ser que Sophie volviera a casa y pusiera música o, como hacía últimamente, así lo había observado Max, que regresara tarde a casa, visiblemente borracha, y escenificara un vehemente bis de noche, una sinfonía de descoordinación etílica al son de la MTV.

Max escuchó el programa —apenas se movió— hasta que oyó el timbrazo de la puerta de la calle y la carrera de Darren para abrir. En el pasillo alguien se apoyó contra su puerta mientras Darren volvía arriba. Quienquiera que fuese, encendió un cigarro que Max pudo oler.

Darren se fue y, al poco, Sophie hizo lo propio. El piso se quedó en silencio y, aún inmóvil, echó hacia atrás la cabeza, metió las manos en lo más profundo de los bolsillos del chaquetón y se abandonó al sueño.

Se despertó al rato; el sueño se había entregado a él para largarse acto seguido de mala manera. Con las palmas apretadas contra unos ojos que sentía pegados como con pegamento, oyó voces al otro lado de la puerta: Darren y compañía. Subieron al piso de arriba, era de suponer que cargando cajas. Max gruñó.

Desde arriba le llegó el sonido de una caja (o en plural, en número indefinido) arrastrada por el suelo. Luego, tras unos minutos, arriba sonó un portazo y un par de zapatillas bajando las escaleras de dos en dos, aterrizando en su puerta, y otro par moviéndose más lento. Habían estado en casa, ¿cuánto? ¿Quince minutos? ¿Diez? Lo justo, daba igual, lo justo para despertarle.

Y luego, para castigarse más todavía, se cambió de lado y hurgó en el bolsillo del chaquetón en busca de la carta; la abrió y la puso en la mesa de centro, frente a él. «Querido Pervertido —decía—: ¿Por qué no le haces un favor al mundo y te suicidas?».

Iba directa al grano la hija de la señora Larkin.

Dejó la carta sobre la mesa y volvió a meterse las manos en los bolsillos. Un temblor frío, ese escalofrío de recién levantado. Del otro bolsillo se sacó un nuevo sobre, diferente al primero, a este le faltaba una esquina y lo que una vez contuviera había desaparecido. «Para la mamá y el papá del pequeño Ben», rezaba, en rotulador (azul marino, un color respetable). Lo devolvió al bolsillo. En el interior había otros sobres, iguales pero diferentes, un puñado sacado del carrito de la basura del número 6 de Cowley Close.

Después, por primera vez desde la madrugada, Max se levantó, comprobó sus bolsillos con una palmadita y se fue. El silencio seguía; podría haber dormido, pero de repente había algo que quería hacer.

—Vaya. Max.

Verity parecía sorprendida, pero tampoco montó ningún drama como la noche anterior.

—¿No me esperabas? —preguntó con una sonrisa—. Y venir sin avisar está prohibido, está estrictamente *verboten, ja?*

—Podrías haber llamado —dijo sin más—. Igual que podrías haber llamado ayer.

Las heridas seguían abiertas, pensó.

—Pero si hubiera llamado antes no habría podido verte aturullada y me gusta cuando te pones así. Nos das una esperanza al resto.

Verity se cruzó de brazos, torció el gesto:

—¿Qué es lo que quieres? Si me hubieses llamado lo mismo te habría dicho que tenía que salir.

—¿Y tienes que salir? —Deseó que lo estuviese diciendo por decir: su corazón encogido ante la idea de tener que volver.

—No. —Había un amago de sonrisa en sus labios—. Pero eso no quiere decir que tenga tiempo para ti. —Los labios se le volvieron a tensar—. Tenía tiempo para ti ayer por la noche.

De detrás de la espalda se sacó un ramo de flores y se las dio allí mismo en el rellano. Un ramo pequeño, lo más que podía permitirse. Aun así, ella se ablandó en cuanto las vio y cuando él se las tendió le salió un «Pero, Max».

—Perdona, Ver —le dijo desde el otro lado del plástico arrugado—. Pero es que tenía que trabajar. Venga, coge las flores. Vamos dentro.

Lo ignoró por un momento, quería decir algo:

—Ah, sí. ¿Dónde tenías el trabajo? ¿En Blackstock Road?

—Green Lanes.

—¿Seguro? ¿No era en Balls Pond Road?

—Green Lanes.

—¿Estás seguro del todo?

—¿Puedo pedir el comodín del cincuenta por ciento? ¿O el del público?

Ahora Verity sí rió sin tapujos. Primero con él y, después, de él. Pero cuando miró a su hermano a la cara pudo ver que Max estaba cumpliendo con las formalidades, con todo el rollo de hermano-hermana que siempre habían mantenido. Pero sin sentirlo, de memoria. La sonrisa de él no conseguía hacer mella en sus ojos, que estaban hundidos, como si tuviese pesas invisibles sobre los párpados. Una barba entre gris y negra de tres días le perfilaba la cara y el mismo chaquetón costroso le bailaba sobre los hombros. Miró a ambos lados de la calle y se dio cuenta —aunque se había prometido no caer nunca tan bajo— de que estaba mirando para ver si había vecinos: le preocupaba que viesen a Max en la puerta; le preocupaba lo que podrían pensar al verle.

—Mejor que me lo lleve —dijo ella alargando la mano hacia el ramo—. Y tú, mejor que entres. La gente se va a pensar que tengo un amante. —Se hizo a un lado para dejarle paso—. Aunque sea, haré un hueco para tomarme un té contigo.

Max le pasó las flores y una vez dentro le asaltó el olor a ambientador de enchufe; fue hasta la cocina, cogió una silla y se sentó. La cocina estaba inmaculada, todos los cacharros de barro rústico en su debido sitio; más fresca, gracias a la ventana abierta, y más luminosa que la noche anterior. Echó un vistazo, sin buscar nada en particular, como si estuviera comprobando que la cocina estaba vacía.

Verity fue hasta la encimera y cogió la tetera plateada, la encendió y se giró hacia Max, que estaba pasando una mano por la superficie de la mesa; suave, húmeda, casi rebotaba. Observó cómo lo hacía: vio la mirada, como de total satisfacción, que embargaba a Max al pasar la mano por la madera. La había restaurado en su trastienda para regalársela a ella por su aniversario. Tarde, ni que decir tiene... No iba a traicionar su imagen.

—¿Y qué tal fue lo del «trabajo»? —le preguntó mientras ponía las flores en un jarrón.

—Bah, ya sabes —dijo Max. Se levantó y fue a por las tazas de los ganchos, cogió dos y se las pasó a Verity, que las recibió con un «gracias».

—¿Llevará a algo más?

—Eso espero. Quizá.

—¿Y has pensado algo más sobre lo que discutimos ayer? —le interrogó, a la vez que cogía el tarro del té con la tapa de corcho.

La miró y frunció el ceño:

—¿Dónde tienes las cucharas? —preguntó, ignorándola adrede.

—Por favor, no esquives la pregunta —le pidió, mientras cogía ella misma una cuchara y removía el té. Ambos volvieron a la mesa, tazas en mano.

—Vale, pues entonces la respuesta es no, no he pensado nada más sobre lo que discutimos anoche.

Verity sacudió la cabeza y se le quedó mirando. Él apartó la mirada y el botón de silencio se puso en funcionamiento, cada uno sorbiendo su té y pensando en privado.

—¿Cómo le fue anoche a Roger en el concurso? —preguntó al cabo de un rato.

—Hubo un poco de follón. Resulta que se presentó un vagabundo y ganó. Por lo visto se había encontrado las respuestas en una papelera. —Miró a Max con el ceño fruncido, aunque contenta de que hubiese roto el silencio.

Max le echó cara al asunto:

—Ah, eso me recuerda... ¿Puedo usar su ordenador, por un casual?

—¿El ordenador de Roger? —bufó Verity—. ¿Estás de broma? ¿Qué se te ha perdido a ti en el ordenador de Roger si se puede saber?

—Internet, eso es todo. No tardo ni dos minutos.

—¿Y se puede saber qué quieres tú de Internet?

—Por lo visto hay una página sobre trabajos de ebanistería. —Hizo ademán de sonreír.

—¿Y sabes usarlo? —le preguntó, y se dio cuenta al punto de lo prepotente que había sonado eso; de que, al fin y al cabo, estaba convencida de que Max sabía manejar Internet. Y antes de

95

que este pudiera responderle—: Vale, el ordenador de Roger no lo puedes usar. No lo puedo usar ni yo, por eso tengo el mío propio. Ese sí lo puedes usar.

Unos minutos más tarde estaba sentado en el vestidor de su hermana, frente al ordenador, mientras esta se inclinaba sobre él para escribir la contraseña y hacer doble clic en el icono de la conexión.

—Yo sé hacerlo —dijo Max—. Gracias pero ya me las apaño yo. Tú ve a hacer lo que tengas que hacer.

—¿No puedo ver la página? —Lo miraba desde arriba.

—¿En serio quieres ver un montón de trabajos sobre muebles? Déjalo de mi cuenta. No me gusta que me vigilen, a nadie le gusta. —Le dio un empujoncito hacia la puerta.

—Vale —dijo saliendo del cuarto—. Pégame una voz cuando acabes.

Una vez que la vio irse, volvió a la pantalla. Hacía mucho tiempo que no usaba Internet, se preguntó si se acordaría. Apuntó el pequeño cursor e hizo clic —casi esperando a que saltase una alarma—, meditó un segundo y escribió la dirección de Google.

La nueva página le resultó familiar, lo que hizo que sintiera como si todo volviese a él, en plan perro viejo nunca olvida a montar en bici y esas historias. Después de echar una mirada furtiva a la puerta, pinchó con el cursor en la casilla de búsqueda de Google: tecleó «Ben Snape» y le dio a «Buscar».

Había reconocido el nombre, por supuesto, nada más verlo, el puñado de sobres en su mano. Sabía lo de Ben Snape, que el niño había desaparecido en el metro, casualmente justo en su misma calle, un poco más abajo.

¿Casualmente? Sí, podía ser, sí, porque ese tipo de cosas suelen pasar así, sobre todo en Londres. Pones la tele y resulta que en tu propia acera se ha producido una noticia de alcance nacional; calles que conoces como la palma de tu mano de pronto a tamaño tele, lo que te hace tener que mirar dos veces, asegurarte de que tus ojos no te están engañando. Pero eso es todo. Hasta ahí llega tu relación con los hechos.

Salvo el día anterior, cuando le dijeron que esa noche no hiciese las bolsas de su zona, que necesitaban a alguien para un trabajito especial, en esa dirección de Kettering. Y resultó que era la de Patrick y Deborah Snape.

Fue cliqueando en busca de noticias, que iba cribando; quería detalles, quería algo aunque no sabía muy bien qué.

Ben, leyó, seis años. Patrick Snape, treinta y seis. La familia vivía en Kettering, en Northamptonshire (en el 6 de Cowley Close, para ser exactos, pensó Max). El nombre de la madre, Deborah, treinta y cinco. Ben había desaparecido en la tarde del sábado 22 de febrero, cuando se suponía que padre e hijo asistirían a un partido de fútbol, el Arsenal-Tottenham. Ben se había separado de su padre tras un altercado con unos jóvenes en la estación de metro de Finsbury Park; Patrick Snape se había quedado en el andén mientras su hijo se había subido en el metro, donde viajaría solo y, presumiblemente, asustado. Entre los pasajeros de ese tren hubo varios que vieron a Ben Snape en el vagón, pero ninguno, afirmaron, se dio cuenta de que el niño iba solo. No parecía que estuviese muy alarmado: el vagón estaba a rebosar de aficionados; ellos mismos estaban preocupados por llegar a tiempo al partido. Ninguno de los testigos dijo haber visto a Ben bajarse en la estación de Arsenal, pero eso se debió a que no fue así. Las siguientes imágenes de Ben habían sido tomadas por las cámaras del CCT de Holloway Road, la siguiente estación de la línea de Piccadilly. En algún momento, durante el trayecto entre Finsbury Park y Holloway Road, a Ben se le acercó otra persona: las imágenes borrosas de las cámaras de seguridad lo mostraban saliendo de la estación de Holloway Road en compañía de lo que parecía una mujer adulta. Esta mujer había sido descrita como de entre diecisiete y cuarenta años, blanca, con ropa deportiva andrógina. Al ir con la cabeza agachada, el único rasgo femenino apreciable era el busto embutido en un top con mucho escote y una coleta metida por la parte trasera de la gorra, que tenía una especie de logo, probablemente del Arsenal. Sus rasgos no eran visibles: iba cabizbaja, quizá por la cámara. En una mano llevaba a Ben. La otra la mantenía delante, tal vez para cubrirse la cara. Ben y su acompañante fueron captados un instante por la cámara de un concesionario de Peugeot en Holloway Road. Era la última imagen que había de ellos. La policía quería hablar con la mujer que acompañaba a Ben, para descartarla de la investigación. Hasta donde Max pudo averiguar, no lo había logrado.

El oficial encargado del caso había hecho varios llamamientos: «Ahora quiero dirigirme a la mujer que cogió a Ben. Te tenemos presente en nuestros pensamientos. Podemos ayudarte», había dicho la primera vez. En la segunda ocasión no se dirigió a la mujer que había cogido a Ben, sino a sus amigos y familiares, a cualquiera que sospechase algo extraño: «Creemos que Ben está vivo y que en alguna parte hay alguien que está cuidando de él —había dicho el inspector jefe—. Y lo más probable es que lo estén cuidando muy bien. Pero dondequiera que esté, quienquiera que lo tenga y por mucho que lo quieran, Ben pertenece a su mamá y a su papá. Si sospechan cualquier cosa, lo que sea, por muy insignificante que les parezca, por favor, se lo pido de corazón, pónganse en contacto con nosotros. Por favor, ayúdennos a encontrarlo».

NUEVE

Ella había girado la cabeza antes de responderle:

—Puedes llamarme tita, cariño. Llámame tita y ya está.

Solía hacer eso, había observado, cuando le hacía alguna pregunta. Como cuando le preguntó:

—Tita, ¿cuándo voy a volver a casa?

Giro de cabeza.

—Pronto, cariño. —Y su voz se volvía aguda al decir «pronto».

La primera vez que le trajo la coca-cola se la había bebido entera, como ella quería. Aunque tenía una especie de grumos y no le apetecía mucho, le pareció de mala educación rechazar lo que le ofrecían. La miró por encima del borde de la taza: estaba poniéndole cara de «Bébetela», haciéndole señas con las manos, así que, obediente, se la tomó de un trago. Cuando dejó un poco en el fondo, donde flotaban unos pizcos, le cogió la taza y la removió, volvió a dársela y puso la misma cara de «Bébetela» hasta que se lo acabó todo.

—¿Cuándo voy a volver a casa? —le había preguntado. (Llevaba horas haciendo la misma pregunta: el cumpleaños de Daniel Marshall era al día siguiente).

—Pronto, mi vida —respondió ella. Parecía la típica mujer que veías en los supermercados, una de esas que les gritaban a los niños que pestañeaban y miraban de reojo a Ben y que apretaban los labios y lo asustaban un poco—. Pronto —añadió—.

Pero he llamado a tu mamá y a tu papá y están un poco liados para recogerte ahora, así que me han pedido que cuide de ti hasta que puedan venir. Y yo les he dicho: «No pasa nada, me encanta cuidar de niños pequeñitos, pero tendré que ponerlo en el cuarto de invitados, que está todavía sin decorar». Y me han contestado: «No te preocupes, Ben duerme en cualquier parte, porque es un niño muy bueno y siempre hace lo que le dicen sus mayores». Y con el baño pasa lo mismo, cariño. Estamos, esto..., de reformas, así que tendremos que apañárnoslas entre todos, por eso te he traído... —Como disculpándose, señaló una cubeta grande que había en un rincón del cuarto, con un rollo de papel higiénico al lado—. Mira. —Fue hacia la cubeta y le enseñó cómo cubrirla con un cuadrado de lo que parecía parte de una encimera de cocina, «para frenar los olores». Le mostró el procedimiento como si fuese toda una innovación de la que uno pudiera sentirse orgulloso.

Había algo en su forma de hablarle. Parecía ligeramente «no buena». Como su madre cuando tenía que preguntar una dirección y la primera persona a la que paraba no era de mucha ayuda y entonces se ponía un poco irascible. Así era esta mujer. Como si algo la asustase. Lo ponía más nervioso todavía, y ya estaba bastante triste por haberse perdido el partido (¡el primer partido de su vida y se lo perdía!), y mañana era el cumpleaños de Daniel Marshall, que les había prometido que habría McNuggets de pollo para merendar. Y porque quería, de verdad de la buena, irse a su casa.

Pero estaba siendo valiente, como decía la señora. Decía que si era valiente entonces mamá y papá le recompensarían y ¿qué era lo que él más quería? Se lo pensó y dijo que quería una camiseta de su equipo, muchos más cromos para su álbum y un juego nuevo de Mario, si había salido alguno. Ella le había dicho que de acuerdo, que daba la casualidad de que era justo eso lo que tenían pensado regalarle si era valiente. ¿Y cuál era su comida favorita? Se aseguraría de traerle algo para comer, en recompensa por portarse bien.

Al cabo de un rato lo había arropado hasta arriba y había apagado la luz y cerrado la puerta tras de sí; al instante quiso él volver a encender la luz pero de repente sintió mucho sueño y la cama —a pesar de que no era la suya y, bien mirado, debía de ser la cosa más incómoda en la que había dormido en su vida, incluido el sitio donde dormía cuando iba a casa de la abuelita Snape— le pareció de repente cómoda cómoda. Y mientras se quedaba adormilado pensó en la Nochebuena, y en lo que costaba dormirse y en el agobio que entraba, porque cuanto antes se dormía uno, antes era la mañana de Navidad. Esto era diferente. No le costaba dormirse, y cuando se levantase sería la mañana siguiente y se iría a casa, y al cumpleaños de Daniel Marshall...

Solo que no fue así, claro. Cuando se levantó al día siguiente seguía en aquel cuarto, que estaba frío y oscuro, de un gris oscuro. Se quedó en la cama, con una sensación de mareo y miedo, hasta que la puerta se abrió y una mano se coló por el hueco y encendió la luz. Se incorporó y se frotó los ojos, deslumbrados por la claridad. Acto seguido la mujer entró en el cuarto. Se deslizó por el hueco de la puerta tal y como lo había hecho el día anterior (o por lo menos él creyó que había sido el día anterior, pero no tenía forma de saberlo a ciencia cierta. Y ¿acaso eso significaba que se había perdido o que se estaba perdiendo la fiesta? ¿La estarían celebrando sin él?).

—Hola, cariño —le dijo sentándose en el borde de la cama. Le había traído algo de comida, su plato favorito, McNuggets de pollo, y le dejó que se los comiese directamente de la caja, cosa que no le estaba permitida en casa. ¿Había oído algo?, le preguntó. No le había molestado ningún ruido, ¿verdad? No, le respondió, de verdad, había estado durmiendo. Ella le dijo que eso estaba muy bien y sonrió. Y la sonrisa y los McNuggets le animaron un poco, pero cuando preguntó por la vuelta a casa, ella le dijo que iría pronto (solamente «pronto») y volvió a darle otra taza de coca-cola con grumos para que se la bebiese. Igual que la otra vez.

—Tiene pizcos —le dijo en esta ocasión, dejando a un lado la educación; lo único que quería era no volver a beber coca-cola con grumos.

—Lo sé, cariño mío. —Le acarició el pelo—. Pero es una coca-cola especial, de un sabor especial.

—¿Puedo tomarme la coca-cola que viene con los McNuggets? —preguntó.

Se lo pensó pero al final le dijo:

—Esa coca-cola no puedes tomártela, tienes que tomarte esta coca-cola especial. Es que, ¿sabes lo que pasa? Que estás malito. Es de esas enfermedades que no notas, pero que están ahí. Y si te bebes esto te vas a sentir mejor y, como comprenderás, hasta que no estés recuperado del todo no puedes ir a casa, ¿no crees?

Así que se bebió la coca-cola —enterita: la mujer la removió un poco para asegurarse— y luego ella hizo que se echase y lo arropó hasta arriba, recogió las cajas vacías del McDonald's y salió del cuarto sin olvidarse de apagar la luz y cerrar la puerta.

Se quedó tumbado en la oscuridad mirando el techo fijamente. Empezó a llorar, cosa que sabía que no debía hacer, porque lo único que conseguiría así era empeorarlo todo. Al final se permitió llorar hasta que se sintió un poco mejor y empezó a cantar *Yellow submarine* y, aunque le hubiese gustado poder cantarla con su padre, como solía hacer, la letra le animó un poco. Así que la cantó una y otra vez hasta notar que volvía a entrarle la modorra y la cama se volvía cómoda cómoda. Y se quedó dormido.

Y los grumos no solo estaban en la coca-cola.

—¿Qué otras comidas te gustan, cariño? —le preguntó uno de los primeros días, mientras le acariciaba el pelo, lo que medio le gustaba, medio le disgustaba (cuando lo hacía, él quería que parase, pero cuando paraba deseaba que no hubiese parado)—. No van a ser siempre McNuggets de pollo, ¿no es verdad? Tiene que haber algo más que te guste. A los niñitos que conozco les gustan mucho las judías cocidas...

Hasta ese momento se le habían olvidado, pero las palabras «judías cocidas» se encendieron en su cabeza como el cartel de Hollywood.

—¡Judías cocidas y salchichas! —exclamó.

—Ajá —respondió ella contenta con el niño.

—Pero solo las Heinz —recordó—. De las otras marcas no. Así que desde entonces (y esto, pensó, suponía un cambio radical en la rutina diaria) le traían judías cocidas con salchichas, pero... para desayunar. Venían en un termo. La primera vez le pareció un poco asquerosa la forma en que las judías y las salchichas se deslizaban por el tubo. Las vertió en un bol, como los de los cereales —de toda la comida matinal era lo único propio de un desayuno—, y se lo tendió con una cuchara. Con todo, eran judías cocidas con salchichas y eran de las Heinz (se veía: las salchichas eran de esas como perritos calientes enanos) y el termo las conservaba bastante calientes. Estaban humeantes y llenaron con su olor todo el cuarto. Le recordaron la cocina de su casa.

—No sabía si ibas a querer pan —le dijo—. Si las prefieres con tostadas te puedo hacer tostadas, no me importa y eso.

—Está delicioso, gracias —le dijo por educación, pero, pensándolo mejor, lo cierto era que unas tostaditas con mantequilla derretida (como en casa) le irían que ni pintadas.

—Buen chico. —Le revolvió el pelo—. Y ahora a ver si eres un niño mayor y te lo comes enterito.

Era una de sus peores costumbres. Le hablaba como si tuviese cuatro años o algo así. Vamos, hombre, ¡tenía seis! Era pequeño, no tonto. Con todo, se comió las judías y las salchichas y... ¿qué iba a encontrarse en casi la primera cucharada del bol? Los mismos pizcos de grumos blancos. Los grumos blancos que ella le insistía para que se bebiese con la coca-cola cuando venía a verlo al cabo del día.

—Lo siento, cariño. —Torció el gesto sintiendo lástima por él—. Pero tienes que tomarte la medicina, ¿no es verdad? ¿Qué crees que pensaría tu mamá si supiese que no te estoy ayudando a ponerte bueno? Usaría mis tripas de tendedero, eso es lo que haría.

Ben no estaba muy convencido del todo de que las tripas de la señora pudieran servir como tendedero. En Kettering tenían uno de esos giratorios. Pero lo que quería decir era que la mamá de Ben se enfadaría, y era probable que fuese de esos enfados que hacían que el padre de Ben mirase a Ben con cara de dibujos animados: «¿Nos escondemos, Ben? Creo que tu madre está en pie de guerra». «Y vosotros dos ya estáis quitando esa cara de no he matado una mosca en mi vida», decía ella, siempre. Y ellos se dibujaban unas aureolas de santo sobre la cabeza.

No hacía mucho, poco antes del día del partido, Ben había aprendido una lección. Cuando se bajó del autobús escolar, se unió a la muchedumbre, un millón de niños como él, todos subiendo por el caminillo hasta el colegio, y todos con la misma ropa más o menos, y mochilas casi iguales a la espalda. Todos hablaban de más o menos lo mismo: de la televisión del día anterior —el concurso diario de *Quién se quedó hasta más tarde anoche*— y de fútbol, que valoraban no por los resultados de sus equipos sino por el *merchandising* que tenían, y de los álbumes de cromos, y de la consola, y de lo que tenían pensado hacer ese día, y lo contaban como si acabasen de descubrir la primera persona del singular, en plan: «Pues luego yo voy a ir a nadar, y yo voy a tomar Ben & Jerry's, y yo voy a ver una peli de Spiderman en deuvedé».

Y cuando estaba subiendo por el caminillo con otra jornada de niño de seis años por delante —con ese constante ser más que los demás y la gran carga del aprendizaje que tenían que soportar día tras día—, algo le impactó. Le sobresaltó. Chocó contra él como un puñetazo más inesperado que doloroso. Era el amor que sentía por su madre. Le desconcertó verse de pronto intentando contenerse para no llorar; le desconcertó darse cuenta de que la palabra «amor», que tanto solía oír en casa, y que había existido hasta entonces como eso, como una palabra cualquiera, era algo más. Era una sensación, y de esas que dan miedo. Y no tenía por qué ser algo de lo que te pudieses fiar...

DIEZ

ALLÍ PLANTADO EN LA ACERA, CON DASH HACIÉNDOLE EL «BLA BLA bla», Barnaby Horton parecía encabronado, y con razón.

—Si lo que quieres es venderme unos altavoces, acabo de comprar un par —le dijo, y añadió—: a dos tíos en una furgoneta blanca, casualmente.

—¿Cómo eran? —le preguntó Dash.

—Así de altos.

—Los altavoces no, los tipos a los que se los compraste.

—Ni idea. —Barnaby arrugó la frente al intentar recordarlo—. Dos negros cuadrados. —Sus ojos se volvieron a Pesopluma, que estaba fumando.

—¿Una furgoneta blanca has dicho?

—Igualita que esta. —Empezó a alejarse.

—¿Tenía un «También disponible en blanco» escrito por detrás?

—¿No lo tienen todas? —dijo Barnaby, por encima del hombro, y se fue hacia la tienda de bebidas, en cuya puerta había un vagabundo viendo pasar a la gente con un tatuaje de telaraña que le cubría toda la cara.

A su lado, Pesopluma se rió entre dientes:

—Ya tiene altavoces —dijo para sí, riendo un poco más—. No quiere más.

—Sí, pero ¿sabes lo que significa eso? —le dijo Dash volviéndose hacia él con los ojos rebosantes de planes—. ¿Sabes lo que eso significa?

—Pues sí, compadre, significa que no estás vendiendo ni un puto altavoz y que estoy perdiendo el tiempo contigo.

Sí, muy bien, mi desteñido amigo, pensó Dash, pero ahora sí que vamos a vender altavoces de una vez por todas, y vas a empezar a ayudarme. Sin embargo, dijo:

—No, significa que los de Holloway Road están invadiendo esta zona. Andan rondando por aquí. Y si ellos rondan por aquí, nosotros podemos rondar por allí.

—¿Y por qué iban a estar rondando por aquí? —Pesopluma entrecerró los ojos.

Dash debería haberlo pensado. «Pues sí, es verdad, ¿qué estarían haciendo por aquí?». Pero su centro neurológico estaba dañado por la emoción. Por el contrario:

—¿A quién le importa? Vámonos para allá.

Pesopluma se encogió de hombros, se soltó el cuello de la chaqueta y arrancó. Eso está mejor, pensó Dash. Nada de las lamentaciones de Warren. Ahora tenía a Pesopluma y le daba lo mismo si era porque pasaba del tema o porque simplemente no tenía miedo: iban de camino a Holloway Road. Dash sintió cómo se le aceleraba la respiración mientras traqueteaban por Finsbury Park. No le hacía falta consultar el mapa para saber que habían violado la frontera de rotulador negro de su zona. Pensó en los altavoces de detrás, que pesaban ahora un quintal gracias a su invención.

—Tira por aquí —le dijo a Pesopluma, que hizo chirriar las marchas pero obedeció, y por fin aparecieron por Holloway Road, justo al norte de la prisión de mujeres con peor fama de todo el país, a la altura de un enorme cine Odeon de estilo *art déco,* donde los chavales del barrio se colaban por las salidas de incendio; campamento base de miles de estudiantes del norte de Londres, los edificios de las facultades se alineaban uno detrás de otro casi hasta Archway, que se unía en ese punto con Highgate, desde donde se filtraba a los automovilistas hacia la A1 y la M1, en dirección a lugares como Kettering.

Esta zona daba cobijo a los vendedores ambulantes. En Holloway Road las aceras eran apenas unas míseras líneas entre puestos callejeros. Se podían comprar seis mecheros por una libra, pilas que se parecían un montón a las Duracell sin serlo, y que no duraban ni dos minutos; tabaco que se parecía un montón al Marlboro Light, pero que te rajaba los pulmones en cuanto lo encendías; y colonias: con las colonias, tres cuartos de lo mismo. Todo vendido por emprendedores de sabiduría callejera, un peldaño por encima de los niños que atravesaban corriendo la calzada para enjabonar con agua mugrienta reacios parabrisas; y otro peldaño por encima de los vagabundos, con perros con la lengua fuera a sus pies. Si tienes algo que vender, ven a Holloway Road. Y si tienes algo que venderles a los estudiantes, ven a la soleada Holloway Road.

—Para aquí un segundito —dijo Dash babeando ya. Pesopluma se paró en un vado a la salida de una de las facultades y ambos se quedaron embebidos ante la visión. O más bien, Dash se quedó embebido. Como con la cerveza en *Fugitivos del desierto,* se bebió hasta la espuma. Algunos estudiantes subían las escaleras con sus carpetas bajo el brazo, otros las bajaban, mientras que otros tantos estaban sentados en corrillos, fumando, charlando, disfrutando del día soleado y fresco. Todos jóvenes que no veían la hora de gastarse las becas, o los préstamos, o lo que fuese que les diesen hoy en día para gastarse. No veían la hora de comprar altavoces. Para Dash era como llegar a la Tierra Prometida y descubrir que los rumores eran ciertos. Como si la sequía por fin hubiese acabado.

—Una cosa —dijo Dash—, avanza unos cincuenta metros para no quedarnos parados justo enfrente del edificio.

—Es un carril bus —señaló Pesopluma, avanzando y deteniéndose.

—Sí, vale, pues estate al loro —dijo Dash, que cogió el albarán y el folleto de Auridial y saltó de la furgoneta antes de que Pesopluma dijese lo inevitable.

Una nueva jugada. Había que hacer que el cliente sintiese el peso de esas bellezas. Abrió las puertas de la furgoneta, sacó los altavoces, raspándose las manos, y esperó al primer cliente sintiéndose como P. T. Barnum. No tuvo que esperar mucho. Pasó un chaval que parecía haber nacido para comprar altavoces, paseando tranquilamente bajo el sol, con unos cascos diminutos y una mirada en la cara como de alguien que ha salido de compras con una nana de fondo.

—Hey, tío —dijo Dash, con una sonrisa. Junto al portón trasero. Detrás de él, los altavoces, dos imponentes centinelas, guardaban el interior de la furgoneta. El chaval se quedó en plan «¿¡Yo!?». Parecía como si acabase de descubrir la gomina, con un flequillo moldeado cual fiera barricada.

—Claro —dijo Dash, sonriendo aún con todas sus fuerzas. Creía que esa sonrisa era clave para la venta—. Sí, mira, tengo algo aquí que puede interesarte...

El chaval estaba adulado. Esa era la idea. Se sentía adulado porque Dash había pensado que era un tío lo suficientemente enrollado como para querer unos altavoces de categoría; se acercó. Si los Auridial estaban equipados con rayos de atracción, solo eficaces en jóvenes, acababan de entrar en funcionamiento.

Cuando Dash era chico su padre solía llevarlo de pesca. Al pequeño Dash le gustaba más lo de comprar las boyas. En el mundo de la pesca, cuantas más boyas tenías, mejor pescador eras (o así lo veía él). Atabas la boya al hilo, después colocabas el cebo en el anzuelo, que bien podía ser un gusano —no muy del gusto de la madre de Darren, que le advertía: «Ni se te ocurra meter eso en mi nevera, jovencito»—, o bien pan, que migaban y mezclaban con natillas en polvo. Por alguna extraña razón, a los peces les gustaban las natillas. Y luego, lo que tenías que hacer era arrojar el hilo y sentarte a esperar mientras veías cómo la boya navegaba por las ondulaciones del canal hasta que empezaba a cabecear. Al principio un breve cabeceo: significaba que un pez había mostrado interés. «No te apresures», le aconsejaba el padre a Dash, porque si te apresurabas al tirar podías perder el pez. Así que lo dejabas hasta que la boya empezaba a cabecear con ímpetu y, cuando lo hacía muy muy rápido, sabías que estaba a punto de irse... a pique. Entonces tirabas.

Y Darren solía perder el pez porque lo había hecho demasiado rápido, o demasiado despacio, pero siempre sentía una ligera sensación de alivio, porque, a decir verdad, le daba un poco de grima sacar el anzuelo de la boca. Era un muchacho bastante sensible.

Ahora miró al chaval y supo que la boya empezaba a cabecear, un poco. Como si el pez hubiese dado un mordisquito.

—Mira cómo pesa esto. —Dash hizo que el otro sopesara un altavoz y, al verlo bastante impresionado, empezó a largarle su perorata sobre el reparto, incluyendo el detalle (inteligente, pensó) de que acababa de repartir un par en la asociación de estudiantes. Le explicó que llevarlos de vuelta era como si se los estuviese regalando al capataz del almacén. Se sacó el albarán y continuó con el rollo—. Así que, ¿por qué no venderlos? Ya sabes, para sacarme dinerito para unas birras...

—Bueno, ¿y cuánto pides? —preguntó el chaval.

—¡Cuatrocientas libras! —gritó Dash agitando el dinero como un presentador de concurso.

Había hecho la venta y se subió a la furgoneta con su cliente, asegurándose de que él se sentara junto a la ventanilla, lo más lejos posible de Pesopluma. Iba pensando todo el rato: ¡¡Cuatrocientas libras!!

Fueron al banco del comprador, donde Dash supervisó la retirada de las ¡¡cuatrocientas libras!! Luego lo llevaron hasta Kentish Town, al cuchitril donde vivía, y le ayudaron a descargar los altavoces. Después fueron tan amables de llevarlo de vuelta a Holloway Road, donde se bajó con un agradecido adiós y una nerviosa mirada de reojo a Pesopluma, y fue entonces —por fin— cuando Dash gritó:

—¡Cuatrocientas libras!

En respuesta, Pesopluma le lanzó una mirada incognoscible y malévola, como unos pasos que corren al filo de la madrugada.

—Vamos, hombre, cuatrocientas libras —dijo Dash, con la sonrisa borrándosele—. Acabo de ganar cuatrocientas libras.

—Te has portado —dijo Pesopluma.

En el fondo, un halago. Y una mierda me he portado, pensó Dash. Me he portado del carajo.

Estaban en Seven Sisters Road. De vuelta por Finsbury Park hasta *chez* Dash. Una nueva remesa de altavoces. Una segunda visita a Holloway Road... Ya lo había decidido.

—Pero, a ver —dijo Pesopluma en voz baja—, de esas cuatrocientas libras, ¿cuánto me saco yo?

Dash se arrepintió ipso facto de su alarde. Pensó con rapidez, pero no lo suficiente.

—¿Cuánto te dijo Chick?

—No me dijo.

—Bueno, pues son cincuenta libras al día por conducir. Eso es todo. —Vaya trola, por Dios.

Y Pesopluma no se la tragó.

—No me dijo cuánto, pero me dijo que un porcentaje que tendría que negociar contigo.

—Vale —dijo Dash, pensando: «¿Negociar?»—. ¿Qué te parece un cinco por ciento? —Warren se llevaba un diez.

La cara de Pesopluma se replegó en sí misma intentando echar cálculos:

—Veinte libras —dijo por fin.

—Sí.

Pesopluma paró a un lado de la carretera.

—Hey —dijo Dash. Un popurrí de cláxones aplaudió el inesperado frenazo—, no te pares aquí.

Los clientes de una peluquería abarrotada miraron a su alrededor como si el ruido no fuese con ellos. Los peatones miraron un instante la furgoneta y luego siguieron su camino. A su paso, los coches pitaron y se vieron obligados a cambiarse de carril, con la consiguiente bajada de la palanca del intermitente.

—Con veinte libras no tengo, hermano —dijo Pesopluma sin alterarse.

Ahora resulta que soy un «hermano», pensó Dash, pero respondió:

—Veinte libras son el cinco por ciento.

—Entonces el cinco por ciento es una cifra de mierda. Chick no me dijo nada de que no vendías un puto altavoz.

—¿De qué hablas? Acabo de hacerlo.

—Una venta, compadre. Eso es una puta mierda. Yo quiero cien de esas.

A sus espaldas los coches seguían con los bocinazos y Pesopluma lo miraba como diciéndole «Trabajé en el Kwik Save», mientras Dash sacudía la cabeza, pensando: «Me cago en la puta».

—De acuerdo —dijo en un suspiro—. De acuerdo, te daré cien pero solo porque ha sido una venta de puta madre. Pero ni de coña te voy a dar cien por cada par que venda.

—Pues ya me lo estás dando, si no te importa. —Pesopluma extendió una mano gris y temblorosa y, a su pesar, Dash la coronó con papel moneda. El yonqui en rehabilitación se metió el fajo en el bolsillo superior de la chaqueta vaquera.

—Es un placer hacer negocios contigo —dijo socarrón, y ni se molestó en comprobar el retrovisor antes de incorporarse al tráfico.

No siempre había sido así, pensó Dash, atribulado. En los viejos tiempos, él y Warren partían la pana. No por mucho tiempo, está claro, pero aun así partían la pana. Y, por un breve periodo de tiempo, Dash se atrevió a pensar que las cosas iban a salir bien: que iba a poder afrontar la repentina subida del alquiler impuesta por su novia, que lo había amenazado («Que quiero vivir en un sitio bonito. Algo que sea moderno y *fashion*»), y a la que poco más y le da algo al ver el suelo de madera. Y en cuanto a pagar, bueno, ella hacía lo que podía, lo que mayormente consistía, o eso le parecía a él, en sentarse y quejarse de los altavoces, los mismos que Dash tenía que vender para permitirse ese piso bonito, moderno y *fashion*. Solo que, una vez lleno de altavoces, no resultaba ni tan bonito ni tan moderno ni tan *fashion*. El juego del escondite no da para tanto.

Los viejos tiempos, pensó. Las cosas habían sido como de color de rosa, de verdad. Era como si el sol siempre hubiese brillado sobre ellos mientras recorrían Stoke en su furgoneta blanca, cual dioses. Dash había creído medir dos metros de alto. Si le hubiesen preguntado por el chaval con síndrome de Tourette, él habría dicho: «¿Quién?». Le había vendido un par de altavoces a una piba al volante de un Mercedes que tenía unas piernas largas y espectaculares y que le había tirado los tejos descaradamente, no cabía duda. Si no hubiese sido por Sophie —si no fuese de los de cien por cien fiel o te devolvemos el dinero—, quién sabe lo que habría pasado. Quién sabe.

Pero las cosas cambian, pensó. Y las cosas habían cambiado bastante. Aun así, ¿por qué tenían que hacerlo tan rápido? ¿Por qué no había podido disfrutar un poco más de la sensación de sol y divinidad?

Pesopluma nunca miraba por los retrovisores. Y encima con los retrovisores esos, que estaban bien para admirar la torre Eiffel si daba la casualidad de que estabas saliendo de París, pero que eran muy estrechos y muy alargados para conducir por el norte de Londres, sobre todo si se suponía que tenías que estar al loro por si aparecían equipos rivales. Así que no servían para nada y, como Pesopluma de todas formas tampoco los comprobaba, no pudo ver la furgoneta que tenían detrás. Ninguno de los dos la vio.

El tiempo se había paralizado desde la última visita de Dash al Flat Cap. En la barra estaban las dos viejas brujas, con su cacareo. Enrareciendo la atmósfera, ese olor como a manta vieja, con tal vez una pizca... —se le ocurrió en ese momento—, una pizca de novelas de segunda mano enmohecidas; allí estaban la pizarra —«Apúntate a nuestro increíble concurso de degustación de chicharrones»— y el dueño con una... No, esta vez no llevaba la camiseta de los Foreigner, se la había cambiado para rendir tributo a Van Halen. Aparte de eso, todo igual, incluido

Chick, que arqueó unas cejas sorprendidas al ver a Dash y que a punto estuvo de olvidarse de vaciar lo que le quedaba de la pinta de Guinness. A punto.

—Dashus —dijo Chick quitándose la espuma de su rastrera boca—. No esperaba verte tan pronto. ¿Has fichado hoy antes o qué?

—Sí, bueno, más o menos —respondió Dash, preguntándose si debería haber esperado. Sí, bien pensado, debería haber esperado. El tonto de Dash—. Pero tengo tu pasta. —Se echó la mano a los vaqueros para sacar el fajo.

Chick se sorbió la nariz mientras Dash lo sacaba y se lo pasaba por encima de la mesa con un ojo puesto en Van Halen (demasiado ocupado entreteniendo a las brujas; además, de todas formas, a Chick no parecía importarle).

—¿Cuánto has sacado? —le preguntó Chick—. Hagamos una cosa: lo voy contando mientras te traes una ronda.

Dash acababa de darle todo el dinero que tenía encima.

—Lo cierto es que..., jefe, estoy un poco tieso, voy a tener que acercarme al banco.

—Es igual. Hay un Lloyds justo enfrente. Te veo en un minuto. Y no te enrolles, que estoy seco.

Dash salió a la calle principal y la cruzó para ir al Lloyds, donde había un vagabundo junto al cajero. Llevaba unos sucios pantalones de chándal y un viejo chaquetón que parecía del baúl de los recuerdos de un corredor de apuestas. Alzó la vista mientras Dash metía la tarjeta temiendo la respuesta del cajero.

—¿Calderilla?

—Lo siento, tío —dijo Dash mientras tecleaba el cumpleaños de Sophie—. No llevo suelto.

—Pues agarrado.

—Ya te he dicho que lo siento, tío. Nada de calderilla. —Dash tenía cosas más importantes de que preocuparse. El hecho de que el cajero le denegara su petición de cuarenta libras, por ejemplo; y que se la denegara cuando bajó a treinta y así hasta que se quedó en las veinte.

—Dios mío, no me hagas esto —se quejó Dash mientras cogía el dinero sin molestarse en esperar el comprobante. Se avergonzó ante el recuerdo de Tiffany, cuando había entregado su tarjeta preguntándose si se la rechazarían y casi se enfadó cuando fue aceptada. Otro pensamiento (el alquiler del mes entrante) se cernía sobre él como un vampiro.

Ahora cruzó a toda prisa la calle y entró en el Flat Cap, donde le hizo un gesto a Chick, que lo ignoró, fue hacia la barra, pidió una Guinness y media pinta de la peor rubia, la más barata, jefe, y luego volvió a la mesa habiendo rehusado una vez más el reto del increíble concurso de degustación de chicharrones.

Chick miró su pinta como si fuese VIH positivo.

—¿Qué coño es esto?

—¿Una Guinness? —aventuró Dash, acordándose demasiado tarde—. Vaya, perdona, lo siento. —Por un momento su mano se abalanzó sobre la cabeza cremosa de la Guinness de Chick, como si quisiese borrar el ofensivo trébol. Se contuvo para no mirar a Van Halen, pues podía imaginarse al traidor del dueño cachondeándose a sus espaldas—. ¿Quieres que vaya a...?

Pero en respuesta Chick levantó la Guinness, cogió aire, hinchó los carrillos y sopló sobre la pinta tan fuerte como pudo.

Dash lo recibió como una corrida en toda la cara. Cerró los ojos por un segundo y sintió cómo le chorreaba la espuma por los mofletes. Tras él Van Halen y las viejas brujas se reían a carcajadas. De él, supuso. No se molestó en volverse para comprobarlo.

—Venga —dijo Chick—. Vamos al meódromo a por una raya.

—No, no, por favor —dijo Dash—. Mira, jefe, lo siento. Yo solo...

Chick se inclinó sobre la mesa y le gruñó:

—Escúchame, maricón de mierda, so arrastrado, mete tu culo en el meódromo ahora mismo. —Y a Dash no le quedó otra. No le quedó más que levantarse y seguir a Chick por el demasiado familiar camino hasta el servicio de caballeros; Dash, un condenado a muerte. Apenas habían entrado cuando Chick empezó a cortar en la balda del espejo, con la tarjeta del Blockbuster, ñiqui-ñiqui, chiqui-chiqui.

—No estoy contento. —Huelga decirlo.

—No volverá a pasar —contestó Dash, en un desesperado intento por no arrastrarse, pensando solo en cómo evitar la inevitable rodilla en los huevos. Había oído que los luchadores de sumo tenían una técnica para meterse sus vulnerables y blandos órganos sexuales hacia arriba y evitar así daños en la zona; se vio a sí mismo deseando haber prestado más atención (lo mismo había instrucciones sobre cómo hacerlo, tal vez en Internet).

—Mejor que no. Pero no estoy hablando de la pinta; estoy hablando del dinero.

—Pero si está ahí, lo que te debía.

Ñiqui-ñiqui, chiqui-chiqui.

—No está. Solo una parte. Te faltan cien. Y me vienes aquí, como un madrugador de bar, como el que se toma la tarde libre —ñiqui-ñiqui, chiqui-chiqui—, y vas y me das calderilla. ¿Tú qué coño te crees que soy? ¿Un puto banco o qué?

Ñiqui-ñiqui, chiqui-chiqui.

—No. Claro que no. Pensaba, de verdad que pensaba que estaba todo. —Y así era, en verdad. Pero no había tenido en cuenta el interés que Chick había añadido al último pago, porque aunque a Chick no le gustaba que lo tomasen por un banco, sí que le gustaba comportarse como tal. Estaba todo en la libreta que Chick le había enseñado a Dash justo el día anterior, solo que Dash no la había mirado con detenimiento.

—Pues resulta que no estaba todo —dijo Chick. Ñiqui-ñiqui, chiqui-chiqui. Sin molestarse en explicar ni lo de los intereses ni lo de la libreta. Estaba todo allí bien clarito. Y una mierda se iba a molestar él en explicarle nada al mariconazo ese que no era capaz de leerlo—. Ya te he dicho que faltan cien, y eso sin hablar de lo que me debes de esta semana, que según mis cálculos todavía te queda por pagar. —Terminó el corte y el rayado y se volvió hacia Dash.

Hacia Dash, que estaba ahora, le gustase o no, con las manos en la entrepierna, como si estuviese esperando a que tirasen una falta.

—Hombre, compórtate. —Chick cogió un billete de diez del fajo de Dash, lo enrolló y se lo pasó—. Quítate las manos de los huevos y métete eso —le ordenó señalando la balda. Dash se fijó entonces en que había pintadas dos rayas de coca. Se atrevió a creer que su castigo no sería... cancelado sino retrasado. En pausa.

—¿Seguro?

—Está ahí, ¿no? —le dijo Chick haciéndose a un lado.

Dash cogió el billete enrollado y se inclinó para esnifar la raya. Le temblaba la mano. En un momento de delirio, mientras su mano temblorosa parecía esparcir la mitad de la raya por la repisa, se preguntó cómo se las apañaba Pesopluma, con lo yonqui que era. ¿Se necesitaba un pulso firme para fumar crack?

—Mira eso —dijo Chick usando la tarjeta del videoclub para juntar su propia línea con los desperdicios de Dash—, has tirado la mitad. —Y se inclinó sobre la repisa.

Al instante Dash se sintió mejor. La coca parecía haberle ensanchado los ojos, despertado, sacudido algunos de sus miedos. Luego:

—Es un anestésico, ¿lo sabías? —dijo Chick.

—¿El qué?

—Que es un anestésico —le explicó Chick—. La usaban con fines médicos, y la siguen usando, para los enfermos de cáncer y eso. Así que no notas el dolor, ¿sabes?

—¿En serio? —dijo Dash con la cabeza asintiendo sin querer, como un muelle.

—Sí, en serio. —Y Chick sonrió. De pronto Dash lo entendió y sus manos volvieron a la entrepierna («Vamos, jefe, no, no, venga»), deseando haber sabido cómo hacer eso del sumo, o haberse puesto una coquilla antes de ir, o haber ido más tarde, o mejor, nunca en la vida. Deseando que, de todos los bares de todo Stoke Newington, no hubiese entrado en el Flat Cap el día que conoció a Chick.

Deseando que la cocaína fuese un anestésico general, no local...

—Las manos fuera —dijo Chick.

Dash bailaba delante de él, con la nariz moqueándole de repente y con la cabeza, que hasta hacía un segundo había estado asintiendo como loca, sacudiéndose ahora de un lado a otro igual de loca, las manos en la entrepierna.

—Jefe, no, te lo traigo mañana. Todo.

Chick soltó carrete.

—¿Estás seguro?

—Sí —dijo Dash volviendo a asentir—. Por favor, sí, te lo prometo.

Gesticuló para enfatizarlo y Chick aprovechó la oportunidad para meterle un rodillazo en los huevos.

—Yo que tú me aseguraría, colega —dijo, mientras Dash se retorcía en el suelo de los servicios del Flat Cap—. Y no te creas que se me ha olvidado que me debes algunos cupones, ya sabes cuál es el trato.

Esa noche Dash se la pasaría en vela en la cama, los ojos húmedos y abiertos de par en par, las manos bien metidas entre las piernas. Se la pasaría despierto, por lo que podría oír la puerta de la calle —tarde, muy tarde— y cómo una Sophie borracha se quitaba los zapatos de un puntapié y ponía la televisión; seguiría oyéndola cuando la apagara poco después y fuese de puntillas primero al baño, donde vomitaría, y después a la cama. Más tarde, Dash se arrastraría fuera de la cama y empezaría a vestirse.

ONCE

MAX SE ENCENDIÓ UN CIGARRO Y SE CLAVÓ LA PUNTA DEL PULGAR EN el ojo para rastrillar las legañas que le acechaban. En la cabeza tenía una imagen de un niño que podía ser Ben, o incluso Max a su edad, cuando tenía la sensación de que la vida nunca cambiaría. Que siempre habría sonrisas y vasos de naranjada en los días soleados..., y guantes en los fríos.

Se fue recuperando mientras cogía el metro y andaba luego hacia Neesmith House, un lugar cuya sola idea le provocaba una nueva sensación, sobrecogedoramente familiar: miedo con ración extra de asco de sí mismo.

Un chaval en motocicleta y su pasajero daban vueltas a toda velocidad por la explanada de Neesmith House, el ruido del motor rebotaba contra los pisos y volvía al doble de volumen. Max se dirigió hacia unas escaleras custodiadas por un grupo de adolescentes, algunos montados a horcajadas sobre sus «beemeequis», otros repanchingados en los escalones. Reconoció el olor de la maría. Intimidaba en forma de nube sobre el grupo, que se pasaba un porro y lanzaba un «¿Y qué?» a través del humo mientras se acercaba. Tal vez estaban fumados, tal vez demasiado ocupados diciendo palabrotas, escupiendo y mirando a sus colegas en la moto, pero el caso es que Max subió las escaleras sin problema, limitaron todo castigo a una simple negativa tácita a dejarle espacio, lo que le obligó a trepar como pudo por encima de piernas. A su paso uno de ellos escupió, pero Max no pensó que fuese contra él. No obstante, cuando dobló una esquina de las escaleras deslizó una mano de arriba abajo por el chaquetón, por si acaso.

Las escaleras olían como huelen siempre las escaleras de protección oficial, como si el hedor formase parte de la arquitectura; y también había pintadas, ni que decir tiene, firmas, porque si no te puedes permitir ni el coche ni la ropa, y no te hace mucha gracia ir pinchando a la gente navaja en mano, entonces hazte notar dejando a tu paso un rastro de spray. Max pensó que podía entenderlo. Admitió que si viviese así entonces... ¿Qué estaba diciendo? «¿Cómo vives tú, Max? —pensó—. ¿Así o peor?».

Llegó al rellano y dobló hacia la izquierda, dejando tras de sí pisos hechos de ladrillo rojo, ahora marrón, puertas protegidas por persianas metálicas y verjas de hierro, algunas ventanas tapiadas con tablas. Los zapatos rechinaban contra el cemento, y cuando se asomó por la barandilla vio a los chavales abajo, dos de ellos seguían haciendo círculos sobre la ruidosa motocicleta. Al fondo del rellano había dos mujeres hablando y fumando, una de ellas con un bebé. Desde alguna parte llegó un chunda-chunda de música y un instinto pauloviano le hizo estremecerse al oírlo. Alcanzó la puerta, se sacó la mano del chaquetón y llamó.

Dentro del piso estaba teniendo lugar un pequeño altercado: un chaval que gritaba, una puerta que se cerraba de un portazo. Luego se abrió de golpe la puerta de la calle. Un treceañero, desnudo de cintura para arriba salvo por dos cadenas de oro macizo. En una mano llevaba un par de sellos de oro de gran tamaño; en la otra (Max no pudo evitar comprobarlo), sí, en esa llevaba tres. Las orejas las tenía perforadas, en este caso los honores los hacían unos pendientes de oro; alrededor de la muñeca, esclavas de oro macizo. Parecía como si el chaval hubiese atravesado a toda velocidad la vitrina de joyas de un Argos y después hubiese ido directamente a un Boots, donde debió de pararse a descansar en un mostrador de gomina *look* extrahúmedo.

Miró a Max de arriba abajo en el umbral. Una breve oleada de odio pasó entre ellos. Ninguno sabía muy bien por qué, pero estaba ahí.

—¡Papá! —gritó el chaval hacia el interior de la casa—, es Pede.

«¡Retiró los cargos!», pensó Max.

Se oyó una palabrota tras la puerta, al final del pasillo, y luego:

—Hombre, Pede, pasa, ¡a jugar!

El chaval había desaparecido, atronando por el pasillo, así que Max entró y cerró la puerta tras de sí. No era la primera vez que le venía a la cabeza el pensamiento de que era el único piso de la planta sin puerta doble, verja o persiana, es decir, sin nivel dos de seguridad. Estaba en el único piso del bloque en el que nadie se atrevería a entrar a robar, lo que debería resultar reconfortante... Debería.

Olía a comida rancia, y a moquetas baratas con hedor a nicotina, fritanga y mal rollo. Incluso Max podía olerlo; el tufo le encogió el corazón. Tomó aire y llegó hasta el final del pasillo, donde había una puerta corredera cerrada, con la cocina al otro lado. Pudo oír el sonido del televisor procedente del salón y reconoció un anuncio, uno donde un famoso presentador de televisión te instaba a pedir un préstamo para vacaciones, bodas y ocasiones especiales, y para todas las cosas buenas que la vida te ofrece: todas esas cosas buenas que quizá no puedas permitirte si no pides un préstamo.

Desde el salón también se oía al chaval, a Carl. Se creía un rapero. Le gustaba hacer rimas, insultantes, de batalla, como él las llamaba. Con quién batallaba, Max nunca lo supo. Lo único que veía era a un chaval soltando improperios mientras su padre lo azuzaba, como si rimar «gilipollas» con «comepollas» hiciese de él una especie de genio del rap. Ahora podía oírlo en el salón trabajando las rimas: «Estaba a punto de / ponerme el taparrabos. / Mejor que no, / que viene Pede y me toca el nabo».

Max reprimió un escalofrío, abrió la puerta de la cocina y entró.

—Vaya, vaya, pero si tenemos aquí al chaval de Kettering. ¿Qué pasa, Pede?

Chick estaba cenando de una mustia y grasienta caja de cartón, cortesía del Perfect Fried Chicken. Sus sonrientes labios brillaban con la pringue de la grasa animal. Tenía un hueso en la mano, del que colgaba una tira de carne que parecía querer escapar de los insaciables carrillos de Chick. Demasiado tarde. Chick cogió el hueso como si fuese un racimo de uvas en la época romana y el resto de la carne desapareció.

—Siéntate, hombre —dijo, entre pollo masticado; tiró el hueso a la caja, cogió otra víctima.

Max se sentó ante la mesa de cocina. Le podía haber dicho a Chick que las mesas de cocina como esa estaban muy de moda, siempre y cuando no te importase cubrir la superficie con algo ocurrente, de baratillo. Era la típica cosa que hubiese vendido en la tienda a jóvenes de lo más *in,* quienes la habrían puesto en un rincón, tal vez con una vieja máquina de escribir encima y un cenicero de bronce con un Gauloise sin fumar de decoración. Por lo menos, calculó Max, setenta libras, fijo. Y pensó en mencionárselo a Chick para abrir boca, en plan «Hey, Chick, antes tenía una vida», hasta que sus ojos repararon en la mujer de Chick.

Estaba apoyada contra el fregadero, de brazos cruzados, estudiando a Max con más detenimiento que de costumbre. Lo que suponía bastante detenimiento. Estaba horrible: le hacía falta un buen lavado de pelo; el cutis, una pena; los hombros, hacia el suelo; bajo los ojos, entrecerrados, sobre un lecho negro y mullido, Max pudo ver diminutas venas recorriéndole las mejillas como en un mapa de carreteras. Pero había algo más en esos ojos. Estaban mirando a Max pero por dentro estaba pasando algo más, solo que era imposible leer en ellos.

Y pensó en la borrosa imagen de una mujer en la estación de metro de Holloway Road...

—Trish. —Chick había notado que Max la estaba observando—. Trish —ladró al ver que no respondía—. ¿Te quedas o te vas? Lo que sea, pero que parezca que estás despierta por lo menos. Reacciona. ¿No tienes que poner una lavadora o algo?

Sí. Reaccionó.

—Sí, perdona. —Las palabras, apenas una presencia en la habitación. Se volvió hacia el fregadero, despegando poco a poco la vista de Max.

Chick se sorbió la nariz:

—Bueno, ¿qué tienes para mí? —Agitó un muslo como llamando a Max.

Al otro lado de la mesa, Max se dijo que tenía que solucionarlo, jugar bien las cartas. Se rebuscó en el bolsillo interior del chaquetón, con la mano temblorosa, y se sacó un puñado de cupones.

—Esto —dijo poniéndolos sobre la mesa.

—Buen chico, buen chico. —Y luego—: ¡Carl! Ven para acá.

MC Carl entró arrastrando los pies.

—Pede te ha traído algunos cupones para ordenadores para el colegio, tío —le dijo Chick señalando el fajo, que Carl agarró y abrió en abanico como si fuese dinero negro. Max no pudo evitar pensar: «¿Qué se dice?». Carl dio media vuelta para irse.

—Eh.

Se volvió.

—Anda, cántanos unas rimas de batalla antes de irte.

Carl se preparó, se agarró la entrepierna de los vaqueros, se dirigió a Max y empezó:

—Gracias, Pede. Eres el puto amo. Mejor no te la choco o me tocarás el ano. —Se llevó la mano no acaparada por la entrepierna al pecho y sonrió con su propia destreza en el micro, antes de volverse y arrastrar los pies fuera del cuarto. Chick se rió a carcajadas.

Los ojos de Max se clavaron en la superficie de la mesa.

—Era una chica —dijo de mala gana—. Y retiró los cargos.

—Pero si él lo sabe —bramó Chick—. Si no, no estarías aquí. Te está tomando el pelo, no tiene más historia. Tú tienes que responderle rimando. —Carcajada—. Ahora en serio, ¿qué tienes para mí?

123

Max se retrepó en la silla para buscarse en el bolsillo del chaquetón, sacó un puñado de sobres y los soltó sobre la mesa. Vio los ojos de Chick escudriñando la pequeña pira: rectángulos, todos con la esquina arrancada.

Chick cogió los sobres y los revolvió un poco, con una mirada desapasionada.

Entonces alzó la vista y Max pudo ver la ira en sus ojos. Tragó saliva al ver la furia en la cara de su contrario.

—¿Qué es esto? —dijo Chick controlándose.

—No había bolsa —empezó Max—, solo un carrito de basura. —Señaló el montón—. Estaba lleno de eso.

—No, de eso nada —dijo Chick sacudiendo la cabeza—. No estaba lleno de eso. Había más cosas dentro, ¿o no? Las cosas que yo quería. —Con un codo en la mesa y el dedo grasiento de pollo señalando a Max—. Pero no las has traído.

—Es que...

—¿Me estás tomando el pelo o qué, Max?

—Reconocí el nombre.

Chick rió secamente.

—¿Ah, sí? ¿Y?

—Es ese niño. —Mirada a Trish. ¿Se vinieron sus hombros abajo por un instante?

Chick volvió a señalarlo con el dedo:

—Sí. ¿Y?

—Chick —le rogó Max—. Es ese niño.

Chick se sorbió la nariz y se cruzó de brazos, unos antebrazos rechonchos, tatuajes que parecían tests de Rorschach borrosos.

—Con esto no me vale, colega. Necesito algo más, lo sabes de sobra, joder. Vas a tener que volver.

—No.

—Tú a mí no me dices que no, Pede, vas a volver.

—¿Sabes dónde está? —Las palabras salieron de Max antes de que pudiese detenerlas, y sabía que un tipo como Chick solo podía reaccionar de dos maneras, y una de ellas era saltar por encima de la mesa para agarrarlo...

Y la otra era reírse (pero antes miró a Trish).

—Pues no, claro que no sé dónde está. ¿Qué coño voy a querer yo de un niño? Es solo una estafa, ya está. Una estafa, ¿entiendes? Queremos averiguar cuánto vale ese tipo. —Hizo una pausa—. Y eso significa que tienes que volver.

El mundo de Max había girado de tal forma sobre su eje que, por un segundo, se sintió casi agradecido. En plan, gracias a Dios, es solo eso, un inofensivo plan para extorsionar a un hombre cuyo hijo ha sido secuestrado. Pero qué tonto he sido al sacar conclusiones precipitadas, cogeré el primer tren...

—No puedo —dijo, más para sí mismo que para Chick.

—Vas a volver.

—Pídeselo a otro.

—No puedo, Pede. Tienes que ser tú.

—Max, me llamo Max.

—En otros tiempos, tal vez. Ahora eres Pede.

Max respiró hondo. La cabeza se le iba hundiendo poco a poco, las palabras le salían imperiosas y suplicantes. La vergüenza le punzaba el corazón.

—Escucha, Chick, por favor. Lo otro está muy bien. Te lo agradezco, gracias por el dinero. Pero, por favor, no me metas en esto. Tienes que comprender que yo no soy la persona adecuada.

—¿De qué coño hablas? Tú eres la persona más adecuada. Confío en ti.

—¿En serio? —dijo Max consternado.

—Claro, tío, en serio. —Y ahora se inclinó para agarrar a Max. Para coger el brazo de Max y levantarle la manga del chaquetón y darle la vuelta.

Contra su voluntad Max ofreció su muñeca para que la examinara. La cicatriz relució en la habitación; el tiempo apenas había atenuado su lividez. No un corte —no el murmullo de baño caliente de una cuchilla— sino una acumulación de carne herida devastada: un recordatorio viviente en rojo intenso de los hombres que lo habían cogido, que le habían llamado Pede, pervertido, asaltacunas, y cosas peores de las que jamás podría inventar el hijo de Chick.

Max intentó desasirse, pero Chick se negó a soltarlo, lo que desencadenó un repentino recuerdo de otra vez en que Chick le había cogido el brazo del mismo modo, cuando lo tenía vendado, lo podía ver allí sentado en su cama, elíptico, insinuante.

—No querrás que piense que eres un desagradecido, ¿verdad, colega? No querrás que le diga a la comunidad quién vive entre ellos. Se oyen cosas terribles sobre lo que les hacen las bandas a los pederastas. —Se apretó la entrepierna y puso cara de dolor—. Lo que pasó en la cárcel te parecerá un golpe de suerte, ¿entiendes?

—Retiró los cargos —suplicó Max desde la cama de hospital.

Chick se sorbió la nariz:

—Lo malo se pega...

Y tanto que sí.

—Por eso puedo fiarme de ti —dijo Chick, y pasó el dedo por encima de la cicatriz, apretando sobre el tejido muerto y dejando una estela de grasa de pollo.

SEGUNDA PARTE

SOPLAPOLLAS

UNO

ANTES DE CAERSE DENTRO, EL COCHE SE TAMBALEÓ EN EL BORDE DE LA piscina por unos segundos. En ese momento, el inspector Clive Merle se imaginó diciéndole a su mujer algo que incluyese los siguientes dos elementos. Uno: que sí, que había metido sin querer primera, y que si no hubiese conducido de esa forma tan temeraria (véase: furioso, intentando darle la vuelta al coche antes de conducir furioso hasta Pollença para una cena en furioso silencio), tal vez la tracción delantera no habría actuado con tanta fuerza; tal vez el Peugeot 206 de alquiler no se habría salido del camino de grava del chalé y no habría atravesado el seto como un explorador de regreso a la patria, para aterrizar con las ruedas traseras en tierra y las delanteras asomadas sobre la piscina.

Y dos: que por lo menos no se habían caído dentro.

Pero mientras imaginaba todo esto las ruedas delanteras se hundieron y besaron el fondo. Vio unas relucientes ondas negras iluminadas por la luz subacuática. Qué bonito, pensó. El coche resurgió una vez más, por un instante, como calibrando la distribución del peso para luego volver a hundirse de lleno en la parte baja de la piscina.

Ella seguía con las manos en la cara. Ya las tenía allí antes del accidente. Se las había llevado a la cara como diciendo «Ya no aguanto más», su típica frase de fin de pelea, y allí habían seguido durante el tiempo que su marido había empleado en meter el coche en la piscina. Si ella le hubiese prestado atención..., reflexionaba mientras el agua cubría el capó, porque él no había dicho que nunca iban a los restaurantes que él quería, sino que simplemente, en lo que llevaban de vacaciones, todavía no habían ido a un restaurante que él hubiese escogido.

Le llevó un tiempo quitarse las manos de la cara, como si estuviese esperando a que pasase algo más:

—Eres increíble —le dijo a Merle—. Realmente increíble. Cuando hizo ademán de salir del coche, Merle se lanzó sobre ella para detenerla, sabiendo que no debía abrir la puerta hasta que el coche estuviese repleto de agua, pero recordando luego que la regla solo es aplicable si el coche está sumergido del todo, con lo que una piscina a medio llenar no contaba.

—¡Déjame! —chilló ella creyendo que intentaba cogerla para sacarla y admirando por un instante los dos arcos de luz subacuática que formaban los faros del coche. Salió, con el vestido hinchándosele hasta la cintura. Caminó por el agua con el bolso alzado, hacia los escalones. Como policía que era, Merle había visto muchas cosas extrañas, pero nada tan surrealista como a su mujer en ese momento; ahora que lo pensaba, le recordaba a Katherine Hepburn en *La Reina de África*.

—¡Salgo en un segundo! —le gritó.

Ella se volvió enfadada en medio del agua:

—¿Por qué no te quedas ahí, Clive? ¿Por qué no, ya que estás, intentas conducir hasta el núcleo terrestre?

—Imbécil —se dijo a sí mismo alargando la mano hacia la puerta.

De pie en su vestido de noche, Karen preparaba un sándwich (para una persona, observó con tristeza) mientras le insistía en que debía llamar a la agente de vacaciones inmediatamente.

—Pero no van a poder hacer nada hasta mañana —argumentó él con poca convicción.

—Se lo tenemos que decir a alguien ahora mismo —insistió volviéndose y apuntándole con un cuchillo—. Y reza por que la policía no venga y te haga soplar.

La idea ya se le había pasado por la cabeza.

—¿Y para qué demonios hay que meter a la policía en todo esto?

—Tú qué sabes. —Volvió al sándwich.

—Sí que lo sé. Soy policía.

—En Mallorca no. ¿Cómo sabes si atienden o no los accidentes menores?

—Ea, pues otra buena razón para no informar hasta mañana.

—Oh, no, de eso nada. Vamos a informar ahora. Y reza por que la policía no venga y te haga soplar.

—Eso ya lo has dicho. Pero si se da la remota posibilidad de que vengan, tendremos que decirles que eras tú la que...

—Oh, no, de eso nada. —Daba vueltas de aquí para allá blandiendo de nuevo el cuchillo—. Estabas conduciendo tú. Yo no meto coches en piscinas, Clive, esa es tu especialidad.

—Vaya, ya veo. Se trata de un castigo, ¿no? De hecho estás deseando que venga la policía. ¿Y si me acusan de conducir borracho?

—No conozco las leyes de Mallorca, Clive. Pero te serviría de lección.

—A ver, que me entere yo. Tú te pasas el día bebiendo vino y se supone que yo tengo que...

—¡No aguanto más!

Así que hizo lo que ella le estaba diciendo: llamó a la agente, a la que claramente importunó en plena cena y quien, en consecuencia, no se mostró tan hospitalaria, amistosa y solícita como al principio de la semana, cuando los había llamado para darles la bienvenida a Las Olbas. Cuatro días después, ya se veía el final. Ahora, más que nunca, Clive no veía la hora de que se acabase todo.

—¿Que el coche se ha caído a la piscina? ¿Qué quiere decir?

—preguntó después de que Clive le explicase el problema en los términos menos incriminatorios que pudo.

—Lo que quiero decir es que ha habido un accidente. Creo que el embrague ha debido de... —¿atascarse?, ¿escurrirse?— atascarse. Y, bueno, hum, como que el coche ha salido disparado por el porche hasta la piscina.

—¿Lo ha estrellado en la piscina?

—Más o menos.

—Ya veo. ¿Hay alguien herido? ¿Necesitan asistencia médica?

—Solo para un caso grave de vergüenza.

—Y el coche, ¿está bien? No va a..., hum..., no creo que explote, ¿no?

—No, qué va. Digamos que ahora mismo está en el fondo de la piscina. Estará bien allí hasta mañana.

—Espere un momento. —La chica se apartó del auricular y Merle la oyó decir: «Un tío en Las Olbas, que ha metido el coche en la piscina... No creo...»—. Usted es policía, ¿verdad? —le preguntó. Le respondió que sí. «No, es policía». Y de nuevo a Merle—: Mi amigo quería saber si era usted un cantante famoso. Dice que haga el favor de no tirar el televisor por la ventana.

Karen le lanzó una mirada muy explícita cuando colgó el teléfono y le dijo que vendrían a la mañana siguiente: «No te mereces tu suerte».

Pues vaya suerte, pensó a la mañana siguiente, que estaba transcurriendo en un silencio absoluto. Ella se puso sus cereales y él la siguió hasta el patio con su propio bol. En el porche había dos marcas de frenazo que llegaban hasta un hueco tamaño coche en el seto. Pudo ver una llanta y parte del eje ondeando al viento.

—Guau, hoy va a hacer calor.

Karen no le hizo caso. Pero él intentó sacar más conversación señalando un lagarto que había sobre la pared encalada.

—No me interesa. Y además no es un lagarto —respondió. Gafas de sol despiadadas, labios finos.

—Bueno, vale, será una salamanquesa. Eso es lo que quería decir. Pero es una especie de lagarto, es de la misma especie.

—Que pertenezcas a la especie humana, Clive, no te hace ser humano. —Recogió el bol de la mesa y volvió a desaparecer en el chalé.

Al rato llegó el encargado de la piscina, salió de su coche y se fue hacia la zona de baño antes de que pudiesen detenerlo. Para cuando llegaron ya estaba admirando la instalación coche-piscina, con la fascinación de ojos desorbitados de alguien que nunca había visto un coche en una piscina (o por lo menos no en la vida real). Merle había estado pensando en lo hiriente que había sido el comentario de su esposa. Estrellar un coche por accidente —y con piscina o sin piscina, no había sido más que un pequeñísimo susto— estaba lejos de ser un acto inhumano. Pero ahora lo dudaba, mientras los ojos del encargado iban del coche a él, estudiándolo como si realmente Merle perteneciera a una especie alienígena.

El encargado pasó del asombro a la diversión. Sin saber de la tensión entre la pareja, hizo lo que le pareció un chiste estupendo: intentó sacar el coche de la piscina con su red. Merle se vio en la obligación de reír, pero, aun así, tampoco le sorprendió mucho que Karen se diera media vuelta y se fuera de nuevo a la cocina. Su marido riéndose: lo último que quería oír.

Y allí es donde se quedó, incluso cuando llegó una grúa y depositó a dos hombres que se asombraron y se divirtieron a su vez, antes de una consulta con el encargado de la piscina, supuestamente sobre cuál era la mejor forma de sacar el coche. Relegado por un momento, a salvo, con Karen fuera del encuadre (probablemente preparando una única taza de té), se sacó el móvil del bolsillo y tecleó un mensaje de texto para el subinspector Simon Cyston, otro oficial que trabajaba en la investigación —uno que no estaba pasando unas vacaciones de mierda—: «Cy, ¿puedes llamarme?».

Su dedo apuntó a «Enviar».

El inspector Merle se consideraba un misántropo. Llevaba su misantropía como si fuese una placa en la solapa que tuviese que estar colocando bien cada dos por tres. Y si alguna vez empezaba a albergar dudas, no tenía más que irse de vacaciones. En Gatwick había observado con horror e incertidumbre a los que compartían con él el espacio aeroportuario. Esa gente —la sal de la tierra—, *hooligans* jubilados y *cockneys* chillones, esposas más chillonas aún, chabacanas y un poco tocadas, que abusaban de tal forma de la licra que su inventor, si las viese, se llevaría una pistola a la cabeza. Todo patas arriba. Hombres con tetas, mujeres con tatuajes, bebés con pendientes colgando de tersos lóbulos. La mayoría de ellos graznando al móvil, metiéndose hamburguesas en la boca como si hubiese escasez mundial de vacas.

Los despreció en Gatwick, los despreció luego, cuando llegaron al aeropuerto de Palma, encendiendo pitillos en zonas de no fumadores, insultando a sus hijos mientras esperaban las maletas. Condujo a Karen hasta la agente; no, mentira, Karen lo condujo hasta la agente, que fue quien los llevó hasta el coche que debería haber sido su pasaje hacia la libertad y que, a lo mejor, si no fuese tan tonto del culo, podría haberlo sido. No los despreciaba porque fuese un esnob, como pensaba Karen, sino porque lo único que les importaba era la notoriedad. Insultar al mundo hasta que se fijara en ellos, todo el rato con las bocas colgando como sus barrigas. Así era la gente que se sentaba en las oficinas, en los pubs y en las fábricas y hablaba sobre lo increíble que parecía que nadie hubiese visto cómo se llevaban al crío —al pequeño Ben—, alguien tenía que haberlo visto. Pero era la misma gente que apoyaba al Arsenal, que apoyaba al Tottenham, que cogía el metro. Y sus bocas colgarían del mismo modo, y no habían tenido tiempo para reparar en un niño perdido que estaba delante de sus narices. Habían estado allí, esa era la cosa. Siempre estaban allí.

Y ahora se veía atrapado en el infierno mallorquín. Odiaba el sol, la tranquilidad, el aburrimiento, tener que fumar y beber la mitad de lo que le gustaría, y todo para descubrir, era de esperar, que incluso la mitad era demasiado para Karen. Odiaba tener que conducir él siempre, porque ella se negaba; odiaba tener que hacer él la mitad de las comidas que tomaban en el chalé porque «También son mis vacaciones»; pero lo que más odiaba de todo era el hecho de haber metido el coche en la piscina y de que esos tres hombres, resplandecientes y alegres bajo el sol, aclimatados y morenos, estuviesen salpicando su conversación con continuos gestos hacia el tontorrón de color maicena que miraba taciturno su móvil. Sonrieron a Merle y este les devolvió la sonrisa (la sonrisa de un hombre que prueba por primera vez una anguila). Pulsó «Enviar».

Dejó allí a los españoles y arrastró su vergüenza hasta el chalé, donde Karen estaba sentada en la terraza con un café —se había equivocado por poco—, leyendo una novela. Se instaló en una silla; ella alzó la mirada por un momento y volvió al libro.

Venga, Cy, pensó, intentando influir mentalmente en el subinspector. Venga.

—¿No deberías estar allí? —dijo ella por fin.

—No, no creo. No hay mucho que hacer. Sería solo un estorbo.

—Sí, pero, aun así, ¿no deberías estar allí?

El teléfono le sonó en el bolsillo. ¡Gracias, gracias! Se lo sacó y mientras leía la pantalla dijo:

—Es Cy. Por Dios, ¿qué querrá ahora? Espero que no sea nada gordo.

Karen lo miraba mordiéndose los carrillos por dentro.

—Cy. Espero que sea importante. —Se levantó y se alejó de Karen.

—¿Qué tiene que ser importante, señor?

—Venga, hombre, que estoy de vacaciones.

—Pero si ha sido usted el que me ha mandado un mensaje, señor.

—Ya veo. Bueno, venga, dispara.

—¿Disparar el qué? Perdone, pero ¿estamos hablando para que lo oiga otra persona? ¿Su mujer quizá? —Cy entró en la policía cuando Karen ya se había ido. Aunque una vez fue famosa, popular y bastante competente, para Cy ella siempre sería la parienta de Merle.

—Exacto, Cy. Espera un segundo. —Puso la mano sobre el auricular—. ¿Kaz? Voy a hablar dentro. Ha surgido algo.

Karen asintió con un cortante aunque comprensivo vale con la cabeza y Merle sintió una punzada de culpabilidad mientras entraba en el chalé y se dirigía hacia el dormitorio, lo más lejos posible de su esposa.

—Cy, ¿cuál es la diferencia entre unas vacaciones en Mallorca y que te arranquen los ojos con anzuelos de pescar, de los de lengüeta?

—No lo sé, señor.

—¿No? Pues yo tampoco.

—Vaya, entiendo. ¿Así está la cosa?

—Sí, así está. Y, para más inri, Karen ha metido el coche en la piscina, así que ahora me tengo que encargar de eso, aparte de tener que esquivar mosquitos y embadurnarme con mierda para no achicharrarme como un salmonete.

—¿Que metió el coche en la piscina? ¿En serio? Qué *heavy*.

—Exacto. Lo próximo será que tire el televisor por la ventana.

Cy se rió a carcajadas al otro lado de la línea y Merle se sintió culpable por copiar la broma de la agente, aunque, por extraño que pareciese, no por mentir sobre el artífice de la catástrofe coche-piscina.

—Le doy mis condolencias, señor, pero no creo que pueda hacer mucho al respecto desde aquí —dijo Cy, hablando desde el frío y posiblemente lluvioso Londres.

—Claro que sí. Puedes decirme algo tan importante que tenga que coger un avión de vuelta inmediatamente. Tan gordo e importante que Karen no se atreva a decir ni pío.

—Por Dios, eso es muy importante. Como..., ¿en qué tipo de cosa está pensando?

—Dios santo, yo qué sé. —Merle ladeó la cabeza y se quedó mirando el techo del dormitorio. No se había fijado antes en las mantas dobladas que había encima de los armarios; para el frío, claro (sí, aunque fuese por un segundo, hiciese algo de frío, no se sentiría como un pobre desgraciado). Y mientras tanto pensaba: «Sí, ¿el qué? ¿En qué tipo de cosas estoy pensando exactamente?»—. ¿Nada sobre Snape? —se oyó decir.

Al otro extremo de la línea, Cy hizo una pausa que suponía un no:

—Lo normal.

Desde fuera llegó el sonido de un motor. Tal vez su coche saliendo de la piscina.

—¿Qué? ¿Como qué?

—Bueno, hay una cosa —dijo Cy—. Puede que sea algo, pero lo más probable es que no. Pero no lo descartamos.

Merle, que había estado todo el rato de pie, se sentó ahora y se miró los pies, cruzados de tal forma que le hacían un jocoso corte de mangas. Desde fuera llegaba el sonido de un mecanismo en crisis. Un motor dragando, desafinado. Oyó que alzaban la voz; aunque no sabía ni una palabra de español supo que estaban diciendo: «Apaga el torno, coño, rápido». Se llevó la mano a la frente.

—¿Y qué es?

—Un par de cosas de Patrick Snape. Llamó preguntando por usted. Cree que anteanoche alguien estuvo rebuscando en su basura. No está seguro pero oyó el carrito de la basura, y al principio como que no le dio más importancia, pero después oyó la puerta lateral dando un portazo; cree que alguien estuvo en el patio de atrás.

—¿Hay manera de saber si se llevaron algo?

—No.

—¿La prensa?

—Bueno, ¿quién sabe? Fue lo primero que pensé, la prensa.

—¿Pero?

—Sí, bueno, pero. Porque anoche pasó algo más.

Se escuchó un chapuzón. El ruido que hace un Peugeot cuando una grúa no consigue sacarlo de una piscina.

—¿Qué pasó anoche?

DOS

HABÍA ACERTADO, CHICK HABÍA DADO EN EL CLAVO: MAX VOLVIÓ A
Kettering. En el vagón reinaba el mismo ambiente que el día anterior,
de cansada futilidad y alcohol. Se sentó y puso las piernas en
alto, esperando, como sus acompañantes, no tener que compartir sitio, nada de contacto ocular, por si acaso. La suerte estaba
de su parte: el vagón iba casi vacío, algún que otro rezagado que
llegaba, ponía el maletín en el portaequipajes, se desabrochaba
la chaqueta y se acomodaba para el viaje.
Y fue entonces cuando Max lo vio.
Al principio no estaba seguro. Cuando lo recordó más tarde,
se dio cuenta de que había asumido al instante que su mente le
estaba jugando una mala pasada, conjurando la imagen del padre del pequeño frente a él, entrando en el tren, tomando asiento, dándole ahora la espalda.

Max se incorporó en su asiento; su mente se aclaró: era Patrick Snape, estaba seguro. No, no, seguro no; pero se parecía a
él, a las fotos que había visto en Internet. Se levantó para ver
mejor, pero todo lo que vio fue lo que podría ser la nuca de Patrick Snape. El puede-ser-Pat estaba sentado tal cual, sin periódico,
sin acomodarse. Había hecho lo decente, ponerse en el asiento
de la ventanilla, un detalle. Fuera, en el andén, se oyó un silbato y las puertas pitaron antes de cerrarse, mientras Max se dirigía hacia el fondo del vagón, pasaba por delante del tipo que po-

día ser Pat, conteniéndose para no mirar hacia atrás hasta llegar al otro extremo, y solo entonces se volvió y miró.

Era él, y al final no se convenció por sus rasgos, aunque evidentemente se trataban de los rasgos de Patrick Snape. Era la mirada, perdida. La reconoció por las fotos: la mirada de un hombre que acababa de perderlo todo, todo perdido, aunque no llegara a aceptarlo.

—Perdone —dijo Max, el típico «perdone» innecesario y fuera de contexto, sonriendo mientras se sentaba junto a Patrick Snape, viéndose a sí mismo haciéndolo y pensando: «¿Qué estoy haciendo?». No lo sabía con seguridad. Pat le sonrió con un «No se 140 preocupe», lo miró un instante y volvió la vista hacia la ventanilla. En los asientos de enfrente había un joven despatarrado leyendo una revista, con unos cascos gigantes en la cabeza. Como el resto de la gente en el silencioso vagón, en su propio mundo.

—Perdone —repitió Max.

—¿Perdone? —Parecía que a Pat lo habían sacado de sus pensamientos.

—Decía que perdone por ponerme aquí. —Las palabras le salían como a un autómata y podía oír lo ridículas que sonaban—. Es como si estuviese condenado por elegir el asiento de la ventanilla.

Podía notar a Pat estudiándolo con detenimiento, haciendo de todo menos pegar la nariz y buscar rastros de alcohol antes de responder.

—Perdóneme. Tengo la cabeza en otra parte.

A Max le entraron ganas de acercarse y tocar a Pat, como si haciendo eso pudiese canalizar parte del dolor de aquel hombre.

—La mayoría de la gente se sienta en esta parte, supongo que para desanimar a los demás. —Hablaba en un murmullo. Era todo lo que se oía en el vagón y le parecía increíblemente alto.

—No pasa nada —dijo Pat, tranquilo, cortés—. Pero no es problema, si lo prefiere me cambio de sitio.

—No, no, yo solo... Lo siento, estoy hablando por hablar. Usted es el padre del pequeño, ¿verdad?

—Sí. —Como si fuera la pregunta más normal del mundo. Como una estrella de cine a la que le preguntan: «Usted sale en esa película, ¿no es cierto?».

—Le he reconocido.

—Sí. —Pat estaba mirando a Max. Sus sentimientos eran ilegibles. Su boca se había abierto y cerrado para expulsar la palabra pero sus ojos no habían revelado nada.

—Siento mucho lo de Ben, de veras.

—Gracias.

—¿No ha habido noticias? —susurró prácticamente Max.

Pat suspiró:

—No, lo siento pero no, no hay nada.

¿Lo sientes?, pensó Max, y después imaginó la de gente que se le acercaría todos los días, acercamientos como el que acababa de hacer él. Con sus mismas intenciones, queriendo en cierto modo ayudarle con su dolor.

—Debe de pasarle esto todo el rato.

—Da igual. No es todo el rato, alguna que otra vez. Pero tampoco me importa. Me gustaría poder decir que sí, que hay noticias, pero nunca las hay.

—Entonces ¿todavía no están cerca? De saber algo, vamos, de saber quién era la mujer de las imágenes.

—No, me temo que no —respondió Pat.

Hubo un silencio que Max deseó romper a toda costa.

—Yo vivo por allí, sabe, he mirado bien. —No debería haber dicho eso, pensó. En un arrebato había querido justificarse diciéndole a Patrick Snape que vivía cerca de donde habían secuestrado a su hijo—. Bueno, no en la misma zona, por los alrededores más bien.

Pat lo miró.

—¿Así que no la reconoció?

—No, lo siento. —Max sintió que se le encogía el corazón.

—No podría, por las imágenes no. Había un psicólogo que no quería que se hiciesen públicas. Dijo que aunque no tenían mucha calidad, podía ser que ella las viera y se asustase e hiciera cualquier cosa...

El funesto pensamiento concluyó en silencio.

—Ya veo —dijo Max, que ahora quería que Pat siguiese hablando—. Entonces, les mantienen informados, ¿no? Sobre la investigación.

—Bueno, en realidad, no. Solo cuando me hacen hablar con la prensa a cambio de algún favor. —Max parecía asombrado—. Pero no pasa nada —añadió Pat—. Nos cuidan. —Sonrió débilmente. Tenía esa forma de estar, observó Max. Como si simplemente se echase a las espaldas la carga de la compasión pública y la sobrellevara, sin darle importancia. Como si en comparación no fuese gran cosa—. La verdad es que se han portado muy bien, los de la policía —acabó—. Muy bien.

—Eso está bien. Y ¿qué tal usted? ¿Cómo lo está llevando?

—Max se oía y le parecía ser el conductor de un consultorio sentimental en un matinal televisivo, las palabras sonaban falsas.

Pero Pat lo único que notaba era sinceridad, y todo lo que podía hacer era asentir con la cabeza un instante o así:

—Lo llevo —dijo por fin—. No me queda otra.

Max se sentía minúsculo a la sombra del sufrimiento de Pat.

—Lo siento —dijo después de una pausa—, pero, no sé, ¿qué hace usted? ¿Cómo se gana la vida?

—Cuando no estoy de baja por motivos familiares trabajo en las carreteras. Voy por ahí comprobando que las carreteras funcionan como es debido.

—Ah, vaya, mucha responsabilidad.

—Bueno, ya se sabe, si una carretera no funciona puede ser un caos. Te metes en problemas.

Max no sabía cómo continuar con eso último, ni siquiera sabía si debía; tal vez debería fingir simplemente que la siguiente parada era la suya, esfumarse, una vez satisfecho en cierto modo lo que le había llevado a hablar con Patrick Snape, fuese lo que fuese. Al final fue Pat el que habló:

—Perdone, usted sabe mi nombre pero...

—Sam.

—Y ¿dónde trabaja usted?

—En un matadero, soy matarife, aunque voté a los verdes en las últimas elecciones.

Pat se rió y miró a Max. Hubo un silencio entre ellos, el sonido de alguien al móvil unos asientos más atrás, el típico tiquití de los cascos de otro pasajero.

Entonces, Max le preguntó:

—¿Cómo es él, Ben?

Pat no se tomó a mal la pregunta. Era como si hubiese estado esperando a que se lo preguntaran, porque la gente solía preguntárselo, quería saber cómo era Ben, con la esperanza tal vez de identificar unos síntomas, asegurarse de que sus propios hijos estaban a salvo.

—¿Que cómo es? Pues supongo que como cualquier niño de seis años, salvo que es un niño de seis años único, porque es Ben. Adora a su padre. Cree que su papá camina sobre las aguas y siente un impulso emocional hacia su madre que él no es capaz de explicar, y probablemente nunca pueda, y entre los dos somos gran parte de su vida y lo saboreamos, pero es un poco triste porque ya nos da pena que algún día se le pase. Con lo cual, es del mismo equipo que yo, pero solo durante un par de años más, creo, antes de que elija uno propio, lo más probable que el Manchester United, con la suerte que tengo. —Se detuvo. Ese «con la suerte que tengo» se quedó flotando en el aire (si al menos el que su hijo cambiase de equipo por el viejo rival fuese lo peor que le pudiese pasar...). Después prosiguió—: Aparte de nosotros y del Arsenal, está la Game Boy, le encanta Mario, y su canción favorita, *Yellow submarine,* y le encanta su álbum de cromos, que no creo que entienda del todo, no creo que vea identidades o cosas así, para él es como un gran rompecabezas. Todos los críos tienen esos álbumes, ya sabe. Si se presentase en el colegio sin su álbum de cromos bajo el brazo, Ben sería una especie de marginado social. Es gracioso, dice Deborah. Todos esos críos en la parada del autobús, con el álbum en una mano, todos con esas enormes mochilas. Y se emocionan tanto al verse, y van pululando y comparando cromos, es como su forma de empezar un día de trabajo, como cuando yo escucho mi buzón de voz. Es su forma de fichar, su forma de reafirmar su mundo. Como cuando acaban de nacer, que siempre quieres tocarlos. Incluso cuando están durmiendo y sabes que no deberías. Quieres comprobar que siguen allí, que son de verdad, no una ilusión, que respiran y están vivos y que seguirán allí cuando vuelvas a mirar. Y aparte de ser una versión en miniatura de un adulto, y aparte de Mario, ah, y de los McNuggets de pollo, claro, porque aunque no todos los *nuggets* de pollo son McNuggets propiamente dichos, siempre son McNuggets. —Se pasó el dedo por la nariz y, al hacerlo, Max notó que sus ojos brillaban con lágrimas de pensamientos alegres—. Es como la gran conspiración de los padres. Todos los *nuggets* son McNuggets de pollo. La ocultamos casi con el mismo secretismo que lo de Santa Claus, esperando tan solo la pregunta inevitable, la observación que un día dará al traste con el juego. Y aparte de los McNuggets del demonio, y de hacerse el interesante, aunque a la vez el tímido, cuando las mujeres le sonríen en la cola del supermercado, y de su álbum de cromos y de Mario, tiene a sus amiguitos. Así los llama Deborah. «Sus amiguitos». Y tiene razón, porque son todos... tan pequeñitos, y no solo de tamaño, sino porque son como versiones en miniatura de personas, pequeñas versiones de amigos. Están empezando a desarrollar la competencia y las rivalidades. Uno de los mayores culpables es el álbum de cromos: todos quieren tener los cromos especiales, los plateados, y esas pequeñas envidias aparecen y se puede ver lo que ocurre y también da pena, porque es otro pequeño paso más en su toma de conciencia de un mundo que te gustaría que no viesen... —Se detuvo y miró de reojo a Max—. En fin, ya lo he dicho antes, como cualquier otro niño de seis años.

Max no pudo hacer otra cosa que asentir. Pat le dejó hacer y lo observó antes de preguntarle:

—Y ¿adónde va esta noche?

—Pues lo cierto es que a Kettering.

—¿Ah, en serio? ¿Y eso? ¿Por qué a Kettering? ¿Por trabajo?

—No. No, voy a ver a mi hermana.

—¿Vienen a recogerle?

—Sí, gracias. Me estará esperando allí.

—¿Y qué? ¿Snape cree que ese tipo es el mismo que rebuscaba en su basura?

—Poco más o menos.

—Vale —dijo Merle lentamente—. Y ¿qué le hace pensar eso?

—Volvió a comprobar la verja esta mañana, el pestillo no estaba bien echado. Y ese tipo, había algo en él que a Snape... Bueno, lo que dijo es que ese tipo no parecía decir la verdad. Y no olía bien, al parecer, no como alguien que trabaja en un matadero, fuera cual fuera ese olor, a grasa tal vez. Pero la clave, según Snape, es que el tal Sam no llevaba nada encima para pasar la noche. Solo lo puesto. Así que, entre el asunto de esta mañana con la verja y que las alarmas sonaron como Notre-Dame, decidió llamarte.

—Es un buen tipo.

—Vaya.

—¿Qué opina el inspector jefe?

—Que no encaja con nada de lo que estamos buscando. El inspector jefe cree que será un morboso, o de la prensa. De todas formas, estamos inspeccionando la basura en busca de huellas y requisando cintas del CCT. Snape va a estar atento.

—Eso suena bien —dijo Merle. Estaba pensando en basuras; y luego—: ¿Había ido a vernos?

—¿Quién, señor?

—Snape, cuando se encontró a Sam. ¿Volvía de vernos?

—No, señor, que yo sepa no.

—Bueno, vale. Mira, le voy a llamar, te lo digo para que lo sepas. Nada oficial, solo para ver cómo lo lleva.

Colgó y meditó un momento antes de marcar «Pat».

Sam, pensó. Sam. Como de «samaritano».

TRES

KETTERING. NO ES LO QUE PODRÍA DECIRSE UNA CIUDAD DORMITORIO, a no ser que habláramos de una periferia muy amplia. Así y todo, mucha gente hacía todos los días el trayecto de la línea principal del Midland hasta Saint Pancras. Incluido Patrick Snape. Estaba en la ducha de su casa, en una urbanización de viviendas idénticas, todas levantadas por una constructora llamada David Wilson que hacía casas para gente como Pat: hinchas del Arsenal a tiempo parcial que de vez en cuando llevan a sus hijos a un partido; que puede que antaño vivieran en la capital, pero que se mudaron en busca de una vida mejor, ¿y qué si las tiendas están siempre cerradas? Por lo menos no había tanta contaminación ni tanto ruido. Por lo menos la gente cuidaba la una de la otra. Los niños estaban a salvo.

A Pat, David Wilson le había proporcionado un plato de ducha con mampara; esmerilada, con unos bonitos puntitos rugosos por los que solía pasar los dedos, en los viejos tiempos, cuando aún existían los pequeños placeres de la vida. Ahora volvió la cara hacia la alcachofa y despegó el jabón de la jabonera. Se había duchado allí con Deborah, en otros tiempos. Cuando el cubículo estaba abarrotado con los productos de ella. Gel de ducha, colgando de una práctica gomilla. Champú. Acondicionador. Champú con acondicionador. Solo se podían distinguir los botes si se miraban muy de cerca. Solía quedarse bajo la alcachofa sin saber cuál usar (ella habría dicho «Cómprate tú uno»), guiñando los ojos, y preguntándose por qué la mayoría estaba en francés.

Pero eso era antes. Deborah ya no hacía la compra, la hacía él. El jabón lo compraba marca Simple, porque ¿para qué complicarse la vida? Total, era la marca que parecía gustarle más a ella. Pero con el champú y el acondicionador no sabía cuáles prefería. La rotación en el baño ya le había confundido bastante antes de ser él quien comprara los productos. Así que se decidía por cualquiera, y cualquiera le parecía bien a Deborah, aunque él hubiese deseado que no fuera así.

Salió de la ducha y cerró la mampara con cuidado, como siempre hacía, para no molestar a Deborah, que se levantaba tarde y se acostaba temprano, y a veces ni siquiera salía de la cama.

Se secó y se contempló en el espejo. Un hombre de treinta y seis años al que empezaba a caérsele el pelo y a clarearle alrededor de las orejas. Y delgado. Mucho. Deborah solía bromear diciendo que la única forma de que perdiesen peso sería separándose. Ninguno de los dos tenía que preocuparse ya por el peso. Y parecía viejo; y también se sentía así. Se sentía como si alguien hubiese cogido el libro de su vida perfecta y arrancado la parte de en medio.

Porque la desaparición de Ben había catapultado sus vidas a un espantoso salto en el tiempo, había pulsado el avance rápido de sus vidas como si el niño hubiese crecido ya y se hubiese ido de casa, envejeciéndolos hasta el estatus de pareja en el otoño de la vida, aunque, por supuesto, eso también les estaba negado. Para ellos siempre era invierno. «Tenéis que cuidar el uno del otro», les habían dicho padres, amigos, orientadores. Pero no lo habían hecho, suponía. Era como si cada uno viviese en un permanente estado de resentimiento contra el otro, incapacitados así para sufrir. «Tenéis que cuidar el uno del otro». Pero no lo hacían, porque...

Porque «Has sido tú. Tú has perdido a nuestro hijo» era la cosa más horrible que ella le había dicho en la vida, pero siempre estaba allí: inodoro, incoloro, un gas tóxico en el aire.

Acabó de secarse, se puso una camiseta y unos vaqueros y atravesó el pasillo hasta el dormitorio. Dentro estaba oscuro, las cortinas echadas, siempre echadas. Y el cuarto estaba lleno de polvo y olía a cama. Mantenía la casa ordenada, hacía lo que podía, pero lo de limpiar y quitar el polvo era más problemático: escapaban al control de su radar, y ahora notó una fina capa de polvo sobre todas las superficies del dormitorio. Sobre las mesillas de noche, y sobre la coqueta, que ella apenas usaba ya.

Tenían la cama en una esquina del cuarto. Poco después de la desaparición de Ben, Deborah había cambiado de lado. Antes dormía en la parte de fuera, porque era ella la que se solía levantar cuando Ben se ponía a llorar. Ahora se quedaba en el lado de la pared, y allí estaba en ese preciso instante, en su posición habitual, con las manos contra la pared, como para evitar que se moviese y se le cayera encima; como si necesitase palparla, sentir algo sólido a su lado.

—Deb —dijo con suavidad. El montículo bajo el edredón no se inmutó. En su nuca, el pelo en un moño desordenado; las uñas, las «garras» de las que una vez estuviera orgullosa, en carne viva de mordérselas—. Deb, voy a hacer algo de comer. ¿Vas a querer comer algo? —No estaba seguro de que estuviese despierta. Durante mucho tiempo solo supo que estaba dormida cuando no estaba llorando. Ahora ya no lloraba. Por lo general solo estaba así, tumbada, con las manos tocando la pared del polvoriento dormitorio David Wilson.

No hubo respuesta. Volvió a intentarlo:

—¿Deb? —Y al ver que no respondía se fue, y estaba a punto de cerrar la puerta tras de sí cuando oyó un «¿Pat?»—. ¿Sí, nena? —No se había ni girado ni movido, y el edredón amortiguaba su voz. Era todavía el de invierno, pensó por un instante. Debería cambiarlo por otro de menos... ¿Cómo se decía?... De menos *togs*.

—¿Has ido hoy a Londres? —Su voz, notó, tenía ese tono somnoliento, sedado, que sabía que era del Valium.

—Sí, he ido. Me dijiste que te parecía bien.

—¿Y te acabas de duchar?

—Sí.

—¿Puedes comprobarlo entonces? Porque creo que mientras estabas en la ducha ha sonado el teléfono.

Cerró los ojos porque el fantasma del teléfono que sonaba aparecía casi todos los días. Y no era un fantasma amigo como Cásper, no, era un *poltergeist* engañoso e hiriente.

—Ahora lo compruebo. Voy a hacer algo de comer. ¿Vas a comer algo conmigo? Podemos comer en la mesa. Y me ayudas, si quieres. —Las palabras empezaron a salir de su boca como en un tartamudeo—. O si no, puedes sentarte en el salón mientras lo preparo y ya está. O podemos ver una peli si te apetece, podemos ir a alquilar una. O te cuento cómo he echado el día. O podemos ver la tele y ya está. Pero la verdad es que estaría bien que comiésemos juntos.

—Es buena idea, Pat. —Suspiró—. A lo mejor mañana por la noche. Tengo algo de sueño. Me tomé un sándwich antes, cuando estabas en Londres.

—Vale —dijo, sabiendo que ni cocinarían ni alquilarían una película al día siguiente, y que tampoco se había tomado ningún sándwich antes—. Descansa un poco. A lo mejor mañana. —Cerró la puerta tras de sí.

El cuarto de Ben estaba allí, a medio camino. Fue hasta la puerta, la abrió y miró como si Ben fuese a estar dentro, metidito en su cama como en un anuncio de Night Nurse. Durmiendo el sueño de los inocentes, en paz. Era una idea que solía rondarle a Pat. Una idea atroz. Terminaba con él en el cuarto de Ben, de rodillas con la almohada de su hijo contra la nariz, sollozando como si jamás fuese a ser capaz de parar.

Pese a todo, comprobó el teléfono, esperando el tono de llamada, pero en cambio sonó la notificación de mensaje. Ella tenía razón. Quizá fuese una buena señal. «Hola —decía—. Es un mensaje para Pat. Soy... Clive, el inspector Merle». Pat notó cómo su mano apretaba el auricular, con el pecho encogido, había empezado a temblar y todo. «Por favor —seguía el mensaje—, por favor, no... Lo siento, no tengo nada nuevo. Solo llamaba para, bueno, la verdad es que quería charlar un rato. No es nada urgente, pero si puede llamarme cuando tenga un momento, se lo agradecería, gracias. Espero que hablemos pronto. Ah, perdón, mi número es el...». Y dictaba el número de su móvil, que Pat anotó en la libreta que siempre dejaba junto al teléfono, y acto seguido lo llamó.

Cuando conoció a Patrick Snape, Merle estaba pensando precisamente en esas vacaciones. Ese día había estado en una casa donde un ladrón había dejado tuerta a una anciana de ochenta años porque se negaba a creer que no tenía nada de valor en la casa. Ese mismo día, Merle había ayudado a ejecutar una orden de arresto contra un sospechoso de asesinato, había estado a punto de ser atacado por un perro peligroso y no había conseguido convencer a una mujer ensangrentada y amoratada de que no se había caído por las escaleras. Y no le hubiese importado repetir ese día, sin pensárselo, salvo por la discusión con Karen sobre las vacaciones, pero en eso estaba cuando entró la llamada. Por lo menos le dio una excusa para colgar.

La Policía Británica de Ferrocarriles había llevado a Snape ante la Policía Metropolitana, que lo había conducido a su vez a Stoke Newington, donde lo hicieron esperar, inquieto, en una sala de interrogatorios. Merle fue el primero que habló con él, fue el único oficial del equipo de investigación, a excepción del comisario y del inspector jefe, que presenció de primera mano la magnitud del sufrimiento de Snape, fuertes descargas que le recorrían el cuerpo mientras sus manos retorcían una taza de plástico, con ganas de estrujarla. Uno presenciaba el dolor y, por mucho que no quisiese, por muy entrenado que estuviese para ignorarlo —y de novato unos superiores que se distraían después del trabajo en el pub le habían advertido en una ocasión que lo ignorase—, no podía evitarlo. No podía evitar absorber un poco de ese dolor. Y eso lo hacía a uno distinto durante la investigación. Y aunque nadie lo dijese, o lo reconociese, y no hubiera que cancelar por eso unas vacaciones, lo hacía distinto. Significaba que había una extraña especie de peste que operaba por debajo del protocolo. Y había que sobrellevar esa peculiar carga uno solo, nadie más quería esa peste. El resto quería hacer su trabajo, no preocuparse.

Pero siempre aparecen, eso era lo cierto: el ochenta y nueve por ciento de los niños desaparecidos aparecen en las primeras veinticuatro horas; el diez por ciento al cabo de una semana. Así que notó cómo se acrecentaba su horror cuando apareció la cinta, con la mujer llevándose a Ben. Después, nada.

Le sonó el teléfono que tenía en las manos y se lo llevó al oído.

—Hola, Pat.

—Hola, Clive.

Hubo un silencio. Merle, en un delirio momentáneo, pensó en unos amantes distanciados que hablaban por primera vez desde hacía años y años.

—¿Por qué habla tan bajo? —dijo.

—Deborah está arriba en la cama. Puede que no esté dormida y no quiero que sepa que ha llamado. Va a creer que..., vamos, va a creer lo que yo he pensado cuando he oído su mensaje.

—Lo siento.

—Ha sido ella la que ha oído el teléfono.

—Lo siento. Debería haberle llamado al móvil.

—No pasa nada. —Hubo una pausa. Merle oyó un frufrú y recordó que Pat tenía uno de esos sofás cubiertos de extrañas arrugas, como si estuviese relleno de bolitas de polietileno. Se lo imaginó allí en ese momento. Merle solo había estado en la casa dos veces. Era una investigación un tanto extraña, con eso de que los padres vivían tan lejos del operativo. La primera semana se habían quedado en Londres, y fue Merle quien sugirió que volviesen a casa, cerca de la familia; el motivo real había sido que quería que dejasen de contaminar la investigación. Durante la primera semana se exhibe a la familia lo antes posible, se la expone al ojo público, se pone cara a la angustia. Se utilizan las emociones. Cuando eso no funciona, hay que concentrarse en los hechos. Hacer caso de los hechos, no de las caras. Una vez de vuelta en Kettering, los había visitado en un par de ocasiones durante la segunda semana, dos visitas para ponerles al día. Allí sentados, taza de té, la oficial de enlace con el brazo alrededor de Deborah, Pat petrificado como el carbón. Lo siento, pero no hay nada nuevo, aunque creemos que es solo cuestión de tiempo que alguien mueva ficha. El psicólogo forense está convencido de que lo están cuidando. Merle era el hombre al que la oficial de enlace llamaba cuando la pareja quería ver una cara de la investigación. La tercera semana, claro, se la pasó de vacaciones.

—Dijo usted que quería que hablásemos —susurró Pat al otro lado—. Supongo que sobre Sam.

—Sí, más o menos, sobre Sam —dijo Merle—. Aunque bueno, no, en realidad no sobre Sam. Sobre el tema, vamos. ¿Está todo...? ¿Está contento con todo?

—Me han dicho que espere a ver si vuelve a ponerse en contacto conmigo.

—Sí, es probable, Pat. Y sé que te sonará trillado, pero no te ilusiones. Hay muchas posibles explicaciones, y no es menos probable que sea un reportero de algún tabloide o alguien que vaya por libre. O puede que solo sea un colgado...

Hubo un suspiro y un frufrú de persona contra sofá.

—Entonces no me ilusionaré —dijo secamente.

—Mejor que no. Ya lo comprobaremos nosotros.

—Creía que no estaba en el caso. Llamé y hablé con el detective, el subinspector Cyston. El número que me dejó...

Merle suspiró.

—Sí, es que estoy de permiso. Sé que eso no es lo que quiere oír, pero pasado cierto tiempo tengo que cogérmelo. Ya sabe, es la ley. Un oficial me está sustituyendo en la investigación, así que hay el mismo número de efectivos en el caso, no se preocupe por eso, pero puede llamarme de todas formas si quiere hablar. Para cualquier cuestión de la operación, vaya a ver a Cyston, pero si lo que quiere es simplemente despacharse a gusto con alguien, llámeme. De todas formas, estaré de vuelta dentro de pocos días.

—Vale, gracias. Que disfrute del resto de sus vacaciones.

Merle cribó la frase en busca de doble sentido pero no se lo encontró. Tomó aire.

—De hecho, Pat, hay algo más. ¿Podría preguntarle..., hum, qué estaba haciendo en el tren?

—¿Perdone?

—Quiero decir. No quiero decir eso. ¿Qué...? Simplemente que cómo es que estaba usted en ese tren, a eso me refiero. Sé que no tenía que vernos ese día y era un tren nocturno, ¿no es así?

—Sí.

—Entonces... ¿cómo es que estaba allí?

—Perdone, Clive, pero ¿qué le importa a usted? —Snape sonaba crispado.

—Usted dirá. —Y Merle cogiéndolo por los cuernos.

Hubo una pausa.

—Estaba trabajando.

—¿En serio? Pero no ha vuelto al trabajo, ¿no?

—Era una reunión a la que quería ir para despejarme un poco la cabeza.

Merle podía olérselo desde allí.

—Ajá.

De nuevo se produjo un silencio entre ambos y Merle se preguntó cómo salir del punto muerto.

No tuvo que hacerlo: Pat decidió contarle la verdad.

—No había ninguna reunión —acabó diciendo.

—Ajá.

—He estado yendo a Londres. He ido todos los días.

—Ya veo. Y eso ¿para qué?

—¿Usted qué cree?

—Vale. ¿Desde hace cuánto?

—Una semana, no mucho.

—¿Desde que volvieron a casa?

—Sí.

—¿Y lo ha hablado con su orientador? ¿Con su enlace familiar?

—No. Últimamente no he visto a nadie.

—¿Cree que es buena idea? Mire, Pat, estoy seguro de que le habrían aconsejado que no fuese a Londres todos los días.

—Bueno, pues entonces tengo que alegrarme de no haberlos visto, ¿no cree? —Pat, en su susurro, sonaba apremiante y abrumado.

Merle suspiró.

—Si lo hubiese hecho probablemente le habrían dicho que lo que está haciendo no es...

—¿No es qué? ¿Sano?

—Probablemente no.

—¿Constructivo?

—Probablemente no, Pat. Al fin y al cabo, ¿qué cree que puede conseguir? Y, para ser sinceros, no quiero que los medios se enteren. Les hemos pedido que le dejen en paz, y de momento se han comportado, pero con algo así van a querer entrometerse.

Ahora le tocaba a Pat suspirar.

—Pero, venga, ¿qué haría usted si estuviese en mi lugar, Clive? ¿Volvería al trabajo? ¿Se quedaría en casa? Si fuese su hijo el desaparecido..., vale, no tiene. —Merle se estremeció con esto último—. Pero si tuviese uno y desapareciera, ¿qué haría? Pues es evidente que si fuera su hijo usted tomaría cartas en la investigación. Se pondría al cargo, ¿o no? Estaría fuera día y noche, investigando, porque no habría manera, ¿o la habría?, de que se quedase de brazos cruzados estando el niño ahí fuera. Pero yo no soy usted. Yo no soy policía. Así que, por favor, dígame sinceramente qué haría usted si estuviese en mi lugar.

—Me gustaría pensar que me quedaría en casa con mi mujer —mintió Merle—. ¿Qué pasa con Deborah? Lo necesita, y usted a ella.

—Deborah me necesita, es cierto —dijo al rato—. Pero soy el padre de Ben y un niño confía en que su padre no se quede en casa de brazos cruzados. Dondequiera que esté Ben, si sigue... si sigue vivo, lo único que sabrá es que su papá lo está buscando. Todo lo que cree sobre que el mundo es bueno y está lleno de gente que cuida de niños como él se está desmoronando por momentos. La única certeza que le queda es que, en cualquier minuto, su padre lo va a llevar a casa, y no puedo decepcionarle en eso.

CUATRO

LA NOCHE ANTERIOR DASH HABÍA ESPERADO PACIENTEMENTE EN LA cama, escuchando el número en solitario de Sophie, fingiendo dormir mientras la lucha que se traía ella con la ropa sacudía el colchón. Por fin terminó. Algo en su interior, decidido en un principio a quitarse hasta lo más mínimo, acabó por levantar las manos y reconocer su derrota. Se echó hacia atrás, resopló una vez, sufrió una especie de escalofrío... y se quedó dormida.

Dash se dio la vuelta e intentó recuperarse del olor de su aliento: un demoledor cóctel de vómito, dieta Atkins, tabaco y alcohol. La piel le brillaba como un neón naranja en la oscuridad, el pecho subía y bajaba, con medio sujetador puesto y medio quitado. No llevaba ningún corazón de Tiffany en el escote, observó, notando también que el maquillaje se le había corrido en la cara, como una careta derritiéndose. En una mañana de remordimientos Sophie le había gemido: «Por favor, Dash, si alguna vez vuelves a verme durmiendo con el maquillaje, prométeme que me levantarás y me obligarás a quitármelo. Y recuérdame lo que te estoy diciendo. Grábalo en una cinta o algo y me lo pones, porque...». Un espejo de mano agitándose y una cara de puaj terminaron la frase por ella.

Así que la siguiente vez que llegó borracha él hizo justo eso, pero Sophie lo mandó a la mierda, y mandó a la mierda lo que fuese que ella le había dicho, solo quería dormir y además, ¿quién coño se creía que era él, una especie de monitor de maquillaje o alguna mierda así? La siguiente vez que se emborrachó pasó lo mismo. Después de eso se rindió.

Dios, qué aliento. Parecía posarse sobre su cara como un insecticida, y este pensamiento lo retrotrajo al Flat Cap y a la repentina bofetada de espuma de Guinness, al fuerte olor del lúpulo, a las brujas riéndose detrás de él. El pensamiento le dio fuerzas. Esperó un minuto o así para asegurarse de que su damisela dormía como un tronco, y después salió de la cama y se vistió, con los dedos temblorosos mientras se abrochaba los vaqueros. Cuando salió de la casa cerró la puerta con cuidado, casi de puntillas, para no molestar a nadie.

Solo había dos cajas abiertas en el veinticuatro horas Tesco, pero con una cola considerable en ambas. Dash siempre había querido saber qué clase de gente hace la compra a las tantas de la mañana, pero la verdad resultó menos exótica que lo que se había imaginado. Los clientes eran de los que tenían la mala costumbre de estar despiertos: insomnes, trabajadores de turno de noche, taxistas, fiesteros, la extraña pareja que experimenta para luego contarlo en una cena, sonriendo a otros clientes como si fuera una disparatada aventura. No volverán, pensó Dash. Comprar en un «veinticuatro» no era una alternativa práctica, ni guay ni original: solo significaba que se había fracasado en la vida. Debería saberlo, reflexionó, mientras localizaba la mini-sección de barbacoas que tenían. Cogió dos botes de combustible para barbacoa y una bolsa de briquetas y se fue hacia la caja.

Las briquetas eran para disimular, en realidad no las necesitaba, pero pensó que dos botes de combustible podían hacer que el personal lo mirase entrecerrando los ojos. Pero, para el caso, el cajero ni siquiera se fijó en la compra, pasó la bolsa por el láser con la mirada clavada por encima de la cabeza de Dash, sin mirar los botes de plástico ni una vez, ni mucho menos dos. Dash estaba preocupado por levantar sospechas pero no había por qué: ese tipo habría pasado por el escáner hasta un zurullo si tuviese código de barras.

—¿Quieres los cupones, tío? —le dijo arrastrando las palabras el dependiente, que tenía dos rajas por ojos debido a la falta de sueño.

—Sí, gracias —dijo Dash cogiéndolos—. Mejor que sí.

Arrojó las briquetas al fondo de la furgoneta y se quedó con los botes en la mano. Allí parado en el aparcamiento (casi desierto, apenas uno o dos coches misteriosos aparcados en los márgenes), se quedó mirando la furgoneta y dudando sobre si —¿si qué?— camuflarla o algo, tal vez coger un puñado de barro y restregarlo por la matrícula. Pero había visto una película. Los tipos se traen entre manos un robo a un banco o algo por el estilo y tienen que robar un coche, hacerle un puente. El jefe de la banda les dice que se aseguren de que todos los faros traseros funcionan y de no sobrepasar la velocidad límite porque no quieren a ningún madero fisgando. Una matrícula embarrada es una de esas cosas que llaman la atención de un poli. Recapacitó y se aseguró de que la matrícula estuviese limpia y verificó que todas las luces funcionaran. Escrutó los alrededores del aparcamiento, comprobando con descaro si alguien le miraba. Después trepó a la furgoneta y puso rumbo al almacén.

No estaba seguro de cuándo exactamente se le había ocurrido lo de incendiar el almacén. Puede que con la fría bofetada de lupulosa espuma de Guinness; o tal vez cuando le incrustó la rodilla en los huevos por segunda vez y se quedó doblado en dos en los servicios, intentando contener las lágrimas de dolor y rabia. Fuese como fuese, era una idea que había estado a la espera de que la nombrasen para salir. «Anda, déjame ponerme al día», le había suplicado una vez a Phil. No podía incrementar la demanda, pero sí parar el suministro. Y podía hacerlo con combustible para barbacoa y una caja de cerillas, siempre y cuando no lo viesen. Lo único que tenía que hacer era llegar con Pesopluma al día siguiente y hacerse el sorprendido, contenerse para no bailar sobre las cenizas, fingir que estaba tan jodido como el que más. Y si Phil se volvía hacia él, lleno de sospechas, en plan: «¿Dónde estuviste ayer por la noche, Dash? Tenías buenas razones para ver este sitio ardiendo», entonces: «Por Dios, no, Phil, ayer tuvimos un día buenísimo, ¿verdad, Pesopluma? Y además, soy Dash, el fracasado que cae bien, el inútil de la zona de Stoke Newington. Yo no voy por ahí incendiando almacenes. Hay más posibilidades de que me meta fuego a mí mismo».

Se libraría.

Siempre y cuando no lo viesen.

Y siempre y cuando no se metiera fuego a sí mismo de verdad.

Se detuvo, apagó el motor. La furgoneta carraspeó y se quedó en silencio. A un lado una valla metálica limitaba con una tierra de nadie, las vías del tren un poco más allá. Estaba empapelada con carteles y pintadas pero no había ningún grafitero con sprays merodeando. Por lo que podía ver, aquello estaba desierto. Flanqueando la carretera había una escombrera, una montaña de basura gigante al lado, un camión, un par de coches misteriosos. La furgoneta blanca parecía como en su casa, rodeada de semejante caos subindustrial. Y allí, un poco más arriba a la derecha, estaba la entrada a la explanada del almacén. Respiró hondo, contempló la puerta. Quería entrar en acción...

Si simplemente no le hubiese pegado al chaval con síndrome de Tourette..., pensó. Ahí fue cuando todo se torció. Lo de ese chaval empezaba con su nombre: Corvin. Era tan deliberadamente diferente, sonaba tan americano. Y luego estaba lo del Tourette.

—Tontopollas, caraculo. —Un Tourette de los de soltar palabrotas, el que da bien en televisión.

«Corvin no está bien del todo», les dijeron. Los habían reunido en una clase y el profesor se sentó en el borde de su mesa, tan informal él, tratándolos como jóvenes adultos. Las niñas tenían esa mirada de superioridad moral, resueltas a hacer el bien. Los niños se reían pero a la vez pensaban: «Eh, seguro que a Corvin se lo van a dar todo hecho».

«No está bien del todo —les dijeron—. Tiene algo que hace que su cerebro estornude, y cuando su cerebro estornuda dice cosas que no quiere decir, y lo que tenéis que recordar es que, incluso cuando dice algo grosero o hiriente, no lo hace aposta, es solo que no puede evitarlo».

Sí que puede, pensó Darren, pero a un nivel como subsónico no solo lo pensaba, lo sabía. Sí que puede. Y cuando creció y pensó en Corvin con una mente adulta, se dio cuenta de que lo que había querido saber era por qué cuando el cerebro de Corvin estornudaba solo estornudaba para soltar tacos y palabrotas. ¿Por qué no podían ser simplemente palabras aleatorias, como «mermelada» o «camión»? ¿Por qué siempre se las soltaba a los que tenían menos probabilidades de zurrarle? Y ¿por qué esos estornudos siempre sucedían en el momento oportuno, una o dos veces durante la clase, cuando la onda expansiva de la anterior era ya un recuerdo, o cuando la maestra había estado prestando demasiada atención a un alumno no-Corvin? Era como si Corvin no pudiese aguantarlo. Y entonces saltaba: «Tu raja se raja. Tu chocho chochea».

Los niños seguían riéndose, aunque pensando: «Eh, seguro que a Corvin se lo van a dar todo hecho, fijo que le prestan mucha más atención». Recibía atención de los maestros, recibía atención de las niñas. Era como la persona más exótica que conocían.

—Me ha llamado saco asqueroso de escoria —compartían con gravedad unos con otros, como Florence Nightingales en pequeño.

—¿En serio? Pues a mí me ha llamado rico de mierda, y yo no soy rico, solo acomodado, me lo han dicho mis padres.

Fue a punto de acabar ya el colegio cuando vinieron las cámaras. Ese año Darren estaba aterrado por tener que pasar al instituto, donde circulaba la leyenda de que a todos los de primero les destrozaban los flamantes uniformes, se los embarraban y les robaban los zapatos, o los metían en los servicios y los ataban para que les pegasen los de quinto, que se pasaban la vida fumando y torturando a los de primero. Usaban los váteres y después les metían la cabeza dentro y tiraban de la cadena. Les rociaban los testículos con botes enteros de réflex. Cualquier cosa con valor sentimental, cualquier cosa nueva o comprada con amor por mamá, papá o unos bienintencionados abuelitos, era robada, ridiculizada y destruida por los mayores, quienes ya habían aprendido que uno tiene que estropear sus cosas antes de que lo hagan por él. Así que, al final de la primaria, estaban muertos de miedo, y a ese vivero de terror llegó el equipo de rodaje, tres personas, que habían ido allí por Corvin, que no iba a ir al instituto, no; nada de abusos para Corvin, él iba a ir (cómo no) a una escuela «especial», y la transición la iba a grabar un equipo documental deseoso de registrar cada improperio; y Corvin, encantado de proporcionárselos. ¿Acaso era Darren el único que sabía, en lo más hondo de su ser, que la enfermedad de Corvin empeoraba sin motivo aparente cuando el equipo estaba presente? Eso parecía. Podía ser que todo el mundo lo pensase, pero nadie decía nada, todos tragaban debido a una conspiración no escrita de tolerancia y entendimiento. Durante casi dos semanas el equipo siguió a Corvin —que estornudó como si le fuese la vida en ello—, y el resto de los niños seguían a los cámaras, los rodeaban por detrás, como si estuvieran atados a ellos por una cuerda elástica. «Niños, echaos hacia atrás. Solo tres pasos atrás —pedía el cámara—. Tenemos que sacar a Corvin». Retrocedían, esperaban un momento y volvían a la carga. El cámara se giraba, y así hasta la extenuación.

Pensándolo luego, con el tiempo, cuando ya todo había quedado atrás, Dash se preguntó si Corvin, por instinto, sabría que su historia necesitaba una especie de tragedia como colofón y por eso su cerebro había estornudado aposta en dirección a Darren, porque había querido tomarle el pelo a alguien, porque lo cierto era que había querido que le metiesen una hostia con las cámaras grabando.

En su mente aparecía así: él, sentado en un banco, a horcajadas, de cara a otro niño, de nombre ya olvidado. Habían estado jugando con unas cartas coleccionables, haciendo trueques o lo que fuese, cuando de repente Darren sintió una presencia y en ese preciso instante Corvin le gritó al oído: «¡¡Soplapollas!!». Darren se tambaleó sobre el banco, como si la grupa de su caballo no estuviese bien sujeta, y conservaba esa imagen de Corvin, y del equipo de rodaje, y de los otros niños, todos riendo; aunque lo cierto era que, después, cuando vio el incidente en el documental, nadie se reía, por lo menos ni el equipo ni los otros niños. Las caras aparecían sorprendidas. Corvin era el único que no tenía mirada de sorpresa, su expresión casi beatífica durante el medio segundo entre que gritó «¡¡soplapollas!!», Darren se cayó, se volvió a incorporar de un salto y le pegó con toda la rabia acumulada durante meses por una supuesta injusticia y con el puro y candente dolor del momento.

Después de las vacaciones de verano, Darren entró en el instituto, donde, a pesar de que los de la tele le habían difuminado la cara, todo el mundo sabía que había sido él quien había pegado a Corvin, y donde, de repente, eran menos respetuosos con los estornudos cerebrales de Corvin. Donde Corvin era el tarado, el mongolo, y Darren el que molaba, el que le había pegado al mongolo y el que, en consecuencia, se había librado del váter y la cadena y de ser rociado con réflex; de hecho, no tardó en unirse a las filas de los tiracadenas y los rociadores. No es que tuviese una habilidad especial para tirar de la cadena o rociar, pero sí como el espabilado, siempre ocurrente, el que le echaba cara y se juntaba con los tipos duros. Como no había forma de escapar a la notoriedad, la abrazó. Se metamorfoseó. Solo que en vez de pasar de larva a mariposa, hizo el recorrido contrario. Mamá y papá no podían explicarse por qué su pequeño, que siempre se había portado bien, nunca iba al instituto o, si lo hacía, interrumpía las clases, apestaba a tabaco, se pasaba el rato diciendo palabrotas y se juntaba con los chavales que tenían roces con la policía. Todos pensaban que era un buen chaval; nadie entendía por qué se comportaba de esa manera, poco más o menos de la misma forma en que Darren no entendía por qué Corvin no podía controlar sus estornudos cerebrales.

Hoy Dash se daba cuenta de algo en lo que no pensó por aquel entonces: no ponía el corazón en ello. Lo de ser malo no iba con él: solamente se había visto arrastrado...

En estos momentos tenía los ojos clavados por encima del volante e intentaba salir de la cabina e ir hacia el almacén con dos botes de combustible para barbacoa debajo de la sudadera. Ni demasiado lento, ni demasiado rápido, no quería llamar la atención de nadie que pasase por allí. Colarse en la explanada del almacén. ¿Tendrán una luz de esas que se encienden cuando detectan el movimiento? Da igual: ¿quién las va a ver? Hasta llegar a la puerta de la oficina, no la de grandes persianas metálicas, no, la otra, porque el cerrojo Yale era fácil de forzar, y además había un buzón. Un buzón ideal para rociarlo con combustible para barbacoa. Vaciarlo entero, empapar bien la moqueta, tirar una cerilla y largarse. ¿Que te quieres asegurar de que el fuego se propaga? Tenía una tarjeta de crédito. Metiendo la tarjeta por el cerrojo podía entrar en la oficina, en la que había una mampara de esas tapizadas que tenía toda la pinta de arder a las mil maravillas. Había ficheros y periódicos viejos por todas partes. Había un pasillo y una puerta corriente de madera que daban al almacén principal, donde había palés llenos de cajas deseosas de arder. Dios, aunque el local entero no se redujese a cenizas, el daño tenía que ser suficiente para ponerlos fuera de circulación por lo menos —¿cuánto?— ¿una semana? ¿Dos? Más tiempo para intentar ponerse al día, con visitas clandestinas a Holloway Road. Y si ardía, y el local se iba al garete, hurra. Puede que todo se fuese al carajo. Por fin se vería libre de Chick. «Porque si no, te seguirá exprimiendo, ¿no es así? —le decía una voz interior—. Seguirá exprimiéndote hasta que no te quede ni una gota, estrujando hasta que te oiga hacer crac». Porque Chick nunca había rechazado el papel de tiracadenas y rociador de réflex: Chick era el puto amo. Había nacido para tirar de las cadenas.

Todo esto si era capaz de salir de la furgoneta. Dash seguía con los ojos clavados en la carretera, convenciéndose a sí mismo de que estaba vigilando por si había testigos, pero sabiendo, en realidad, que estaba intentando echarle un par de cojones*. Detrás

---

* En castellano en el original. *(Nota de la traductora).*

de sí, el sonido de un coche irrumpió en sus pensamientos. Se iluminaron los retrovisores e instintivamente se arrellanó en el asiento, esperando a que pasase. Se quedó así, mirando el coche, que, en vez de seguir su camino, redujo y aparcó delante de él, las luces y el motor apagados. Conteniendo el aliento, se deslizó más abajo todavía y dio gracias a Dios por que no hubiese farolas allí. Puede que solo sea alguien que ha parado para mirar un mapa, o una pareja de novios, tal vez. Dios santo, ¿iba a ser atacado por una panda de *voyeurs,* que aparecerían de la nada tras la valla ondulada, como niños asalvajados?

No había ningún *voyeur* y, por lo que pudo averiguar, el coche contenía un único ocupante, que ahora abría la puerta. Era un Saab, observó Dash, uno de los buenos. De él salió un hombre que miró a un lado de la calle y luego hacia donde estaba Dash, que se encogió en su asiento, aunque de todas formas no se le veía.

El Saab tenía una de esas luces interiores que se quedan un rato encendidas después de parar el motor. El coche estaba iluminado por dentro y alumbraba a su dueño mientras contemplaba la calle, sin ver a Dash, y después, mientras se dirigía al almacén, con una bolsa de supermercado balanceándose junto a una pierna. No vio a Dash, pero Dash sí que lo vio a él, y tuvo que contenerse para no frotarse los ojos en plan dibujos animados, porque no podía ser, allí no, ahora no. No podía ser Chick.

Pero allí estaba, como un tumor maligno, de camino al almacén y ahora fuera del encuadre. Dash volvió a respirar y se quitó de la cabeza una imagen de «Y si...», en la que se le veía a él sujeto por un vengativo Chick empapándolo en su propio combustible para barbacoa. Cuando encendió el motor estaba al borde de las lágrimas y, con un ojo puesto en la explanada, dio lentamente marcha atrás hasta que se sintió seguro como para dar media vuelta y poner rumbo a casa. Las lágrimas no llegaron a caer, pero si lo hubiesen hecho, ¿de qué habrían sido: de frustración o de alivio? No podía saberlo.

CINCO

CUANDO SE LEVANTÓ A LA MAÑANA SIGUIENTE, DASH EXPERIMENTÓ uno de esos momentos de dicha infinita al pensar que lo de la noche anterior había sido un sueño. Pero en cuanto se dio la vuelta en la cama sintió el dolor de huevos. No una profunda y ahogada dolencia de patada reciente, más bien una débil protesta, como un «Estamos aquí, campeón. ¿Te acuerdas de nosotros?». Y le siguió la imagen del artífice de ese gran dolor de huevos entrando en el depósito para darle otra patada —esta vez metafórica— en las pelotas. Lo siento, pequeño. De sueño, nada de nada.

A su lado, Sophie dormía. El sueño de los ebrios. Tenía el pelo pegado a la frente por el sudor y Dash le apartó sin querer unos pelos de los ojos; no lo hizo porque le importase que ella estuviese elegante o arreglada, o porque tuviese un bronceado de película o un peinado o un despeinado, sino pensando solo en la bronca que le iba a echar en cuanto ella se recuperase, y en cómo iba a sacarle partido —por las veces que él había llegado tarde y borracho a casa y ella se había puesto como una fiera a la mañana siguiente—. Oh, sí, esta vez iba a sacarle partido.

Fue hacia el salón y encendió el televisor, que se iluminó con un boom (Sophie anoche). Pensando en la Sophie durmiente, pero inconsciente del efecto que tenía abajo (donde Max se revolvía entre sueños buscando los tapones para las orejas que se había sacado por la noche y palpaba ahora la cama con manos temblorosas como si fuese ciego), Dash le quitó el sonido, fue a hacer té. Cinco minutos después estaba sentado en el borde de una caja del Speakers' Corner, con una taza en la mano, vestido con su pijama cutre, fuente de innumerables peleas. En la esquina roja del ring, Sophie, agitando pijamas de sesenta libras ante su campo de visión cada vez que entraban en una tienda donde los vendían: «¿Qué tal este? Pruébatelo. Pruébatelo por lo menos. Me encantaría verte con este puesto». Como si dejando de lado su pijama cutre y abrazando el batín blanco Persil fuese a convertirse en un Brad Pitt de domingo. Mientras que en la esquina marrón, deshilachada y, para ser sinceros, un tanto olorosa, estaba Dash, al que simplemente le gustaba su pijama y no quería otro. Tal vez si salgo de esta, pensó, me compre un pijama nuevo, ya que tanto parece importarle a Sophie.

Pasados unos minutos, Dash fue al cuarto y dejó una taza de té en el suelo, junto a la cama.

—Soph —dijo con suavidad—. ¿Nena? —Ella se estiró y se llevó la mano a los ojos como si estuviese intentando cubrirse de un cruel rayo de sol que hubiese interrumpido su sueño—. Soph —repitió—, te he traído una taza de té.

Sophie abrió los ojos pero, como él no estaba mirando, no pudo ver en ellos lo que sin duda alguna era culpabilidad; esa culpabilidad que debe de sentir uno si la persona a la que tienes pensado arruinarle la vida te trae una taza de té y te da la bienvenida al mundo de los vivos con tacto, te cuida de la resaca de la noche anterior, después de haberte pasado toda la velada en excitada conversación con tu mejor amigo gay, hablando de las risas que os ibais a echar cuando vivieseis juntos, de las fiestas que ibais a dar, del helado que os ibais a comer viendo deuvedés de *Sexo en Nueva York* y *Moulin Rouge,* del maquillaje y de los días de tiendas.

La noche anterior, después de ostentosas copas de vino, varios Marlboro Light y mucho hablar de cenas, maquillaje y salidas nocturnas, con Peter prometiéndole los mejores bares y las noches gays más locas, este le preguntó:

—Entonces ¿cuándo vas a cortar con él?

—No tienes por qué decirlo con tanto..., ya sabes, con tanto regocijo, como haciendo de esto un gran melodrama gay o algo parecido. No puedo simplemente dar media vuelta y tirarlo a la basura, así no.

Ambos se encendieron otro Marlboro Light.

—Hay que ser cruel para ser bueno —le advirtió Peter.

Ella no le hizo caso.

—Quiero dejarlo de buenas maneras.

—No, no y no. —Sacudió la cabeza—. Así le vas a dar falsas esperanzas. Tienes que romper de cuajo. No le des la oportunidad de comerte la cabeza y mirarte con ojos de perrito, o antes de que te enteres te estará llevando de vuelta a Tiffany, y esta vez para elegir ¡un anillo de compromiso! —Se llevó unas manos despavoridas a la cara.

—Para ya. —La culpabilidad le había dado una sardineta al oír Tiffany. Pero estaba en lo cierto. Tenía pavor de la última conversación, de los lugares comunes: «Necesito un tiempo para pensar. Probemos a separarnos. Puede que no sea el fin». Se imaginó la mirada torva de Dash: ojos oscuros y tristes escrutándola a través del flequillo. Hubo un tiempo en que esa mirada, o versiones de ella, le parecían algo de lo más mono y entrañable. Ahora le parecían el colmo de lo triste. Como lastimosas. Como «Haz algo con tu vida, hombre»—. Entonces ¿cómo?

—Yo qué sé. ¿Por e-mail?

—Peter...

—Pues entonces una carta. Escríbele una carta, recoge tus cosas y pírate cuando no esté en casa. Pero tiene que ser pronto.

—¿Como cuándo?

—Pronto. Cuanto antes mejor.

Pronto. Se llevó la nariz a la axila, olisqueó y se acurrucó aún más en la almohada. El resto de la noche se lo habían pasado vaciando sus ostentosas copas y haciendo planes. Había dado bandazos hasta el metro y luego hasta casa, y entretanto había tenido tantas ganas de mear cuando volvía por Manor House que se había visto obligada a atravesar la verja del parque y agacharse junto a un seto (y eso iba a ser una historia alucinante para contarle a Peter). Al llegar a casa celebró su incipiente libertad bailando delante de la MTV (y haciéndose daño en un pie con una de las cajas), hasta que le repitió el *vin rouge* y se vio de rodillas, delante de la taza del váter.

—Nena —decía ahora Dash—. Vaya juerguecita. ¿Dónde estuviste anoche?

Lo dijo sonriendo. Ella reaccionó como si la hubiese agarrado por el cuello.

—Ay, por Dios. Ya estamos. —Sacó las piernas de la cama y buscó su pijama.

—No estamos —dijo, reculando—. Es solo que... Yo solo...

—Salí, eso es todo. No fue nada del otro mundo.

—Vale, vale. —Dash se armó de valor ahora—: Pero ha tenido que ser algo del otro mundo. Volviste un poco tarde.

—¿Cómo de tarde? Tampoco era tan tarde.

—¿No te acuerdas? Era la una pasada.

—Oh, qué tarde. Ni que me hubiese ido de discotecas o algo.

—Aunque, ahora que se acordaba, Peter había intentado arrastrarla a alguna parte.

—¿Qué quieres decir con «discotecas»? ¿Desde cuándo vas tú de discotecas entre semana?

—Joder, la gente va de discotecas entre semana, y lo sabes. No es algo tan raro.

—¿Quién va de discotecas entre semana? Supongo que Peter.

Había llegado hasta el baño y se había encerrado.

—Sí, Peter va, de vez en cuando.

—Y supongo que fue con Peter con quien estuviste anoche...

—Y un par de chicas del trabajo. —Estaba sentada en el váter con la cabeza entre las manos. Tú sigue, Dash. Pónmelo más fácil todavía.

—¿Sabes lo que creo? —dijo Dash al otro lado de la puerta.

—Pues no, es raro, pero no. Supongo que, quiera o no, me lo vas a decir.

—Creo que ese amigo tuyo gay está colado por ti.

—Por Dios, no seas tan típico. Es la cosa más ridícula que he oído en mi vida.

Dash lo pensó y decidió que eso había sido bastante tonto por su parte.

En el baño Sophie le dio unas cuantas vueltas en la cabeza, mientras se reclinaba un poco en el váter.

—Vale, mira, lo siento —dijo él—. Es solo que últimamente no nos vemos mucho. —En su voz había un tono adulador que no le gustaba. Lo de jugar limpio no era como lo pintaban.

En el baño Sophie se mordió el labio.

—Dios, nos vemos todo el rato. Nos vemos demasiado, ese es el problema.

—¿Qué problema?

—Mira, ahora no vamos a hablar de eso, Dash, hemos estado los dos muy ocupados, ya está. Es lo que les pasa a las parejas ocupadas. Los dos tienen trabajo y vida social, así que no se ven mucho. Gabrielle y su novio se tienen que hacer un hueco en las agendas para cenar juntos.

—Ea, pues yo tengo un agujero esta noche.

—¿Un qué?

—Que digo que quedemos. Venga, vamos a un chino.

En el baño Sophie torció el gesto, intentando pensar, y valorando luego que un restaurante podía ser el sitio perfecto; como en esa película de Tom Cruise en la que le despiden en un lugar público para que no monte una escenita.

—Vale —dijo—. Eso suena bien.

—Pues esta noche. —Sonrió.

Pasó un momento, no más.

—No te quedes en la puerta, porfa —le pidió.

—Vale, vale, perdona. —Se armó de valor. Con una mano toqueteó un trozo de papel pintado que había junto a la puerta—. Esto, Soph, perdona que te lo pida, pero me estaba preguntando si... ¿No tendrás veinte libras para prestarme? Hay que echarle gasolina a la furgoneta y no llevo nada encima. Dentro de poco tendré algo pero es que el depósito está seco.

—No tengo dinero, Dash. Lo siento. —Culpablemente pragmática, era bien consciente de que él nunca le había devuelto un préstamo, por lo menos hasta ese día—. Tendrás que pasarte por el banco.

Se apartó de la puerta y reflexionó sobre el asunto un segundo o así. Oyó el asiento del váter cuando se levantó Sophie y entrecerró los ojos.

—¿Qué haces ahí rondando? —le preguntó—. Anda, vete ya.

—¿Cuánto tiempo vas a estar ahí metida?

—Por Dios santo, ¿desde cuándo llevas despierto? ¿Cómo puede ser que me meta en el baño y al segundo tengas que entrar? Te esperas y punto.

En realidad no quería entrar. Estaba pensando en que ella había salido la noche anterior y se había puesto ciega, lo que significaba que habría estado derrochando dinero como confeti, trocitos de papel saliendo de su monedero, sin parte de bajas. Le había dicho que no tenía dinero; a lo mejor se había quedado sin nada. Pero a lo mejor lo había dicho simplemente por decir, en el fragor de la batalla.

Fue a paso lento hacia el cuarto y le pegó un puntapié a una zapatilla de una montaña de ropa que había en el suelo, donde la había depositado ella la noche anterior. Había copos de pota, observó, en la blusa, y la cogió con cara de asco. Olía a priva y a pota y a tabaco y a colonia y a bronceador. Pero el bolso estaba en paradero desconocido.

Dash volvió sobre sus pasos hasta el salón y allí, en el sofá, estaba el bolso. Había estado allí todo el tiempo, claro, pero solo ahora lo cogió y, susurrando un «Perdona, Soph» rayano en el silencio, sacó un billete de diez. Volvió a meter el monedero en el bolso pero recordó que no estaba así, arriba del todo. No, estaba más... más al fondo. Así que lo metió hasta la base del bolso (como si ella fuese a acordarse...). Pero cuando lo hizo sus dedos rozaron algo. Algo que disparó mensajes a su cerebro. Dash extrajo el corazón de Tiffany del fondo del bolso de Sophie y lo sostuvo ante su rostro, donde se balanceó ligeramente. Había pelusa en la cadena. El colgante se había quedado pegado a un chicle puesto por manos inexpertas en un envoltorio. Lo observó durante un momento o así antes de devolverlo al bolso y meterlo bien dentro, con las pelusas y el chicle. Tal y como estaba. Y entonces fue al baño:

—¿Soph?

Ella chasqueó la lengua, con un bote de bronceador medio vacío en la mano.

—¿Qué?

Y entonces sonó el timbre. Pesopluma.

—No, nada —dijo—. Está bien. Puede esperar.

—Pesopluma —dijo Pesopluma desde abajo.

Dash apretó los ojos. Tras ellos acechaba la imagen del corazón de Tiffany con pelusillas pegadas. Y ahora, para acrecentar su miseria, llegaba Pesopluma.

—Vale —dijo por el interfono—. Ahora bajo. —Buscó su chaqueta—. Soph, me voy.

Respuesta incorpórea:

—Vale.

Se puso la chaqueta y se lanzó por las escaleras, portazo de la puerta de la calle.

Pesopluma tenía mucho mejor aspecto que la mañana anterior. No es que fuese todo sonrisas —no saludó a Dash—, pero había algo en su conducta general, algo que hacía que Dash se preguntase qué habría estado haciendo Pesopluma con su parte del botín de ayer. ¿Estará colocado ahora?, se preguntó. Ni lo sabía ni quería averiguarlo. El primer punto del orden del día era vender altavoces.

—Eh, Dash, ven para acá. —Phil le estaba haciendo señas con un dedo—. Quiero hablar contigo.

—¿Cómo va eso, Phil? —Dash se detuvo; detrás, el almacén con su ruido y su ajetreo. Al llegar se había sorprendido escrutando la carretera con culpabilidad, como si se hubiera dejado alguna prueba crucial por allí. El Saab de Chick había desaparecido.

—Pues no muy bien, colega —le dijo Phil—. Tengo a los muchachos de Holloway Road encima de mí. ¿Quieres saber lo que me han dicho?

—Cuenta.

—Que habéis estado en su terreno. Os han visto.

—¿Y qué? No va contra la ley ir a Holloway. Necesitaba pillar una cosa en el Argos.

—¿Ah, sí? ¿El qué?

—Una cosa para la parienta. Un secador. —Dash esbozó una sonrisa que esperaba no pareciese muy forzada.

Phil lo miró con detenimiento.

—Eso no es lo que me han dicho los amigos de Holloway Road, Dash.

—¿Y qué te han dicho? ¿Que eran tenacillas?

Phil le dio un carpetazo a Dash en la cabeza.

—Espabilado, los muchachos de Holloway te vieron con un cliente. Tú. Un cliente. Un par de altavoces en la furgoneta. Y para cuando cambiaron de sentido, te habías largado echando leches... Y considérate afortunado por haberte largado. —Dash tragó saliva—. Sí, eso mismo. Y están de muy mala hostia contigo, tío. No paran de quejárseme.

—Bueno —dijo Dash molesto—, es que los vi en mi terreno.

Phil volvió a darle un carpetazo en la cabeza.

—Y ¿qué iban a querer hacer en tu terreno, Dash?

—Pues endiñarles altavoces a mis clientes, ¿tú qué crees?

Phil lo miró como si le acabase de contar el cuento chino más inventado de la historia.

—No digas tonterías.

Dash sintió un extraño impulso de defender Stoke Newington. Paz en la Tierra o no, era su terreno. ¿Tan malo era como para que el equipo de Holloway no quisiese ni probar suerte allí?

—Mira, escúchame —dijo Phil—. Tú y yo nos llevamos divinamente, y lo siento si la buena gente de Stoke no está ahora mismo por la labor de comprarte altavoces, pero un trato es un trato, y el trato es que tú te quedas en tu terreno y ellos en el suyo. —Miró a Dash como un tutor preocupado. Dash asintió conforme y se apartó el pelo de los ojos—. Espero que no estés planeando volver.

Dash sacudió la cabeza.

—Bueno, y ahora, a ver, ¿cuántas cajas de altavoces quieres?

—¿Una?

Phil se rió y una vez más le dio con la carpeta en la cabeza:

—Te apunto dos, ¿vale?

Fue esa misma mañana, algo más tarde, cuando Dash se dio cuenta de que Pesopluma no sabía leer. Y en un día en que ya sentía los acontecimientos aporreándole la puerta, atravesada por manos de zombis, ese pensamiento le dio cierta tranquilidad. No sabe leer. En plan, ahí está: una explicación condensada de la silenciosa malevolencia sentada a su lado.

Lo que le puso sobre aviso fue la movida con el mapa en el almacén. Después de recibir un carpetazo en la cabeza y una palmadita en la espalda de parte de Phil, y de cargar otras dos cajas de altavoces, regresó a la cabina y le dijo a Pesopluma que saliese de la nave y volviese a parar.

—Venga —dijo sacando el mapa de la guantera—, a ver si lo conseguimos, ¿eh? Vamos a empezar por...

Había decidido comenzar de cero con Pesopluma. Si tenía intención de salir de esto de una u otra forma —y si quería evitar incendiar el almacén—, necesitaba a Pesopluma en sintonía, en el ajo, en la brecha. Y, eh, lo mismo el nuevo, y posiblemente colocado, Pesopluma estaba más receptivo hoy con el negocio. Después de todo, también le convenía...

—Esta es nuestra zona, vale, la zona marcada. Y gran parte limita con la zona de Holloway Road, ¿estamos? Ahora, no es que haya un campo de fuerza invisible antiestudiantes ni nada por el estilo, tiene que haber algún descarriado, ¿estamos? Así que lo que vamos a hacer es... —Pesopluma miraba el mapa con una expresión que Dash no pudo descifrar, y no lo haría hasta más tarde: era una mirada de rabiosa incomprensión, de alguien que no sabe leer— pegarnos a los límites, pero pegados pegados a los límites. Mientras no estemos en su zona estaremos a salvo, aunque aun así habrá que estar al loro. Querrán cobrarse lo de ayer.

—Rabiosa incomprensión por parte de Pesopluma, como si quisiera enzarzarse en una pelea con el mapa.

—Mira —continuó Dash arrugando el mapa—, lo que quiero decir es que vamos a ir pegados por este lado de aquí.

Por fin Pesopluma asintió, lentamente, encogiéndose de hombros:

—Tú dime solamente dónde hay que ir y yo voy, tío.

¡Donde pone en el puto...! Bah, olvídalo. Olvídalo.

—Vale, bien —concedió Dash y se llevó una mano al pelo, y dejó que rascara por allí en silenciosa y aguda frustración—. Por lo pronto vamos largándonos. —Miró por el espejo retrovisor.

Y en ese preciso instante Dash se dio cuenta de que, cuando se le había ocurrido lo de pararse para hablar de tácticas, no habría sido mala idea alejarse primero de la nave.

Lo que vio en el espejo fue al equipo de Holloway Road girando como para entrar en el almacén y parándose en seco cuando el copiloto vio a Dash y a Pesopluma estacionados.

—Mejor que nos larguemos —dijo Dash—. Tenemos a los de Holloway Road detrás de nosotros.

Pesopluma miró hacia allí, luego bajó la ventanilla. En el retrovisor Dash veía la furgoneta del otro equipo (También Disponible en Blanco) medio dentro, medio fuera de la entrada, bloqueándola para cualquiera que quisiese salir. El otro equipo no parecía para nada alterado. La puerta del pasajero se abrió, se bajó el copiloto y buscó algo en el interior de la cabina.

—Venga, tío —le instó Dash—. ¿Nos movemos o qué?

Pesopluma se aclaró el pecho y escupió por la ventanilla. Dash seguía con los ojos clavados en el espejo, donde el copiloto estaba rebuscando algo por el suelo de la cabina. No actuaba deprisa, observó Dash, lo más probable era que no se hubiese dado cuenta de que Dash lo estaba viendo, lo más probable es que hubiera identificado la furgoneta gracias a la pintada de Warren: «Atrévete a golpear el techo de este cacharro». ¿Por qué no podía haber escrito «También disponible en blanco», como todo el mundo? Y lo que es más, ¿por qué coño no había borrado Dash la mierda esa? Se maldijo por ser tan panoli. Y ahora el copiloto se estaba girando, había encontrado lo que buscaba.

—Mierda, tiene un bate de béisbol —dijo Dash, bueno, en realidad chilló, avergonzándose al instante. Pesopluma lo miró y bufó con desdén, mientras bajaba el hombro para girar la llave, Bateman a solo unos metros. Oyó pitidos, se imaginó a los altavoceros cabreados, haciendo cola detrás de la furgoneta de Holloway Road.

—¡Arrancaaa!

Por fin Pesopluma movió la furgoneta, y lo último que vio Dash de Bateman fue un furioso balanceo del bate, que golpeó el vacío, para luego dar media vuelta enfadado y escupir.

Pesopluma sonrió con malicia.

—¿Sabes qué, colega? —le dijo.

—¿Qué?

—Eres una nenaza de mierda.

Lo siguiente había sido la movida con la tarjeta, una vez en los puestos fronterizos avanzados de Stoke Newington, cuando, dejándose llevar por Endymion Road, Dash había avistado a un posible cliente, un blanco, y le había dicho a Pesopluma que se parase; lo hizo mirando a Dash a los ojos y frotándose el pulgar con el índice en plan dinero, como recordándole a Dash que mejor que vendiese algún altavoz porque él quería su tajada. Como si a Dash se lo tuvieran que recordar.

Bajó la ventanilla.

—¿Te conozco? —preguntó—. Porque soy capaz de reconocer a un tipo que sabe lo que es un buen negocio en cuanto lo veo.

En vez de frases obscenas para soltárselas a las nenas en los pubs temáticos, Dash tenía ocurrencias inteligentes para abordar a la gente, aunque, ahora que se fijaba, pensó que quizá se hubiese equivocado con ese tipo; el traje no era nunca buena señal. De cerca era tan reluciente que se veía que era de seda. Tenía los dientes un poco demasiado blancos y la piel marrón tirando a color cuero.

Gary Spencer, al que sus colegas solían llamar Gaz hasta que les insistió para que le llamasen Spence, no se podía creer la caradura que le estaba echando el chaval.

—¿Perdona, colega? —dijo. Si le rascas, sale sangre del East End. Aun así, y pese a un primer momento de desorientación (en plan «Qué cara le está echando el chaval»), lo había dicho con una gran sonrisa, una gran sonrisa de juventud disipada. Mierda, pensó Dash, era una sonrisa de «No se puede timar a un timador». Estaba perdiendo el tiempo. Ese tipo tenía aspecto y se comportaba como si se supiese todos los trucos del manual, y algunos más que no estaban en la última edición.

Dash titubeó, luego prosiguió:

—Nada, que decía que es tu día de suerte. ¿Te mola la música?

—Porque tienes unos altavoces para venderme. —La sonrisa del tío se ensanchó más aún, toda la cara replegándose alrededor de los ojos—. ¿Es o no? Tienes unos altavoces para venderme. ¿Es verdad o no?

Dash no hizo caso de Pesopluma, que estaba rumiando algo a su lado.

—Vale, sí, tío. Olvídalo, ¿va? —Estaba a punto de subir la ventanilla.

—No, no —dijo Trajedeseda—. El caso es que no me vendrían mal unos altavoces. ¿Los tienes ahí detrás? Vamos a echarles un vistazo.

Dash se convenció de que quizá el tipo quisiera comprarle unos altavoces. Soltando su perorata, como si tuviese el piloto automático puesto, abrió las puertas traseras y dejó que los Auridial desplegasen su magia. Trajedeseda pronunció unos oh y unos ajá y los sopesó: parecía impresionado.

—De acuerdo —dijo llevándose la mano al traje y sacándose un fajo de dinero—. ¿Cuánto quieres por ellos?

Dash contempló el fajo.

—Hum —dijo dándole a la cabeza—. Bueno, verás, normalmente los vendo por...

Riéndose, Trajedeseda le dio una palmadita en el hombro:

—Tío, lo siento pero no te voy a comprar los altavoces.

—Vaya.

Alzó el rollo de dinero para que Dash pudiese olerlo.

—No necesito ningún altavoz. En casa tengo unos Bang & Olufsen.

—Vaya.

—Pero necesito a alguien que trabaje para mí, con un poco de esto. —Se llevó un dedo a la cabeza—. Con labia. ¿Te interesa?

—¿Haciendo qué? —preguntó Dash, con los ojos puestos en el fajo de dinero, que se contoneaba en plan cobra ante él.

—Vender. —Trajedeseda agitó la mano con desdén—. Mira, no me respondas ahora. Piénsatelo. —Se sacó una tarjeta de visita del bolsillo superior de la chaqueta—. Pégame un telefonazo si te interesa, ¿vale? —Dash cogió la tarjeta mientras Trajedeseda se reía—. «¿Le conozco?». Buena ocurrencia, me gusta. Más suerte para la próxima.

Pesopluma se estaba frotando los dedos, evocando el dinero, cuando Dash volvió a su asiento, mirando todavía la tarjeta.

—El tipo ese —dijo, más bien para sí— me acaba de dar su tarjeta. —Y se la pasó a Pesopluma para que la viese; la observó con la misma mirada de rabiosa incomprensión que Dash había advertido antes. Momento en el cual, justo en ese instante, Dash lo captó.

No sabe leer. Para mí en la tarjeta pone «Gary Spencer, empresario»; para él pone «afotog bdole tartogi». No sabe leer.

—¿Entonces no has vendido ningún altavoz? —bramó Pesopluma.

¿Era cosa de Dash o ahora le temblaban ligeramente las manos sobre el volante?

—No. Esta vez no. La próxima. Estoy sintiendo la buena racha.

Pesopluma resopló:

—Vaya nenaza de mierda —dijo entre dientes para que Dash lo oyese.

Por lo menos sé leer, pensó Dash.

180

SEIS

—PODÍAS HABER LLAMADO ANTES. —ESTA VEZ ERA MAX EL QUE LO DECÍA.

Había abierto la puerta para encontrarse a Verity en el umbral, plantada allí con el bolso entre las manos, muy adusta ella, como si la oficina de empleo hubiese mandado a una nueva institutriz.

—He llamado.

Aparte de adusta, parecía contrariada, con una pizca de desasosiego. Cualquiera diría que Wood Green era una especie de utopía a lo Beverly Hills, por la forma en que miraba Clarke Street de arriba abajo, como si le fuese a asaltar un atracador en cualquier momento.

—¿En serio? —dijo pensativo.

No le hizo caso:

—¿Me vas a pedir que pase? No vas a salir ni nada, ¿no?

—¿Yo? No.

—¿No tienes que ir a ninguna parte?

—Venga, entra, Ver. Creo que he visto a un hermano de color en la calle.

Verity frunció el ceño y entró, después de limpiarse los pies en la alfombrilla y de echar entretanto un vistazo escaleras arriba.

Solo una vez que Max hubo cerrado la puerta del piso tras ella, dijo:

—¿Cómo van los Monsters ahí arriba?

—Como tener una migraña de por vida. —Max volvió a hundirse en el sofá y se quedó mirando a Verity mientras inspeccionaba el piso.

—No dirías eso si hubieses tenido alguna vez migrañas. No son ninguna broma —dijo, y luego—: ¿Sabes? Me encanta de verdad cómo estás dejando el piso.

—Gracias.

—¿Qué has hecho? ¿Los muebles? Es que se podría decir, a la vista está, que le has dado un toque de distinción al piso.

—Eso era antes, Ver.

—No, no, sigue siéndolo. ¿No te acuerdas de la otra noche?

—Por una noche no quiere decir que tenga un oficio.

—¿Solo una noche?

Al verla allí de pie, Max se arrepintió de haberse sentado. Lo había hecho porque era algo típico de él: dejar que su hermana mayor mariposease por allí y esperar a que ella se quejase por no haberle ofrecido una taza de té, y tomarle así un poco el pelo. Algunas costumbres nunca cambian. Pero ahora, sentado como estaba, ella se erguía ante él, todavía en modo institutriz. Si hubiese llevado sombrero, habría sido uno con rosas en el ala.

—Sí, Ver, solo una noche.

—¿Anoche no?

—No.

—Entonces ¿dónde estuviste ayer?

—¿Aquí?

—Ah, entonces ¿por qué no me cogiste el teléfono?

—Estaba en el baño.

—Media docena de veces, Max.

—Había tomado curry a mediodía.

—Y una —casi nunca decía palabrotas—... mierda.

—Vale, mira. Ya está bien, *Herr* Verity. No estaba aquí, es verdad. Disculpa por no estar a tu entera disposición. Pero es que la tasación esa no la pude dejar del todo cerrada en una sola sesión, tuve que volver.

Lo miró con detenimiento.

—No te habrán llegado más cartas, ¿no?

—No.

—¿Seguro? Porque ¿sabes qué? Tengo la sensación de que me estás escondiendo algo.

—No he recibido más cartas, te lo prometo.

Se quedó mirándole, como si estuviese intentando pillarlo, y él le devolvió la mirada.

—¿Te quedas, Max? —le preguntó cambiando de táctica de buenas a primeras—. Lo digo porque... Tú como si estuvieses en tu casa.

No se había dado cuenta de que todavía tenía el chaquetón puesto. Lo llevaba encima desde que había llegado de Kettering en el tren de la leche, con los bolsillos llenos de documentos sacados de la basura de Patrick Snape. Estaba en lo cierto Chick, había dado en el clavo. Debajo de todos esos sobres con la esquina recortada había los mismos detritus domésticos que en todas las basuras desde Land's End hasta John O'Groats, de una punta a otra de Gran Bretaña. Una factura de teléfono que Max se metió en el bolsillo no con el típico sentimiento de satisfacción, sino con gran asco y lástima de sí mismo. Había también cartas manuscritas, y las cogió intentando controlar un macabro sentimiento que amenazaba con sepultarlo. Había otras cosas: circulares, publicidad. La vida, que seguía. Con sigilo Max se las fue metiendo en los bolsillos y se largó por donde había venido.

Ahora se estaba quitando el chaquetón. Mientras lo hacía, los papeles crujieron, acusadores.

—¿Contenta? —le preguntó a Verity, que le respondió que al menos así parecía que se fuese a quedar, y que ya que se quedaba, a lo mejor podía comportarse mínimamente como un anfitrión y hacerle una taza de té. Aliviado al ver que el ritual habitual parecía reanudarse, la siguió hasta la cocina y se sentaron allí mientras hervía la tetera.

—Tienes el patio en un estado deplorable —dijo mirando a través de los visillos amarillentos.

—Son los Monsters —le explicó—. Se dedican a tirar cosas por la ventana y los de la basura no se molestan en recogerlas. Antes solía salir yo y recogerlas.

—Y ¿por qué dejaste de hacerlo?

Se encogió de hombros a modo de respuesta. Las palabras «porque me he rendido» parecían a punto de hacer su aparición, pero (menos mal) no lo hicieron.

—También huele un poco.

—Fuman en el pasillo —arguyó.

—Pues no deberían, es un pasillo comunitario. Ahí fuera huele igual de mal que aquí dentro.

—Caray, ¿tan mal?

—Lo único que digo... Deberías tener unas palabras con ellos. ¿Por qué no les dices algo, por Dios? Esto podría acabarse.

No lo sabía. Su silencio expresó la idea.

—¿Forma todo parte de la gran penitencia de Max?

—Para ti es todo muy sencillo, ¿no? —dijo (en realidad, espetó)—. Todo es blanco o negro. Ya debería haberme recuperado. ¿Es eso lo que te dice Roger mientras cenáis? ¿Debería dejar de sentir pena de mí mismo o algo por el estilo?

Verity se envalentonó por un momento, pero no encontró las palabras adecuadas.

—Bueno, pues no sería mala idea. ¿Por qué no intentas dejarlo todo atrás?

Risa sardónica de Max.

Un silencio. Sirvió el agua hirviendo sobre las bolsitas de té, olisqueó la semidesnatada y se la pasó a Verity, que se la llevó a la nariz y asintió con un «bueno» de reproche; luego lo observó mientras la servía en las tazas antes de decir:

—De todas formas mamá se moría —dijo con suavidad—. De todas formas habría muerto, Max.

El único sonido en la habitación, el tintineo de la cucharilla contra la taza.

—Dijo que me quería —dijo él—. Al final. —Sintió que las lágrimas venían en camino. Apretó los ojos.

—¿Lo ves?

—Lo que dijo en realidad fue que me quería pasase lo que pasase.

—Ahí tienes.

—«Pasase lo que pasase», Verity. Me quería pasase lo que pasase. Eso es lo que dijo. Murió dudando de mí.

—No, murió pensando a quién le podría pedir un pitillo. Por Dios santo, ni por un momento creyó en algo más que en tu completa inocencia, y lo sabes. Y eso es lo que te pasa: que lo sabes. Que no hiciste nada malo. Que de todas formas mamá se hubiese muerto de tanto beber. Pero tú no puedes aceptarlo. Es como si hubieses decidido ser culpable porque ser culpable te evita tener que afrontar la vida. Y ahora... eso te ha metido en problemas, ¿o no?

La miró con acritud.

—¿A qué te refieres?

—Me refiero a que... ¿Podemos ir al salón y sentarnos un rato, por favor?

Verity fue delante hacia el salón e hizo que Max se sentase en el sofá; se quedó mirando cómo ella buscaba el butacón de cuero que había antes pero que había tenido que vender. Acabó por posarse en el borde de la mesa de centro, intentando parecer Verity mientras lo hacía.

—Ayer estuve usando el ordenador después de que te fueras —dijo—. Y ya sabes que se pueden ver las páginas a las que se entra. —Respiró hondo—. No eran trabajos, ¿verdad? —Él no dijo nada—. Max, ¿por qué estabas leyendo cosas sobre el pequeño que desapareció? Me dijiste que querías buscar trabajo, pero todas las páginas eran sobre ese niño. Hasta pusiste su nombre en el buscador. Quiero que me digas por qué, y por favor, no me cuentes historias sobre muebles.

Pasó un buen rato.

—No puedo contártelo —dijo Max por fin, incapaz de mirarla a los ojos.

Exasperada, miró al techo, como si Max no comprendiese... lo serio que era el asunto. Que era más serio y más importante que ellos mismos.

—No. Verás, tienes que contarme la verdad, Max. Porque estoy segura de que, me cuentes lo que me cuentes, no puede ser peor que algunas de las cosas que se me han pasado por la cabeza. Desapareció no muy lejos de aquí.

—Por Dios, Ver, ¿no pensarás que...?

—Me has estado mintiendo con trabajos fantasmas y ahora esto. ¿Qué se supone que tengo que pensar? Por favor, dime solamente que no tienes nada que ver.

—No tengo nada que ver.

Verity se echó hacia atrás como si una corriente eléctrica la hubiese atravesado desde la mesa.

—Dios mío, estás mintiendo.

Max pudo sentir la conmoción, sabiendo que en lo más hondo de ella (pasase lo que pasase, porque era su hermano) había esperado esa respuesta, pero también que fuese verdad.

—Ver... —Pero Ver se había levantado y Max vio el pánico: de hecho su hermana miró hacia la puerta como si estuviese comprobando que podía salir en el caso de que fuese necesario—. No, por favor, no te miento.

—Lo estás empeorando, Max. Sé que estás mintiendo, ¿vale? Y será mejor que empieces a contar la verdad o me voy y quién sabe dónde puedo ir. ¿Estamos? Uno.

—Ver, por favor, no puedo...

—Dos.

—No lo entiendes.

—Tres. —Fue hacia la puerta y la abrió, dejando entrar el hedor a cerrado y a tabaco del pasillo.

—Te lo contaré —dijo rápidamente. Ella se detuvo pero sin volverse—. Por favor, Ver, vuelve y te cuento la verdad.

Volvió a su sitio.

Max suspiró.

—Cuando estuve en el hospital recibí una visita. Era alguien de dentro, había acabado su condena. Era el hombre que me salvó, Ver, el que paró la hemorragia y me salvó la vida. —En este punto Max le enseñó a Verity las muñecas, odiándose por el chantaje emocional. La luz se reflejaba en las gruesas y blandas capas de tejido cicatrizante. Verity miró por un momento y luego apartó los ojos—. Quería que trabajara para él.

Verity gimió y se llevó una mano a los ojos.

—Pero, Max. ¿Qué tipo de trabajo?

—Me salvo la vida, Ver... Me hubiese desangrado hasta morir. Y...

—¿Y qué?

—Me amenazó.

(«Lo malo se pega»).

—¿Qué trabajo, Max?

—Asaltabasuras.

—¿Quéé?

—Asaltabasuras.

—¿Asaltabasuras?

—Sí.

—Y... y ese es el que va asaltando basuras por ahí, ¿no?

—Como si esperase que asaltabasuras significase otra cosa, que el término pudiese inducir a error.

—Sí.

—Hum... —Miró a su alrededor como si estuviese en un planeta distinto y confuso—. ¿La basura de quién?

—De quien sea. —Y le contó lo del cúter, y lo de los cinco segundos de agacharse y escarbar, y que eso significaba que a la gente le podían robar la identidad o *phishear* sus actividades *online,* o estafarle con las tarjetas, con fraudes en los que no hacía falta tener la tarjeta, o redireccionarle el correo, o utilizar su identidad para pasaportes falsos. Y a su pesar, estaba sintiendo una breve ráfaga de orgullo de oveja negra mientras se lo explicaba; él, en otros tiempos un restaurador de muebles de segunda mano. No obstante, se le pasó cuando vio la cara de su hermana. Se le pasó y se sintió mareado, mal y avergonzado.

—Pero, Max —dijo Verity cuando él hizo una pausa para dejarlo reposar, sabiendo que todavía tenía que contarle más cosas.

—El hombre se llama Chick —continuó—. La otra noche me dijo que tenía que ir a una dirección de Kettering. Una dirección de un particular. Era un trabajo especial, me dijo. Quería lo que había en esa basura.

—Kettering. De allí es de donde...

—Sí. Es su casa.

—Has ido a la policía. Por favor, dime que has ido a la policía.

—No.

—¿Por qué?

—Porque si lo hago, me volverán a meter en la cárcel.

—¿Tú crees? Bueno, eso da igual ahora. ¿Por qué te mandaron a esa casa?

—Para conseguir información sobre la familia, para ver cómo son de ricos.

—Y eso ¿por qué?

—Para pedir un rescate.

—¿Así que la gente para la que trabajas es la que ha secuestrado al niño?

—No lo sé.

—Max...

—De verdad, Ver, no lo sé. Creo...

—¿Qué crees?

Bajó la cabeza. ¿Qué? ¿Qué creía? Dimes y diretes. Que una mujer cogió a Ben. Que la mujer que cogió a Ben podía ser la misma mujer que el día anterior estaba en la cocina de Chick, lavando los platos en silencio, desvalida; su marido, un monstruo, hablando sobre Ben como si no fuese más que un día de paga. Se imaginó a la mujer sollozando en silencio.

—Lo creo. Lo creo. Pero solo lo creo.

—Entonces tienes que ir a la policía.

—No. De ninguna de las maneras. No vuelvas a decir eso.

—Max, es un niño pequeño.

—No. Volvería a la cárcel.

—No necesariamente. Pero, Max, eso da igual. Es el niño de alguien.

—Puede que me equivoque.

—Aun así.

—No voy a volver a la cárcel, Verity.

—¡No irías! Vamos, ¿por qué ibas a ir? ¿Acusado de qué?

—Verity —insistió—, sea lo que sea, yo soy parte de ello. He estado en su casa. Anoche yo... hablé con el padre.

—Pero, Max. —Verity se levantó y se giró en redondo, sin saber qué hacer consigo misma. Tenía una mano en la cadera, la otra en la frente. Cualquiera hubiera dicho que estaba en medio de un aparcamiento, desesperada por recordar dónde había dejado el coche—. Lo siento —dijo. Todo lo que se le pasaba por la cabeza acababa delante de las puertas de la comisaría más cercana—. Lo siento pero tendrás que arriesgarte. Y si tú no lo haces tendré que hacerlo yo. Esto es... es algo que tienes que hacer. Es tu deber, y si... si eso significa volver a la cárcel, bueno, habrás hecho lo correcto. Eso es lo que tienes que pensar. ¿No crees?

—Puede que me equivoque. —Ella se encogió de hombros. Aun así—. Puede que no lo tengan y que encima acabe en la cárcel, Ver. Sigue siendo chantaje. Sigo estando involucrado. —La idea pareció calmarla. Por supuesto. Eso era. El pequeño estaba en otra parte, en otra órbita, lo que cuadraba perfectamente, porque ella no podía entender que Ben estuviese en la suya. La gente como ella ve las noticias en la tele, y opina, y comenta lo horrible que debe de ser para los padres, y después del telediario pone una película de Mel Gibson, que está bastante bueno. Nunca se sienten involucrados.

—¿Qué te hace pensar que puedan tenerlo? —le preguntó.

—Es más un pálpito. Tengo que averiguar si es seguro.

—Sí, así es. Tienes que asegurarte como sea, porque si lo tienen debes ir a la policía.

—Ya lo sé. Ya lo sé.

Verity volvió a sentarse, se acomodó en la mesa, parecía exhausta. Las preguntas que quería hacer se le agolpaban tras los dientes, pero al final lo único que pudo decir fue:

—¿Por qué?

—¿A qué te refieres?

—¿Por qué? Solo eso. ¿Por qué? ¿Qué demonios creías que estabas haciendo, so, so... —no encontraba las palabras— idiota? Acabas de salir de prisión. Valiente manera de asegurarte de no volver allí.

Max apartó la vista.

—No me dejó otra opción.

—Bueno, mira, sabes que odio parecer un disco rayado pero podrías haberle contado a alguien que te estaban chantajeando.

—Me salvó la vida. Estaría muerto si no fuese por él.

—Ah, perdona, claro. Es una nueva ley que acaban de aprobar. Ahora tu alma le pertenece. Deberías haber intentado regatear mientras te salvaba la vida, ¿no se te ocurrió? ¿Fines de semana libres y ese tipo de cosas?

—En el momento no me di cuenta. Creía que era una especie de trato, o toda mi alma o nada.

Ella torció el gesto.

—Es divertido, ¿no?

—No. —Risa seca. No es divertido. Suspiró y sintió algo cercano a la serenidad en el rostro de dolor de Verity, como si estuviese utilizando toda la agonía disponible en la habitación—. No voy a volver allí dentro en la vida. En la vida.

Más tarde, cuando ella se había ido, se sentó y observó su piso mientras recordaba cómo había sido en otros tiempos: con el butacón de cuero, que había vendido cuando tuvo que decidir entre eso y la furgoneta, y resultó que el butacón valía más; cuando el ambiente estaba más limpio, más fresco, las ventanas abiertas, la ropa lavada y se cocinaba con frecuencia comida italiana.

Aquel día tenía la televisión puesta, huelga decirlo (una costumbre de toda la vida), pero con el sonido quitado. En cambio, en un diminuto equipo de música plateado y reluciente sonaba hip-hop tranquilo, jazzero, mientras su dueño se afanaba en la cocina con una botella de vino, esperando que el hip-hop tranquilo y jazzero no estuviese demasiado alto para la señora Larkin, la de arriba, y sabiendo que no lo estaba, pero aun así pensándolo.

Había sido un día sosegado en la tienda, en su tienda, El Tocón. (Y eso hacía sonreír a los clientes. En otros tiempos. Ahora el nombre le asqueaba, lo degradaba). Había sido otro día sosegado en una sucesión de días sosegados. La gente hablaba de que el precio de las casas iba a caer en picado (y por entonces no lo sabía pero el valor de su propia inversión ya había caído por debajo de lo que había invertido) por lo que el negocio se estaba resintiendo. El día lo había salvado una pareja que había comprado una mesa de cocina de los cincuenta que Max había restaurado en la trastienda, un cuarto que olía a moho y a madera y estaba todo recubierto por una fina capa de serrín. Una mesa como en la que tiempo después había acabado sentándose, en la cocina de Chick, y aunque una sola y única mesa de cocina era más motivo de conmiseración que de regocijo, se disponía a abrir una botella de vino. Pop. Glup.

Llamaron a la puerta.

Y, además, tampoco hacía falta tener una razón para abrir una botella de vino, al menos no una razón concreta, como haber vendido una mesa. Se la puede uno abrir para ponerle punto y final al día, porque está alegre, contento, voy tirando, gracias, no puedo quejarme. Lo cual era cierto: trabajo, bien; casa, bien. Incluso una chica a la vista, aunque más que una chica era una mujer; la había visto un par de veces y había pensado que quizá sería ella la que le ayudaría a superar lo de la mujer anterior, de cuya casa se había ido antes de mudarse al 64 de Clarke Street.

Toc-toc. Fue corriendo a bajar el ya imperceptible hip-hop jazzero, y después se dirigió hacia la puerta, donde esperaba encontrarse a la señora Larkin. No para quejarse, imposible. Tal vez un recadillo que le querría encargar, a lo mejor bajarle la basura. Siempre bien atada, con todas las sobras bien dispuestas en la bolsa. Para que los zorros y demás carroñeros no rasgasen el plástico por la noche.

No era la señora Larkin. Era su nieta. No recordaba su nombre ni sabía qué edad tenía (¿por qué iba a saberlo?, ¿a él qué le importaba la edad de la nieta de la vecina de arriba, a la que había visto una sola vez en el portal?), aunque en su cabeza le echaba más de quince y menos de veinte. Estaba en el umbral con una bolsa de viaje en la mano, posando con descaro, la cabeza un tanto ladeada y los pies dispuestos con gracia. Llevaba unas zapatillas nuevecitas, como las que él había dejado de usar hacía poco, después de oír algo por la radio, un redactor de moda que decía que los hombres de más de treinta no deberían llevar zapatillas de deporte. Había arrinconado las suyas en el fondo del armario e invertido en unos zapatos.

—Hola —le dijo ella.

Había combinado las zapatillas con una pulsera en el tobillo y unos vaqueros doblados por la pantorrilla y de talle bajo, lo que le permitió ver un destello de barriga bajo la camiseta. Llevaba un pendiente en el ombligo.

—He venido para recoger las cosas de la yaya —dijo alegremente, con la bolsa todavía alzada—. Está en nuestra casa, se va a quedar un tiempo. Me ha dicho que te diga que hoy no estará en casa, para que no te preocupes.

—Ah, vale. Pero está bien, ¿no?

Se rió:

—¿La yaya? Sí, está bien. Ya está medio ciega.

—Ah, vale. —A Max se le hacía difícil cuadrar la imagen de la anciana señora Larkin (la señora Larkin, con su voz baja y sus pantuflas) con la imagen de ella que se acababa de hacer: balbuceando delante de media pinta de cerveza negra.

Tiempo después, mucho tiempo después, claro, Max pensaría en el momento en que había dejado entrar en su piso a la nieta de la señora Larkin. Tuvo tiempo de sobra para darle vueltas. ¿Por qué?, se preguntaba. ¿En qué estaba pensando?

Y la respuesta era asquerosamente simple. Estaba adulado. Estaba adulado por la mirada en la cara de la chica, por la idea de que ella pudiese encontrarlo... no tanto atractivo, no era eso

—aunque venía de la mano—, sino... enrollado. Interpretó la atención como (la hibris le habría hecho desear que se lo tragase la tierra de la vergüenza) una adulación sin importancia. En ese momento se convenció de que para ella era un tipo con zapatos modernos que oía música enrollada; con negocio propio, el pelo corto y mirada extraviada. En lo más recóndito de su cabeza le rondó la idea de que probablemente ella no hubiese conocido a muchos hombres como él, y se había quedado impresionada, y (de nuevo la hibris... y el vino) ¿por qué no iba a estarlo?

—¿Puedo pasar un minuto? Es que al autobús le queda un rato todavía.

Parecía una buena razón para dejarla entrar, así podría regodearse un rato en esa adulación sin importancia, esquivando con ingenio y sensibilidad cualquier flirteo.

Ella vio su copa de vino medio llena sobre la mesita y la señaló.

—Tomaré un poco si me lo preguntas.

Cuando le sirvió la copa —una pequeña, cuidado— no lo hizo, como más tarde aseguraría un subinspector con la cara encendida, para emborracharla. Dios, no, qué desperdicio de vino: solo tenía una botella. Lo hizo con el espíritu del mentor enrollado, porque no quería ser de esa clase de estirados que le dirían que era demasiado joven para beber. Y además, ¿acaso lo era? ¿Era demasiado joven para beber? ¿Qué pinta tienen las de dieciocho?

Cuando volvió de la cocina, ella ya se había acoplado en el sofá y había soltado la bolsa de viaje a un lado.

—¿Puedo fumar?

—Yo no fumo.

Se encogió de hombros.

—Entonces es tontería que te pregunte si tienes maría, ¿no?

¡Ajá! Porque lo cierto era que tenía algo de maría, en alguna parte, de hacía un tiempo, ahora ya sería polvillo, pero:

—No, lo siento. —Sonrió. Una auténtica sonrisa de «A mí qué me vas a contar».

—¿Por qué no fumas?

Lo pilló por sorpresa. En plan: «¿Por qué no te pones esa pistola cargada en la cabeza a ver si funciona?». Se había sacado de la chaqueta vaquera un paquete de diez de Marlboro Light y jugueteaba con el envoltorio de celofán.

—Podría decirte que porque es malo para ti, pero yo fumaba cuando era más joven. Lo dejé cuando puse mi negocio. —«Para no tener que mentir en el formulario del seguro», podría haber añadido, pero no lo hizo.

—Sí, me lo dijo la yaya, que tenías tu propia tienda. Vendes muebles.

Max se rio:

—Es algo un poco más creativo que todo eso. Recupero y restauro muebles... y luego los vendo.

—¿Como qué?

—Esta mesa de aquí. La restauré yo. —Señaló la mesa de centro. Ella tenía las zapatillas encima—. Este butacón. —Le dio una palmadita—. Todo tipo de cosas. La verdad es que cualquier cosa que crea que puedo vender.

Durante unos cinco o diez minutos ella le estuvo haciendo preguntas sobre el negocio y él las fue contestando, exagerando un poco sobre lo bien que le iba y sobre el artista en que se había convertido. Ella se pasó el rato mirándolo con detenimiento, parecía no escuchar sus respuestas, con una media sonrisa jugueteando en los labios. En ese momento hubiese descrito el escrutinio como refrescante y descarado. Precoz, pero no voraz. Cambiaría de opinión al respecto.

—¿Entonces eres rico?

Se rio:

—Me va bien, gracias.

La chica se llevó la mano al pelo y se lo echó hacia atrás: dos aros dorados le colgaban hasta el cuello. Lo sujetó allí durante un instante y luego lo dejó caer, mirando furtivamente a Max para asegurarse de que se había fijado. Sí, decían los labios fruncidos de este, muy bien, me he fijado. Sé lo que estás haciendo y no creas que no me siento halagado, pero la verdad es que...

—Lo siento pero no me acuerdo de tu nombre —le preguntó él.

—Pluma. —Le dio un sorbo al vino.

—¿Uma?

—No, Pluma.

La música se paró y ella pareció darse cuenta al instante porque dio un salto y fue hasta la cadena, flanqueada por un pequeño montón de cedés. Escogió uno y le echó un vistazo, mientras se retiraba el pelo y miraba hacia atrás para ver si Max se había fijado.

—No creo que fuese Pluma cuando nos vimos por primera vez. Me habría acordado de lo de Pluma.

—Por eso ahora es Pluma. La gente se acuerda de Pluma.

—Fijo que sí. —Intentaba dárselas de urbano, pero no estaba saliendo muy airoso—. Y vas al instituto...

—A la facultad...

—Ah, vaya. ¿Haciendo qué?

—Estudiar.

Empezó a sonar la música y Pluma fue hasta la mesita, cogió el vino y le dio un sorbo. Observó a Max por encima del borde de la copa.

—¿Estudiando qué? —dijo él, forzando un tono informal.

—Pues supongo que cómo triunfar en la vida.

Ella sostuvo la mirada de Max y él la suya. La sostuvo porque, perdona, he jugado antes a este juego y con contrincantes bastante más hábiles. Prueba con alguien de tu edad. Y dijo:

—No me suena esa asignatura. ¿Es nueva?

La chica no respondió. Dejó la copa sobre la mesa y fue hacia él. Luego, con un movimiento que parecía plagiado y extraño pero que, aun así, era demoledor, se echó el pelo hacia un lado, se subió al butacón y se sentó a horcajadas sobre él, las rodillas de ella a la altura de sus brazos.

Y él iba a sonreír y decir: «Mira, ojo, todo esto es muy adulador. Lo es, en serio, y tú eres..., ya sabes, y si yo tuviera diez (¿veinte?) años menos, entonces tal vez, pero...».

Pero de pronto los labios de ella estaban junto a los suyos, y refulgían con el vino que tenía en la boca y notó su olor, a colonia y tabaco, y por debajo, el de su piel, que lo retrotrajo a alguna parte, a otro espacio-tiempo. Las bocas se encontraron, los labios de ella se abrieron para que él recibiera el vino, que le goteaba barbilla abajo. Los sentidos aturdidos y vacilantes. Al mismo tiempo ella se movía sobre él, sobre su regazo, y la reacción allí abajo era tan predecible como vergonzosa.

—No.

La estaba levantando para apartarla y, Dios, qué ligera era. Qué fácil de levantar y de llevar y, solo por un segundo, imaginó...

—No —repitió. Ella recobró el equilibrio y él alargó los brazos para retenerla y vio una mirada en sus ojos que después recordaría como la de un vampiro—. Lo siento, pero no.

Tembloroso, enfadado, excitado y aterrado, se secó la boca con la mano, que acabó pringada de vino y carmín.

La mirada de ella se convirtió en una sonrisa. Una sonrisa que decía que había ganado en un juego en el que no podía perder. Porque cuando él abrió la puerta, lleno de arrepentimiento pero, tienes que irte porque, de verdad, no creo... Lo siento, pero creo que deberías irte. Ahora. Mientras la acompañaba hasta la puerta de la calle y la dejaba abierta para que saliese, incapaz de mirarla a los ojos, no, no se sentía enrollado. Se sentía un tipo duro, fijo que sí. Pero no enrollado.

SIETE

ERA LA PRIMERA VEZ QUE DASH VEÍA SONREÍR A PESOPLUMA. ANTES DE
eso, daba la impresión de que los músculos encargados de la
risa hubiesen dejado de funcionarle tras sufrir un derrame.
Pero ahora le iban como la seda, se regocijaban con la agonía de
Dash.

—Vale, tío, ahora estamos en el terreno de Holloway Road
—dijo Dash, tenso y exasperado.

—Este es su terreno —se burló Pesopluma—, pero ¿allí no?

—Sí, exacto. Lo pone en el mapa. —¡Como si eso te dijese
algo!

Pesopluma sacudió la cabeza y sonrió por lo nenaza que era
Dash; porque Dash se sentía constreñido por unas normas de
mierda que a él no le afectaban ni nunca lo harían. Se detuvo a
un lado de la calzada para mear junto a una cabina, parapetán-
dose detrás de la furgoneta.

—Me estoy meando en su zona, tío. Huy, mierda, ¿qué me
van a hacer?

Técnicamente se estaba meando en su terreno, pensó Dash,
echando un vistazo por el retrovisor, medio esperando a que
También Disponible en Blanco apareciera por el horizonte. Ese
bate todavía era un recuerdo muy vivo. Y por si la nueva afición
de Pesopluma por hacerse el gracioso no fuese suficiente, no habían vendido ni un altavoz. A lo mejor tenía razón. A lo mejor
sí que había una especie de campo de fuerza invisible alrededor

de Stoke Newington, que repelía a los estudiantes y solo dejaba pasar a los veganos y a los vagabundos. De cualquier forma, no habían vendido una leche, ni una leche de soja, ¡ja!

—¿Tienes algo de pasta, tío? —dijo Pesopluma al volver a la furgoneta.

—Joder. Mira...

Pesopluma se rió e hizo un movimiento inesperado. Dash se estremeció; no mucho, lo justo para que Pesopluma siguiera con sus risas.

—Que no, compadre —le dijo riéndose todavía entre dientes y encendiendo el motor—, que necesitamos gasofa, ya está. No te voy a quitar tu dinero... —Dejó la frase suspendida durante un instante, mientras arrancaba—. Todavía no.

Sophie estaba encantada de tener el ascensor para ella sola, sobre todo hoy. En su edificio era algo casi inédito: siempre estaba abarrotado de gente que parecía conocerse y que hablaba por encima de ti mientras intentabas hacer como si no estuvieras allí. Y ahora lo tenía para ella sola... Todavía no se habían cerrado las puertas cuando ya estaba volviéndose para mirarse en el espejo. Malamente: parecía tan resacosa como se sentía: como si le hubieran dado malas noticias en un túnel de viento. Sus ojos querían cerrarse y, por el esfuerzo para mantenerlos abiertos, parecían estar mirando a través de un agujerito; sus mejillas habían emigrado un poco hacia el sur y ni el bronceado de bote podía disimular el color cadavérico de su piel. Se le había ido la mano con el maquillaje, pero en vez de ocultar el sinfín de pecados lo único que había conseguido era iluminar el sendero. Por Dios.

—Un segundito.

Solo había una cosa mejor que tener el ascensor para ella sola: compartirlo con Gabrielle. O así habría sido si no se sintiese tan mal. La directora metió un pie entre las puertas, entró y se le iluminó la cara al ver a Sophie.

—Hola, Sophia —le dijo, como a la Loren—. Estás hecha una mierda. —Gabrielle era tan directa...—. ¿Qué te pasa?

No es que hubiese cambiado de opinión sobre lo de Dash. Era la bebida lo que le daba ese aspecto de ultratumba, pero tampoco era cuestión de decírselo a Gabrielle y, además, tenía ante ella una oportunidad mucho mejor para establecer lazos con su heroína:

—Lo estoy dejando con mi novio —le anunció, triste-orgullosa.

—Vaya, Soph. ¿Se acabó Dash el Chungo? ¿Qué ha pasado? ¿Lo habéis dejado o estáis en ello?

—Nada, solo que... hemos evolucionado de forma distinta. —Se llevó una mano teatrera a la cara, esperando atenuar así los efluvios delatores del alcohol—. Me voy a mudar.

—A veces pasa, Soph. A la gente le pasa. Cada uno evoluciona por su cuenta. —La historia secreta de Gabrielle era tan guay...—. Siento oírlo, Soph. No es que te paguemos mucho que digamos, así que si necesitas algo de tiempo para reponerte o para ordenar la cabeza, solo grita, ¿vale?

El ascensor se detuvo y salieron de él juntas, Sophie orgullosa a más no poder por ello. Y entonces, cuando ya estaban a punto de irse cada una para su mesa, Gabrielle se paró en seco:

—Ha debido de ser una decisión muy dura.

Sophie asintió con tristeza.

—Me estaba preguntando si... ¿Harías un artículo sobre ello? No hace falta que firmes con tu nombre real. Estaba pensando en un artículo tipo diario para la sección de «Los corazones y las mentes». Pero si tienes mucho jaleo, déjalo.

—No —dijo Sophie sin pensárselo—. No, solo el test del bronceador. Y papeleo. —Miró a Gabrielle como dando a entender que no le importaba hacer papeleo, pero, bueno...

—Entonces, perfecto, lo voy a comentar en la junta, y después te mando a Bryony para que te pase el encargo, ¿de acuerdo?

—Súper. Ah, Gabrielle...

—¿Sí?

—No me importa que ponga mi nombre. —¡La sola idea de su nombre allí!—. No pasa nada.

—Bien. Estoy deseando verlo.

Estaba pensando en la tarjeta de visita que tenía en el bolsillo.

Pesopluma entró en la gasolinera traqueteando y Dash le indicó el surtidor apropiado. («Allí. Donde pone "Sin plomo"»). Perdieron medio minuto sin sentido: las protestas de Dash porque sabía que acabaría siendo él quien echase la gasolina.

—Vale, vale, yo lo hago —aceptó, una vez a salvo fuera de la furgoneta—. Tú quédate ahí sentadito, ¿eh? Y cuando termine iré a pagar. ¿Te parece bien? —Se imaginó a Pesopluma, con el labio retorcido.

Por dentro, la gasolinera era tamaño supermercado. Dash pagó y se fue hacia un rincón, donde se sacó el móvil y llamó a Sophie.

—¿Le puede decir que es su novio, Dash? —le pidió a la chica que respondió. Esta se apartó del teléfono y pudo oír cómo llamaba a Sophie. Mientras le pasaban la llamada entonaron una especie de cántico en la oficina.

—Hey —dijo—. Parece que estáis de fiesta.

Sophie se estaba riendo por algo:

—Sí, bueno, no, en realidad es lo normal.

—Mira —le dijo—, siento mucho lo de esta mañana, Sophie.

Ella no dijo nada. De hecho todavía estaba intentando contenerse, las chicas habían hecho su numerito del «como muy guau». Aparte, estaba pensando en lo bien que iba a quedar esa conversación en su diario de ruptura.

—Venga, Soph —le dijo Dash. Le estaba haciendo sudar la gota gorda. Porque es que no había sido solo culpa suya. Había vuelto ciega.

—No es solo eso —dijo Sophie todo lo seria que pudo.

—¿A qué te refieres?

—Me refiero a que... Las cosas no van bien, ¿no crees?

—¿Qué cosas? ¿Los altavoces? Te lo digo, Sophie, me los voy a quitar de en medio dentro de nada.

—No son solo los altavoces.

Dash, apoyado hasta ese momento en el microondas, se apartó para dejarle sitio a un cliente que blandía un perrito.

—Bueno, entonces ¿qué?

—Ahora no puedo hablar de esto. Estoy trabajando. —Notó que varias de las chicas de al lado estaban escuchando—. Después hablamos.

—He pensado que podíamos salir a cenar —dijo Dash—, al chino. —Sin añadir «que tú pagarás».

—Bueno, nos vemos en casa, ¿vale? Ya hablamos.

—Venga, vale —le dijo, a cuadros. Ella ya había colgado. Echó un vistazo a la explanada y se hurgó en la ropa en busca de la tarjeta de visita que le habían dado antes.

—¿Hola? —dijo la voz que contestó.

—Esto, hola. ¿Es el señor Spencer?

—Sí-sí, ¿quién es?

—Soy Da... Darren. Nos hemos conocido esta mañana. ¿Los altavoces? Me dijo que le llamase, para un posible trabajo.

—Sí-sí, me acuerdo. Darren, sí. Claro. ¿Entonces estás interesado?

—Interesadísimo. Bueno, depende de lo que sea.

—Pues vender, tío, pero no en una furgoneta. Por teléfono. Te damos una mesa, un teléfono y tienes que vender. ¿Tienes traje, colega?

—Claro —mintió Dash.

—Pues ahora vas a tener ocasión de ponértelo. ¿Por qué no te llegas por la oficina y hablamos? Pongamos... mañana por la tarde-noche, después del trabajo. ¿Tienes un boli?

Dash no tenía pero no quiso admitirlo. Memorizó la dirección y la repitió una y otra vez en la cabeza hasta que el tipo de la caja le dejó un boli. Un traje. Las palabras le daban escalofríos. Una idea le estaba tirando de la manga del chaquetón, pero la ignoró. Vale, no tenía traje, y ni idea de cómo conseguirlo. Pero un traje. Un traje era igual a dinero y a respeto, y a cosas como pensiones y cenas de Navidad y tartas de nata el día del cumpleaños. Traje igual a salvación. La idea volvía a aparecer: «No te va a soltar —le susurraba—. Chick. No te va a soltar nunca, por lo menos no hasta que te deje sin una gota de sangre. Y no creo que lo estés haciendo para compatibilizar ambos trabajos de una forma u otra. Es un trabajo y es vender altavoces, a no ser que le eches valor dentro de poco, y hagas otra excursioncita nocturna al almacén...».

Pero la vez anterior Chick estaba allí. ¿Qué se suponía que tenía que hacer? ¿Y si volvía y Chick estaba haciendo otra visita? Lo mismo la próxima vez no tenía tanta suerte.

Y, por cierto, ¿qué estaba haciendo allí Chick?

OCHO

—EH, MAMÁ, ALERTA, ALERTA. LE HE ABIERTO LA PUERTA A UN PERVER-
tido peligroso —Carl se rió con su gracia, y después salió disparado, la puerta bamboleándose.

—Retiró los cargos —dijo Max al pasillo vacío.

Trish vino de la cocina, secándose las manos en un paño. Falda vaquera, camiseta, aros dorados.

—Acaba de llamar. Viene de camino —le dijo sin mirarle,
con la cabeza girada, como si estuviese mirando a Carl en la otra
habitación—. Pasa y lo esperas.

Intentó cruzar una mirada con ella, pero no pudo.

—Gracias —le dijo cerrando la puerta y siguiéndola hasta la
cocina, hasta la mesa de los cincuenta. Se sentó.

—¿Quieres un taza de té?

—Sí, gracias. Del que tú veas, Trish. —Parecía una locura,
pero se sentía como el Max de antaño, dominante.

Ella se volvió para rellenar la tetera. La radio estaba puesta,
observó Max. El boletín del tráfico; luego, las noticias. Lo habría
escuchado por la radio, pensó. En esa misma cocina, habría oído
todas las noticias sobre el pequeño desaparecido. Los avances y
los llamamientos. El llamamiento que decía: «Me dirijo ahora a
la mujer que tiene a Ben. Sé lo difícil que tiene que resultarle en
estos momentos»...

¿Lo había oído y había pensado en alguna misteriosa mujer
que tenía a Ben?

¿O era ella a la que hacían el llamamiento? Si era así, todo su instinto maternal la habría empujado al teléfono. A coger el aparato de la base, meterse en otro cuarto y llamar. Con la voz en vilo, porque él estaría al lado, el hombre que, en vez de dejarla llamar a la policía, le habría dicho: «Espera un momento, Trish. Un momento. Vamos a pensárnoslo, ¿eh? Tenemos a un niño sano y salvo, no corre peligro. Mejor con nosotros que con muchos de los que están ahí fuera. Deja ese teléfono, Trish, podemos sacarnos un dinerito con el niño. Deja ese teléfono. No hagas que te lo repita...».

¿Habría pasado así? Eso creía. Si...

Si era ella la de las imágenes.

Le plantó una taza de té delante y volvió a la encimera. Todavía no le había mirado a los ojos.

—Trish —le dijo—, ¿sabes algo del pequeño?

No hubo respuesta, un frufrú de paño de cocina.

—Trish, por favor.

—No digas nada. —Continuó pasando el paño.

—¿Sabes dónde está?

—No sé de qué me hablas.

Llegó un chillido desde el cuarto de al lado: la reacción de Carl ante algo que había visto en la tele.

—Yo creo que sí.

Trish bajó la cabeza.

—Yo creo —prosiguió— que eres la mujer del vídeo. —La oyó contener la respiración—. Te reconociste, ¿no es verdad? Creo que encontraste a Ben y que lo cogiste e ibas a devolverlo a su familia pero Chick te detuvo, ¿no es verdad?

Se oyó un gemido, sus hombros se estremecieron.

—Trish, sea lo que sea, sea lo que sea lo que hayas hecho y lo que él te esté obligando a hacer, podemos solucionarlo. Estoy de tu parte.

Por fin se decidió a hablar:

—Para, ¿vale? No sé adónde quieres llegar.

—Sí que lo sabes —la presionó—. Venga, Trish, es un niño. —Se acordó de la emoción en los ojos de Verity—. Es solo un niño. Pertenece a su mamá y a su papá.

«Imagínate cómo te sentirías si se llevasen a Carl», pensó añadir, pero decidió que no.

—Para.

Max se levantó y salió de la cocina en dos zancadas. No había mucho más piso que inspeccionar: dos dormitorios, un baño y el salón, donde Carl estaba viendo la tele. Abrió un pequeño armario, que contenía una Dyson, y luego volvió a la cocina. Trish estaba junto a la encimera, con los brazos caídos, un paño en la mano.

—Solo dime dónde está, Trish. Por favor.

Sacudió la cabeza, mirando al suelo. Max se sacó del bolsillo una de las cartas que había cogido de la basura de Pat: «Perdí a mi hijo en un accidente de tráfico, así que sé por lo que estáis pasando. Por favor, sed fuertes y recordad que os tenemos presentes en nuestros pensamientos».

—Mira esto, Trish. —Se la tendió—. Mírala. Y esta. —Sacó otra: «Anoche soñé que encontraban a Ben con vida. Tal vez mi sueño se haga realidad». Y otra: «Ayer rezamos una oración por Ben en clase y, espero que no les importe, pero también rezamos por la mujer que se lo llevó»—. Mira. —La agitó en su cara. «Espero que no les importe, pero también rezamos por la mujer que se lo llevó».

Max no podía saber si las estaba mirando o no: su cara seguía inmóvil.

—Trish —le dijo despacio, pero presionándola—. Por favor.

En la puerta de la calle se oyó el clic-clac de una llave en el cerrojo, una tos perruna delatora: Chick.

—Trish. —Max estaba suplicándole.

Carl corrió a la puerta.

—¡Papá! —gritó, la única persona que siempre se alegraba de ver a Chick.

—Anda, cántanos unas rimas de batalla, hijo. —La voz incorpórea de Chick desde el pasillo.

Max se metió las cartas en el bolsillo del chaquetón.

Y Carl, rimando: «Tenerte en casa es mejor que la cocaína. Tu colega el Pede está en la cocina».

—Trish —dijo Max por última vez. En voz baja, pero presionándola.

Chick:

—¿Está ahí dentro?

Entró. Gorra, pantalón de chándal fosforito. Llevaba una camiseta con un «No se va a chupar ella solita» en el pecho y una cadena de oro al cuello. Primero miró a Trish, que apartó la vista, luego a Max, que estaba sentado a la mesa de la cocina; algo flotaba en la habitación.

—¿Cómo va eso, Pede? —le dijo. Mirando de reojo a Trish, cogió una silla y se sentó—. ¿Me has traído cupones?

Max sacudió la cabeza lentamente, intentando cruzar miradas con Chick.

—Entonces, me habrás traído otra cosa, ¿no?

Las cartas estaban en un bolsillo, pero Max se sacó un puñado de papeles del otro y se lo tendió a Chick.

—No hay nada.

—Eso seré yo quien lo decida, colega —dijo Chick, cogiéndolos y hojeándolos.

—He visto la casa —insistió Max—, y el coche. No es rico.

—¿Ah, no? ¿Qué coche tiene?

—Un Renault pequeño. Te lo pido por favor, no hagas esto.

Chick alzó la mirada:

—Ya te puedes ir, Pede —dijo con firmeza—. Puede que te necesite para otra cosa, estaremos en contacto. Otra entrega en Kettering...

¿Pedir un rescate?

—No voy a ir más. No voy a formar parte de esto.

—Pues yo creo que sí. —Lo dijo con tranquilidad, con una convicción absoluta.

—No voy a ir.

Chick sonrió:

—Bueno, no hablemos de eso ahora, ¿vale? Ya hablaremos cuando llegue el momento.

NUEVE

LO BUENO DE DARLE AL DE LA GASOLINERA LO ÚLTIMO QUE TE QUEDA de dinero: el balance cuadra. A cero, sí. Pero hace que te aclares las ideas. Nada en los bolsillos, nada en la cartilla. Necesitaba exactamente 550 libras. De ellas, le debía 350 a Chick (por lo menos según las últimas cuentas) y el resto lo necesitaba para pagarle a Phil a la mañana siguiente. A eso, pensó mientras volvía a meterse en la furgoneta, súmale la parte de Pesopluma y necesitaría sacarse más de 600 libras en lo que quedaba de día. Miró de reojo a Pesopluma, que estaba visiblemente más tenso que cuando Dash lo había visto por última vez. ¿Estaba temblando? A Dash se le encogió el corazón.

Era una causa perdida desde el principio.

El primer fracaso llevaba unos cascos grandes y cabeceaba ligeramente al andar, así que Dash lo señaló con un dedo para que Pesopluma parase. El chaval resultó ser un tanto simple. No venta.

El Chaval Dos no era una cara nueva para el radar de Dash. Se habían visto antes. Era Barnaby Horton, quien, la noche anterior, había decidido probar la «respuesta de graves superior» de sus altavoces nuevos y, en vez de unos graves superiores, no obtuvo más que una especie de tímido *pich*. Uno de esos *pich* sin huevos que hacían los *ghetto-blaster* que su novia se había comprado por catálogo antes de activar el botón del *bass-boost*. ¿Respuesta de graves superior? Siempre y cuando la respuesta sea no. Hazle una pregunta a estos altavoces y la respuesta será: «El que te vendió estos altavoces te vio venir de lejos, colega».

Así que Barnaby Horton no estaba precisamente encantado de ver a Atrévete a Golpear el Techo de Este Cacharro cuando apareció junto a él, con medio cuerpo de Dash por la ventanilla moviendo los labios. Bla, bla, bla. Todo menos encantado.

—Esto te va a parecer una locura —dijo Dash mientras Barnaby se quitaba los cascos. Luego, al reconocer a Barnaby—: Vaya...

No es que fuese la primera vez que pasaba. Stoke Newington era una zona sobrecogedoramente limitada, y ahora Barnaby Horton estaba entrando en ella.

—Les puedes decir a tus colegas que los altavoces que me vendieron son una mierda, una auténtica mierda —le espetó desde la acera.

—No son colegas míos —dijo Dash, sacudiendo la cabeza con tristeza, con el brazo apoyado en la puerta. Y a Pesopluma —: ¿Has oído eso? —Pero Pesopluma no le hizo caso. Dash meditó y pensó que, si las cosas seguían igual, prefería la versión de antes, más jocosa.

En la acera Barnaby se dio cuenta de que Pesopluma estaba temblando. Saltaba a la vista: en la muñeca, en la mano de encima del volante. El brazo tiritaba un poco.

Dash volvió a él:

—¿Qué fue, por aquí por donde te los vendieron?

—No —dijo Barnaby—. Más para abajo. Justo antes de Finsbury Park.

Después de todo, Phil tenía razón. No habían intentado colarse en su zona para vender.

—Ah, bueno —dijo Dash—, allí abajo. Chas. ¿Qué esperabas?

Barnaby lo miró:

—Puede que lo que esperaba fuese un par de altavoces que funcionasen bien. Supongo que conoces a esos tíos, ¿no? Pues a lo mejor podrías...

Y entonces Pesopluma se abalanzó hacia la ventanilla y Dash se echó hacia atrás en el asiento, tan sorprendido como Barnaby ante el inesperado movimiento de su compañero. Barnaby retrocedió un paso.

—Oye, compadre —graznó Pesopluma a través de la ventanilla, con el gesto torcido—. ¿Vas a ver los altavoces estos o qué?

Barnaby dio otro paso atrás mirando a Dash, que estaba pegado al asiento, petrificado, inmóvil y sin atreverse a inspirar.

—No, gracias —dijo Barnaby. Había cierto brillo en Pesopluma, pudo notarlo. El tipo estaba sudando—. No, tienes razón, gracias. —Dio media vuelta y se fue, haciéndose fuerte ante la idea del sonido de la puerta de la furgoneta abriéndose tras él. Un sonido que, a Dios gracias, nunca llegó.

Pesopluma escupió por la ventanilla abierta y luego se retiró a su parte de furgoneta. Dash seguía intentando asumir lo que acababa de pasar y preguntándose si tendría el valor de dejar entrar el aire a su cuerpo. Por fin probó a tomar aire. A su lado, Pesopluma había retomado su posición inicial.

—¿Por qué has hecho eso? —le preguntó Dash.

—Me estaba poniendo de los nervios.

—Ajá —dijo Dash con cautela—, ajá, vale, pero es que..., no le hagas eso a los clientes, compadre. Como que no, ¿vale? —Pesopluma resopló—. Mira, ya sé que no estaba muy por la labor de comprarnos los altavoces ni nada, pero era un cliente, ¿me entiendes? Y no puedes ir por ahí asustando a los clientes solo porque seas... —¿El qué? ¿Un tarado? ¿Un adicto? ¿El qué?— un impaciente. Yo estoy aquí intentando conseguir algo de pasta y...

—Pues hazlo —espetó Pesopluma—. Consigue pasta de una puta vez, compadre.

Dash lo miró:

—Venga, vale, pues vámonos.

El día estaba a punto de empeorar.

El siguiente chaval (fracaso) pasó sin mayores incidentes. Y otro tanto el siguiente (otra no venta), siempre y cuando incluyas en «sin mayores incidentes» tener a Pesopluma reconcomiéndose al lado: su contoneo de serpiente dentro de un saco, apenas podía reprimir su impaciencia.

Y entonces llegó el siguiente chaval: gorra, pendiente de oro y dientes horrorosos. Este tenía pinta de creído, convencido de que se valía por sí mismo. Dash conocía el estilo, podía ver claramente a través de él.

—Nunca he oído hablar de Auridial —dijo cuando Dash hizo su parte.

—Espera, que te los voy a enseñar. —Dash abrió la puerta y, después de echar un vistazo a Pesopluma (reconcomiéndose, temblando), saltó de la cabina—. Si nunca has oído hablar de ellos es porque se usan sobre todo en discotecas y estudios del centro y esas cosas. Ya sabes, los estudios del Soho.

—A lo mejor nunca he oído hablar de ellos porque no son buenos —propuso el chaval, sonriendo todavía con superioridad. Se estaba divirtiendo. Dash rechazó la sensación de irritación y fue hasta la parte trasera de la furgoneta, donde casi saca los portones de los goznes al abrirlos. En el interior acechaba el par de Auridial adulterados.

El chaval miró al interior de la furgoneta con los ojos entrecerrados, poco impresionado.

—No parecen gran cosa —dijo—. Pero veo que te vas a montar una barbacoa, ¿eh? —Dash no le hizo caso.

—Vale, colega, mira esto. —Se echó la mano al bolsillo de atrás, se sacó el folleto de Auridial como por arte de magia y se lo tendió al chaval—. Mira qué extras.

Lo cogió pero no lo miró de cerca, no estaba muy interesado:

—No, tío, no me dice gran cosa.

—No —le replicó Dash—, no lo entiendes...

Pero en ese momento se oyó un sonoro golpe metálico cuando la cabeza del chaval entró en contacto con la puerta de la furgoneta. Meditando más tarde sobre el incidente, Dash se daría cuenta de que no se había fijado en que Pesopluma se había bajado, había ido hasta la parte trasera de la furgoneta, había agarrado al sonriente chaval y le había estampado la cabeza con la cosa más dura y más a mano; en este caso, el portón de la furgoneta. Pero eso era lo que había pasado. El chaval tuvo tiempo de chillar. Un grito que empezó con fuerza pero que casi al instante fue amortiguado por el metal: «Aggrr...». Se hincó de rodillas y una espesa línea de sangre roja y grumosa le chorreó desde la nariz hasta la barbilla. Dash se quedó boquiabierto. En los profundos avernos de su mente, donde brujas con espíritus animales revolvían calderos burbujeantes, Dash comprobó con regocijo que se le había borrado la sonrisa de suficiencia de la boca: la cara del chico parecía haberse movido en el cráneo, escurriéndose como una terrorífica careta de goma. Se llevó las manos a la cara; el cuerpo se le quedó aplastado contra la calzada cuando pasó de estar de rodillas a hacerse un ovillo. Pesopluma le metió una patada en la barriga. El chaval lanzó un gruñido. En los profundos avernos Dash pensó: «Métele otra». Y eso hizo Pesopluma. El sonido de la calle, del sábado noche en los barrios bajos, de alguien que se atreve a rechistarles a los chavales que se ponen en la puerta del Sainsbury's. El sonido de una zapatilla contra un cuerpo. Zas. Gruñido. ¡Otra! Zas. Gruñido. ¡Otra! Zas. Gruñido...

—Para.

En una de las veces que Pesopluma cogió impulso, Dash le agarró por el hombro y lo apartó del dolorido cuerpo del chaval, cuya sonrisita era ya un lejano recuerdo. (Aunque, al día siguiente, después de ir al hospital, llevaría la nariz vendada, los ojos amoratados, como los de un panda, y se pavonearía por las calles de Stoke Newington encantado de atraer las miradas. Y sonriendo con suficiencia). Dash cerró las puertas de un golpe y se fue hacia el chico para acercarlo todo lo que pudo a la acera. Como vio que sus pies pataleaban, lo dejó —que le den— y arrastró a empellones a Pesopluma hasta la parte delantera de la furgoneta, para introducirlo luego en el asiento del conductor. Y Pesopluma todo el rato mirando hacia atrás, al cuerpo reventado y quejoso del chaval, mirándolo como si quisiera ir a terminar el trabajo. Y Dash todo el rato: «¿Qué coño haces? ¿Qué coño haces? Por Dios...».

Encajó la puerta del conductor en su sitio y rodeó el capó hasta su parte.

—¿Arrancas o qué? —le dijo Dash a Pesopluma, que estaba temblando, con la cara ida—. Por Dios, arranca. ¡Arranca!

La furgoneta arrancó y Dash miró por el retrovisor lateral mientras se alejaban de la acera: la gente que se acercaba ya al agredido, uno de rodillas ayudando al soldado herido, otro mirando hacia la furgoneta fugitiva, tal vez memorizando la matrícula, tal vez viendo el «Atrévete a golpear el techo de este cacharro» escrito en la roña de detrás. Y cuando ya giraban por una esquina, y Dash estaba mirando a Pesopluma con ojos desorbitados e incrédulos, el herido se levantó de un salto, apartó el brazo del buen samaritano que se había agachado para ayudarle y gritó: «Que os den por el culo», restos de orgullo ensangrentado. Y luego el buen samaritano, de cena con su esposa y unos nuevos amigos de las clases de preparación para el parto, mencionó el incidente, no como una anécdota autónoma, sino como parte de un argumento que quería expresar sobre el hecho de que, en nuestros días, uno no se paraba a ayudar. ¿Y no era triste? Y por eso no había llamado a la policía, y tampoco el agredido, que había puesto mala cara y había lanzado un gesto de anda-y-que-os-jodan y se había largado por donde había venido.

Dash miró a Pesopluma.

—¿Qué haces? —le chilló—. ¿Qué coño te crees que estás haciendo?

La furgoneta siguió traqueteando mientras Pesopluma callaba y Dash pensaba que quizá fuese mejor avanzar lo más posible antes de pararse para comentar las técnicas de venta de su compañero. Bastante tenía con estar guiando a Pesopluma por una calle y por otra, se contentaba con que, al menos, el psicópata de su conductor parecía responder a sus indicaciones.

Por fin:

—Aparca ahí, anda, detrás de ese coche plateado. —A las puertas de un pub con grandes pizarras que estaba cerrado; la furgoneta se detuvo y Dash estaba a punto de repetir su eterna pregunta, «¿Qué coño haces?», cuando Pesopluma lo agarró por el cuello.

—Urgg —dijo Dash. Tenía la cara de Pesopluma en la suya, los ojos fuera de las órbitas, igual que los de Pesopluma—. Urgg —dijo. Dentro del pub un barman iba de un lado para otro con una toalla blanca en el hombro. Los ojos de Dash escrutaron el retrovisor lateral y en algún punto de la calle, más arriba, vieron a una mujer paseando con un carrito. Una calle tranquila. Los dedos de Pesopluma le apretaron. Más allá del parabrisas, un cruce. Pasaron coches, y un autobús, y una chica con una mochila, y todos sin fijarse en que Pesopluma apretaba, con los ojos desorbitados y la boca desencajada. Dash asió la mano que le estrujaba—. Urgg —gorgoteó.

—¿Me estás dando órdenes a mí, compadre? —habló por fin Pesopluma. Los ojos le brincaban como si estuviera viendo fuegos artificiales—. ¿Me estás dando a órdenes a mí? Porque a mí no me gusta que me den órdenes, compadre.

—Urgg.

—¿Te enteras o qué?

—Urgg.

Pesopluma relajó la garra. Solo un poco. Lo suficiente para que Dash pudiera respirar.

—¿Sabes lo que estoy pensando? —masculló Pesopluma—. Estoy pensando que será mejor que vayas vendiendo altavoces, y pronto, porque estoy empezando a perder la paciencia, ¿te enteras, nenaza?

Dash asintió como pudo.

El día, pues, había sido poco fructífero, y era tontería ir a ver a Chick sin el dinero. A menos que le gustase la idea de un *hat-trick* de visitas a los servicios. Había dejado el móvil desconectado todo el día, pero ahora, una vez en casa, lo encendió para consultar el buzón de voz: «No tiene mensajes nuevos y tiene cuatro mensajes grabados. Uno de estos mensajes será borrado dentro de...».

Ni una palabra de Chick; tampoco de Sophie. Una extraña combinación de alivio y decepción. Llamó a Sophie, que estaba en un pub. Tras un rápido «hola» al vuelo, como si hubiese cogido el teléfono justo a tiempo, se oyó el inconfundible sonido de gente joven pasándoselo bien entre pitillos, bebidas y chistes en su mayoría verdes.

—¡Dash! —dijo a gritos. Detrás de ella pudo oír risas en el pub, otra vez ese cántico, y comprendió que él era el motivo.

—¿Por qué hacen eso cada vez que llamo?

—¿El qué? —Se oía como si se estuviese apartando del grupo hacia un lugar menos ruidoso.

—Ese cántico. «Guau» y «güey», cuando llamo. Es que es ya la segunda vez que lo hacen.

—No seas tonto. No es nada.

Toda risa había desaparecido de su voz. ¿Tan mal estaba él?, se preguntó. ¿Tan atrapado en sus problemas que ella le había cogido pavor a hablar con él?

—Pues a mí no me suena a «nada». —Intentó seguir en un tono informal, incluso jovial.

—Mira, no es nada, vale. Por Dios, no empieces...

—¿Empezar? ¿A qué te refieres con «empezar»? ¿Empezar qué?

—Mira, ¿qué quieres, Dash? Estoy con un montón de gente del trabajo.

—Hum. —Estaba desconcertado—. Bueno, yo pensaba que íbamos a salir a cenar esta noche. —Se sintió culpable por sacar el tema, sabiendo que tendría que pedirle que pagara, pero ¿habían o no habían quedado?

—He pensado que podríamos ir mejor mañana por la noche.

—Ah, muy bien. ¿Y cuándo tenías pensado decirme lo que habías decidido?

—Mira, es por una chica del trabajo, es su último día, y hemos venido a tomar unas copas. Solo un par de copas. Si quieres todavía podemos salir, pero he pensado que mejor podemos ir mañana. ¿Vale?

—Supongo.

—Mañana, Dash.

Dash se la imaginó en el pub, un impaciente grupo haciéndole señas para que volviera.

—Vale —le dijo—. Venga. Te quiero.

—Vale, Dash, nos vemos luego.

—¿A qué hora?

—Ni idea, luego. Adiós.

—Adiós. —Dash escuchó cómo se cortaba la línea. Se quedó mirando el teléfono en su mano y tomó una decisión, se puso el abrigo y se dirigió a la furgoneta.

DIEZ

LaDonna no había nacido con la «D» mayúscula intercalada en su nombre: se había hecho por su cuenta esa peculiar obra de cirugía estética, un día que estaba haciendo garabatos con un boli en la agenda de citas. Nacida solo Ladonna, como Madonna pero no, la «D» mayúscula era lo último en su plan de convertirse en una especie de clon de mujer Stepford a lo R&B: extensiones en el pelo, trencitas —las lucía, y las balanceaba de forma extravagante cuando sufría un arrebato de indignación, lo que ocurría a menudo—; sus uñas eran como garras —eran garras, sin el «como»—, y cada una tenía un intrincado dibujo. En tres tenía *piercings,* mientras que sus labios rezumaban un carmín con un brillo mareante y, a su alrededor, pendía una atmósfera de perfume tan densa que parecía amenazar lluvia. A su lado, los intentos de superación de Sophie eran los de una aficionada sin fortuna, y Sophie, con su minúscula ofensiva de Tiffany, era una irrisoria novata comparada con LaDonna, que sabía mucho de hombres. Lo que ella no sabía de hombres y pelo y uñas no valía la pena saberlo, y lo que sabía de hombres, pelo y uñas lo sabía a las mil maravillas.

Y para desgracia de Warren era él quien salía con LaDonna, que se pasaba el día haciendo extensiones de uñas en el Salón Americano de Manicura, dando consejos de andar por casa sobre hombres a las agradecidas clientas que se sentaban frente a ella, con las manos extendidas, recibiendo la gracia de LaDonna.

Y, para más inri, para más desgracia de Warren, LaDonna había salido con Años Perros, un conocido camello. Aunque era bastante conocido, Años Perros no era un camello especialmente próspero, sobre todo gracias a las molestias que se tomaba para parecer un camello. Conducía un Mercedes negro y lo conducía en plan camello, recostado en el asiento y con la mano del volante bien alta, mientras miraba por encima de este con cara de pocos amigos, como un muñequito Kilroy con bandana. Siempre estaba parado, siempre con impresionables acólitos con beemeequis entre las piernas que se apiñaban alrededor de la ventanilla. De ordinario, Warren no se tomaría una personalidad como Años Perros muy en serio: se limitaría a evitarlo —los tipos como Años Perros eran volátiles, impredecibles, por lo general con una navaja, o incluso una pistola—, pero Años Perros solo era otro payaso en un Mercedes vendiéndoles la moto a los chavales en plan «Aquí estoy yo». En cinco años estaría muerto o en la cárcel.

De ordinario, claro. Pero Warren estaba saliendo ahora con LaDonna, y no era solo que Años Perros estuviese siempre con un ojo atento al último *look* de LaDonna, sino que además no estaba muy por la labor de compartir nada de ADN con Warren. En un arrebato de borracho Años Perros había anunciado a varios de sus acólitos que tenía pensado matar a Warren la próxima vez que lo viese. Dispararle. Tal cual. Y Años Perros hizo una minuciosa demostración de cómo iba a hacerlo, con dos dedos en ángulo recto con su brazo. Métele en toda la cabeza. Métele, hermano. Esta información, desprovista de los gestos de manos que la acompañaban, le había llegado a Warren mientras caminaba por la calle principal de Stoke Newington, por cortesía de Shaw, un colega de su hermano.

—Lo mismo está cabreado por lo tuyo con LaDonna —sugirió Shaw, una vez hubo transmitido las noticias.

A Warren se le arrugó la cabeza de la confusión:

—Pero si fue él quien cortó con ella.

Shaw se encogió de hombros. No sabía muy bien por qué Años Perros estaba en pie de guerra y, total, bastante tenía él con que le viesen en público con Warren, que era un «SE BUSCA» en potencia, por lo que a él respectaba. Posó la rueda trasera de su beemeequis en la acera y se levantó sobre los pedales:

—No te agobies, tío —le dijo, y allá que se fue Shaw.

Warren no tardó en tomar medidas. Al día siguiente, después de una mañana con una constante mirada asustadiza, incapaz casi de conducir porque tenía los ojos pendientes del Mercedes negro de Años Perros, había dejado su trabajo. Al fin y al cabo, no es que se sacase dinero ni nada. (LaDonna, que no era una mujer que llevase bien la moderación, no escatimó esfuerzos en mostrar su desprecio por las tribulaciones pecuniarias de Warren. Como Sophie, suscribía la teoría, esponsorizada por el R&B, de que las joyas, la ropa y los tratamientos varios de belleza debían ser subsidiados por la persona para la que estaban destinados. «¿Cómo se supone que voy a pagar yo todo esto?», deslizando unas expertas y expresivas manos por todo su cuerpo. «Que te lo reembolsen», respondió Warren; a los vecinos les costaría olvidar esa noche). Además, Dash le había estado comiendo la cabeza para que fuesen a Holloway Road, pero él no recordaba que el dinero temerario formase parte del trato. Así que largarse parecía lo más sencillo, y cogió la oportunidad al vuelo cuando Dash dio a entender que estar más bronceado de la cuenta era como ser negro. Se había sentido algo culpable al dejar a Dash así, conocía muy bien su situación con Chick. Pero también conocía a Chick, y sabía de sobra que Chick no dejaría que Dash se soltase del anzuelo, nunca, daba igual quién fuese su conductor. En el mundo había fuerzas. LaDonna era una de ellas; Chick, otra. Todo lo más que podías hacer era esperar tenerlas de tu parte.

Así que con Años Perros como la mayor de sus preocupaciones, Warren había decidido esconderse. Podría describirlo de otra forma pero eso era lo que había hecho: aventurarse rara vez por puertas extrañas y pasarse la mayor parte del tiempo interceptando y devolviendo las críticas de LaDonna mientras, al mismo tiempo, intentaba reunir valor para dejarla.

Cuando sonó el timbre, ella estaba en la cocina y él en el salón. Warren saltó nada más oírlo. Silencio. ¿Serían esos sus asesinos, sonrisa en boca? Desestimó la idea, sonriendo para sí, aunque, en cierta medida, pensando: «Pero ¿y si es él?». Al fin y al cabo era el piso de LaDonna, él vivía allí. Años Perros habría estado allí muchas veces, a lo mejor incluso tenía una llave.

Fue hasta los visillos y los retiró un poco, sintiéndose en parte como en la famosa foto de Malcolm X y deseando tener una pistola en la otra mano. No tenía por qué haberse preocupado. La figura que estaba en la puerta del piso, moviéndose de un lado para otro —como si tuviese que mear a toda costa—, era Dash.

—Ya está, Woz —dijo este cuando la puerta se abrió.

Warren no tenía ninguna gana de dejarle pasar.

—¿Quién es? —preguntó LaDonna desde la cocina.

—Dash —respondió con la boca chica. Dash estaba allí, asomando—. ¡Voy fuera un momentito! —gritó Warren. LaDonna gritó algo a su vez que no pudo oír y Warren salió al pasillo, cerrando la puerta con llave tras él.

—¿No podemos pasar? —inquirió Dash.

Warren quería menos aún que Dash que le viesen fuera de casa, pero la alternativa era su amada:

—Qué va, si va a ser solo un minuto. —Sintió algo parecido a una repentina oleada de benevolencia hacia su antiguo compañero, se dio cuenta de que le agradaba verlo. La culpabilidad que sentía por haberlo dejado en la estacada se intensificó.

Del resto de pisos llegaban sonidos varios: música, gritos, el entrechocar de platos y televisiones. La noche era tranquila y cálida, y las ventanas estaban abiertas. Se podían oler efluvios de comida y de maría, era agradable y reconfortante. Cuando Warren abrió la boca, habló en voz baja, como por respeto al barullo de su alrededor.

—Tío, ¿qué te pasa, hombre? Mírate.

Dash se había decidido a ser franco:

—Es Chick, Woz. Le debo pasta. Vamos, que no quiero dejarme ver en estos momentos, ¿sabes?

—¿Estás intentando evitar a Chick? —Warren se rió muy para sus adentros—. ¿Y vienes aquí? Vive ahí abajo, tío. Una planta más abajo. Escupe por ahí y fijo que le das a la puerta de Chick.

Dash se apartó de la barandilla para encogerse contra la pared del piso de LaDonna.

—¿Estás de coña? Mierda, tengo la furgoneta abajo.

Había estado atravesando las calles agazapado tras el volante, con los ojos en plan ping-pong como si estuviese buscando el número de una casa, pero buscando todo el rato a Chick, a la única persona que no quería ver. Todo para ir a parar directamente al edificio de Chick.

Warren lo contemplaba con una sonrisa de desconcierto:

—¿Cuánto le debes, compadre?

—Casi cuatrocientas. —Warren hizo una mueca de compasión—. Voy retrasado, y él está muy atento a mi caso. Me metió un puto rodillazo en los huevos. —Se le quebró la voz como para ilustrarlo, y por un momento de pavor Warren pensó que Dash se iba a echar a llorar—. Dos veces, compadre. Yo no puedo con esta movida. Y el conductor que me ha puesto, me ha puesto al puto Freddy Krueger de conductor. Un pavo...

—¿Cómo se llama?

—Pesopluma.

—No lo conozco.

—Pues el pavo es un adicto al crack y un navajero, o eso me ha dicho Chick, y hoy me ha atacado el muy cabrón. Quiere mi dinero.

—¿Sí? —dijo Warren, como el que dice: «¿Y? Pues claro que quiere tu dinero. ¿Qué te crees que quería yo?».

—Sí, pero tú no tenías por costumbre pegarles a los clientes. Pesopluma está colgado, Woz, es un tarado de la hostia. Se le tiró encima a un cliente, el colega seguro que ha informado a la policía sobre nosotros. Lo atacó y cuando terminó de machacarle la cara contra la carretera, la tomó conmigo. Intentó estrangularme. —Dash se detuvo. Había una sonrisa jugueteando en los labios de Warren.

—Tú, tranqui, compadre.

—Sí, claro. —Dash intentó mantener la calma al oír en su cabeza el fantasma de Pesopluma: «So nenaza»—. Lo siento, perdona. Es solo que estoy un poco de los nervios con todo esto, ¿sabes? Todavía me estoy haciendo a la idea. —Caminaba de arriba abajo en una diminuta prisión autoimpuesta, sus palabras eran murmullos apremiantes.

—Vale, compadre. Vale. Cálmate, ¿estamos? ¿Le has dicho a Chick que, cómo se llama, que Cartonpluma ha intentado estrangularte?

—Como si pudiese... Si voy a ver a Chick volverá a patearme los huevos porque no tengo el dinero, y no puedo conseguir su dinero porque Cartonpluma se dedica a pegarles a mis clientes.

Warren se encogió de hombros.

—Deshazte de él, colega.

—No puedo. Necesito un conductor y él quiere su pasta. Hoy no he vendido nada y para mañana querrá algo de dinero.

Warren extendió las manos:

—Pues no sé qué puedo hacer yo, compadre. No puedo volver a conducir para ti. Es imposible. —Se sorbió la nariz—. Tengo otro curro. —Mentira cochina.

—Mira, escucha, siento mucho pedírtelo, pero ¿me podrías echar una mano con doscientas libras para pagarle a Phil mañana por la mañana?

Warren se llevó una mano a la boca para evitar descojonarse de la risa.

—¿Le estás pegando al crack o qué? —consiguió decir, en un murmullo.

—Venga, Woz, te lo devolveré. No estaría metido en este follón si tú no te hubieses largado.

—Y una mierda, ya íbamos retrasados.

—Y yo no soy racista, y lo sabes. Te estabas cachondeando de Sophie.

—No puedes compararme ponerse moreno de bote para ir a la disco con ser negro. —Warren seguía haciendo leña del asunto.

Dash se llevó las manos al pelo.

—Ya lo sé, ya lo sé. Pero, mira, ¿podrías dejármelas? Sabes que soy bueno en esto.

Warren tuvo que volver a taparse la boca.

—¿Qué bueno ni bueno? Si acabas de decirme que le debes a Chick cuatrocientas libras.

—Por favor, Warren.

—Y tu novia ¿qué? ¿Se lo ha gastado todo en bronceador o qué?

—No tiene nada. —«Para prestarme», podría haber añadido, pero no lo hizo.

—A ver, no tengo doscientas libras y, si las tuviera, lo siento Dash, tío, no te ofendas y eso, pero tampoco te las prestaría. —Sacudió la cabeza con tristeza.

A Dash de repente se le vino un plan a la cabeza:

—¿Está Chick en casa? —La idea de que si se aseguraba de que Chick estaba allí, si estaba en su casa, entonces podría montar una barbacoa de Auridial.

—¿Cómo quieres que lo sepa? Nunca lo veo. A veces se puede ver su carro. —Warren se inclinó sobre la barandilla para ver si el Saab de Chick estaba aparcado abajo—. No se ve, tío. ¿Por qué?

—Es igual, no importa.

Warren retrocedió, miró a su ex compañero y se estremeció al ver la derrota en sus ojos.

—Vale, bueno, si no me puedes dejar la pasta —acabó diciendo Dash. Warren negó, lo siento, pero no—, entonces, no tendrás un traje para prestarme, ¿no?

¿HABÍA EN MALLORCA ALGUNA CLASE DE MAQUINARIA CAPAZ DE SACAR
un coche de una piscina? No lo parecía, pero haberla tenía que
haberla. Tal vez tirada por burros, pero tenía que haberla. Así
que, ¿cuándo iba a aparecer? Merle no estaba en la mejor posición para quejarse, y sus preguntas a la agente, a pesar de lo de-
licado de su formulación, recibían respuesta con el tono de voz
que cabía esperar. Karen, por su parte, sí estaba en posición de
quejarse, y nada de lo que él hacía la apaciguaba. Ni por muchas
copas que le pusiese, ni por muchos aperitivos que preparase ni
por muchos «¿Quieres que te unte crema en la espalda, querida?».
Era como si hubiese decidido que ahora pasaba las vacaciones sola,
lo que lo dejaba a él varado, una figura cómica a merced de la asistenta y del piscinero, quien, contra todo pronóstico, también había llegado esa mañana tan campante, con su red para sacar in-
sectos de la piscina manchada de aceite. Y a merced, además, de
sus propios pensamientos.

Se fue e hizo como que había llamado a la agente, para luego volver hasta la tumbona de Karen y ponerse en cuclillas junto a ella.

—¿Y bien?

—Lo mismo de siempre —suspiró—. Todavía intentando conseguir un camión o algo.

Karen profirió un sonido, algo como «Bah». En plan: «Bah, me
apuesto algo a que ni la has llamado».

Merle se incorporó.

—Dios —dijo, por decir algo—. Dios, qué calor hace hoy.

—¿Por qué no te das un bañito en la piscina, Clive? Seguro que te refresca.

Regresó al chalé, con sus chanclas aplaudiendo lentamente el sarcasmo de su mujer. Una vez dentro abrió la puerta de la nevera y se inclinó sobre ella para que le refrescase la cara. Subió el dial de la temperatura al cinco. Mantenía una guerra tácita con la asistenta, que se empeñaba en bajarlo de nuevo al cuatro, pero en el cuatro no se enfriaban lo suficiente las cervezas, que por cierto empezaban a escasear debido a la falta de transporte. Aun así, cogió una y la abrió con cuidado: no quería que Karen pensase que él estaba disfrutando en la desgracia ni por un segundo. Fue a mirar su móvil, en la cabecera junto a las llaves y la cartera. Pero solo salía ese extraño logo de la compañía telefónica cuando estás en el extranjero: ninguna llamada perdida, ningún mensaje de texto por leer. Se bebió la cerveza, tiró la lata vacía a la basura y salió a la piscina.

—¿Cuándo quieres que comamos? —le preguntó.

—Yo voy a preparar algo dentro de una hora o así —le contestó ella. Con lo que pensó era un penetrante olor a hoguera de mártir en el aire, volvió al chalé, donde desenterró del equipaje una novela policíaca de bolsillo. Miró el teléfono y regresó a la piscina con el libro. El protagonista era un detective que se pasaba el día bebiendo porque su mujer le había dejado. Carraspeó y regresó una vez más al chalé, donde volvió a poner el libro en su sitio y a mirar el teléfono. Solo el extraño logo.

Pero esta vez se rindió y lo cogió. Se dejó caer en el sofá (lleno de arena y con olor a bronceador) y marcó «SI Cyston».

—Hola, señor. ¿Otra crisis? —Cy parecía exultante.

—No, gracias a Dios. Aunque el coche sigue en la piscina.

—Eso no es culpa suya —se rió Cy—. Aun así, me gustaría estar allí.

—¿Conmigo o en mi lugar?

—Lo mismo da. Las dos me valen.

—Y ¿cómo va eso? ¿Liado?

—El crimen no para por nadie, señor.

—Muy bien, Cy. Bueno, mira, no te quiero entretener. Solo quería saber. Bueno, me preguntaba si... ¿habéis encontrado huellas digitales en la basura de Snape?

Karen entró en la cocina para ir a la nevera y miró de reojo hacia donde estaba Merle.

Cy dijo que no. Hasta ahora, de huellas no sabían nada, pero sí que tenían algo. ¿Lo de las cámaras del circuito cerrado que requisaron? Habían captado a un tipo subiendo en el tren de Kettering que coincidía con la descripción de Sam. Habían rastreado su pista y habían encontrado otra cinta que mostraba al hombre en la línea de Piccadilly, dirección sur, en la estación de King's Cross, de camino a Saint Pancras. Lo que significaba que había partido de algún sitio al norte de King's Cross, cosa que corroboraba lo que le había dicho a Pat. Caledonian Road. Holloway Road. Arsenal. Finsbury Park. Manor House...

Merle salió a la piscina. Karen estaba leyendo en su tumbona. Se sentó a su lado.

—¿Digitales? —le preguntó esta.

—¿Perdona?

—He oído algo de digitales. ¿Estabas hablando de fotos o estabas hablando con Cy?

—Podía haber estado hablando de fotos digitales con Cy. —Entrelazó las manos sobre la barriga y se quedó contemplando el coche en el agua.

A su lado, Karen bajó el libro:

—¿Huellas de qué? ¿De quién? No estarás trabajando, ¿no?

—No. Qué va.

—Pues entonces, ¿por qué discutías sobre huellas?

—Bueno, no es trabajo ni nada. Y por lo general no discuto... Me alegra ver por una vez la trastienda de este trabajo tan puñetero... —Resoplido incrédulo de Karen—. Es solo algo que tenía que ver con el caso Snape, y Cy ha pensado que lo mismo quería saberlo. —Le contó lo de las basuras, el hombre misterioso y la conversación con Pat en el tren.

—Y ¿qué es lo que se baraja?

—Bueno, el secuestrador no es, ¿verdad? Así que supongo que piensan que es solo un tipo raro, aunque parece que es de nuestra demarcación.

—¿Puede que trabaje para el secuestrador?

—Es una posibilidad que van a considerar, sí. Pero no encaja.

No encajaba con el perfil del secuestrador, eso era lo que quería decir. De la secuestradora, claro. Casada o con pareja estable, tiene una relación mala que intenta salvar y cree que con un niño puede lograrlo. O a lo mejor no puede tener hijos. Sea como sea, nuestra mujer cree que tener en casa a un niño, o a un niño más, va a mantener unido el hogar. Aparte de su familia más directa, es probable que no tenga más lazos familiares fuertes ni amigos y que se sienta bastante aislada. No fue premeditado, así que es posible que no sea una persona muy segura de sí misma: lo hizo en caliente, sin planearlo. Así que es posible que se trate de una relación destructiva, o quizá ella sea víctima de alguna clase de maltrato doméstico y vio la ocasión de llevarse a Ben para un apaño rápido, o algo por el estilo. Más que nada estamos buscando a una mujer de su casa, le contó a Karen. A una persona casera. Es posible que incluso esté mimando al niño, pero es evidente que su situación doméstica representa un factor de riesgo. Además, si se asusta, si de repente se siente vulnerable, puede dejarse llevar por el pánico.

Así que no era el tipo de persona que trabajaría con un compañero masculino.

Lo que significaba, por lo que sabían, que el misterioso Sam era casi seguro o un colgado, o de la prensa, o un colgado que trabajaba para la prensa. O quizá solo un tipo que quería hablar con Patrick Snape.

Karen frunció el ceño y luego lo miró:

—¿Sabes quién puede ser?

—Dime.

—No la prensa, sino alguien que quiere venderle información que cree que encontrará en la basura de Snape.

Se quedó mirándola.

—Correcto —dijo despacio.

—Pero tendría que saber lo que estaba buscando, ¿no?

—¿A qué te refieres?

—Me refiero a que si es eso lo que está haciendo, entonces no va a intentar venderle a la prensa el correo robado en sí. Va a intentar venderle la información que saque de él. Así que tiene que tener una buena idea de qué es exactamente lo que está buscando.

—Correcto, sí —concedió.

—Puede que sea algo que hace... profesionalmente.

—Puede ser.

—¿Y era de nuestra zona?

—Sí.

Lo observó por encima de sus gafas de sol:

—Bueno, ¿quién tenemos en nuestra zona que sepa todo lo que hay que saber sobre las cosas que encuentras en la basura de la gente?

—Podemos tener a alguien —dijo admirado.

—Eso se merece una llamada, digo yo —concluyó y volvió a su libro.

—Eres un genio —le dijo y se levantó.

—Lo sé. —Suspiró y pasó la página—. ¿Y no soy una santa?

DOCE

—DE ACUERDO, CHARLIE —DIJO MERLE, QUE ESTABA TUMBADO EN EL
sofá del salón. Y, ahora que lo pensaba, ¿por qué estaba el sofá
lleno de arena? No había una playa en kilómetros a la redonda.
—De acuerdo, Merlin —dijo Chick al otro lado de la línea—.
Siempre es un placer oír tu voz celeste.
—Celestial. Es voz celestial.
—Bueno, es un placer oírla, sea como sea.
Merle conocía a Chick desde la escuela. Bueno, «conocer» no.
Más bien «sabía de». Chick, uno de esos chavales que siempre es-
cogerían la puerta con el cartel de «Malo»; Merle, uno de esos que
siempre escogería la del cartel de «El resto por aquí». Casi veinticinco años después de que Merle hubiese visto cómo Chick les
quitaba el dinero a niños más pequeños, y de odiarlo con toda
su alma por ello, Chick trabajaba para Merle. Era un recurso humano de inteligencia encubierto. Era un chivato. Y Merle seguía
odiándolo con toda su alma.
Era, había pensado Merle por entonces y seguía pensándolo,
una persona que te parecería imposible que pudiese gustarle a alguien. Era un roedor sin ninguno de los puntos positivos de un roedor (de los que tampoco es que haya muchos). Y aun así. Y aun
así había acabado con Trisha Campbell, una chica de un curso superior con la que un Merle más joven, bajo sábanas, había estado
bastante familiarizado. No había necesitado hacer carrera en las
fuerzas policiales para saber que en el mundo no había justicia.

Y lo peor de todo era la forma en que Chick parecía manejar la situación. Era el chivato de Merle, su soplón, y por lo tanto su putón. Pero una y otra vez Chick se negaba a comportarse como si ese fuese el caso: es decir, que no era ni de lejos la puta de Merle. De hecho, Merle no era más que otra parte de su imperio, otra pieza de su negocio. Que echa un par de leones viejos y reventados a los cristianos... Merle, en recompensa, hace la vista gorda con algunos de sus otros negocios.

—Y entonces ¿qué puedo hacer por ti? —dijo Chick alegremente.

—Basuras —dijo Merle.

—¿Y qué pasa con ellas?

—Tú les pasas la cuchilla.

—Yo no, Merlin. Eso me convertiría en un miembro de las clases criminales.

Era siempre la misma pantomima.

—Pero tú eres un buen observador de las clases criminales.

—Un académico, deberías decir.

—Entonces tal vez me podrías poner tras la pista de alguien que pudiese ayudarme con la investigación.

—En un espíritu de buena voluntad recíproca, podría, sí. ¿Qué tienes?

—De acuerdo, ¿alguna vez te has cruzado con alguien que venda información a los medios?

Chick pensó al respecto. Merle le oyó encenderse un cigarro, se lo imaginó en el Flat Cap, solo, o probablemente mandando al pobre diablo de turno que estuviese trabajando para él a la otra punta del pub, donde no pudiera oírlo.

—Que venda movidas a los medios —repitió, con los pulmones felices—. No podría decir que sí, no. ¿Por qué lo preguntas?

Merle no le hizo caso.

—¿Y qué me dices de alguien de tu entorno que te haya preguntado por eso?

—¿A mí?

—No, perdona, a los miembros de las clases criminales de tu círculo de conocidos.

—Así está mejor. Pero no, no podría decir que haya oído nada.

—¿Nadie de tu entorno que quizá haya puesto en contacto a alguien con otro alguien?

Chick saboreó otro par de ruidosas caladas de cigarro.

—Qué va. Nada por el estilo.

—¿Nadie entre tus conocidos que trabaje en esa línea y que haya estado en algún sitio raro hace poco?

—¿A qué te refieres? ¿De vacaciones o algo?

—Déjate de cachondeítos, Charlie. Me refiero a si han estado trabajando en otra parte.

—Oye, Merlin, no es que te estés explicando como un libro abierto, si no te importa que te lo diga. ¿Hay algo de lo que quieras que esté al loro?

—Estoy buscando a un tipo que podría haber estado en Kettering, o a un tipo que venda cualquier cosa a los medios.

—Vale, estaré al loro. ¿Algo más?

Merle suspiró.

—No, supongo que la verdad es que no. Por cierto, el otro día vi a Carl, a él y a un puñado de chavales que no tramaban nada bueno. Corrígeme si me equivoco, pero ¿no se supone que tendría que estar en el instituto?

—No, ahora mismo no. Lo han expulsado por insultar reiteradamente a los profesores. Se le da del carajo.

—Me pregunto a quién habrá salido —dijo Merle, con hastío. Su cuerpo estaba tumbado en un moderno sofá en Mallorca; su cerebro estaba sometiéndose a un cerdo asqueroso. Los dos juegos de datos sensoriales no casaban muy bien.

—Ni idea —dijo Chick orgulloso—, pero los rima, los insultos. Es rapero o algo así, y es mejor que los negros, es casi tan bueno como Eminem.

—Y ¿cómo anda Trisha? —le preguntó Merle. «Lámeme», le había pedido la Trisha de su cabeza, hacía casi tres décadas.

—Está bien, colega. Le regalé una operación de tetas por su cumpleaños.

—¿En serio? —dijo Merle, oyéndose graznar las palabras, y sin poder imaginarse a Trisha Campbell con más tetas porque la Trisha de su cabeza ya era perfecta. En cambio, se sorprendió alabando la idea de Trisha Campbell haciéndose una operación de tetas—. Muy generoso de tu parte —se sorprendió añadiendo.

—Un regalo. tanto para mí como para ella —se regocijó Chick.

—Exacto —dijo Merle con acritud.

TERCERA PARTE

PERVERTIDO ASQUEROSO

UNO

SOPHIE SE LEVANTÓ, TODAVÍA CIEGA, EL PISO EN SILENCIO A SU ALREDEDOR. Se sentía eufórica, sabiendo hasta cierto punto que no era que hubiese postergado la resaca (y que más tarde, al mediodía, se le irían todas las fuerzas, su piel parecería un saco sobre los huesos, le atraparía una oscuridad mental), sino que ahora estaba no latente. No, había dado esquinazo a la resaca, claro que sí. Porque si no, no se habría levantado tan bien, tan vital, tan animada.

Hoy era el día en que iba a empezar su nueva, glamourosa y exótica vida. Una vida con Peter, su mejor amigo gay y su nuevo compañero de piso. Una vida para ser pérfida y gratuitamente grosera con el peso, la ropa y la celulitis de los demás. Ambos habían sido los últimos en abandonar el pub la noche anterior. Una a una las chicas se habían ido largando porque habían quedado, o para levantarse temprano al día siguiente para una glamourosa entrevista. O a casa a cenar lo que les había preparado un novio a quien Sophie se imaginaba como un cruce entre Brad Pitt y Jamie Oliver, cocinando en un piso *fashion* como los que salen en la tele: uno sin torres de cajas por doquier.

Peter estaba sentado con las piernas cruzadas a lo gay y agitando las manos con un revoloteo que iba en aumento conforme el tinto bajaba. Habían estado discutiendo la estrategia para dejar a Dash, la táctica. Habían decidido que sería lo primero que haría nada más levantarse. Sophie empaquetaría maletas y bolsos por la noche, todo lo que considerase imprescindible: por si acaso no cortaban de buenas maneras y Dash no le dejaba volver a por el resto de cosas.

Luego escribiría una nota, cuyo contenido discutieron largo y tendido, y que para entonces ya había olvidado.

Se sentó a escribirla, de cero, con una caja de Auridial a modo de escritorio.

Querido Darren [La formalidad de ese «Darren». El nombre que solo usaba para echarle la bulla por las cajas o para alegar pobreza cuando llegaba la hora de pagar el alquiler —o para darle malas noticias, como era el caso—]:

Lo siento muy mucho, pero he decidido dejarte. Desde hace un tiempo las cosas no van bien entre nosotros y ya no puedo soportar más las constantes riñas y peleas. [En su relación no había nada parecido a «constantes riñas y peleas», a no ser que contases el ligero abatimiento de Dash ante la influencia de Peter, el repentino interés de Sophie por los pubs después del trabajo, las cajas de altavoces. Aun así, mientras escribía esas palabras ella recordaba imágenes —ficticias— de los dos, todo el rato tirándose al cuello del otro, un inexistente lanzamiento de misiles, palabras nunca dichas que herían. Se convenció a sí misma de que lo que estaba escribiendo era la verdad]. *Al principio las cosas eran tan maravillosas, antes sí que nos reíamos.* [Y así había sido, era verdad. Él tenía la cantidad exacta de guaus y güeis para atraerla; lo justo de nueva pareja para no ahuyentarla]. *Pero salta a la vista que nuestras vidas han evolucionado de tal forma que hemos cambiado, tanto nosotros como personas como nuestra relación. Echo de menos el «nosotros» de hace un año, echo de menos al mejor amigo que he tenido nunca, y a un amante maravilloso.* [Mierda. Eso último. Pensó en tacharlo, pero entonces Dash se preguntaría qué habría escrito y si lograría descifrarlo..., en fin, que escribirlo y después borrarlo era peor que haberlo escrito. Pensó en las palabras «amante maravilloso». No sonaban bien. Sonaban como a hurgar en la herida. Pero ¿era así?

238

¿Tan mal estaba dorarle un poco la píldora?]. *Aunque lo cierto es que la gente cambia, al igual que las circunstancias, y llega un punto en el que alguien tiene que ser lo suficientemente fuerte para dar el paso y hacer lo correcto. Ha sido la decisión más dura que he tomado en mi vida* [¡!], *pero estoy convencida de que hago lo correcto y de que es mejor ser fuerte ahora que ser débil y arrepentirme dentro de muchos años. Lo siento mucho, porque sé que esto va a hacerte tanto daño como a mí, pero, por favor, intenta comprender por qué hago lo que hago. Sé que esto te va a dejar en la estacada con el alquiler, pero está pagado hasta final de mes, así que por lo menos tienes tiempo para encontrar un inquilino o para hablar con el señor F.-P. Por favor, no me odies, piensa por favor en nosotros como lo haré yo, con cariño. No puedo decir que te quiera.* [Mierda. Esas últimas palabras. Uich. ¿Tachón? No. No podía. Ay, ¿por qué, por qué leches no lo había escrito en el ordenador del trabajo?]. *Pero siempre te tendré en mis pensamientos y espero que algún día podamos llegar a ser amigos.* [Se odiaba por escribir eso, sabiendo que la última persona a la que quería tener en su vida era a Dash. Era un encanto y hubo un tiempo en que lo había tenido en sus pensamientos, de verdad. Pero era como un viejo abrigo de invierno, y era hora de llevarlo a Oxfam].

Con amor, Sophie. Muac.

Se quedó allí sentada contemplando las murallas del castillo de Auridial y pensó en las repercusiones de lo que estaba haciendo; en el efecto que tendría en Dash. Al ver que no daba resultado, se imaginó a su madre muriendo en un accidente de tráfico hasta que le sobrevinieron las lágrimas. Sacudió una sobre la carta, asegurándose de que dejaba una burbujita de tinta corrida sobre el papel. Una vez se hubo secado, dobló el papel en dos, escribió el nombre de Dash y lo dejó allí, sobre la caja, a la vista.

Se bebió un vaso de agua y se dio cuenta de que su autoengaño no era más que eso: la resaca se avecinaba. Notó unas oscuras nubes arremolinándose y, cuando se llevó la mano a la frente, se le quedó empapada de sudor. Miró una última vez por la ventana, para inspeccionar la calle en busca de Atrévete a Golpear el Techo de este Cacharro. Como no había rastro de ella, se colgó una bolsa y cogió las asas de otra. Al dejar la casa cerró la puerta de la calle con suavidad, casi como una muestra de respeto.

Solo una vez que llegó a la estación de metro se relajó del todo. Se vio a sí misma afrontando las miradas de los pasajeros de una forma nueva, con la cabeza más alta. Era como si..., como si de golpe y porrazo todo el mundo la mirara como a alguien mucho más enrollado.

Max la oyó salir. Le había quitado el sonido al televisor para escucharla mejor y, cuando sonó el portazo, fue hasta la ventana de la calle, donde se odió por ser incapaz de contenerse y por retirar un poco la cortina para ver cómo se iba Sophie.

El sonido del teléfono lo sobresaltó. Antes había sido un número de trabajo las veinticuatro horas, solía sonar sin parar, el contestador siempre lleno. Ahora nunca sonaba, solo Verity en todo caso, así que cuando contestó era a ella a quien esperaba oír.

—¿Max? —dijo la voz. De mujer, débil, urgente: se estrujó la cabeza para ubicarla.

—¿Quién es?

—Soy Trish —dijo—. No puedo hablar mucho. Es sobre el niño.

—Dime —dijo. Una sacudida en el corazón le hizo cerrar los ojos. Sabiendo que tenía razón.

DOS

AHORA, CUANDO LE DABAN LA COCA-COLA Y LAS JUDÍAS COCIDAS, SE dejaba los grumos en la boca hasta que ellos se iban. «Iban», porque a veces también venía un hombre. Solo que, al contrario que con la tita, Ben nunca lo veía. Hablaba con una voz ronca, como si quisiese disimularla, y le preguntaba desde la puerta: «¿Estás despierto, hijo? Apártate de la puerta», y la puerta se abría por una fracción de segundo en la que el hombre empujaba la comida. Un termo, o la taza de coca-cola y una caja de McNuggets.

—Quiero que seas un niñito bueno y que te lo comas del tirón —decía la voz ronca. Todo lo que Ben veía de él eran unos dedos gordos—. Golpea la puerta cuando hayas terminado y recogeré las sobras.

—He hecho de vientre —dijo Ben en una ocasión. El cuarto estaba empezando a oler. La puerta se quedó entornada y Ben pudo oír al hombre sonarse la nariz.

Hubo una pausa.

—Sí, bueno —dijo la voz—. Ejem, de eso se encargará tu tita la próxima vez que venga. Ella es la que se encarga del baño, ¿entiendes? Una cosa, espera un segundito. —La puerta se cerró y Ben hizo lo que le había dicho. Al rato se volvió a abrir y los gordos dedos empujaron algo hacia el cuarto: un pequeño ambientador de plástico, de esos que tienen como una especie de trozo de plástico arrugado por dentro. Lo cogió—. Es todo lo que puedo hacer por ahora —dijo la voz ronca—. Es que... entraría y lo haría y eso, pero tengo la gripe y no queremos que la cojas, ¿verdad que no? —El hombre al otro lado de la puerta tosió como para demostrar lo que decía. Ben había ido una vez a una función de Navidad, él, un amigo y mamá y papá. La voz ronca del hombre le recordaba a la del malo (daba más risa que miedo).

Por lo menos, como no entraba en el cuarto, le resultaba más fácil no tragarse los grumos. Por eso a veces prefería que fuese el hombre más a menudo. Sin embargo, lo normal era que fuese la tita.

Ben había aprendido a comerse la comida y a tragarse la bebida usando los dientes para filtrar cuanta más cosa blanca le fuera posible, aunque hacía ruidos desagradables que la tita o no oía o no quería darles importancia. Había aprendido otras cosas también. Como que, a la pregunta de cuándo iba a ir a casa, ella siempre —pero siempre— respondía «Pronto», girando la cabeza del mismo modo, hasta que una vez le preguntó que cuándo era «pronto», y ella le dijo que no se preocupase, que primero tenía que ponerse bueno, pero que quizá mañana o pasado mañana. A lo que él le preguntó qué día era, y que cuántos días llevaba allí, porque aunque comía McNuggets de pollo, y judías cocidas y salchichas y vasos de coca-cola, y los traían con regularidad y podía haber contado el paso del tiempo por las veces que dormía, no sabía cuánto tiempo llevaba. Por instinto se dio cuenta de que antes daba por sentada la transición del día sin más, las reconfortantes señales de las horas que habían desaparecido de repente. En respuesta ella se rió y le acarició el pelo y le dijo que hacía muchas preguntas, y que esperaba que encontrase todo a su gusto durante su estancia, estaba haciéndolo lo mejor que podía, señorito. ¿No le gustaban los McNuggets de pollo?

Era pequeño, no tonto, así que había comprendido que los grumos blancos de la comida no eran ni de lejos medicina. Comprobó que si se los dejaba en la boca y luego los escupía en el cubo ya no tenía sueño todo el rato. Aun así, cada vez que los escupía siempre le quedaba una duda acuciante: ¿y si ella decía la verdad? Si era así, cada vez que la engañaba corría el riesgo de no ponerse bueno, y eso significaba quedarse más días en el cuarto.

Pero ya no se pasaba todo el tiempo durmiendo, eso era así. Y se sentía mejor. Intentó hacérselo ver a la mujer mostrándose muy requetecontento cuando venía a verlo. No como alguien que estuviese enfermo.

—Eres siempre tan valiente —le había dicho ella una vez. Tenía los ojos llorosos, igual que su madre a veces, cuando decía o hacía algo de adulto.

—Ya estoy mucho mejor —le dijo alegre—. Creo que ya estoy listo para volver a casa.

Se puso brusca. Tiempo atrás, en una ocasión en que él se había echado a llorar y a chillar diciéndole que quería ir a casa «ahora mismo», ella se había puesto igual de brusca, y le había reñido y había amenazado con no darle más McNuggets: «Y tú no quieres eso, ¿verdad?». En realidad, estaba empezando a aborrecer los McNuggets, pero no consideró adecuado decírselo. «Y te obligaré a que te laves los dientes, y tú no quieres eso, ¿verdad?». En realidad, tenía verdaderas ganas de lavarse los dientes y se lo dijo, cosa que la dejó de piedra. «Vaya, ¿en serio? Debes de ser el único niño al que le guste lavarse los dientes». Al día siguiente le dio un cepillo de dientes que Ben miró con asco manifiesto.

—Ya —le dijo ella, casi abochornada—. Perdona que no sea nuevo, pero, bueno, ya sabes, a caballo regalado... —Ben no era médico, pero incluso él creía que usar el cepillo de dientes de otra persona no era la mejor forma de recuperarse de su supuesta enfermedad—. Toma. —Le dio un tubo de pasta casi vacío como complemento—. Ahora ya puedes lavarte los dientes cuando quieras. Utiliza el agua. —Le habían dejado una botella de agua—. Y escúpelo luego en el cubo, ¿vale?

Había otra cosa: le había traído un póster de Roy Keane:

—Esto hará que te sientas un poco más como en casa —le había dicho, y el niño no tuvo el valor de decirle que Roy Keane era del Manchester United, no del Arsenal, y que ser hincha del Arsenal significaba que automáticamente odiabas a Roy Keane.

Y pese a todo siguió en el cuarto, y no importaba lo que le dijese a la mujer, o lo mucho que llorara o cantara *Yellow submarine,* que él seguía allí.

—¿Oyes ruidos de vez en cuando, cariño? —le había preguntado en otra ocasión. Con la taza en la mano, a punto de sorber, le contestó que no (y solo decía la verdad a medias). Ella le había respondido que se alegraba, porque no era cuestión de que le molestasen estando como estaba en proceso de recuperación. Pero si alguna vez oía ruidos, que no hiciese caso y punto. Asintió con la cabeza, no podía decir palabra ahora que tenía la boca llena con los grumos de la coca-cola. (Aunque últimamente los trocitos eran cada vez más grandes, como si la mujer no se estuviese esmerando mucho a la hora de desmenuzar la «medicina». Así le resultaba más fácil guardárselos en los carrillos, como los hámsteres).

Pero sí que había oído ruidos. La primera vez estaba en el camastro plegable con una revista que le había dejado la mujer. Se la había traído, le había dicho, por si se levantaba y se aburría. Esos días, ahora que dormía menos, se pasaba la mayor parte del tiempo aburrido, y se sabía la revista como la palma de la mano. Tenía cientos de fotos a todo color de coches y mujeres ligeras de ropa. Se la sabía tan bien como su álbum de cromos, que ya era decir.

Cuando oyó el ruido se dio cuenta de que estaba aterrado. Por lo general solía estar aburrido y asustado —o una mezcla de ambas cosas— todo el rato. Se había amoldado a cierta rutina, y dentro de los confines de esa rutina se sentía relativamente seguro. O bien la mujer o bien el hombre venían, la mujer era buena con él (y el hombre, cauteloso), y solo había sido brusca aquella vez. La tita parecía conocer a mamá y a papá, lo sabía todo sobre ellos: sabía a qué colegio iba Ben y qué le gustaba hacer. Le daba McNuggets de pollo y un sitio donde dormir y el cuarto no estaba tan mal una vez que te acostumbrabas.

Pero el ruido era algo nuevo. Se había familiarizado con su medio ambiente y esto no le era familiar. Sin saber por qué, se deslizó de la cama e intentó meterse debajo pero no pudo. En vez de eso, se quedó en el suelo, escuchando, con el corazón martilleándole. Estuvo a punto de salirle un sollozo pero se puso la mano sobre la boca para amortiguarlo, tarareando en voz baja *Yellow submarine* contra sus dedos.

¿Qué eran esos ruidos?

Desde lejos llegaba jaleo de hombres —parecían muchos— que hablaban y gritaban y movían cosas de un lado para otro. También sonido de motores. Vehículos de aquí para allá. Acelerando.

La primera vez que ocurrió se quedó allí tumbado hasta que pararon los ruidos. Luego volvió a subirse a la cama cuando empezó a oscurecer y se hizo el dormido hasta que regresó la mujer, parecía un muerto mientras ella se encargaba de vaciar el cubo del váter (otra cosa que había aprendido: cómo hacer sus aguas mayores a tiempo), y después lo despertó sacudiéndole gradualmente: muy suave, suave, un poco más fuerte, fuerte. Él fingió despertarse cuando llegó al «muy fuerte».

—Vuelves a dormir del tirón —le dijo ella.

—Sí —respondió, sabiendo que no dormir supondría enterarse de algo, algo que no debía saber.

TRES

—ENTONCES ¿CUÁNTOS ALTAVOCES VAN A SER? —DIJO PHIL CON UNA sonrisa.

Alrededor de ellos zumbaba el habitual ambiente de abejas obreras: altavoceros cargando cajas y no exactamente silbando pero casi, alegres y esperanzados, el día maduro en la viña esperando a ser arrancado. Al mirar a su alrededor, Dash se convenció de que a ellos los acuciarían sus propios problemas: las mujeres, la bebida, las drogas, el dinero, lo normal. Pero en cierto modo, no era capaz de imaginárselo. Su visión del mundo se había reducido. Como cuando iba al colegio y metían bolsas de patatas en el horno para hacer mini-versiones del tamaño de una chapa. Su madre le ayudaba, iba recogiendo envoltorios allá donde iba y se los daba a Dash, o a Darren como se llamaba por entonces. Bolsas menguantes. Había algo que le agradaba del tamaño y la textura conseguidos.

—¿Ponemos una, Phil? —No pudo evitar hacer la pregunta.

—Dash...

—Venga, Phil, mira, esta mañana la cosa va como la seda. —Señaló con la mano el ambiente de colmena—. ¿No me puedes soltar un poco la correa? ¿Solo por hoy?

En cierto modo, la cosa se habría fastidiado si Phil hubiese accedido, si le hubiera dado por decir: «Te diré algo, Dash, por ser tú, hoy voy a dejarlo pasar. Y ahora, a ver si tienes un buen día, ¿te enteras?». Porque había algo que le agradaba de su nueva existencia reducida cual bolsa de patatas. El día anterior también lo había notado: esa misma sensación como del día metido en una placa de Petri y reducido hasta sus elementos más básicos. Se había despertado sabiendo una única cosa. Como un yonqui —como Pesopluma— con un único objetivo: conseguir dinero, pillar y colocarse. Hoy sabía que no le preocuparían ni las cuentas ni el alquiler ni Sophie, ni si se acercaba el cumpleaños de su padre, ni si le hacía falta pelarse o si había cogido algo de peso. Hoy no se tenía que preocupar más que por vender altavoces y conseguir el dinero para pagarle a Chick. Sencillo.

Por supuesto, antes tenía que pagarle los altavoces a Phil.

La noche anterior, con la vergüenza reconcomiéndole el alma, Dash se había acostado y se había quedado despierto por segunda noche consecutiva esperando a que Sophie volviese a casa. Que si pasemos una noche juntos; que si un par de copas después del trabajo porque se va una chica. Y resultó que no apareció hasta bien pasada la medianoche y, por el traqueteo de los tacones, adivinó que estaba tan borracha como la noche anterior. De modo que se quedó en la cama y antes de levantarse esperó a que acabasen la MTV, las risitas ahogadas y la guerra de desgaste que mantuvo con la ropa.

Para sus adentros: «Lo siento, Soph».

Se vistió y rebuscó como un topo en la oscuridad —no quería arriesgarse a molestarla con una simple luz— hasta que encontró el bolso. Se lo acercó mucho a la cara, como un morral, y hurgó en sus profundidades: bronceador, tabaco, cerillas, chequera..., hasta que encontró el monedero. Extrajo la tarjeta de crédito. En el fondo también fue a dar con el corazón de Tiffany y lo sacó para cerciorarse. Se estremeció ante la visión y lo volvió a meter en el fondo del bolso. Poco después cerraba la puerta en silencio tras él y subía por la calle en dirección al Safeway.

El número clave de Sophie eran cuatro ceros. Lo había puesto para acordarse. Dash le había contado que el suyo era el cumpleaños de Sophie, pero esta había dicho que no podía hacer lo mismo, tenía que poder recordarlo. Apareció un taxi negro traqueteando y se paró junto a la acera.

—Será solo un minuto, amigo —dijo el ocupante arrastrando la voz, a la vez que se colaba en el cajero por delante de Dash, que se sentía como un criminal al darse cuenta de que intentaba ocultar su identidad. Pero ¿en qué estaba pensando? Era un criminal: estaba robando de la cuenta de su novia. Y aunque en una escala del uno al diez esto era un dos, pongamos —mientras que incendiar el almacén era por lo menos un siete y medio—, eso no hacía que se sintiese mucho mejor—. Perdona, amigo —rezongó Borrachuzo detrás de él, y antes de que pudiera apartarse notó la salpicadura de orina en sus pies. Borrachuzo sacando el máximo partido de su parada en boxes.

Se quedó de puntillas mientras examinaba el balance de Sophie, pensando: «¿Cuál será su límite de retirada de fondos?». Y pensando en cómo se quejaba ella del dinero que apenas tenía. Pero la cifra que apareció fueron 300 libras. En la puerta de al lado el tipo suspiró aliviado y paró de mear, eructó, se aclaró el pecho, escupió y se fue. Dash se quedó mirando la cifra, no daba crédito. ¡¿Trescientas libras?! Podía sacarlo todo, se dijo. ¿Cuál era el límite? Unas quinientas. Podría llegar hasta el límite y sus problemas estarían resueltos. No resueltos de una forma limpia, pero resueltos, al menos hasta mañana: Phil cobraría, se quitaría a Chick de encima. Podría ir a su entrevista sabiendo eso al menos; después fingiría una enfermedad, un viajecito, hacer como el que se muda...

¿Y si...? Sophie había vuelto borracha, muy borracha. Con esa clase de borrachera en la que puedes perder la tarjeta de crédito tranquilamente, y ¿quién te decía a ti que no te la había cogido alguien que había probado a poner cuatro ceros pensando que la arpía que había sido tan estúpida de perderla podía tener un número fácil? Cógelo todo, le decía el Dash Demonio. No tiene por qué enterarse. «Te lo dije —la reprendería—. Te he dicho mil veces que tienes que cambiar de número». Con suerte no lo descubriría hasta el día siguiente a mediodía. Cógelo todo.

La máquina pitó con impaciencia. Decídete, decía. Ya. ¿Qué va a ser, chaval, sí o no?

Sí.

O...

No. Le dio al doscientos antes de poder cambiar de opinión, y de repente sus sentidos volvieron en sí y pudo oler la orina que encharcaba sus pies. En cierto modo parecía buena idea, pensó, coger el dinero y volver a casa.

Mientras se metía en la cama y se adentraba poco a poco en el edredón, pensó en las trescientas libras de Sophie; todo ese tiempo ella había alegado pobreza cuando había que pagar el alquiler, el collar con el corazón de Tiffany con el chicle pegado en el fondo del bolso. De las dos traiciones, la suya era la peor. Pero aun así.

Conque. Ahora...

—Dash, Dash, Dash. —Phil puso cara del que le da una mala noticia a un pariente—. No puedo, ni una vez solo, compadre. Porque si te dejo a ti, los demás también van a querer.

—No querrán —insistió Dash—, porque no lo necesitan. Ellos no trabajan en Stoke. Allí la gente o ya tiene altavoces o preferiría gastarse las pelas en carillones o cosas por el estilo.

Phil puso cara de compasión:

—Mira, colega, el juego es así: o hay sequía o diluvia. Ya verás como de repente a todo el mundo le da por comprar altavoces a la vez, y te reirás, y vendrás a pedir más. Te doy mi palabra.

Dash clavó la mirada en Phil. Como si mirándolo así fuese a sacarle la verdad al sonriente capataz del almacén. ¡En Stoke Newington no hay diluvios que valgan! Lo único que diluvia allí es soja y sopa de lentejas. ¡Stoke Newington es sequía, siempre!

—Entonces ¿te apunto dos, colega?

Dash se sacó del bolsillo las doscientas libras de Sophie.

—Sí. Me llevo dos.

—¿Vamos, compadre?

Los dos estaban en la furgoneta, todavía en la plataforma de carga. Dash había metido los dos juegos de altavoces por los portones traseros y luego se había instalado en el asiento del copiloto. Se pasaron un buen rato allí sentados en un silencio casi absoluto, solo se oían los suspiros de Dash.

Hizo el equivalente mental de frotarse las manos:

—Vale. Hoy tenemos que vender unos cuantos altavoces.

Pesopluma se quitó como pudo la chaqueta y al instante Dash deseó que no lo hubiese hecho: ambos estaban contaminando la cabina con sus fragancias; la de Dash, de miedo; la de Pesopluma, de no molestarse en ducharse.

Clavó su mirada en Dash:

—Exacto. Tú tienes que vender unos cuantos altavoces, jefe. No voy a estar haciéndote de taxista por amor al arte, ¿lo captas?

Dash lo captaba. Era solo otra presión más que añadir a las que ya de por sí le estaban agarrando los testículos con alicates. Se preguntó si era demasiado pronto para bajar la ventanilla: el olor era insoportable. Quizá esperase un poco y eso.

—Lo que estoy diciendo —suspiró— es que voy a necesitar tu ayuda.

Pesopluma se rió y luego encendió el motor:

—¿Adónde, compadre?

—De vuelta a casa. Párate en la obra de camino. —Y Dash el derrotado abrió la ventanilla, sacó la cabeza por el hueco y respiró aire fresco y puro.

Con la cabeza orientada de forma poco natural, hacia el tráfico, Dash observó a su compañero por el rabillo del ojo. Sin la chaqueta se podía ver una camiseta negra con cercos bajo los brazos, como si hubiese decidido poner en cuarentena las zonas peligrosas. En cuanto a su humor, hoy estaba moderado, posiblemente pasaría a tempestuoso más tarde. Lo del día anterior lo resumía todo. A no ser que..., a no ser que Dash pudiera apaciguarlo con dinero.

—Es por el bien de los dos —le dijo, como queriendo dar el primer paso después de una pelea de novios—. Si trabajamos codo con codo, podremos hacer algo de dinero.

Pesopluma profirió un sonido evasivo. En la obra aprovechó la oportunidad para encenderse un cigarro y bajar los párpados mientras Dash hacía el viaje hasta la pila de ladrillos. Cuando llegaron al piso, le dejó a Dash el privilegio de subir los altavoces por las escaleras. Y cuando Dash cerró la puerta y se fue directo al baño, se encendió un cigarro y fue hacia la caja de enfrente del sofá, de donde cogió un folio que había encima.

Lo habían doblado en dos y colocado sobre la caja como un cartel de «Reservado». Por una carilla ponía «Darren». Pesopluma echó un vistazo al baño, lo cogió y le dio la vuelta para leerlo.

Lo que, claro está, era perfectamente capaz de hacer.

«Querido Darren», leyó. Y junto a las palabras había una especie de burbuja sobre el papel, como si se hubiese secado algo húmedo. Había una segunda marca de agua sobre el folio, junto a la firma, con un muac de despedida. Pesopluma leyó la carta, sonriendo. Después volvió a ponerla en la caja, tal y como la había encontrado.

Acto seguido apoyó las manos sobre las rodillas, con la cabeza a la altura de la carta, y sopló, dejando que aterrizase sobre el suelo, oculta en las faldas de la montaña Auridial. Se incorporó.

Dash volvió, parecía perplejo:

—Qué raro —dijo—. Sophie se ha deshecho de la mitad de sus cosas de aseo. —Sus ojos rastrearon el salón, como buscando pistas.

Pesopluma no dijo nada. Detrás de él, en el suelo, estaba la carta dirigida a Darren que explicaba al detalle lo del baño, pero se quedó callado, un proyecto de sonrisa jugueteando en sus labios mientras veía cómo se dibujaba cierto pánico y confusión en la cara de Dash.

—Lo mismo ha estado haciendo limpieza, ¿no, tío? —sugirió.

—Lo mismo —murmuró Dash, con los ojos todavía saltando de un punto a otro de la habitación—. Sí, lo mismo. —Su mente ya estaba pintando un nuevo cuadro del baño. La nueva imagen de un baño más ordenado, reorganizado, no lo que le había recibido: las baldas con las cosas que ella nunca usaba, como la crema de manos del Body Shop que le había regalado la madre de Dash en Navidad, el perfume que Dash le había comprado a Chick para ella, todos esos extraños exfoliantes y mascarillas que cogía del departamento de ventas de la revista y que nunca usaba. Eso será, se dijo. Simplemente había hecho limpieza. Eso, o podía ser que en la oficina hoy fuese día de tráete algo de casa y enséñalo, o a lo mejor se iba a quedar en casa de una amiga y se lo había dicho, pero estaba tan preocupado con todo el asunto de Chick que no le había hecho mucho caso.

Será que ha hecho limpieza. Tenía que ser eso.

«Y que justo ha decidido tirar su cepillo de dientes, eso es todo».

—Venga —dijo. Pesopluma lo estaba mirando con una sonrisa que Dash era incapaz de traducir—. Mejor que vayamos metiendo los ladrillos en estos cacharros. —Y se puso a trastear en la parte trasera de un par de altavoces. Pesopluma se quedó fumando y mirándolo hacer. De vez en cuando los ojos se le escapaban hacia la carta del suelo. Esa misma sonrisa cruel.

No tardaron mucho en estar de vuelta en la furgoneta.

—¿Adónde, compadre? —dijo Pesopluma bajando la ventanilla. Sonreía abiertamente, su pregunta era desafiante.

—Mira, antes de que empieces a llamarme nenaza y esas movidas, no vamos a ir a Holloway Road —respondió Dash—. Primero vamos a probar por Dalston.

Pesopluma se aclaró el pecho y escupió por la ventanilla.

—Pero allí habrá otro equipo, ¿o no?

—Sí, pero esos no nos han amenazado con bates de béisbol. De momento.

Pesopluma volvió a escupir y encendió el motor.

—Tú sabrás, compadre, yo miedo no tengo. Y solo para que lo sepas, hoy me pagas, ¿me captas?

Dash lo captaba. Sabía, era una tragedia inevitable, que acabarían visitando Holloway Road antes de que acabase el día.

CUATRO

MAX SOLO HABÍA ESTADO ALLÍ UN PAR DE VECES. CUANDO LA ESTABAN construyendo había fantaseado sobre cómo iba a quedar: que iría a la velocidad de las norias de las ferias; que iba a ir de arriba abajo, casi abofeteando el Támesis, o incluso por debajo del agua. Cuando por fin lo arrastraron hasta allí, le decepcionó, y mientras se acercaba a ella le parecía que ni siquiera giraba. Aun así, había ido. Una panorámica de Londres tachada de su lista mental; por lo demás, el trabajo lo mantenía ocupado en el norte de Londres. Después de salir de la cárcel su vida se había visto reducida a las basuras, a intentar dormir y, últimamente, a Kettering. Estar allí ahora le hacía sentirse como en otro mundo, como si fuese el protagonista de un documental de viajes. Una instantánea de la escena mostraría al Ojo girando lentamente, con el sol reflejándose en las ventanillas, la ribera al otro lado, la muchedumbre en la explanada de delante, las furgonetas donde vendían comida. Y si te fijabas y mirabas de cerca, podías ver el gazapo en la esquina inferior izquierda de la imagen. En este caso, dos gazapos: Max y Trish. Cuanto más lejos posible de Chick, había sugerido ella. Si preguntaba, aunque no lo haría, le diría que estaba de compras con una amiga. Pero cerca de casa no, ahí estaba la cosa. Max se había aproximado a ella en el banco, sin poder evitar pensar en George Smiley. Como si llevase un ejemplar del *Financial Times* y usara palabras en clave.

Se decidió a hablar:

—Hola, Trish.

Ella alzó la vista y la barbilla, un saludo rencoroso y acorralado. Sus ojos brincaron nerviosos. Incluso allí, tan lejos. Tengo razón, se dijo, viendo aquellos ojos. Ella está aterrorizada y yo tengo razón.

—Querías verme —le dijo.

Sentados de espaldas a la noria, Max se sentía intrépido, sabiendo que estaba sucediendo algo trascendental. Un niño se detuvo junto al banco y apoyó una pierna para atarse el cordón de la zapatilla, una ruidosa mochila asentándose sobre la espalda.

Apareció su madre, quien recibió la sonrisa de Max frunciendo los labios con desconfianza. A través de los ojos de esta, vio a dos extraños en el banco, un par de aguafiestas: con Trish mirando fijamente al frente, saltaba a la vista que ambos estaban esperando para hacer lo que fuese que hubiesen venido a hacer. Una vez los cordones bien atados, madre e hijo se fueron y Max se volvió a Trish. «Que no se te vaya la olla», le rogó mentalmente, al ver sus ojos resbaladizos y sus manos moviéndose sin parar sobre el regazo. Llevaba una sudadera con capucha cerrada hasta arriba y parecía que hubiese replegado los hombros sobre el pecho. «Que no se te vaya la olla ahora, Trish».

—Tenías razón —le dijo, hablando para el cuello de la sudadera.

—¿Sabes dónde está?

Asintió lentamente.

Bien, pensó Max, recobrándose por dentro. Lo ha admitido. Bien. Luego:

—¿Está a salvo? —le preguntó sin atreverse apenas a respirar.

Volvió a asentir, retorciéndose las manos como una heroína histérica. ¡Estaba a salvo! Por un momento, Max sintió un gran alivio, casi extático. Ben estaba a salvo.

Un grupo de adolescentes se detuvo junto al banco, pululando como si todos estuviesen intentando ver mejor algo que ocurría en el centro del círculo. Max alzó una mano para protegerse de una mochila que se cernía sobre su cara. Trish volvió al modo mirada fija.

—Vamos a andar —dijo Max. Los muchachos estaban hablando en francés, a voz en grito.

—No —insistió—. Desde aquí puedo controlar. Aquí es más seguro.

—Vale, como prefieras. —Suspiró y ambos, en silencio, con mochilas contra la nariz, como si no existiesen, esperaron a que se fuera el grupo de turistas franceses, que salió pitando en dirección al Ojo, todos y cada uno con lo que fuese que el líder del grupo les había dado en la mano, sin fijarse en nada más que en la panorámica de Londres desde el cielo.

—¿Qué pasó, Trish?

—Yo estaba en el metro cuando él se montó. En el mismo vagón. Había un montón de hinchas, estaba hasta arriba. Un montón del Tottenham y un montón del Arsenal. La gente abría y cerraba las puertas entre vagones y entonaban cánticos unos contra otros. Los del Arsenal llamaban judíos a los del Tottenham. Yo soy del Arsenal —le miró como para recalcar lo que estaba diciendo—, pero no estoy de acuerdo con eso. Yo no soy racista. Esas historias no son necesarias. Estaban todos gritando. Había mucho ruido y uno cogió y se encendió un cigarro, y eso saca de quicio a cualquiera, ¿verdad? Y todo el mundo está allí deseando que haya buen rollo, como medio sonriendo, como yo misma, porque algunos cánticos son bastante graciosos, pero aun así te queda esa preocupación por que la cosa se ponga fea y se arme. Había nerviosismo en el ambiente. Hacía calor, y había humo y ruido, y entonces vi al chaval allí en medio, un niño chico. Estaba allí parado, mirando a su alrededor, y me di cuenta de que estaba, no perdido, sino hecho un lío. Miraba a su alrededor, como buscando a alguien. Tenía a la gente y el ruido en las narices, pero es un niño tan bueno, es un pequeñajo tan bueno, que se quedó quietecito, sin moverse, sin decir ni pío. Y yo pensé, te lo juro que pensé que yo era la única persona que lo estaba viendo allí. Y sigo pensándolo... —Se llevó las manos a la cara y se frotó los ojos con la yema de los dedos, airada—. Sigo pensando que si al menos alguien más lo hubiese visto, alguien decente, en fin, más decente que yo...

—Venga, Trish, vamos. Ahora estás haciendo lo correcto. —Consideró si pasarle el brazo por encima, pero decidió que no.

—Pero el pobrecillo, el desgraciado..., no era su día, ¿verdad? —Se rió amargamente—. Que te separen de tu padre y que luego tengas la mala suerte de dar conmigo. Y se perdió el partido y todo.

—Pero tú nunca quisiste que fuera así, ¿me equivoco?

—Quería que fuese a su casa, sano y salvo, que volviese con su papá y su mamá. Nunca se me pasó nada más por la cabeza.

—¿Qué hiciste?

—En Arsenal pareció bajarse todo el mundo y yo estaba pendiente de él, y él, como que se bajó también, en realidad no le quedó más remedio. Lo vi bajarse y quedarse en el andén, otra vez mirando a su alrededor. No podía dejarlo allí sin más. —Lo decía con voz suplicante—. Lo sentía mucho por él. Porque es como que, aunque normalmente no haces nada, ves cosas y tal vez piensas que deberías hacer algo pero siempre te preocupa que no lo estés entendiendo bien. Como cuando ves a un pavo peleándose con la novia. Una vez estaba en el metro y un pobre hombre se entrometió para ayudar a una chica y ella acabó arañándole la cara y largándose. «Que te den», y él lo único que quería era ver si estaba bien. Ves cosas como esa todo el rato y te dices que no puedes hacer nada o que no deberías hacer nada porque te puedes meter en un follón, o tienes prisa porque tienes que hacer algo. Pero con Ben, es que parecía que no había nadie, nadie se paró a preguntarle por lo menos si estaba bien, si necesitaba ayuda. Lo que quiero decir es que creí que estaba haciendo lo correcto...

—Y lo hacías —insistió Max—. Estabas haciendo lo correcto.

Otra vez esa risa ahogada.

—Pero no era así, ¿verdad? Si hubiese hecho lo correcto, si lo hubiese dejado más solo que la una, lo más probable es que el niño estuviera ahora mismo en su casa. Seguro que no se habría perdido ni el partido. —Su voz se quebró por la emoción.

—Venga, Trish. ¿Quién sabe lo que habría pasado? Yo no lo sé y tú tampoco. No sabemos quién podría haberlo cogido, quizá alguien... —Iba a decir «peor», «peor» que tú. Tal vez Ben no estaría muy de acuerdo, dondequiera que estuviese (durmiendo, esperaba, no asustado y sollozando). Quizá pensase que no podía haber nada peor que eso, que se le hubiese acercado Trish. Pero en el corazón de ella estaba hacer lo correcto y a lo mejor algún día Ben llegaba a entenderlo.

—¿Qué hiciste?

—Me acerqué y le pregunté: «¿Dónde están tu papá y tu mamá?», y me dijo que su padre estaba allí atrás, se refería a Finsbury Park. Yo quería llamar por el móvil, así que le dije: «Vamos a volver al tren, que aquí es tontería salir porque habrá mucho follón», conque volvimos a montarnos y fuimos a Holloway. —Suspiró—. Lo único que quería era ponerlo a salvo. Estaba... aterrado, ¿sabes?, muy nervioso, el pobrecillo. Me cogió de la mano. Quería sentirse seguro, y pensó que le iba a ayudar. Lo único que necesitaba era conseguir cobertura en el móvil. De las imágenes que salieron en las noticias dijeron en la tele que iba con la cabeza agachada porque no quería que me viesen, pero es mentira. Estaba mirando el móvil. —Los ojos muy abiertos, implorantes—. A ver si encontraba cobertura. Se puede ver. Va de mi mano, va tranquilo porque le dije que en cuanto tuviese cobertura llamaría a alguien para que viniese a recogerlo. Le dije que si tenía sed le compraba una coca-cola. Le dije: «¿Tus papás te dejan tomar coca-cola?», porque no quería darle algo que sus padres desaprobaran, porque hay muchos así. Siempre lo están diciendo por la radio, que si los niños y la comida basura, que hay que tener cuidado. Carl se la bebe como el agua, con Carl está todo perdido. Pero Ben es diferente. Lo han criado muy bien, se ve, y quería respetar eso.

Max la interrumpió para intentar calmarla:

—Y ¿qué pasó luego, Trish?

Le salió la voz ronca como si estuviese a punto de echarse a llorar:

—Llamó él. —A sollozos casi, con la mano en la boca, húmeda por la emoción—. Charlie me llamó. Habíamos subido a la calle y estaba hablando con Ben. Le estaba diciendo que iba a llamar a alguien cuando de pronto el teléfono me sonó en la mano y era Charlie y le conté lo que estaba pasando... —Se quedó sin aliento y terminó con un sollozo violento, apretando el dorso de las manos contra los ojos—. Se lo conté porque él quería saber dónde estaba yo, así que tuve que decírselo, y me llamó tonta del culo y me dijo que había secuestrado a un niño en el metro y que ni se me ocurriera llevárselo a casa, que me deshiciese de él, que lo dejase allí en plena calle y punto. Pero no podía hacer eso. Estaba muerta de miedo, y me dijo que me tranquilizara, que le dejara pensar, y al final me dijo que siguiera andando, sin pararme, con la cabeza baja, que no dejara que el niño hablase. Me dijo que vendría a recogernos y que luego lo llevaríamos a la policía. Hice que me lo prometiera, porque tenía ese tono de voz, ese tono que pone él, pero me dijo que cerrase la boca porque había sido yo la que nos había metido en ese lío y que le dejase a él sacarnos de esta antes de que diese con mis huesos en la cárcel. Así que tragué. Y tragué también cuando me dijo que ya que íbamos a devolverlo, nos podíamos sacar de paso algo de dinero.

Max cerró los ojos con fuerza.

—Me dijo que serían solo un par de días —prosiguió Trish—. Lo justo mientras averiguaba lo que valían el padre y la madre. Y que pagarían, que claro que lo harían, para que les devolviesen a su hijo, pagarían lo que fuese, y les va a venir bien, aprenderán una lección, porque por lo pronto si hubiesen cuidado mejor de su hijo no lo habrían perdido. Pero no está bien. Ben se está atiborrando a pastillas para dormir, apenas está despierto, eso no es bueno para un niño chico...

—Trish —la cortó Max—. ¿Me puedes decir dónde está?

Asintió.

—¿Trish? —le instó.

Le salió de una vez:

—Está en una nave de Walthamstow, en la trastienda. Por el día está abierta, pero a la parte donde está Ben solo vamos Charlie y yo, al fondo del almacén principal. Hay cajas apiladas delante de la ventana y Charlie ha puesto allí un montacargas roto, para que no se puedan coger. Le llevamos comida dos veces al día. A veces va Charlie. Casi siempre yo. Por la mañana temprano Charlie desmenuza unas pastillas en sus judías cocidas con salchichas. Se las ponemos en un termo. Le gustan mucho las judías con salchichas, me lo dijo. Eso y los McNuggets de pollo, que es lo que toma por la noche. Le encantan.

Cuando era niño, a Max también le gustaban las judías cocidas con salchichas, las Heinz. Solo las Heinz estaban bien hechas. Los McNuggets de pollo no le gustaban tanto.

—Por favor, dime que no le pones también pastillas en los McNuggets de pollo.

—No, se las toma con la coca-cola. Le gusta la coca-cola. —Trish se puso a la defensiva con Max—. Yo quería sacarlo de allí, pero sabes que me mataría, Charlie es capaz. Así que no puedes hacerlo una de las noches en que yo vaya, porque si no creerá que he sido yo, que le he dejado irse o que me he dejado la puerta abierta o algo. Tendrás que hacerlo una noche de las que vaya él.

De repente a Max le entró frío, se removió en el banco:

—¿Perdona? ¿Hacer qué?

—Llevártelo.

—Llevártelo —repitió, pensando «¿Llevártelo?»—. ¿A qué te refieres con «llevármelo»?

—A que lo rescates —dijo. Se giró en el banco y de pronto le estaba cogiendo las manos, una sensación extrañamente agradable—. Tienes que sacarlo de allí.

—¿Qué? —Bajó la mirada hacia sus manos entrelazadas como si no fuesen las suyas—. ¿Qué estás diciendo? Yo no puedo... No puedo... Tenemos que ir a la policía.

—No —le rogó—. No. Así es mejor. Puedes hacerlo, y nunca nadie se enterará de que has sido tú. Ni Charlie, ni la policía, nadie. Puedes colarte en el almacén. Yo te diré cómo entrar. No hay vigilante ni nada por el estilo, y Ben estará durmiendo, ni siquiera él sabrá que has sido tú.

—No puedo. —Apartó las manos, consciente de repente de sus cicatrices—. Tú no lo comprendes. Yo no... Yo no voy a llevármelo. —Quería levantarse e irse pero sus piernas se lo impedían—. Se lo tenemos que contar a la policía.

—No —casi gritó—. Si vas a la policía, irás a la cárcel. —Las palabras le revolvieron las entrañas—. Iremos todos a la cárcel. Nos meterán a todos entre rejas.

—No lo harán —dijo Max intentando convencerse—. A todos no. Solo a él, Trish. Solo a él.

Trisha bufó con sorna.

—Le he estado llevando la comida a Ben. Yo fui la que lo sacó del metro. Y tú..., tú has estado en la casa de su padre. Ya sabes lo que dijo Charlie. Habrá cintas de ti. Estaba hablando de huellas dactilares en el carrito de la basura. Me apuesto algo a que no llevabas guantes, ¿es o no? —Max sacudió la cabeza y se miró las manos, las culpables—. Si Charlie cae, nos arrastrará a los dos con él. Estamos todos juntos en esto.

—Podríamos simplemente..., con un anónimo... —dijo Max, con voz débil—. Le podríamos decir a la policía dónde está.

—La policía ataría cabos hasta Charlie. ¿Cuánta gente crees que tiene llaves de ese sitio? Atarían cabos hasta llegar a Charlie y él nos arrastraría con él. A los dos. A ti también. No hay otra opción.

En su cabeza la voz de Verity le imploraba que fuese a la policía. Notó cómo se le aceleraba la respiración, se le humedecieron las palmas de las manos. «No puedo», le decía a la voz de Verity, tan alto que Trish la oyó.

—Tú puedes. Es la única forma. Sácalo de allí. Aléjalo de Charlie. Lo puedes dejar en cualquier parte. Anónimamente. Nunca nadie sabrá que fuiste tú.

Se quedó mirando al vacío, callado tanto tiempo que Trish tuvo que darle ánimos:

—Puedes hacerlo.

Se quedó mirando a un grupo de niños que rodeaban a una profesora. Estaban haciendo una votación a mano alzada.

—Sí —dijo por fin—. Puedo.

CINCO

DALSTON ESTABA HASTA ARRIBA. EN EL HORIZONTE EL EDIFICIO GHERKIN **265**
parecía una nave espacial, como una especie de megalópolis futurista a lo *Juez Dredd,* donde los ricos vivían en las alturas y miraban hacia abajo, hacia los apresurados dalstonitas. Dash no veía ningún tenderete, pero parecía día de mercado en la calle principal, enjambres de gente entre los que nadie se molestaba en pararse ante las señas de Dash, que intentaba atraerlos. Cansado de ser ignorado, asumiendo la derrota en la calle mayor, le indicó a Pesopluma que se dirigiese hacia la parte trasera del supermercado, menos ajetreada. Dos muchachos con gorras estaban echando una meada. Dash, desesperado ya, ignoró la norma de «Únicamente clientes solos». Ahora ya iba simplemente a por cualquier chaval que diera el tipo y la edad, a doble o nada. En su cabeza estaba tirando dados, frenético: «A lo mejor puedo vender dos de una vez, nunca se sabe, ahora hay que probar con todo», ignorando todo el rato la voz burlona: «Estás perdiendo el tiempo».

En ese instante tenía una mirada de estúpida desesperación mientras sus ojos acechaban las calles, en busca de objetivos, pero sin ver mucho, solo revoloteando. Y al mismo tiempo no dejaba de vigilar el retrovisor por si aparecía la peña de Dalston: dos tipos blancos, del palo ponme-a-prueba, con camisetas de la selección. En los portones traseros de su furgoneta alguien había escrito: «Si mi novia fuese así de guarra, me casaría con ella».

—Para aquí —dijo por fin—. A la izquierda, donde pone McIntosh.

Hasta el momento, la perla del día, pequeña pero reluciente, era indicarle direcciones a Pesopluma que implicasen tener que leer. Como: «Mira, el pavo al lado de la señal del Evening Standard». O: «Allí, enfrente de la tienda de la Cancer Research». Lo que venía seguido de un chirriante cambio de marchas hacia la dirección del dedo de Dash, Pesopluma con el ceño fruncido por la incomprensión.

Ahora Dash sobresalió por la ventanilla e hizo señas a un chaval negro, que sacudió la cabeza, lo miró con desdén y se largó. Dash, frustrado, golpeó la portezuela de la furgoneta y le dijo a Pesopluma que siguiese. Entonces sonó el teléfono.

Era Chick. Debería haberlo sabido: ponía «Chick» en la pantallita del teléfono. Si hubiese mirado; cosa que no había hecho. Tenía tantas ganas de que fuese Sophie que se lo había sacado de los vaqueros, lo había abierto al vuelo y se lo había llevado a la oreja sin mirar la pantalla.

—¿Hola? —Su voz deseosa: de Sophie. Pensando: «Su cepillo de dientes no está».

—Dashus —dijo Chick.

Con solo oír su voz, Dash sentía la necesidad de limpiarse las orejas:

—Siento lo de anoche —dijo veloz—. Jefe. Perdona. Es que yo... no lo conseguí, pero, humm, esta noche voy.

Chick se sorbió la nariz.

—Desde luego que vas a venir esta noche, mariconazo. Te quiero ver con una puta pinta de Guinness, unos putos cupones y una buena razón por la que te tenga que estar llamando yo por mis quinientas libras.

—¿Quinientas? —Dash se rascó el pelo empapado—. Pero si eran..., eran unas cuatrocientas..., jefe. —A su lado Pesopluma se burlaba con desdén.

—No, ya no lo son —le dijo Chick—. Ha subido. Esto es como un banco, entiendes. Te estoy cobrando la llamada de teléfono.

—Jefe, eso es... —¿El qué? ¿Injusto?

—Tú estate aquí esta noche, Dashus. Te quiero ver esta noche sin falta o voy a buscarte y me lo cobro también, chaval.

Dash volvió a guardarse el teléfono en los vaqueros. A su alrededor, la calle estaba de bote en bote.

—¿Adónde, compadre? —graznó Pesopluma.

Respiró hondo y volvió a llevarse la mano al pelo:

—Mejor que vayamos bajando hacia Holloway Road.

SEIS

MAX ESTABA SEPULTADO EN EL SOFÁ, EL CHAQUETÓN LE CUBRÍA HASTA los hombros. Tenía las manos metidas en los bolsillos para impedir que juguetearan con las cicatrices. Frente a él, en la mesa de centro, había otra carta de la señora Larkin hija, había llegado esa misma mañana. «Eres un pervertido asqueroso —decía—. Mereces morir».

Una vez más saludó su brevedad, su peculiar habilidad para coger el corazón de Max con una mano y apretarlo hasta que las lágrimas le resbalaban por los ojos. Y además, esa sensación de la que no podía escapar. No de ira victimista, ni de injusticia, sino una sensación de responsabilidad. La sensación de que —tal vez— ella tuviese razón: tal vez merecía morir. No por lo que le había hecho a su hija (en ese caso la culpa se limitaba a una especie de asco por sí mismo), sino por lo que le había hecho a Verity, cuyo marido llevaba la razón permanentemente. Y por lo que le había hecho a su madre, que había muerto apestando pero queriéndolo «pasase lo que pasase», con él en la cárcel, en prisión preventiva, acusado de un acto de ultraje a la moral pública en el que estaba involucrada una menor. «Nunca lo creyó —le insistió Verity tiempo después—, nunca creyó ni por un segundo que fueses culpable de nada». Pero había estado en la cárcel. Como si lo hubiesen juzgado y declarado culpable. Lo malo se pega... Por lo menos se había ahorrado el trauma de Verity: por lo menos en prisión no había tenido que ver cómo se mataba su madre. Se sacó las manos de los bolsillos y se miró las cicatrices de las muñecas. «Cerraos ya», se oyó decir, y se rió por lo fácil que era hablar.

Max se sobresaltó cuando la puerta de la calle se abrió y se cerró de un portazo y un par de pies corrieron por las escaleras, con otro par siguiéndolos a paso lento. Cinco minutos más tarde estaba curioseando por detrás de la cortina, viendo cómo Darren acarreaba una caja hasta la parte trasera de la furgoneta y, una vez todo listo, se largaba en aquella cafetera con su compinche.

Volvió a su sitio en el sofá, ahora con las manos fuera. Las cicatrices estaban allí, guiñándole un ojo.

Los disturbios habían empezado un domingo por la noche. Fueron los peores disturbios en una prisión desde los de Strangeways.

Eso lo supo luego. De lo que llegó a su conocimiento, la mayor parte fue por las noticias que leyó después sobre los hechos, porque en el momento, aovillado como estaba en su celda del módulo de aislamiento, todo lo que escuchó fue ruido, carreras y gritos de una prisión que implosionaba. Y los ruidos, las carreras y los gritos se estaban acercando...

En un principio los problemas estallaron en el ala C, hacia el final del turno de noche, cuando a los reos se les permite salir de sus celdas para ver la televisión, jugar al billar o pasear y charlar, darle al palique. Alguien debió de avisarles de que ese día habría menos funcionarios de servicio que de costumbre. Un virus se había propagado entre el personal; también a algunos presos les había afectado. La enfermería estaba casi llena.

Uno de los funcionarios, Andy Morris, notó cierta inquietud. No hacía falta llevar tantos años trabajando en prisiones como él para notarla: estaba en el aire. Como un viernes noche en Doquier a la hora del cierre, con más furgones policiales que taxis, chicas llorando, las blusas de salir hinchándose en el viento frío, había esa sensación de que podía ser que no, pero podía ser que sí: podía armarse.

Al echar un vistazo por la zona de recreo, Morris vio que los reos estaban más nerviosos, más exaltados que de costumbre. Rehuían la mirada. El clásico clamor metálico de las prisiones estaba, si no ausente, considerablemente atenuado: nada de la típica hilaridad bajo cuerda o la ocasional disputa territorial acallada por una mirada, por un dedo o por una mano en la porra. Morris consultó por enésima vez su reloj, deseando que el turno se acabase, y luego alzó la vista para localizar a sus compañeros, que le devolvieron la mirada, también preocupados. De repente se fijó en un pequeño grupo de internos junto a la mesa de billar. Dos o tres caras que preferiría no ver en conversaciones íntimas, por lo menos no esa noche. Así que se fue hacia allí lentamente, intentando disimular su verdadero objetivo, con una sonrisa forzada, una pose de vaya qué casualidad, solo pasaba a saludar. Los funcionarios de prisiones prefieren trabajar en parejas, sobre todo en casos como ese, cuando un buen número de presos está bajo la supervisión de un pequeño número de guardas. Eso es lo ideal, al igual que los policías deberían tener refuerzos y los soldados deberían llevar siempre armaduras. La realidad no siempre es así. Aquella noche había solo veintisiete funcionarios de servicio, lo que hacía unos doce presos por guarda. Y no había nadie cubriéndole las espaldas a Andy Morris.

—¿Todo en orden, amigos? —les preguntó.

Los tres internos le sonrieron mientras se acercaba:

—Todo en orden, señor Morris —dijo uno. Solo que lo dijo con una sonrisa sarcástica.

Otro preso, Jason Blake, agresión con agravantes, se había alejado de una partida de billar y se había puesto detrás de Andy Morris.

—¿Todo en orden por aquí? —les preguntó Morris, todo lo alegre que pudo, utilizando como arma no una porra o un lenguaje ofensivo sino un deje de compadreo.

No fue suficiente. Más tarde los informes hablarían de una escalada de resentimiento que incluía los típicos problemas de superpoblación, de derechos ausentes, y una sensación general, aunque posiblemente apócrifa, de que los del módulo de aislamiento eran tratados con mayor indulgencia que el resto. El informe confirmaría que, de hecho, esto último había sido el desencadenante, a pesar de los pocos casos de disturbios y de posesión de droga que se producían en aislamiento, pero llegaría a la conclusión de que no se había gestionado adecuadamente el problema de percepción que existía entre la mayoría de la población de la cárcel. Entretanto, en el otro extremo del corredor de la planta baja había solo tres cabinas de tarjeta, una de las cuales había cogido la jubilación anticipada, dejando un total de dos. Era siempre un punto de ignición, incluso sin diluir, las tensiones se acrecentaban cada vez más, los reos se impacientaban por usar las cabinas: se empujaban, se colaban, abucheaban a los que se pasaban de tiempo.

De vuelta al billar y al futbolín, Morris, más que verlo, lo sintió. La única advertencia real fue un movimiento, como una sombra en el rincón más recóndito de su visión: Blake alzó su taco en alto, con el extremo grueso hacia arriba. Un tipo cuadrado, Blake. Lo blandió con tanta fuerza que el taco se partió en dos al estamparlo contra los gemelos de Andy Morris, que, con un crujido de huesos rotos, perdió pie. Hubo una fracción de segundo de silencio sepulcral. Un instante durante el cual Morris sintió el taco, oyó el chasquido de hueso y luego el sonido de la madera entrechocando con el suelo de hormigón, pero todo ello sin sentir nada, y como pensando: «No ha sido para tanto, ha sido un golpe de nada. Puedo controlar la situación», cuando un dolor retardado explotó en sus piernas como si fuese fuegos artificiales y se vio impactando contra el suelo, todos los sentidos aullando, el instinto de supervivencia haciéndole buscar la porra.

Sus dedos no encontraron nada. Le habían sustraído la porra, estaban utilizándola con él. Una planta por encima, otro funcionario se echó mano al cinturón para coger la radio pero vio que se la arrebataban de los dedos y que en su huida le llovían golpes. Abajo, dos funcionarios fueron a auxiliar a Andy Morris, pero se vieron repelidos por presos que blandían tacos de billar; cuando lograron escapar llamaron por radio a la sala de control. Sacudiéndose y retorciéndose, con su propia porra cayendo sobre él sin piedad, Morris fue arrastrado hasta una celda vacía. Unas manos le cogieron las llaves, que fueron pasando de uno a otro preso. Unos internos le quitaron la ropa, le pusieron una venda en los ojos; los puñetazos y la porra seguían.

El informe sugería que los disturbios habían sido premeditados. Era cierto que los presos habían acumulado periódicos y revistas que usaban ahora para prender fuego y hacer retroceder así a los guardas, pero estos todavía confiaban en controlar el tumulto. Incluso cuando empezaron a arder colchones y a caer rollos de papel higiénico en llamas desde los pisos superiores, una pequeña patrulla de agentes intentó forzar un cierre mientras hacían todo lo posible por sacar a Andy Morris de la celda de la planta baja. Pero al ver que los presos iban abriendo celdas para liberar a sus colegas internos se vieron obligados a retirarse, prácticamente hasta la caseta.

Según el informe, esta retirada forzosa suponía que un porcentaje considerable de la cárcel estaba en manos de los presos.

Hicieron añicos las ventanas. Se les ordenó a los policías que formasen un perímetro alrededor de la prisión mientras veían, sin poder hacer nada, cómo aparecían caras entre los cristales rotos, enmarcadas por esquirlas, algunas provocando e insultando, otras pidiendo ayuda. En el interior, arrancaron de cuajo la cabina rota que había en la pared, pero a un preso que intentó hacer otro tanto con una de las cabinas que funcionaban le golpearon y patearon hasta que se rindió; decidió entonces ir a destrozar una mesa de ping-pong. A pesar de que los disturbios se recrudecían a su alrededor, había varios presos que seguían haciendo cola en el teléfono. Entre las miles y miles de libras de daños causados durante el motín, las dos cabinas operativas salieron indemnes.

Cuando el ruido, el humo y el caos afloraron e infectaron el resto de la cárcel, muchos presos corrieron despavoridos hacia sus celdas y se encerraron dentro utilizando el sistema voluntario de privacidad. Entretanto, se saldaban cuentas pendientes. Cuando los disturbios se propagaron hasta el ala B y algunas partes del ala A, tres presos fueron golpeados con saña; uno de ellos moriría más tarde. Asaltaron la enfermería, al igual que la farmacia. De los treinta y dos presos que estaban en tratamiento hospitalario, la mayoría sufrió sobredosis autoadministradas.

Los disturbios llegaron hasta el bloque B, uno de los tres bloques del módulo de aislamiento. A Max le pareció olerlo antes de oírlo, y cuando lo oyó fue como un eco lejano, como un partido de fútbol a varias millas, pero que se iba acercando. Se escuchó un grito. Como una sola persona, en avanzadilla, corriendo por las galerías, abriendo puertas, anulando los sistemas de seguridad. Se le unieron otras voces. Max se pegó a la puerta. Los ruidos habían llegado hasta otras celdas del bloque, los aislados empezaban a chillar, no para que los liberasen sino para que viniesen los guardas: los que se autolesionaban, confiando en que no los confundiesen con pederastas; los pederastas, confiando en poder pasar por los que se autolesionan, de pronto les costaba tragar, nerviosos, se llevaban las manos al cuello. No había pederasta que no hubiese oído lo de: «Sabrás lo que les hacen a los tipos como tú en la cárcel, ¿no?», pero esperando que la cosa no fuese más allá de los escupitajos en la comida y de un trato apenas más benevolente.

Pero allí no había guardas. De vuelta en el ala C, estaban formando una pequeña patrulla antidisturbios con escudos y prendas protectoras. En formación de falange, entraron por el corredor de la planta baja del ala, abriéndose camino entre las nubes de humo y los distintos focos de fuego hasta la celda donde Andy Morris yacía con el hígado reventado. Los presos que seguían en el corredor los observaron mientras se precipitaban hacia la celda y volvían, mirándolos con desconcierto, pero sin interferir en nada. Se oyó el golpe sordo de una explosión: un extintor lanzado a una hoguera. El sonido hizo que la falange se derrumbase en una montaña de brazos y piernas despatarrados, con la cabeza de Andy Morris en una nueva visita al suelo. La patrulla de rescate se recompuso al momento y escapó sana y salva. Unos segundos después una patrulla antidisturbios con mascarillas apareció por el corredor, seguida de un equipo de bomberos que empezó a sofocar el fuego, los extintores vaciándose a borbotones; al poco, la planta baja del ala C estaba controlada.

En el bloque B Max los oyó llegar, oyó las puertas abrirse, gente arrastrada fuera de sus celdas, y el plum amortiguado de una patada.

Más tarde el informe señalaría «la triste arbitrariedad» del trato que recibió Max: «Había algunos presos famosos en el módulo de aislamiento, pero al parecer, tanto John Riley, el fallecido, como Maxwell Coleman fueron escogidos al azar».

Lo estaban arrastrando y, por alguna razón, una parte delirante de su cerebro estaba asociando ese hecho con algo divertido, y su mente no comprendía que su cuerpo no pudiese desasirse fácilmente. Y mientras lo llevaban hasta el tramo del ala que albergaba los baños y las duchas, notó flema en la cara y un puño que le golpeaba repetidamente en la entrepierna hasta que sintió náuseas; se retorció entonces para intentar expulsar el vómito, tosía, se asfixiaba. Lo soltaron contra el suelo y las patadas llovieron sobre él, pero apenas las sentía, doblado como estaba, tosiendo y escupiendo, intentando respirar. «Escoria. Escoria inmunda», oyó. Luego le quitaron la ropa y siguió retorciéndose y gritando «¡No!», su mente era incapaz de generar las palabras que necesitaba para decirles que se equivocaban, que él no era como los demás, no como los demás. Y vagamente pudo ver, a través de los golpes, al otro hombre, el que después sabría que se llamaba John Riley, un pederasta convicto. Estaba desnudo, hecho un ovillo. Lo estaban cogiendo por los brazos y las piernas y llevándolo hasta una fila de ganchos metálicos para toallas que estaban colocados justo por encima de la altura de la cabeza, por seguridad. Le estaban cogiendo por los brazos y estirándolos hasta las perchas, como si estuvieran clavándolo en la pared. Su boca se movía en un «Por favor», una y otra vez, hasta que su cuerpo se quedó flácido, se vino abajo; pero volvieron a alzarlo y le presionaron las muñecas contra dos ganchos. Con resoplidos que eran mitad por el esfuerzo físico, mitad de puro odio, empujaron y empujaron hasta clavarle las muñecas en las perchas con un crujido húmedo.

Al oír este sonido, el crujido, todo pareció pararse por un instante en las duchas. Entre los camorristas se produjo un sonido, como un «Uff, qué bestia», como unos niños despiadados que torturan a una mascota, entusiasmados por ver si el jueguecito funcionará dos veces. En ese momento Max vio los pies de John Riley buscando con desesperación un apoyo sobre las losetas ahora resbaladizas, intentando posar el peso. Con el pataleo encontraron dónde agarrarse, consiguió apoyarse. Pero entonces volvieron a alzarle las piernas y gritó como si hubiese llegado a un nuevo estadio de dolor que nunca creyó posible, y lo último que vio Max de John Riley fue a John Riley crucificado.

Entretanto, el ala C había sido controlada. Le siguieron la B y la A, mientras los funcionarios avanzaban a toda prisa por la prisión, los disturbios alcanzaban ya su fin natural, los guardas encontraban poca resistencia.

Pero a Max lo estaban cogiendo, desnudo, con el pene diminuto, como una bellota por el miedo, y él, era ridículo, avergonzándose por ese hecho, como si fuese la prueba de su perversión. Lo estaban alzando lo que parecían cientos de brazos, aprisionándole, no le permitían movimiento alguno. Todo lo que podía mover era su boca, como el grito de John Riley, «¡Por favor!», mientras veía cómo llevaban sus manos hasta los ganchos, a los que en vano intentó asirse. Luego, sintió un dolor repentino de opresión en las muñecas, aplastadas contra los ganchos. Se aseguraban de presionarlas hasta el tope. Y luego vuelta a presionarlas.

Chilló. Y siguió chillando hasta que perdió el conocimiento, y lo que vieron los antidisturbios cuando irrumpieron en las duchas fue a John Riley, el fallecido, colgado y drenándose en las perchas, el suelo inundado por su sangre. Y, al lado, Maxwell Coleman, contra el cual se habían retirado todos los cargos —observaría el informe tiempo después, poniendo especial énfasis en la arbitraria brutalidad de los ataques en las duchas—, y que estaba en prisión porque unos magistrados lo habían puesto bajo custodia a petición de la Fiscalía de la Corona. El acusado vivía en el mismo bloque que la anciana que había testificado en el juicio, lo que, dijeron, suponía un riesgo más que significativo de interferencia. Cuando la patrulla antidisturbios entró en la estancia, yacía inconsciente sobre el suelo de las duchas, cubierto por su propia sangre, con los ganchos por encima de la cabeza, rojos y empapados. Había un preso arrodillado junto a él que estaba rasgando una camisa y aplicándola a modo de venda en su muñeca izquierda, con el vendaje derecho empapado ya en oscura sangre.

Max se despertó de su pesadilla al sonido del teléfono. Era Trish. Al igual que en la primera llamada, su voz era un murmullo presuroso, precavida ante Chick, o Carl, o quizá ante nadie. El plástico del auricular parecía crujir mientras sus manos se retorcían. «¡¿Ya?!», gritaba su mente, como si quisiese más tiempo; un poco más para hacerse a la idea. «¡¿Ya?!».
—Hola, Trish.
—Esta noche va a ver al niño, va Charlie. Puedes ir después.
—Max no llegaba a acostumbrarse al nombre real de Chick: Charlie. Como el monito Charlie, como Charlie Brown. ¿Qué es el Charlie Chuck? El sitio donde llevas a tus hijos a celebrar los cumpleaños.
—¿Cuándo? ¿A qué hora? —Sintiéndose un actor recitando su parlamento, pero como si no estuviese pasando de verdad.
—Será tarde.

Max no dijo nada.

—¿Me oyes?

—Sí..., te oigo, sí. —Quería que las cosas fuesen de otra forma, seguía deseándolo. No dijo nada.

—Hay algo más.

Una sensación de miedo le sobrevino y dijo:

—¿Qué? ¿Qué más?

—Lo va a trasladar —le dijo inexpresiva.

—¿A quién?

—¿Tú a quién crees? —espetó.

—Vale, pero ¿por qué lo va a trasladar? —Max, incapaz de razonar, estaba pensando en que «iban a transferir» a Ben, como si fuese una especie de institución.

—Charlie está preocupado porque las pastillas ya no le hacen efecto. Quiere llevárselo de allí, a algún sitio donde no haya nadie. No sé adónde. Ha estado hablando —su tono de voz se apagó— de venderlo.

Al instante Max sintió un mareo:

—Por Dios —consiguió decir—. ¿Cuándo? ¿Cuándo lo va a trasladar?

—Ni idea, quizá mañana... Lo que significa que tienes que ir esta noche. Sácalo de allí, Max, por favor. —Su voz, implorante.

—De acuerdo —le dijo—. Vale, sí, lo haré esta noche.

—Tengo que irme —susurró, la voz ronca—. Ahora tengo que irme, pero te llamo después cuando sea seguro. Te daré la dirección y las indicaciones. Vas a estar ahí, ¿no? ¿En casa?

La boca seca:

—Sí. —La voz demudada, paralizada por la derrota—. ¿Cómo está...? ¿Está bien Ben?

—Está bien, nadie le ha hecho nada. Se siente solo y eso, y echa de menos a sus papás y, entre tú y yo, no le vendría mal un baño, pero está bien. No dejaría que nadie le hiciese nada.

—¿Estará despierto?

—No. Se habrá tomado su coca-cola.

—Pero si habías dicho que ya no le hacía efecto.

—No te preocupes..., estará dormido. Ahora escúchame, ¿qué vas a hacer con él?

—Creo que... me lo traeré a casa. Pasará a salvo la noche. Lo llevaré a su casa por la mañana.

—¿A qué te refieres con «creo»?

—Estará a salvo, Trish.

—Tengo que saberlo.

—¿Por qué? Escúchame, va a estar a salvo.

—No quiero que lo saques de Guatemala para...

—Va a estar a salvo.

—¿Cómo puedo saberlo?

—Te doy mi palabra.

Pausa.

—Tendré que conformarme con eso —dijo por fin—. Tengo que irme. Espera a que te llame.

Colgó, y Max pensó que podría haber partido el auricular en dos, de cogerlo con tanta fuerza; de hecho, le hubiese gustado romperlo y estamparlo. En cambio, lo colgó con un cuidado excesivo y puso el teléfono frente a él, sobre la mesa de centro, su pequeño altar.

SIETE

NO QUERÍA TENER QUE PEGARLE FUEGO AL ALMACÉN. No quería sentir el cataplán de la rodilla de Chick en sus huevos.

Así que fue el tipo de la tienda el que le dio la idea. Y luego, cuando pensó en ello, fue *Blue Monday* de los New Order lo que le dio cierto glamour. Eso y el hecho de que corría el peligro de quedarse sin más opciones.

Había dejado a Pesopluma en la furgoneta, fumando, en modo no operativo, mientras él se bajaba de un salto y le daba instrucciones de esperarle ahí para correr después hacia la tienda. Había un cuarto trasero. «Audio & Electrónica por aquí», rezaba un cartel, y estaba a punto de entrar cuando vio a un vendedor: joven, descuidado, con un fuerte olor a tabaco. Justo el tipo de chaval al que Dash habría intentado parar en la calle.

—Perdona, colega —le dijo Dash, sintiendo por un segundo como si de verdad estuviese intentando pararle por la calle, y recordando luego que no y pensando en lo agradable que era eso.

—¿Sí?

—No venderás altavoces, ¿no?

—Claro, por allí. Tengo a puñados, tío.

—No, quería decir que si compráis altavoces para vender.

El vendedor miró hacia los pies de Dash como esperando ver ante sus tobillos un juego de altavoces.

—Sí, claro. Depende.

—¿De qué?

—Del estado. De la marca. De cualquier cosa, sabes. Depende simplemente de si hay posibilidad de venderlos o no.

A Dash se le iluminó la cara:

—Tengo un par nuevecito. —Hizo una pausa. ¿Se les permitía vender cacharros nuevos? Bueno, porque era evidente que lo aceptaban casi todo (nuevo, de segunda mano, robado o comprado), pero quizá oficialmente no podían aceptar movidas nuevas—. Casi nuevos —se corrigió—. Un regalo que no quería. Unos altavoces bastante buenos.

—¿Por separado?

—Por supuesto.

—¿De qué marca son?

—¿Los míos? Auridial, tío.

—Auridial —dijo el vendedor, que parecía impresionado—. ¿En serio?

—Y tanto —le dijo Dash, entrando en calor—. Y lo que te digo, sin usar. Bueno, vamos, solo para comprobar si funcionaban y eso, pero funcionan.

—Vale, sígueme —le dijo el vendedor, que dio media vuelta y le condujo hasta Audio & Electrónica. Dash le siguió brincando ligeramente al andar. Luego se paró en seco en cuanto entraron en el cuarto.

Una de las paredes estaba dedicada por completo a los altavoces. Todos y cada uno de ellos Auridial. Así, apilados como estaban, y fuera de las cajas, parecían realmente imponentes, pensó, como si fuesen el decorado de un vídeo musical. Podías imaginarte a una estrella del rock rasgueando como un loco a su lado, con la melena al viento junto a la sombra de sus auténticos megavatios reducecerebros. Qué pena que no conociera a ningún director de vídeos musicales, caviló.

—Se los compraste a un par de tipos en una furgoneta, ¿a que sí? —preguntó el dependiente, rebosando regodeo.

—Sí, así fue, es verdad.

—Lo mismo que los dueños originales de todos los juegos de altavoces que ves aquí, tío. Y te vamos a quitar los tuyos de encima, pero tengo que avisarte, nosotros los vendemos a cincuenta, y los compramos por mucho menos que eso. Tirando a veinte libras. —Hizo una mueca, todavía con el mismo regodeo—. Es solo cuestión de las ganas que tengas de deshacerte de ellos.

Al momento Dash supo que el chaval tenía razón. Cuánto estaba dispuesto a pedir por los altavoces dependía de las ganas que tuviese de deshacerse de ellos, que no eran pocas. Y pensó en *Blue Monday,* el primer sencillo de los New Order después de la muerte de Ian Curtis, cuando dejaron de llamarse Joy Division. Su discográfica, Factory, pensó que no vendería, así que no les preocupó mucho que el extravagante diseño de la carátula troquelada supusiese para la compañía una pérdida de tres peniques y medio por copia vendida. Era un buen diseño, pero de todas formas el disco no iba a vender, era un precio pequeño que pagar. Pero resultó que se convirtió en el doce pulgadas más vendido de la historia, con lo que la moraleja de la historia es que...

Dash iba a tener que vender los altavoces por debajo de su precio de coste.

No le quedaba más remedio. Porque no conocía a ningún director de vídeos musicales, y vendiéndolos por encima del coste tampoco es que se estuviese llevando muchas alegrías. Todo lo que le quedaba era un cuarto lleno de altavoces. Iba a hacer una venta.

—Vale, tío, gracias —le dijo con tristeza—. Voy a pensármelo un poco, quizá me llegue a otro lado y si eso ya vuelvo, ¿vale?

El dependiente sonrió, en plan: «Volverás».

—Como veas —le dijo—. Hasta pronto.

No, Dash no iba a admitir la derrota así sin más. Al menos no una derrota como esa: por veinte libras no, solía empezar la puja con unas seiscientas.

Abrió la puerta de la furgoneta y notó una fragancia que venía del interior: *eau* de Yonqui en Desintoxicación *par* Pesopluma. El conductor le dedicó una mirada de soslayo mientras se montaba en la cabina.

—No has vendido ni un altavoz —dijo con hastío.

—No. —Ahora Dash se mostró entusiasta—. No, no he vendido nada, pero tengo una idea. Voy a intentar colocarlos por menos dinero. —Hizo una pausa, con un llamamiento a toda célula optimista de su cuerpo—. La cosa es que... te podrás imaginar que eso significa que... tu parte va a ser menor.

Pesopluma arqueó las cejas y sacudió la cabeza (despacio, a lo hasta-aquí-hemos-llegado).

—Escúchame —se apresuró a decir Dash—. Mira ayer. No picó ni un pez, tío. A cada cual que paraba era decirle lo que costaban los altavoces y salir por patas como si se estuviese quemando a lo bonzo. Y es que no hay mucha gente que tenga cuatrocientas libras de sobra en el banco. Y si no puedo vender nada, no hay nada que repartir, ¿es así? No puedo llegar y darte tu porcentaje de una mierda, ¿me entiendes? Así que es de cajón. —Dash se sentía triste por la estupidez máxima que suponía explicarlo—. Es de cajón que puedo vender más vendiéndolos por menos, y que tu parte será menor, pero seguirá siendo mejor que nada. ¿Sí o no?

Pesopluma bajó la ventanilla y escupió.

—Que vendas altavoces y ya está, compadre —le dijo, y Dash no estaba seguro de lo que quería decir: ¿estaba diciendo que sí con la boca chica? ¿O que no?

—Vale, entonces vámonos para Holloway Road.

—¿Esta vez en serio?

Miró de reojo la tienda: su última esperanza antes de cruzar la frontera de Holloway Road.

—Sí, en serio. —Y entrechocó las manos, intentando darse ánimos—. Vamos.

Estaban en Holloway Road. No en la avenida en sí, habían pasado por los tentadores edificios del campus pero había mucho tráfico y guardias por todas partes, así que tuvieron que girar a la izquierda a la altura del cine («Gira ahí, donde pone "Odeon"») y ahora patrullaban por allí. Dash tenía un ojo puesto en el retrovisor lateral, con el radar alerta, en busca de También Disponible en Blanco.

—Una vez vi por aquí a Roland Gift —le comentó. Sophie y él habían ido a ver la nueva de James Bond y salían a toda prisa del metro (antes de que la furgoneta entrase en sus vidas, en los días de olor a rosas, en días Brideshead). Sophie estaba quejándose porque no llevaba los zapatos adecuados, dándole vueltas al asunto en medio de la acera, cuando vieron que alguien los estaba observando, divertido, sobre todo a ella, a sus palabrotas y reprimendas: «Me importa una mierda si nos perdemos los tráileres. Si hubiese sabido que íbamos a correr la maratón, me habría puesto las zapatillas...», ese tipo de cosas. Era Roland Gift, de los Fine Young Cannibals. Allí plantado, clavadito a Roland Gift. No había cambiado nada. Se rió un poco y de repente se encontró con un amigo, mientras que Dash y Sophie se quedaban regocijándose con la idea de haber hecho reír a Roland Gift. Se perdieron los tráileres. Dash pensó que Sophie lo había hecho aposta. Que si necesitaba palomitas, dijo de pronto, que si formaba parte de la experiencia. Nunca antes se lo había oído decir.

En fin. Pesopluma resopló ante el intento de conversación sobre Roland Gift. Entretanto, Dash seguía con el radar puesto en una dirección e inspeccionaba la zona en la otra. A la caza del estudiante, tal vez uno que acabase de salir de su casa, de camino a la facultad. A ser posible que acabase de apagar la cadena deseando que sus altavoces metieran un poco más de caña.

Por fin. Un chaval caminando hacia ellos con chaqueta vaquera y cara de ausente. Este valdría.

Dash se puso la careta de vendedor. Mientras se paraban le masculló las instrucciones a su conductor para que estuviese atento a También Disponible en Blanco, pero cuando empezó con su guión y miró al conductor, vio a Pesopluma fumando y agarrándose el cuello de la chaqueta vaquera. Vamos, sin estar atento. Aun así, el chaval tenía cara de «No pierdo nada por mirar», lo que Dash consideró alentador al bajar de la furgoneta. Abrió los portones y se hizo a un lado para dejar que la baba del chaval empezase a fluir.

—Parecen bastante guapos —dijo el chaval, que todavía no había preguntado cuánto hasta que—: Y caros...

—Joder, claro que son caros —dijo Dash—. Pero para ser sinceros, los estoy regalando, prácticamente. Vamos, que lo que quiero es sacarme para un par de copas, ¿me entiendes? Por lo que a mí respecta es dinero regalado. Voy ya tarde para un trabajo y me ocupan demasiado sitio en la furgoneta. Aquí... —Alzó un poco la cabeza por encima de la furgoneta y de repente se sintió profundamente indefenso. El equipo de Holloway podía aparecer en cualquier momento y no los vería llegar. La primera noticia sería el golpeteo del bate de béisbol sobre la palma, una sombra en los portones de la furgoneta, acorralándole. Se apresuró a arrastrar los altavoces y estamparlos contra la calzada, con una nerviosa mirada a izquierda y derecha.

—Además, pesan como ellos solos —le dijo, para darle veracidad a su personaje de «Me los quiero quitar de en medio»—. Cógelos. —Ladrillos, ladrillitos, haced vuestro trabajito, pensó, mientras el chaval obedecía y levantaba los Auridial.

—Vaya que sí —dijo el chaval. Y Dash vio que estaba a punto de iniciar una gentil retirada—. Sí, están guapos pero es que la verdad es que no creo que pueda permitírmelos...

—¿Cuánto les echas? —le preguntó Dash haciendo como si no se hubiese dado cuenta de los indicios de escapada del chaval—. Venga, prueba a ver.

—Ni idea. Yo es que, en serio..., ni idea. ¿Cuánto?

—Venga, un par de altavoces de estudio como estos. Gama alta, profesionales. Venga, prueba.

—Hum... ¿Tres mil?

Dash se le quedó mirando:

—Bueno, tío, tampoco te pases. No son de oro. Mira, ven, te voy a enseñar una cosa. —Se sacó del bolsillo el sobado folleto

promocional y se lo tendió al chaval. Dejó que lo digiriese—.
A ver, adivina cuánto pido por ellos.

—Ni idea, tío. No tengo ni idea. —Ahora sonaba un tanto
hasta el gorro.

—Bueno, ya has visto cuánto cuestan. ¿Qué me dices si te
digo...? —Y en este punto hizo una pausa, pensando: «Probemos por lo alto. Tampoco va a pasar nada»—. ¿Seiscientas?

El chaval se rió y levantó las manos:

—Ni de coña, tío. No tengo tanta pasta.

—Pues entonces, trescientas. —Los había comprado por doscientas, cien limpias de beneficio.

Pero el chaval no estaba por la labor. Se quedó mirando an-
sioso hacia la calle. Dash aprovechó la oportunidad para echar un
vistazo de los suyos.

—Lo siento, tío, pero no tengo dinero.

—Vale, mira, en serio, no es más que un dinerito extra. ¿Qué
te parecen doscientas? —Sacudida de cabeza del chaval.

—¿Cien? —Ahora estaba perdiendo. Cien libras de menos
por los altavoces. ¿Qué coño? Si había pagado una vez por ellos,
podía buenamente volver a pagar.

Y ahora el interés del chaval se despertó. Olió el chollo:

—Tengo cincuenta. No me puedo permitir más.

Una pérdida brutal de ciento cincuenta libras. Chupaos esa,
New Order.

—Vale —dijo Dash al final—, hecho. —Alargó la mano para
estrechársela.

Media hora más tarde estaban de vuelta en Holloway, pa-
trullando de nuevo las calles. En la parte trasera había un nuevo juego de Auridial que habían recogido de su casa. Ni siquiera se había molestado en ponerle ladrillos por dentro, había
cogido la caja y se había largado sin más, cincuenta libras más
rico, solo le quedaban otras cuatrocientas cincuenta para llegar.
(Y si había algo que le rondaba, como que Pesopluma no

hubiese preguntado por la última venta, ni por su parte, bueno, pues por el momento lo ignoró. Estaba convencido de que estaba en racha).

—Estarás echando un vistazo, ¿no? —le apremió—, por si aparece la peña de Holloway Road. —Pesopluma gruñó lo que podría haber sido un «sí» pero no transigió.

Patrullaron.

—Perdona, colega —dijo Dash a la siguiente víctima en potencia—. Supongo que no tendrás un minutillo...

Resultó que sí, que el chaval tenía un minuto. Al pararse para indicar una dirección (pensó), demostró que su educación no le había provisto con la suficiente munición como para tratar con gente como Dash, era demasiado educado, se preocupaba demasiado por no ofender. Antes de darse cuenta estaba delante de los portones de la furgoneta, mientras Dash, transpirando a raudales y con los ojos que se le iban arriba y abajo de la calle, le estaba enseñando un juego de altavoces.

—Cien —dijo Dash llegando a un acuerdo. Pan comido. Minutos después estaban todos en la furgoneta llevando el juego de Auridial hasta el apartamento del chaval. Dash apenas podía controlar el temblor de rodillas, era todo pura energía y nervios. Una vez que hicieron el reparto, volvieron a Clarke Street, alcanzando ahora cotas que Dash no veía desde los viejos tiempos: ¡el cupo del día vendido! Ya era hora de hacer buena mella en el Speakers' Corner. (Pesopluma seguía sin decir palabra. «Está oyendo las ventas», pensó Dash. Vamos, que podía oír el dinero que se estaban agenciando. Pero ni pío).

Vuelta a Holloway Road. ¿Qué se dice cuando un negocio va viento en popa? Dinero a espuertas. Eso es lo que estaba haciendo. Pero todo para obtener el capital. Consultó el reloj, contando las horas entre ese momento y el encuentro con Chick, y pensó que si seguían a ese ritmo era probable que lo consiguiesen.

«¿Cómo va eso, colega?».

«Perdona, colega».

Al cabo de una hora ya había vendido otros dos juegos de altavoces. Estaba a medio camino de lo que le debía a Chick y empezó a soñar con escaparse del incendio. Se detuvo a pensar, mientras comprobaba cada dos por tres si venía la furgoneta enemiga, pero a gusto en su papel. Volvía a sentirse como el viejo Dash, con labia e ingenio, no el pobre desgraciado en el que se había convertido en los últimos tiempos, el titubeante de los «Y si...».

Pagarle a Chick, volver a casa, ponerse el traje de Warren (Versace, muy bonito), ir a ver a Gary Spencer a las siete. Se puede hacer, pensó, consultando una vez más el reloj.

«¿Cómo va eso, colega?».

«Perdona, colega».

Vendió otro par. Esta vez por cien. Nada mal.

Se puede hacer, pensó, mientras volvían a toda carrera hacia Clarke Street, a por más altavoces. Se puede hacer.

OCHO

—PERO, MAX, PENSÉ QUE NO VOLVERÍA A VERTE EN LA VIDA.

—Hola, Verity. —Una sonrisa forzada y sardónica. Intentaba sonar juguetón, como si sus problemas fuesen un par, no una legión.

—Vale. Hola, Max, ¿qué tal? Bien, muy bien. Pero la última vez que te vi...

—Ver, ¿puedo pasar?

Frunció los labios y decidió dejar que ocurriese lo que tuviese que ocurrir.

—Venga, entra. —Se echó a un lado para dejarle entrar, y cuando pasó delante de ella, arrugó la nariz—: Mira, Max —le dijo cerrando la puerta—, por favor, no te lo tomes a mal, pero hueles un poco.

Consultó sus indicadores internos y comprobó que no le importaba. No, perdón, ahí estaba, una pizca de vergüenza, en algún recóndito y oscuro lugar: al haberse permitido llegar al estadio de la toxicidad pública le había fallado en cierto modo a Verity, al apellido Coleman. Pero eso era todo, una diminuta punzada, una pizca. Había preocupaciones más acuciantes.

Aun así, entró en el juego y se olió las axilas:

—¿En serio? Lo siento. ¿Tan mal huele? Es el chaquetón.

—Ya lo sé. Está para tirarlo. No te lo aceptarían ni en Oxfam.

—Verity, de esas personas que llevan la ropa usada a las tiendas de caridad.

—Lo mismo en Age Concern...

Habían llegado a la cocina, a la cocina familiar, todo superficies resplandecientes, limpieza, organización. Ahora más que nunca se sentía como si no perteneciera a ese lugar.

—Creo que hasta los de Age Concern se taparían la nariz —dijo Verity sonriendo—. Tíralo y ya está, Max. Hace buen día, te estarás asando.

—Me gustan las mangas. Me cubren las cicatrices.

Verity lo miró fijamente y frunció el ceño. Ambos pensaron que había sido un golpe bajo, esa forma de excusar su hedor.

—Por lo menos podrías llevarlo a limpiar. —Carraspeó y se fue hacia la tetera.

Por un momento o así se permitió imaginar esa tarea otrora mundana, el acto de ir al tinte. A su antiguo «yo» le encantaban su olor y su calor casi insoportables, el felpudo que activaba el timbre, unas palabras con el simpático turco, o con su mujer, que mascaba chicle y era menos simpática pero de un oscuro atractivo.

—Vale —le dijo—. Lo llevaré a limpiar. —Sabiendo que nunca lo haría.

—¿Quieres un té? —le preguntó Verity, sabiendo que nunca llevaría el chaquetón al tinte.

—Gracias.

Al instante, Verity le puso enfrente una taza humeante y le alborotó el pelo.

Se acabaron el té antes de darse cuenta de que se lo habían bebido en silencio. A Verity le sorprendió y de pronto se sintió avergonzada y se preguntó en qué había estado pensando todo ese rato. Se levantó, recogió su taza vacía y arqueó unas cejas inquisitivas: ¿Has terminado? Max asintió y la contempló mientras iba hasta el fregadero, se ponía un par de guantes amarillos marca Marigold y le daba al agua caliente. Estrás-estrás del estropajo. Max se levantó:

—Lo cierto es que he venido para ver si tenías la copia del juego de llaves de mi furgoneta.

Hundió las tazas en el agua caliente y añadió un par de cosas más que había en el fregadero.

—Están en el cajón, pone: «Llaves furgo Max». —Lo dijo con un tono reprobatorio consigo misma de «No puedo evitar ser organizada».

—Gracias. —Fue hasta el cajón y lo abrió. Otra ventaja de ser un artesano: se le permitía ser despistado, prácticamente estaba en los estatutos. Así que podía perder las llaves con regularidad, y había hecho entrega de las copias a su hermana, para que las guardara. Dentro vio una carpeta de plástico. La típica cosa que alguien como Roger usaría para mantener en perfecto estado las preguntas del concurso. En esta ponía: «La noche del Quiz (versión Genius)», con fecha de varios días después. Tosió —una tos de disimulo— y sacó la carpeta del cajón, la enrolló y se la embutió de mala manera en el chaquetón. Luego hizo como que hurgaba hasta que vio la etiqueta blanca con las palabras «Llaves furgo Max»—. Eres genial, Ver, gracias.

Le correspondía reprenderle por haber perdido su juego. En vez de eso, se quitó los guantes y se volvió hacia él con una mirada grave y suspicaz:

—¿Para qué quieres las llaves de la furgoneta, Max? No tienes ni seguro, ni el impuesto pagado, y probablemente ni la ITV. No deberías cogerla. —Tenía los guantes en una mano, golpeándolos contra la palma como los comandantes alemanes de las películas.

—La necesito para un curro —le dijo—. Una cosa rápida.

Soltó los guantes sobre el escurridor:

—Por Dios, ¿qué clase de trabajo? ¿Para el Florence Nightingale de la cárcel?

Me apuesto algo a que nunca han descrito así a Chick, pensó.

—No, para un curro de muebles, como es normal.

Parecía seria:

—¿«Como es normal»? ¿Cómo que «como es normal»? Y, Max, ¿por qué no me has dicho nada del pequeño?

Le dio la espalda para que ella no le viese mentir.

—Me equivoqué. No lo tienen. Estaba sacando conclusiones apresuradas.

—Bueno, creo que tienes razón, pero aun así todavía queda esa fea..., lo que sea..., expoliación..., no, extorsión, de la que eres partícipe. Y ahora por lo visto vas a conducir la furgoneta de forma ilegal. Dijiste que te morirías si ibas a la cárcel..., parece que me estabas mintiendo.

—No creo que a uno lo metan en la cárcel por conducir sin seguro.

—Y ¿qué pasa con tus antecedentes?

El golpe pareció congelar la habitación. Los ojos de Verity estaban procesando y contrayéndose:

—¿Mis antecedentes? —No había necesidad de repetirlo; ella sabía lo que acababa de decir—. ¡¿Mis antecedentes?!

—No quería decir...

—No tengo antecedentes.

—Ya lo sé. No hiciste nada malo.

De repente estaba volviendo a las imágenes de su madre en una cama, la piel levantada y llena de manchas, ahogada, su cuerpo se había rendido, ya no intentaba procesar sus venenos. Todavía en prisión preventiva, a Max lo custodiaron cuando fue a visitar a su madre, que había intentado quitarle hierro al asunto: «Vaya, un hombre en uniforme. Qué honor». Max había ido a despedirse, todos lo sabían. Le dijo a Max que lo quería; que lo quería pasase lo que pasase. Incapaz de controlarse, sus ojos se volvieron hacia el guarda de la prisión que estaba en la habitación; Andy Morris le devolvió una mirada impasible, pero había comprendido el dolor de esas palabras. Que lo malo se pega...

—Pase lo que pase, ¿no, Verity?

—¡No quería decir eso! —chilló—. No quería decir eso, de verdad.

—Tampoco creo que mamá quisiese. No creo que los tipos de la cárcel quisiesen, ni la hija de la señora Larkin, ni el chaval que me llama Pede.

—No. No digas eso. Por favor, no digas eso. —Sus ojos llorosos ahora—. ¿Por qué tenemos que pelearnos? No quiero que nos peleemos.

Se puso en pie y fue hasta donde ella se había replegado, contra una encimera sobre la que pasaba la mano con la mente ausente, mientras se esforzaba por no llorar. Le pasó unos cálidos brazos alrededor y la atrajo hacia sí. El hechizo se rompió: ella se apartó, con cara de asco, «Puaj».

—Lo siento. —Volvió a su asiento, llevándose consigo su pestilencia—. Siento mucho haberte hecho pasar por esto en la vida. Si hay algo que quiero que sepas es eso.

Sabía que nunca se le perdonaría de verdad, incluso por algo que no había hecho; que nunca se perdonaría a sí mismo. Y en ese instante se dio cuenta de que, a pesar de que probablemente ella se despreciase a sí misma con cada átomo de su ser por culpa de cierta combinación de genes, educación, estatus y queridas creencias del hogar marital, no lo podía evitar: él se había convertido en una mancha en su vida.

Hubo un largo silencio entre ellos, un silencio durante el cual Max se debatió contra una oleada de soledad tan inmensa que pensó que se iba a ahogar.

Luego, al rato, dijo:

—¿Qué quieres decir con «Creo que tienes razón»?

—¿Sobre qué?

—Antes has dicho «Creo que tienes razón», cuando te he dicho que no tenían a Ben.

—Pues... porque creo que tienes razón.

—Ya, pero ¿por qué?

—Te lo voy a enseñar. Ven.

NUEVE

CHAMUSCADO, EL NEGRO GRANDE Y DURO QUE SALÍA EN LOS SUEÑOS barra pesadillas de Barnaby Horton, tenía una fijación con las horas capicúas. Las once y once: le encantaba. Si pillaba un reloj en el que ponía las once y diez se quedaba mirando hasta que los dígitos cambiaban a 11.11. Igual de izquierda a derecha que de derecha a izquierda. Una de sus favoritas era las diez y veintidós de la noche. Tenías que tener un reloj que marcase las veinticuatro horas, pero eso nunca había sido un problema para él. 22.22. En el salpicadero tenía un pequeño reloj de plástico con pies de ventosa. Chamuscado lo había comprado en una gasolinera junto a un ambientador de arbolito de un exagerado olor a vainilla. El reloj era como una pequeña burbuja tipo brújula, de modo que, lo pusieses como lo pusieses, la hora siempre quedaba recta. Parecía flotar como si estuviese suspendido en líquido. También Disponible en Blanco nunca había dado la vuelta de campana, por lo menos que Chamuscado supiese, pero ahora, si la furgoneta se quedaba con las ruedas apuntando al cielo, al menos seguiría pudiendo consultar la hora.

En ese momento tenía los ojos entrecerrados mirando el reloj-burbuja. Eran las tres y trece del mediodía y pronto serían las 15.15. Si eso contaba o no como capicúa stricto sensu, no lo sabía a ciencia cierta: quizá fuese simplemente simétrico. Lo mismo daba. Había gente que esperaba décadas para ver un planeta pasando por delante del sol a través de telescopios ta-

maño silo de misiles. Chamuscado esperaba para ver horas capicúas.

A su lado, Kris, el conductor —diferente en todo a Pesopluma salvo por su puesto—, estaba comiéndose un *pack* de tres
sándwiches del M&S de Holloway Road. Hacía tiempo que habían acordado una norma: «Prohibido el pollo frito en la furgoneta», por consideración a ambos, a la atmósfera de la furgoneta y a un sentimiento compartido de que dos negros en una
furgoneta blanca comiendo pollo de cajas empapadas en grasa
era más que un estereotipo. Lo mismo con la norma: «Prohibi-
dos los tabloides en el salpicadero». Aunque a veces ponían un
ejemplar del *Daily Telegraph,* pero solo en plan irónico.

Las tres y catorce. Algo llamó la atención de Chamuscado y
le hizo apartar la vista del escrutinio del reloj brújula. Una furgoneta blanca bajando por Holloway Road y pasando justo por
donde estaban aparcados, con el intermitente indicando el giro
hacia el Odeon. En la parte trasera, escrito sobre la mugre, estaba el «Atrévete a golpear el techo de este cacharro».

—¿Qué coño...? —dijo Kris. Él también lo había visto, muy su-
tiles que dijéramos no habían sido. Se le escaparon cachos de
queso y cebolleta de la boca al descolgársele la mandíbula.

Chamuscado y Kris vieron a Atrévete a Golpear saliendo a
trompicones de su campo de visión. Ambos tenían cara de
que les acabase de violar un caballo por sorpresa. Se miraron:
Chamuscado alargando el brazo ya para localizar el bate de
béisbol que guardaba bajo el asiento y Kris leyéndole la mente, girando la llave, la furgoneta volviendo a la vida con un
gruñido.

—Compadre, esos dos... Esos dos. Esos dos paletos de mierda. —Chamuscado estaba fuera de sí, indignado. Existía una
cosa llamada «juego limpio» y esto era un insulto a su idea de
juego limpio. Además, siempre estaba el respeto, o —por Dios santo— simplemente el miedo a los palos que Chamuscado y Kris
les iban a meter si los pillaban. La escena a las puertas de la
nave había sido el tráiler, no el número principal.

15.16. Se lo había perdido. Chamuscado sacó el bate de debajo del asiento y agarró el mango con puños temblorosos mientras giraban a la altura del Odeon y rebotaban ruidosamente sobre los badenes. Más allá (en cierto modo, en la lejanía), Atrévete a Golpear seguía tan campante, como si fuera la ama del lugar, como si tuviera todo el tiempo del mundo. Kris encogió la cara de dolor cuando la furgoneta rebotó peligrosamente sobre el badén, con un chirrido metálico al dejar a su paso marcas plateadas sobre el montículo.

—Sooo, compadre, más despacio —dijo Chamuscado—. Que te vas a cargar la furgoneta. —Kris relajó el pie del acelerador y También Disponible bajó el ritmo; aunque el otro equipo seguía llevándoles la delantera, ahora estaba llegando a un cruce.

Y sin parar. Siguiendo en línea recta a través del tráfico. Chamuscado y Kris se echaron hacia atrás en sus asientos como esperando que la colisión, a doscientos metros, les afectase. Pero no sobrevino ninguna colisión. Ambos, Chamuscado y Kris, soltaron al unísono un «cooo-ñoo», mientras el tráfico hacía un alto, chirriando, y los conductores pitaban, en tanto que Atrévete a Golpear giraba a la izquierda, ladeándose ligeramente, volviendo a la vertical, bamboleándose, pero alejándose al final ilesa.

—Nos ha visto, Chamu —dijo Kris—. Ha tenido que vernos.

Llegaron al cruce y se internaron en él con un poco más de tacto. Ni rastro de la otra furgoneta.

Chamuscado y Kris se miraron con el ceño fruncido; las 15.19, rezaba el reloj.

Parte de Pesopluma: exterior sombrío. Temblores importantes en las extremidades. En lo financiero, el índice Dash estaba alto. Gracias a la última venta ahora solo le hacía falta ganar 150 libras para poder pagarle al menos a Chick. No es que quisiera sacárselas y contarlas, no con el inquietante Pesopluma callado sobre el tema del dinero. Sin embargo, pensó sumando en su cabeza, estaba casi seguro. El problema era que el tiempo se le estaba viniendo encima. Las ventas no es que fuesen muy rápidas. Una vez que se soltaba el rollo luego todavía quedaba ir al cajero, y de nuevo de vuelta al cuchitril donde viviese el estudiante, y de nuevo a Clarke Street para una remesa fresca. Había pensado en meter un montón detrás, pero ¿por qué arriesgar cuando tienes una fórmula ganadora? Aun así, el tiempo se le iba de las manos. Todo el proceso podía llevar una hora, o quizá más, dependiendo de la conducción de Pesopluma, que, en sus mejores momentos, no superaba ninguna de las mínimas nacionales y que, conforme avanzaba el día, era cada vez más errática.

Supo que el chaval les iba a dar problemas en cuanto lo vio. Mientras paraban, y antes de que Dash hubiese abierto la boca, ya tenía una cara que parecía decir que no podía creerse que se estuviesen aprovechando de él de esa manera. Tal vez fumado, pensó Dash, o era más probable que fuese su estado por defecto, cierta empanada mental:

—No te lo vas a creer, colega.

El chaval pareció recular, como si no se hubiese dado cuenta de que la furgoneta había parado junto al bordillo. Se puso una mano a modo de escudo sobre la frente y miró a Dash con los ojos entrecerrados.

—¿El qué, colega? ¿Creer qué?

—Lo que tengo aquí. Vas a querer echarle un vistazo, te lo aseguro. —Estaba echado hacia delante, con ambas manos por fuera de la furgoneta, haciendo señas a Empanado. Empanado avanzó unos pasos con cautela, mirando a ambos lados, y escorando la cabeza para ver el folleto de Auridial que Dash le estaba tendiendo—. Tengo un par de estos aquí detrás. Nuevecitos. ¿Cuánto les echas?

Empanado tenía cara de estar pensándoselo, pero sin llegar a captar el componente retórico.

—Mira, aquí, te lo enseñaré. —Dash interrumpió sus pensamientos para señalarle el precio en el folleto.

El chaval dio un pequeño respingo de la impresión y asintió con entusiasmo:

—Guau. Eso es una pasta gansa.

—Son Auridial de verdad, ¿ves? —dijo Dash—. Y ahora pregúntame por cuánto te los dejo... Vale, te lo diré. —Mientras se bajaba de la furgoneta y abría los portones traseros, soltó el rollo de siempre, toda la historia del deshacerse de ellos, un dinerito para birras—. Vamos, para salir una noche, por lo menos. ¿Cuánto calculas que cuesta salir una noche?

Los altavoces estaban en el borde de la furgoneta.

El chaval se encogió de hombros:

—No sé lo que vale salir una noche, tío, yo solo voy a la asociación de alumnos, ¿vale? —Sonrió y simuló un pequeño baile, con los brazos pegados a los costados, algo aproximado, se suponía, a una noche en la asociación de alumnos.

—Bueno, pues unas cuatrocientas libras, calculo yo.

—Joder, eso serán tus salidas nocturnas, a lo mejor.

—No es algo literal, tío. Lo que quiero decir es que te dejaría los altavoces por eso.

La boca de Empanado se torció:

—¿A mí?

—Si los quieres. Y créeme, yo mismo tengo un par..., los quieres.

—Bueno, es que no tengo ni cien, tío, lo siento. —Empanado estaba a medio camino entre la confusión y la verdadera lástima por no tener la pasta. Algo llamó su atención y miró al fondo de la furgoneta:

—¿Vais de barbacoa o algo?

Esperemos que no, pensó Dash, pero ignoró la pregunta:

—Vale, venga, pasaré por el aro —reconoció el cliché gesticulando—. Te los dejaré por cincuenta. —Le dio una palmadita afectuosa a los altavoces; no muy fuerte, claro.

Empanado se lo pensó durante demasiado rato, con muchos «hums» y «ajás», hasta que Dash empezó a temer que Pesopluma saltase de la cabina y repitiera la actuación del día anterior.

Finalmente los tres acabaron en la furgoneta, con Pesopluma llevándoles hacia Holloway Road, donde Dash y el chaval fueron al cajero del ATM. De vuelta en la furgoneta, el cliente les indicó.

—¿Por qué por allí abajo? —le preguntó Dash—. Te vimos dos calles más arriba. —No le gustaba la forma que tenía Empanado de escudriñar a su alrededor, como buscando señales que le fuesen familiares, de la forma en que lo harías si no conocieses muy bien un sitio.

—¿Eh? ¿Entonces no es aquí? —dijo. Misterio resuelto.

Pesopluma bufó en voz alta. Sus temblores parecían haberse intensificado; empezaba a semejar a un hombre en una silla eléctrica. Y Dash podía sentir la irritación brotando de él, el familiar hedor a *eau* de Pesopluma.

—Ahora a la izquierda —indicó el chaval, escudriñando.

—Por aquí tampoco es —dijo Dash estirando el cuello para intentar ver alguna señal.

—Sí, pero es que no vivo en la calle donde me recogisteis. Pero se llega por aquí.

—Ya, pero si volvemos al sitio del que partimos a lo mejor puedes encontrar el camino desde allí.

Siguieron y llegaron a un cruce. Un chirrido de cambios doloridos cuando la furgoneta se paró con una sacudida ante un stop.

—Ahora a la izquierda —dijo el chaval, al parecer ignorando a Pesopluma.

Este se pasó de revoluciones y la furgoneta se subió al bordillo al girar. Dash miraba a su alrededor como si apenas pudiese creer lo que veían sus ojos:

—Pero si esto es Holloway Road —exclamó soltando un gallo. Estaban en Holloway Road, volviendo calle arriba, a punto de describir un círculo casi perfecto, medio camino hacia Camden y vuelta atrás—. Mira, gira ahora a la izquierda —indicó; se sentía como el listo de *Los tres chiflados*.

—Por ahí no es —dijo Empanado. Gran buff de Pesopluma. El chaval ni se inmutó.

—Ya sé que no es por aquí —dijo Dash. En realidad, estaba hablando para los dos, intentando apaciguar a Pesopluma al mismo tiempo—. Pero como empezamos aquí, puedes volver tras tus pasos, ¿no?, por donde viniste.

Saltaron sobre los badenes de la carretera, cada sacudida mareaba aún más a Dash. Al pasarse la mano por la frente se le quedó empapada. Intentó hacer respiraciones profundas.

—¿Por donde vine? —repitió Empanado, con cara de confundido—. Pero si vine de casa de un colega.

—Me cago en la hostia —gruñó Pesopluma a su lado. La furgoneta se embaló y los tres saltaron sobre sus asientos.

—A la derecha en el cruce —dijo el chaval. Y luego—: No, a la izquierda.

—¿Te decides o qué? —espetó Dash, y luego, de pronto, a Pesopluma—: ¿Te importaría ir más lento?

—A la izquierda, fijo —dijo Empanado, aporreando el salpicadero, convencido.

Y Dash también tenía allí las manos, agarrándose, para volver a ponerlas luego en el asiento, mientras la furgoneta —sin reducir, con la cara de Pesopluma hecha un cuadro de violencia reprimida— se saltaba el cruce casi en volandas.

Por un instante o así Dash se sintió desorientado, como si estuviese surfeando por el techo de los coches, la furgoneta parecía ir a la deriva por la carretera, las ruedas perdían adherencia. Pesopluma torció el gesto mientras amarraba el volante para enderezar. Quemando goma y provocando pitidos a su paso.

—Dios —consiguió decir Dash, la palabra ahogada.

Empanado estaba medio volcado en su asiento:

—La hostia puta —resopló, aterrorizado—. Vaya forma de conducir, colega. —Pareció reparar por vez primera en la presencia de Pesopluma al inclinarse sobre un Dash todavía petrificado para expresar su cumplido.

—Me cago en la hostia —dijo Dash una vez recuperada la función de decir frases completas—. Solo dinos dónde vives. Y tú —a Pesopluma—, ¿te importaría ir más lento?

DIEZ

LES HABÍAN ENTREGADO EL COCHE ESA MISMA MAÑANA. TENÍAN QUE irse por la tarde. Lo utilizaron para ir al Syp, el supermercado* más cercano: una extraña y homogénea colección de panes raros, de carnes con pinta de incomestibles, de Nescafé y de Heinz. Y de pornografía. Por lo menos la ponían en el estante superior, pero, por Dios, pensó Merle, con los ojos que se le iban hacia arriba como si estuviesen accionados por cables, algunas de estas cosas... Echó un vistazo a las novelas de bolsillo en busca de algo para leer en el viaje de vuelta. Todo lo interesante estaba en alemán, así que se reunió con su mujer, que llevaba una cesta. Había algunas cosas que quería comprar para el viaje: botellitas de agua para ambos, unas toallitas húmedas, unos caramelos para la niña que les había cuidado el gato y una botella de algo horrendo y verde para un vecino. A su alrededor la sal de la tierra compraba comida. La mayoría eran ingleses y alemanes, y justo como Merle los recordaba, solo que con menos ropa: chillones, detestables, pasando aparentemente de todo, hasta de sus hijos. Pronto, pensó sombrío, de hecho, en cuestión de horas, se vería obligado una vez más a compartir con ellos el espacio aeroportuario.

Su mujer se detuvo y cogió unas pastas Jaffa de fresa; o, para ser exactos, unas pastas imitación pastas Jaffa. La única gratifi-

---

* En castellano en el original. *(Nota de la traductora).*

cación de las vacaciones había sido, por lo que Merle pudo ver, poder comprarlas de un sabor diferente al de naranja.

—¿Te quieres llevar un paquete a casa? —le dijo blandiéndolas ante él.

—Sí, perfecto, gracias —le contestó, emocionado.

—Bueno, en realidad no tenemos mucho sitio y además se van a espachurrar... —Se rió, y volvió a ponerlas en el estante.

Un niño pasó deslizándose a su lado y Merle reflexionó sobre el hecho de que los supermercados de su país no tenían baldosas deslizantes como esas; de hecho, la última vez que había ido a uno, tenía anuncios pegados por el suelo. Pegatinas gigantes pisoteadas por miles de pares de zapatos. Por Dios, vaya sitio... Toda la mugre estaba en los estantes.

—Bah, era broma, te puedes llevar un paquete si quieres —le dijo, y Merle cogió uno mientras le echaba una mirada de «Cuidadito, a ver por dónde vas» al niño deslizante.

Avanzaron.

—Pero tienes que llevar tú la cesta, caballerete —le dijo, y se la pasó. Se pararon delante de la bebida.

—Por cierto, ¿puede ser que te oyera ayer preguntando por Trisha Campbell? —Lo miró, mitad sonrisita, mitad acusación.

—En acto de servicio. Es la mujer de Chick.

—Ah, ya veo —dijo con malicia. Uno tenía que andarse con cuidado cuando Karen se ponía así, lo sabía. Solía emplear el truco de hacer como que se tomaba algo a bien, para que te confiaras más de la cuenta y caer entonces sobre ti. Lo que significaba que nunca podías dar por sentado que estaba de broma—. Y ¿qué tal estaba Trisha Campbell, la chica a la que una vez me dijiste que debería parecerme más?

Había sido hacía casi veinticinco años. Trisha Campbell llevaba la falda de una forma que le gustaba. Por aquel entonces pensaba que Trisha era una especie de diosa de la moda (él no estaba presente cuando el resto de chicas la llamaban zorra), así que le había sugerido a Karen que se pusiese la falda igual. No era que quisiera que se pareciese un poco más a Trisha Campbell, solo en ese aspecto del vestir, eso era todo. Merle intentó explicárselo mientras pasaban por un mostrador con enormes garrafas de agua con asas de plástico.

—Bueno, venga, y ¿qué tal estaba? —dijo Karen, ahora con una sonrisa amplia.

—Bien, está bien. Se ha puesto tetas. —¿Para qué tenía que decir eso?

—¿En serio? Vaya, Clive, se ha puesto tetas. Clive..., te estás poniendo colorado.

—No es verdad.

—Sí es verdad. Y estás poniendo esa sonrisa, como si te bailasen los labios. —Sacudió la cabeza por lo asquerosos y predecibles que podían llegar a ser los hombres—. Trisha Campbell. Poniéndose tetas, a su edad —se dijo para sí, y luego a Clive—: ¿Cómo de grandes?

—Y yo qué sé.

—¿Cómo? ¿No te has enterado? Me sorprendes, Clive. Seguro que se las ha puesto enormes. Unas enormes y caídas.

—La cosa es que —le dijo Clive, queriendo ser el artífice de sus risas, no el objeto— se las regaló Chick por su cumpleaños.

—¿Por su cumpleaños? —Se rió—. Bueno, pues no vayas a coger ideas. Con colonia voy que vuelo.

PODÍA SER QUE CHAMUSCADO Y KRIS NO FUESEN MUY AFICIONADOS A los estereotipos, pero aun así había situaciones que los pedían a gritos, y una de ellas era estar como estaban ahora, sentados con el cuerpo hacia delante, rastreando las calles en busca de Atrévete a Golpear. Al menos eso es lo que pensaba Chamuscado mientras se caldeaba, golpeando el bate lenta y significativamente contra la palma de la mano, el tac-tac del bate contra la carne, el único sonido en la cabina mientras buscaban a su némesis: «Me voy a atrever a golpear tu puta cabeza, hijo de perra», pensó Chamuscado, una pequeña parte de él aplaudiendo ante la idea.

Llegaron a un cruce: a la derecha, dirección Camden, el tráfico a paso de tortuga; a la izquierda, Islington. Estiraron el cuello a ambos lados en busca del equipo rival. Hubo un flash de rojo librea cuando pasó un autobús de dos plantas que se detuvo, y otro tanto hizo una furgoneta que cangureaba ilegalmente por el carril-bus.

Se paró a la derecha del cruce, de modo que las furgonetas quedaron en ángulo recto, formando un Atrévete a Golpear en Blanco. Chamuscado y Kris se quedaron boquiabiertos al ver a los tres ocupantes de la cabina, que parecían estar en medio de una fea desavenencia.

El tipo del medio, el altavocero blanco, miró hacia ellos, luego volvió a sus gritos y de repente reaccionó y los miró de nuevo. Entrecerró los ojos y pegó la cara contra la ventanilla, a lo «¿Estarán engañándome mis ojos?».

Se quedó mirándolos fijamente. Chamuscado y Kris le devolvieron la mirada. Chamuscado levantó el bate para que lo viese. El altavocero blanco dio un brinco como si le hubiesen dado un pellizco en el culo y luego se volvió hacia su conductor y le gritó algo. Que fue:

—Vamos. Mierda puta, vámonos, mueve el culo. Son los de Holloway Road.

Habían llegado como una bala por el carril-bus, una máquina de gritar tricéfala. Pesopluma había roto por fin el irritante silencio y los tres se habían puesto a discutir a la vez, Dash, forzado a asumir el papel de pacificador.

Por fin Pesopluma siguió la estela del dedo de Dash y vio la furgoneta, y el bate, y giró el volante a la derecha hasta el tope y sacó el vehículo del carril-bus para reincorporarse al tráfico. Los coches le hicieron sitio, el justo. Se abrió un camino y Pesopluma introdujo la furgoneta por él, sorteando el tráfico hacia el carril rápido, por donde la carretera estaba más despejada, el motor que aceleraba, los cambios que se quejaban.

Un vistazo al retrovisor lateral informó a Dash de que Chamuscado y Kris habían hecho lo mismo, utilizando el canal creado por el maniaco de Pesopluma para salir a su vez del atasco. La furgoneta de ellos: misma marca, mismo modelo, probablemente del mismo año. Solo que a Dash le parecía más rápida, más elegante y agraciada: no tenía a Pesopluma al volante, ahí estaba la cosa. Ahora Dash se agarraba al salpicadero con ambas manos. A su lado Empanado hacía lo propio. Ya no ignoraba a Pesopluma: había tomado conciencia del peligro en cuestión.

—Hum, mira, tío —dijo Empanado—, quizá deberías devolverme el dinero, ¿no? Déjame por aquí. Ya me las apañaré para llegar a casa.

—No te preocupes, te llevamos a casa —dijo Dash haciendo todo lo posible por que pareciera simplemente un problemilla técnico. Pesopluma se metió en otro carril bus, pasando como un bólido junto a los coches del carril exterior. ¡Joder, tienen cámaras que graban estas mierdas! ¡Si nos ve la policía estamos jodidos! Tras ellos, También Disponible en Blanco les pisaba los talones. Dash ya no podía ver a sus ocupantes, solo la empecinada cabina, con la rejilla como enseñando los dientes, el morro apuntando al suelo, dándoles caza—. Gira a la izquierda. —Quería salir a toda costa de la avenida principal.

Pesopluma dio un volantazo y, una vez más, la furgoneta se balanceó rozando el peligro al doblar la esquina.

14.39. Dentro de poco serían las 14.41, y esa, pensó Chamuscado con la cabeza en otra parte, era probablemente una hora capicúa de verdad. El pequeño reloj-burbuja vio cómo interrumpían su trabajo en posición supina al doblar ellos también por la bocacalle.

Un poco más allá, los dedos de Dash eran como garras sobre el salpicadero. Estaba petrificado, medio esperando a que saliera un niño de entre los coches aparcados siguiendo una pelota alejándose a botes de él. O una vagabunda con un cochecito lleno de bolsas de basura que sería lanzado por los aires a manos de la furgoneta infractora mientras ella agitaba un puño con rabia. Empanado no decía ni pío, bien por sensatez bien porque simplemente estaba demasiado asustado como para hablar, Dash no sabría decirlo. Los tres estaban ahora como propulsados hacia delante, medio preparándose para el impacto, medio queriendo avanzar.

—A la derecha —dijo Dash, intentando pensar, calculando que no debían de estar muy lejos de Camden, donde podrían darle esquinazo a la otra furgoneta, a las espaldas del mercado, deshacerse del puto chaval y luego... ¿Luego qué? Miró por el retrovisor: También Disponible ganaba terreno. Podía ver las caras de los dos, podía ver algo rojo, como un ambientador, pegado en el salpicadero; podía ver la punta del bate de béisbol en las manos del copiloto (y si hubiese podido congelar la imagen y verla con tranquilidad podría haberse reído porque parecía que estuviese agarrándose su propio, inmenso e inverosímilmente protuberante pene). Y entonces llegaron al cruce, mientras Pesopluma les regalaba los oídos con un grandes éxitos de conducción temeraria: subirse a la acera, meterse a toda leche entre el tráfico que venía de cara y que los recibía con una mansalva de cabreados bocinazos de conductores maniobrantes, con caras entre el miedo y la rabia.

Pese a todo, había que chocársela al hombre grisáceo. No le había dado ni a un solo coche, nada les había dado y, lo que era más, estaban saliendo del cruce, a todo trapo..., ¿y También Disponible en Blanco? Dash oteó el horizonte. Allí estaba, rindiéndose en el cruce, no intentó nada tan suicida, pronto se convirtió en otro punto más del espejo.

—Creo que los hemos despistado —dijo Dash, algo que solo se suele oír en las películas. La idea le hizo reír. Junto a él, a Empanado se le pegó la risa y empezaron a reírse nerviosos, con risa de blanquitos. Pesopluma frunció los labios con ira contenida y escupió un pollo por la ventanilla.

De pronto, Empanado —quizá la excitación de la persecución había unido alguna conexión suelta— experimentó una mejora, y bastante rápida, con el rollo de las direcciones. Unos minutos después estaban aparcando delante de una fila de casas de estilo victoriano, donde se bajaron él y Dash. Este, un manojo de sudor nervioso, con la cabeza dándole vueltas, le ayudó a llevar los altavoces hasta el portal. El chaval se despidió:

—Ha sido la caña. Creo. —Fueron sus palabras de despedida.

Dash cerró los portones de un golpe y vio garabateadas las palabras «Atrévete a golpear el techo de este cacharro».

—Qué subnormal. —Enfadado, las borró con el puño, dejando una franja limpia sobre la mugre.

Se montó y miró hacia Pesopluma:

—Buen trabajo —le dijo—. Eso sí que es conducir.

A Pesopluma le halagó el cumplido, pero lo expresó lanzándole una mirada de vaya-nenaza a Dash, y luego:

—¿Adónde, compadre?

—A casa, de vuelta, a por otra caja.

—¿Y luego?

—Otra vez aquí.

Donde habría demonios, sí, pero no tenía otra opción: la hora se le echaba encima y él todavía no había llegado. Tenía un único deseo ciego y ocultabates: conseguir la pasta.

DOCE

—¿QUÉ ES LO QUE TENGO QUE VER? —MAX ESTABA SENTADO FRENTE
a la pantalla del ordenador de Verity, que tenía la mano en el ratón.
Verity estaba contenta consigo misma. La revelación de Max
le había quitado el sueño, así que había ido de puntillas hasta el
ordenador, bien temprano, para ver si podía encontrar algo que
le devolviese la paz. La idea de ir a la policía la torturaba: la leal-
tad a su hermano tirando de ella por un lado, el deber ético, moral y cívico, por el otro. Buscaba algo para acallar su conciencia.
Y lo había encontrado. Había localizado algo que le había hecho dar un respingo y un grito ahogado. Como le estaba diciendo ahora a Max:

—No pueden tenerlo, porque, mira... —Y le dio a una página del historial.

Max leyó:

DEVOLVÁMOSLO A CASA

Tiempos extraordinarios requieren acciones extraordinarias.
Y en esta la peor época de todas, cuando un niño de seis años puede ser secuestrado en medio de una estación de metro de Londres, todos debemos aportar nuestro granito de arena.

Esa es la razón por la cual ofrecemos hoy una recompensa de
150 000 libras por cualquier información que pueda llevar al feliz regreso de Ben o a la identificación de sus captores.

ES LO MENOS QUE PODEMOS HACER.

El director Griffin Todd ha dicho: «Es nuestro deber reflejar los deseos de nuestros lectores y en estos momentos la nación tiene un único anhelo:

»VER A BEN REGRESANDO A SALVO CON SU FAMILIA.

»Esperamos que ofrecer esta suma de dinero suponga el incentivo final para que alguien dé un paso. Alguien, en algún lugar, tiene que saber dónde está Ben. Puede que conseguir cierta seguridad financiera les convenza para hacer lo que saben en lo más hondo de sus corazones que es lo correcto».

Como responsable de las investigaciones para encontrar a Ben, el detective e inspector jefe John Strapping ha afirmado: «Estamos convencidos de que Ben está vivo pero está siendo retenido contra su voluntad, probablemente por una mujer. Puede ser una mujer que conoces. Tal vez una amiga, una vecina o un miembro de tu familia que haya estado actuando de forma extraña últimamente. Si crees que sabes quién es esta persona te ruego que te pongas en contacto con nosotros. Necesitamos tu ayuda».

Nosotros, hoy, hemos hecho lo que hemos podido por ayudar. ¿Y TÚ?

TRECE

—POR SER TÚ, CIEN.
Iba a ser la última venta del día. Todavía no lo sabía (aunque
lo deseaba con todas sus fuerzas, claro), pero también iba a ser
la última vez que vendía unos altavoces. Lo gracioso era que ese
día estaba imparable. Conforme iba juntando el dinero, que se
metía a modo de agradable y tranquilizador bulto en el bolsillo
de los vaqueros, también iba ganando en confianza. Si no hubiese
tenido tanta prisa, y no le aterrase la hora límite, era probable que
los hubiese vendido por su precio normal; así de bien le estaba
yendo el día.
Pero eso era un lujo que no podía saborear. Miró el reloj y
vio que le quedaba —¿cuánto?— una hora para conseguir el
resto del dinero y llegar al Flat Cap a las seis. Entregar el dinero
(y con suerte evitar la ya tradicional visita a los servicios y besar
el suelo como el Papa) y luego volver a casa, ponerse sus mejores galas y largarse para la entrevista de trabajo.
Así que no, no se iba a arriesgar a intentar venderlos por su
precio, necesitaba la pasta y punto.
El estrés del día había hecho mella en el folleto de Auridial.
Estaba agotado. Colgaba de la mano del nuevo cliente como una
hoja de col hervida. Estaba al borde de la extinción, de la desin-
tegración. El chaval apenas lo miró, extasiado como estaba por
los altavoces que (loados sean) nunca fallaban a la hora de ejer-
cer su magia. Posaban allí como sexys sirenas que le estuviesen

invitando a un destino fatal. Los miraba imaginándose sentado bajo su sombra, con los estantes retumbando.

—¿Cómo es que solo pides cien?

Dash pudo ver una furgoneta blanca que bajaba por la calle, a unos doscientos metros, acercándose por la retaguardia, pero era demasiado pronto como para saber si albergaba a los de Holloway. Tenía que decidirse: pasar del cliente y correr, o aguardar y esperar que no fuesen ellos. Estaba demasiado cerca para abandonar ahora; decidió mantenerse firme.

—Bah, tío —dijo, apenas concentrado en lo que decía—. Es solo que me los quiero quitar de en medio. Lo único que quiero es una copa para mí y otra para él. —Señalando la cabina, con otro ojo en la furgoneta que se aproximaba—. Si te soy sincero, como se enteren de que los estoy vendiendo para sacarme algo, me largan del curro. No es algo que haga todos los días, ¿entiendes? Un dinerito para birras para mí, unos altavoces del carajo para ti. Todos contentos.

La furgoneta giró. Seguía sin poder decir si en ella iban o no los de Holloway. El alivio le dio a Dash un puñetazo amistoso en la barriga.

—Vale, venga, tío.

—Perdona, ¿qué? —Dash estaba distraído. Tenía la camiseta empapada.

—He dicho que sí. Que me los llevo por cien.

17.15. Chamuscado estaba mirando una vez más el reloj cuando la furgoneta antes conocida como Atrévete a Golpear el Techo de este Cacharro entró de repente en el campo de visión.

Aparte de extraterrestres o mujeres bicéfalas, la furgoneta enemiga era lo último que esperaban ver, una vez que habían asestado lo que creían era el susto final. (No habían contado con la desesperación de Dash).

Kris dijo lo que estaba pensando Chamuscado:

—Esos dos, compadre, son la hostia. —El blanco estaba junto a los portones traseros, se veía a las claras que en plena venta, hablando con un chaval que no paraba de asentir. Una vez más, Chamuscado y Kris se quedaron mirando con verdadero asombro la escena que se desarrollaba ante ellos—. O están mal de la cabeza o tienen los huevos de acero. Vamos a por ellos, ¿no?

—No, compadre, gira ahora a la izquierda.

Kris resopló en desacuerdo pero hizo lo que le había dicho Chamuscado, que le explicó la táctica:

—Hay que cogerlos de frente, para que no puedan escapar. Los trincamos y les cobramos el peaje. Seguro que llevan la recaudación encima, compadre. Gira a la derecha.

Giraron a la derecha y salieron por una calle paralela a la de Atrévete a Golpear. Dos giros a la derecha más e interceptarían la otra furgoneta.

Entretanto, Dash había subido a la furgoneta y ayudaba a entrar al chaval.

—Cajero... ¿Qué banco es?

—Cualquiera vale, el Barclays, pero me vale cualquiera.

—Vale, vamos a Holloway Road. —Pesopluma hizo el peor cambio de sentido del mundo, calando la furgoneta y provocando los bocinazos rabiosos de un Nissan cutre, pero volviendo finalmente por donde habían venido.

Lo que significaba alejarse de También Disponible en Blanco, que entraba ahora con orgullo y sigilo por la calle, esperando toparse de morros con el sollozante morro de Atrévete a Golpear.

Una vez más, Chamuscado andaba con la parodia de sí mismo: golpeteando el bate de béisbol contra la palma de la mano. Ante la no-visión se detuvo:

—¿Dónde se han metido, compadre?

No quedaba ni rastro de Atrévete a Golpear en la calle. Kris, frustrado, golpeó el volante con los nudillos, lanzándole a su compañero una mirada de «La has jodido».

—Tranqui —dijo Chamuscado peinando la acera con los ojos, pensando rápido. No había ni rastro del cliente de Dash—. A Holloway Road —ordenó—. Probemos en los cajeros.

Eran las 17.18.

Le dijeron al chaval que se diese prisa porque había un guardia de tráfico al final de la calle. Como estaba un tanto nervioso por el conductor (probablemente jamás se habría montado en la furgoneta si hubiese sabido que el conductor iba a: a) oler tan mal y b) irradiar una aureola de rabia apenas controlada), y porque quería acabar pronto con todo, no pidió resguardo ni miró el saldo ni contrató una hipoteca ni ninguna de las otras movidas que puedes solicitar en un cajero. Tecleó los números, agarró la pasta y salió flechado de vuelta a la furgoneta.

Dentro Dash le había estado comentando a Pesopluma que era la última venta del día; que en cuanto acabasen con el chaval, repartirían el dinero y cada uno se iría por su lado, ¿estamos? Contempló la cara de Pesopluma a la espera de una reacción, porque seguía preguntándose cómo iba a acabar la historia (cómo iba a reaccionar el hombre grisáceo cuando hiciesen el reparto y su tajada no fuese gran cosa). No muy bien, pensó. La garganta se le contrajo con la sola idea.

—Listos. —El chaval que volvía a la furgoneta, y el conductor que arrancaba, los tres apretujados en la parte delantera, sin comprobar los retrovisores para ver cómo También Disponible en Blanco se incorporaba a Holloway Road y sus dos ocupantes veían que el chaval se montaba en la furgoneta y esta salía por delante de ellos.

—Más pasta para nosotros —dijo Chamuscado, contento de haber acertado, de no haberla cagado. Contento también de poder servirse un extra de quinientas libras o así.

Advirtió que el altavocero de delante había borrado el «Atrévete a golpear el techo de este cacharro» de los portones traseros y en su lugar había una franja limpia. Sacudió la cabeza, sonriendo. Vaya payasos.

—Síguelos, compadre.

Siguieron a la furgoneta rival hacia Archway, pasando por la Private Shop, hacia donde Chamuscado y Kris giraron la cabeza como por instinto, para controlar si veían a algún conocido saliendo o entrando. En cabeza, Atrévete a Golpear entraba y salía de la circulación, Pesopluma utilizaba el carril-bus con arrogancia. Mientras Disponible, un usuario con más clase y delicadeza, mantenía las distancias, esperando el momento oportuno, sin querer descubrirse antes de tiempo.

Dash, Pesopluma y el chaval miraron como por instinto la Private Shop al pasar por delante. En el retrovisor lateral, Dash pudo ver una instantánea de furgoneta blanca, que desapareció momentáneamente detrás de un autobús. Volvía a estar demasiado lejos como para ver si llevaba a los de Holloway Road. Mientras observaba vio cómo reducía para dejar pasar a un coche en un cruce, sin prisa alguna. No eran ellos, pues, y volvió a su callada inquietud, permitiéndose creer que todo iba a salir bien.

Giraron en Archway y doblaron por la calle del chaval, quien, a Dios gracias, sabía a ciencia cierta dónde vivía. Dash le ayudó a sacar los altavoces y se los llevó hasta el portal y, una vez que hubo dejado los altavoces y al chaval en el vestíbulo, se despidió y volvió zumbando a la furgoneta. Escudriñó la carretera. En el cruce con Holloway Road había otra furgoneta blanca. La visión lo paralizó. Estaba aparcada, aunque no recordaba haberla visto allí al doblar. Pero estaba aparcada y, además, a cierta distancia. Aguzó la vista pero fue incapaz de ver si había alguien dentro y deseó que todas las furgonetas blancas no pareciesen la misma, que el otro equipo le hubiese puesto algún rasgo distintivo (bueno, uno que se pudiese ver). Pero no podían ser ellos, allí aparcados sin más. Se subió a la furgoneta.

—Ha vuelto —dijo Chamuscado.

Estaban oteando por encima del salpicadero. Se habían agazapado allí mientras discutían si enfrentarse ya a ellos o seguirlos un rato más, debatían las relativas ventajas del aquí o no aquí: formulaban el plan de ataque. Kris, desarmado, con solo unos puños entrenados en las calles de Finchley norte, se encargaría del copiloto. Chamuscado se había pedido al negro esmirriado, al que le había cogido una manía increíble (y, no lo sabía pero lo sospechaba, del todo recíproca). Pero ¿aquí o no aquí? Se ahorraron tomar la decisión porque Dash reapareció, miró a su alrededor, se detuvo, en postura topillo, para otear, y volvió a la furgoneta. «Fiuuu», soltaron. No sabía que eran ellos. Kris se incorporó en el asiento y encendió el motor. Sus ojos se clavaron en el tubo de escape de Atrévete a Golpear y se quedaron esperando a que humeara.

322

Pero no lo hizo.

En el interior, Dash miraba por el retrovisor. La otra furgoneta seguía allí. «No son ellos —se decía—. Tranquilo, no son ellos». Aunque...

—Nos movemos, ¿o qué?

Pesopluma tiró una colilla por la ventana, se volvió y echó una calada tamaño pulmón a la cara de Dash, sumiéndolo en un sudario de nicotina del que emergió con los ojos llorosos.

—Qué va, compadre —dijo, despacio, a conciencia, con la voz como el crujir de una horca—. Íbamos a repartir, dijiste. Una vez que dejásemos al chaval. Qué te parece si lo hacemos ahora, ¿eh? —Sonrió con un rictus mortuorio y alargó una mano temblorosa.

—Vale, venga, sin problema. Aquí tienes. —Dash se echó la mano al bolsillo, la tela vaquera calada, el dinero pegándosele a la piel mientras hurgaba y sacaba un fajo de billetes hecho una bola. Contó el dinero mojado sobre la mano de Pesopluma. Billetes de diez empapados. Treinta, cuarenta, cincuenta.

Con la otra mano Pesopluma pasó el dinero de la palma extendida a su parte del salpicadero, a salvo. La otra mano se quedó donde estaba. La sonrisa calavera. La mano todavía allí, extendida y temblorosa. Ambos estaban mirándola, como si hubiese brotado de repente, sin que ninguno se hubiera dado cuenta.

—Mira, tío, eso es lo que te debo —dijo Dash, sin apartar los ojos de la mano. Lo decía como si no se lo hubiese estado esperando todo el rato, como si el día anterior no hubiese existido—. Ese era el trato.

—Nanay, compadre —arrastró las palabras Pesopluma—. Dame la mitad.

¿¿La mitad??

—Venga, tío. —Una gota de sudor tintineó sobre la camiseta, luego otra—. Le debo pasta a Chick. No puedo darte la mitad.

Pesopluma bufó:

—No me estás escuchando, nenaza. Dame la mitad.

—Podría contárselo a Chick. Es su dinero. Se lo debo.

Me voy a chivar. Sabía que sonaba de lo más acabado. Una versión más joven de sí mismo, el bufón de la corte en el reino de los matones, se habría burlado de la desgraciada víctima que hubiese dicho eso. En plan «Huy, qué miedo». Y ¿qué sería ahora de esas víctimas de edad inferior? ¿Habrían sentado la cabeza? ¿Triunfado? Había noches en que cogían el metro de vuelta a casa, después de unas copas con los colegas del trabajo, un tanto achispados, y sus pensamientos volvían a la época del colegio. Pensaban en Dash, en sus afilados comentarios en el momento del dolor. Lo odiaban incluso más que a los dueños de las manos que rebuscaban en sus chaquetas a ver si pescaban la comida del almuerzo, que les apretaban las corbatas tanto que no podían volver a desatarlas, que les abofeteaban y escupían. Lo odiaban más de lo que odiaban a los matones porque él no era nada sin ellos; soñaban con un uno contra uno. Ellos y Dash. Y fuese lo que fuese lo que estuviese haciendo ahora Dash, le deseaban lo peor. Tenían la esperanza de que ese bocazas, ese chaval respondón y mordaz, estuviese muerto o en la cárcel. Y de repente Dash deseó verlos. Pedirle perdón a Colin Stumple, el Tartaja. Cuando Stumple entraba en el radar de Dash, no importaba lo lejos que estuviese, incluso en la otra punta de un largo pasillo, Dash gritaba: «¡Es el Ta-ta-tartaja». Acompañando su vergonzoso recorrido, enfocándole con un descorazonador reflector, recibiéndole con un paseíllo de tartaja. Quería pedirle pe-pe-perdón a Colin Stumple. Quería pedirle perdón a Gavin Porter, al que su madre le preparaba un bote de zumo de naranja en el que una vez Dash se había meado y luego había esperado con sus colegas de cara diabólica a que, a la hora de comer, Gavin Porter abriese y olisquease su bolsa del almuerzo, con el cargamento de bote agujereado y meado de Dash. Perdón a Jason Vaya-cómo-era-su-apellido, porque no había hecho nada mientras Jason plantaba cara con hombría (demostrando más valor, carácter y resolución de los que Dash nunca tendría) a sus torturadores; no había hecho nada, solo había dicho citando al cómico Harry Enfield: «No creo que quisieses hacerlo», en la frase ingeniosa del día, mientras a las puertas del colegio Jason Vaya-cómo-era-su-apellido caía al suelo hecho un ovillo y unas crueles zapatillas se le hincaban sin piedad en el cuerpo, los brazos en molinillo para mantener el equilibrio. «No creo que quisieses hacerlo». Y dos grupis de los matones —dos madres solteras en estado de buena esperanza— riéndose con él mientras Jason Vaya-cómo-era-su-apellido levantaba la cabeza ensangrentada, mareado en el suelo, y le hincaban una última patada en el costado, el tabaco robado y el walkman requisado por las molestias.

Quería disculparse y decirles que todo estaba bien, que las cosas habían salido como cabía esperar, el mundo funcionaba como debía. Porque no había prosperado y no era feliz, se había hecho justicia, y ellos no se habían equivocado: no era nadie sin los matones.

—O me das la mitad o me lo quedo todo.

—No. —La palabra estaba desprovista de todo significado. Era una ahogada y patética estrategia de contención, para posponer lo inevitable. Y entonces Pesopluma rebuscó en su chaqueta y se oyó un clic de trinquete y Dash se vio con el cúter en el cuello. Jadeando, notó la presión de la cuchilla, supo que le había cortado y notó una diminuta gota de sangre caliente por el cuello. Tenía la barbilla ladeada y las cejas en un cómico arqueo, como si le hubiesen hecho contra su voluntad un rudimentario *lifting* facial.

—Ya —dijo Pesopluma con el labio torcido de alguien que se divierte torturando mascotas—. Dámelo ya.

—Agg, agg, vale —consiguió decir Dash, y levantó un brazo de «No tengo nada» para que Pesopluma lo viese, mientras apoyaba el peso en el otro lado, y a su vez Pesopluma apretaba la cuchilla contra el cuello minuciosamente, una mirada de advertencia, metía la mano en el bolsillo de los vaqueros de Dash y buscaba el resto del dinero. Sacó una coliflor de billetes y la tiró en el salpicadero, con el cuerpo todavía rígido, como si estuviese paralizado de cintura para arriba.

—Más —dijo Pesopluma. Presión de cuchilla contra cuello—. Hay más.

—Mira, por favor... —dijo Dash, y sintió en respuesta el cuchillo clavándosele en la garganta. Estaba apartándose de la hoja, con la cabeza ladeada, y viendo a la vez por el retrovisor cómo la furgoneta, que antes estaba aparcada, se movía ahora. Al menos él pensó que era la misma furgoneta. Era como si hubiese avanzado a paso de tortuga; ahora estaba parada dos coches más atrás.

17.38. Chamuscado y Kris se miraron, la furgoneta de delante no se movía.

—Avanza. —Chamuscado señaló un hueco entre dos coches detrás de Atrévete a Golpear.

También Disponible en Blanco se asomó por la calle, relinchando, con las grupas en tensión, Kris preparado para acelerar en caso de que Atrévete a Golpear quisiese escapar de repente de un brinco.

—Aquí —murmuró Chamuscado sin que fuese necesario, y se metieron en el hueco, con Atrévete a Golpear delante, el tubo de escape ni pío—. Apaga el motor, compadre, apaga. —Se quedaron un instante o así parados y luego Chamuscado inspeccionó la calle y estiró el cuello para mirar también calle abajo—. Vale —dijo, y agarró el bate. Tenía la mano en la manija, preparado para darle al pestillo—. ¿Listo?

Listo, Kris asintió.

—Vamos a reventarlos.

Y, Dash lo vio, la puerta del copiloto se abrió. ¿Un reparto, tal vez? Incluso con la cuchilla en el cuello, pensó eso, calibrando las posibilidades: un reparto, el conductor que sale disparado hasta la puerta de alguien, deja el paquete y vuelve en un santiamén. Porque no había nada que identificase a También Disponible en Blanco. Pero una vez más volvía a equivocarse porque (y pareció que el cuello se le encogía, con la cuchilla presionando, y Pesopluma: «Más. Hay más») sí que había algo, ¿no era así? La cosa esa sobre el salpicadero que parecía un ambientador. 17.39.

Debían de haber esperado un rato o así detrás de la furgoneta, dándose instrucciones el uno al otro, como mercenarios en una última misión en la selva. De repente, en el retrovisor: Kris con forma de espejo. Los ojos de Dash se volvieron hacia el espejo del conductor y allí estaba Chamuscado, una parodia del Hombre del Bate, encorvado y apretando el arma contra su pecho como un matón de videojuego.

Todo pasó tan, tan rápido... ¿No se suponía que estas cosas pasaban a cámara lenta? No era así. Le dio tiempo a pensar dos cosas: «Mierda», seguido de «Perfecto». Ya se estaba apartando del cúter, que se quedó suspendido en el vacío. Bajó el pestillo justo cuando Kris llegaba a la puerta y retorcía la manija con furia pero sin llegar a abrirla. Pesopluma se dio cuenta —demasiado tarde— de que tenía a Chamuscado detrás, un segundo más tarde que su compañero. Chamuscado abrió la puerta de golpe

—pom—, cogió a Pesopluma desprevenido, con los ojos como platos, y lo sacó de la furgoneta para depositarlo en el suelo con una facilidad increíble.

Pesopluma impactó contra el asfalto provocando un ruido como el de una alfombra enrollada lanzada desde un balcón. El bate se hundió en su cuerpo con el ruido de cuando se sacude una alfombra.

Le dio tiempo a un «Aggr».

Chamuscado vio que una mano agitaba un cúter (Pesopluma era todo brazos y piernas, como un insecto boca arriba) y le metió a Pesopluma en toda la muñeca con un elegante bateo. El cúter se cayó. Pesopluma rodó por el suelo e intentó levantarse mientras Chamuscado llegaba y se sentaba a horcajadas sobre él, con el bate alzado para asegurarse de que no se incorporaba, ni en broma. Sudando del esfuerzo, volvió a batear, esta vez con un «hijoputa» mientras lo descargaba. Y otra vez, ¿por qué no? «Hijoputa». Pluum.

—¡Hijoputa! —Pluum.

Un coche que se había parado en mitad de la calle empezó a dar media vuelta. El conductor estaba poniendo cara de que su idea había sido desde el principio pararse y dar la vuelta; como si no estuviese pasando nada más, nada de lo que debiera informar. Solo un par de negros a lo suyo. Probablemente algún asunto de drogas que se había puesto feo.

—¡Hijoputa! —Pluum.

Dejando a un lado la ironía, Chamuscado blandió el bate como si estuviera picando piedra en la mina, una parte de él imaginándose todo el rato que Kris estaba ejecutando su propia magia con el copiloto.

Pero Dash había cerrado la puerta y, mientras Pesopluma impactaba contra la carretera con el porrazo de alfombra, se precipitó hacia la puerta del conductor. Lo último que vio de Pesopluma antes de cerrar la puerta fue al conductor grisáceo adoptando la posición fetal —la de un feto que teme lesiones cerebrales—, en un desesperado intento de esquivar el bate.

Sin embargo, Dash seguía dentro, al igual que el dinero, y las puertas estaban cerradas, así que bajó el pestillo del lado del conductor y le dio al contacto.

El sonido de la puerta cerrándose sacó de su orgía de sangre a Chamuscado, que alzó la vista al tiempo que oía gritar a Kris. Se dio cuenta de que en el segundo frente la cosa no iba tan bien. La furgoneta arrancó y Chamuscado bateó contra la ventanilla del conductor. Dash se agachó y en un acto reflejo se protegió la cara con la mano. La ventanilla se resquebrajó. Apareció un pequeño agujero de tamaño anal pero el cristal no llegó a estallar, solo dio muestras de su desaprobación con un crujido que parecía no provocado y se abrió camino por la ventanilla como el que no quiere la cosa. Crac-crac.

Durante medio segundo, Dash se quedó verdaderamente sorprendido por la forma en que de buenas a primeras los acontecimientos le favorecían. Como si escapar ahora fuese abusar de la diosa Fortuna.

17.41. Se le pasó pronto. La furgoneta avanzó. Se le caló pero volvió a arrancarla. Y entonces, mientras conducía con los ojos en el retrovisor, vio a los dos altavoceros rivales, con un hueco tamaño furgoneta entre ambos. Kris estaba en la acera, jodido, no se lo creía; Chamuscado, en la carretera con Pesopluma a sus pies. Kris estaba viendo cómo Atrévete a Golpear ponía tierra de por medio y cómo Chamuscado volvía a centrar su atención en el compañero de Dash, alzando el bate y golpeando de nuevo. Dash lo vio y se estremeció, casi podía sentir el golpe. Ya estaba lejos, pero no lo suficiente como para no ver que Pesopluma había dejado de moverse.

Tenía la carretera despejada y los de Holloway no se molestarían en darle caza. Eran unos monigotes en el espejo y Pesopluma, un borrón en el suelo (que no se movía..., podía estar..., nunca se sabe..., podía estar...). Dash se paró en el semáforo. Estaba verde pero aun así se detuvo. Agachó la cabeza y miró atrás por el retrovisor. Pesopluma estaba inerte. Consultó el reloj y luego de nuevo el retrovisor.

17.42. El bate se alzó y Kris estaba al lado. Chamuscado se deshizo al instante del palo, apenas necesitó la mano restrictiva de Kris sobre él. A sus pies Pesopluma yacía con una pequeña burbuja rojo intenso de sangre y moco saliéndole de la nariz. Tosió y decoró el asfalto del mismo color. Estaba vivo. Chamuscado se dio cuenta de que, por un momento, no lo había tenido muy claro, y en ese instante había visto pasar ante sus ojos toda una realidad alternativa: tatuajes, flexiones, cliente habitual en los carritos de la biblioteca. Una vida a la que sentía que se podría adaptar, si era obligatorio, aunque en lo más profundo de su corazón no deseaba. Pero, no, el tío estaba vivo: tosía y gruñía y rodaba despacio, como un borracho, con los brazos en las costillas, reventado, escupiendo más sangre. Vivo.

—Dios. —Kris dijo esa única palabra y escrutó las casas de alrededor. Vio las cortinas en su sitio. Chamuscado recobró su altura habitual y a Kris le pareció ver que se estaba poniendo blanco como una pared mientras se acercaba a Pesopluma y lo cogía por la chaqueta para dejarlo a un lado de la carretera.

—Coño, compadre, mejor que nos piremos —dijo Chamuscado, mirando también las casas y pensando: «¿Qué hago con el arma? ¿La tiro? ¿Me la quedo? Sí. Quédatela y la destruyes más tarde». La pareja volvió a medio galope hacia la furgoneta, con Chamuscado sintiendo como si el bate le estuviese ardiendo en la mano. Se montaron y Kris se fijó de pronto en que Atrévete a Golpear seguía a la vista: en el semáforo, parada aunque estaba en verde. Chamuscado también la vio. Se quedaron mirándola, vacilante en el semáforo; podrían haber ido, pero no lo hicieron.

A Dash le temblaban las manos al volante. Se enjugó el sudor nervioso del labio superior mientras veía cómo los de Holloway se metían en la furgoneta; y entonces supo que, a su vez, ellos le estaban viendo. Luego se incorporaron a la carretera, el tiempo muerto había acabado. La mano de Dash se colocó en la palanca de cambios, preparada. La otra furgoneta avanzó hacia donde yacía Pesopluma, junto a la alcantarilla.

17.43. Dash observaba. Observaba diciéndose: «Oh, no», porque en su mente se estaba haciendo la imagen de También Disponible en Blanco dándole el golpe de gracia. El capó implacable, como empecinándose y riéndose mientras las ruedas traseras aplastaban al conductor herido. Y parecía como si el golpe de gracia fuese a llegar, pensó que le iban a dar la razón, porque la furgoneta iba marcha atrás. Pero Chamuscado y Kris eran conscientes de que Atrévete a Golpear estaba allí delante y sabían que era un puede-ser-pero-no y sabían que el copiloto había visto lo que casi había pasado, el asesinato que había estado a punto de cometerse. Kris echó marcha atrás para escapar de la vergüenza de esa mirada, giró en redondo para dejar que el blanquito hiciese lo que quisiera. Rescatar a su colega. Ellos ya habían hecho bastante.

También Disponible se alejó; Pesopluma seguía en el suelo. Se movió, rodó ligeramente: con un brazo colgando como si estuviese hecho de latas y cuerdas (roto, lo más probable). Dash puso marcha atrás, la furgoneta chilló al dar la media vuelta, cogió velocidad y llegó a trompicones hasta donde yacía Pesopluma.

Se lo pensó un segundo: dejar que su furgoneta acabase lo que los de Holloway Road habían empezado. Se imaginó pasando por encima del cuerpo y la idea le provocó un malicioso escalofrío, de la mano de una repentina sensación de alivio. Qué fácil sería seguir sin más. Y problema resuelto...

Pero ya estaba fuera de la furgoneta, sin querer pensar en lo que estaba haciendo, convencido de que era una idiotez, que acabaría arrepintiéndose, pero aun así incapaz de detenerse.

—Dios —dijo, citando a Kris. Pesopluma tenía muy mala pinta: la cara partida, con algunas partes hinchadas y amoratadas ya; sangrando por la nariz y la boca. No se había equivocado con el brazo: los dedos parecían ramitas, señalando extrañas direcciones, los nudillos y las articulaciones inflamadas al doble de su tamaño natural. A saber en qué estado tendría las costillas.

Una de las piernas se movía como si estuviese piafando sobre la carretera; la otra yacía inmóvil.

—¿Tío?

Pesopluma gruñó. No hacía mucho que el tipo le había puesto a Dash un cuchillo en la garganta y al recordarlo se llevó la mano al cuello. El cúter estaba tirado en el suelo. Lo cogió, le bajó la cuchilla, utilizando el índice y el pulgar a modo de pinzas, y se lo metió en el bolsillo de los vaqueros. Inclinándose algo más sobre Pesopluma, le dijo:

—¿Tío? ¿Puedes moverte? —Se escuchó un gruñido líquido, un gorgoteo a modo de respuesta.

Y ahora ¿qué? ¿Era bueno moverlo? Si lo hacía, ¿corría el riesgo de, no sé, mover una costilla rota y agujerar su corazón hasta la muerte? Si eso pasaba, ¿contaría como homicidio sin premeditación? Si lo dejaba allí tirado en plena calle y moría, ¿contaría como homicidio sin premeditación, o, peor, premeditado? Si llamaba una ambulancia y se iba antes de que llegase (porque se tenía que ir, no podía distraerse: «A las seis de la tarde en punto», le había dicho), ¿se consideraría como abandonar la escena, y si Pesopluma moría, la escena de un crimen?

—Tío, ¿puedes moverte? —Un tímido gemido. Se agachó, le pasó un brazo por los hombros a Pesopluma para intentar ponerlo de pie y luego lo alzó por las rodillas. Un gorgoteo que se convirtió en un tímido alarido.

—Vale, vale, tío. Te vamos a llevar a un hospital.

Pues sí, una de sus piernas parecía rota: como que le colgaba por detrás, con la zapatilla barriendo la carretera mientras Dash lo llevaba lentamente hasta la furgoneta. Después, haciendo acopio de fuerza, y con más gritos por parte de Pesopluma, consiguió maniobrar para meterlo en el asiento del pasajero. Por suerte, el apodo de Pesopluma era figurado hasta cierto punto. Dash rodeó veloz la furgoneta y vio las caras en las ventanas de las casas, casi esperaba oír una sirena.

(Pero nadie había llamado, claro está: nadie había hecho nada más que mirar, aliviados de que por lo menos les estuviesen retirando el cuerpo de la calle, ya no tenía nada que ver con ellos).

Ahora, con su pasajero sangrando, aunque respirando (una respiración ronca, irregular, que no tenía buena pinta, teniendo en cuenta las costillas rotas, como cuchillos en el buche), Dash volvió al semáforo mientras iba pensando «hospital, hospital», y un vago recuerdo de una señal de uno cerca, más atrás, hacia Archway. Miró el reloj y tragó saliva.

18.14. Después de mucho buscar encontró el hospital, se saltó varias señales (se metió en dirección contraria por una calle de sentido único, ese tipo de cosas), hasta que, por fin, subió por la rampa, escrutando entre el amasijo de señales en busca de Urgencias, UVI o comoquiera que se llamase. Al no ver a nadie en la entrada, saltó de la furgoneta y la rodeó hasta el lado del copiloto para abrir la puerta. Pesopluma se le cayó en los brazos como un muñeco de ventrílocuo jubilado, con el brazo colgándole, para el arrastre, gruñendo y llamando la atención de dos enfermeras que habían elegido ese preciso instante para salir de la unidad.

Dash tenía a Pesopluma sobre el asfalto, con las manos por debajo de sus hombros. Miró a las enfermeras, sintiéndose en parte como un asaltatumbas. Lo miraron con hastío, se pusieron de acuerdo y una regresó a la unidad mientras la otra se precipitó sobre ellos, con cara de otro-más-no.

—¿Nombre? —preguntó arrodillándose junto a Pesopluma.

—¿Su nombre? Ni idea. No lo conozco. —Dash estaba mirando la furgoneta, deseando volver una vez realizada la buena acción.

—¿Hola? —instó a Pesopluma—. ¿Me oyes? ¿Me puedes decir cómo te llamas? —Luego a Dash—: ¿Qué le ha pasado?

—Ni idea. Me lo he encontrado así en la cuneta.

Lo miró en plan «Prueba con otra cosa».

—¿Qué ha sido? ¿La furgoneta? —La estudió como buscando restos de sangre y de materia gris.

—No, nada de eso. Yo, es que... Creo que le han pegado una paliza.

—Le han pegado una buena paliza, por lo que parece. ¿Hola? ¿Me oyes? —Pesopluma gruñó—. ¿Puedes hablar? ¿Me puedes decir dónde te duele?

Pesopluma gorjeó y sus ojos se abrieron como un resorte:

—Muy bien, eso es —dijo Dash, contento—. Parece que se va a poner bien. —Estaba agachado pero ahora saltó sobre sus pies y se dispuso a irse hacia la furgoneta.

—Un momento, por favor. ¿Puede esperar aquí un instante?

Pesopluma gorjeó una segunda vez, intentando decirle algo a la enfermera, que se inclinó para oír los ruidos acuosos que hacía. Su dedo se alzó como el de E. T., señalando a Dash, que estaba bailoteando nervioso.

—Ha dicho que es usted hombre muerto —le repitió la enfermera a Dash; y luego—: Ah, perdona, no... —Volvió a pegar la oreja contra Pesopluma. Más sonidos acuosos—. Un puto hombre muerto. —Miró a Dash con ojos acusatorios—. Y ahora, ¿me va a contar lo que está pasando?

—No. Quiero decir que... de verdad que no lo conozco.

La enfermera sacudió la cabeza con desdén. Pesopluma dejó de gorjear. Le clavó los ojos:

—¿Es drogadicto?

—Sí, eso creo. Crack. En teoría, desenganchándose. —Dash se vio en la obligación de facilitar el dato.

—¿Así que lo conoce? —Lo miró y reparó en algo por primera vez—: ¿Qué le ha pasado en el cuello? ¿Me va a contar lo que ha pasado de verdad o no? ¿Y adónde se cree que va?

A irse, ahí es adonde iba.

—Lo siento. Lo siento de veras —dijo por encima del hombro—, pero tengo que irme. ¡Le juro que me lo he encontrado en la cuneta! —ahora gritando mientras abría la puerta del conductor.

—Voy a apuntar la matrícula, ¡que lo sepa! —gritó mientras Dash encendía el motor y se largaba.

CATORCE

18.38.

—¿Dónde coño te habías metido? —Ignorando al dueño y al resto de clientes (las dos viejas brujas más un par de donjuanes igual de viejos, todos borrachos), Chick se echó sobre la mesa y arrastró a Dash hacia sí, frunciendo la camiseta en su puño carnoso—. Te dije a las seis en punto. Te dije que estuvieses aquí a las seis, no más tarde, cojones —berreó, salpicando la cara de Dash, con el labio inferior protuberante, veteado, reluciente como una asadura—. Y ni se te ocurra volver a pasar del teléfono, puto maricón de mierda. —Un espumarajo rabioso le poblaba las comisuras de los labios, le estaba dando un baño a Dash. Chick tenía su cara de globo de un rojo lívido, la ira en cada uno de sus poros obstruidos.

En toda su vida nunca había visto (ni siquiera en el cine, ni siquiera en esa parte de *Algunos hombres buenos* en que Jack Nicholson se pone a gritarle a Tom Cruise) a nadie tan cabreado. Por un segundo la sensación fue un tanto surrealista, porque se vio a sí mismo desde fuera, reverenciando esa rabia monumental, como si no fuese el causante. Pero estaba el puño en su garganta, el escupitajo en la cara...

—Perdona —dijo ahogado.

Chick lo soltó y lo tiró del taburete de un empujón. Las brujas y sus novios se morían de la risa mientras se recomponía, levantaba el taburete, se llevaba una mano al pelo y se sentaba.

Miró a Chick cabizbajo mientras este se sentaba temblando, con la barbilla ladeada, una ligera palpitación en los carrillos. El rojo intenso de su cara empezó a disminuir.

—Espero que tengas mi dinero —dijo por fin, casi con petulancia.

Sin apenas atreverse a apartar los ojos de Chick, Dash cambió de postura para cogerlo, quinientas libras exactas, hasta el último penique de lo que le debía a Chick.

—¿Cupones?

Dash suspiró para sus adentros. Los cupones. Los putos cupones. Tenía algunos. Vaya ironía, los había conseguido con el combustible para barbacoa.

—Lo siento, jefe, los tengo en casa. Te los traigo la próxima vez. Yo...

Chick se le acercó y le abofeteó. El golpe le alcanzó los ojos, que se le humedecieron. Se tapó un lado de la cara, más por la humillación que por el dolor: detrás de él, las brujas jadearon y luego rieron. Esto era mejor que la tele.

—Más te vale. Y ahora pilla unas copas mientras cuento el montón.

Un ligero problema:

—Jefe, no me queda dinero.

—No pasa nada, hay un cajero cruzando la calle.

—Es que tampoco tengo dinero en el banco. No tengo nada.

Chick lo miró durante un buen rato. Apretaba la recaudación de Dash en una mano, en plan corredor de apuestas. Y parecía un corredor de apuestas o un prestamista al que habría que expulsar. Parecía escoria humana, que es lo que era. Se decidió:

—¿Sabes qué? Vas a ir al cajero de todas formas. Hay un pavo pidiendo que se llama Kenneth. Dile que Chick quiere su cuota semanal. Paga las copas con eso.

—Pero, hombre, jefe, yo no soy así, yo no hago esas cosas. Vendo altavoces, por Dios.

—Por lo visto no los suficientes si no puedes invitar a una copa a un colega —dijo Chick, con más paciencia de la que merecía

Dash—. Lo mismo tendrías que diversificarte. Tengo algún trabajillo que te podría pasar. Empieza a practicar.

—¿Quéé? Jefe, yo no puedo...

Chick levantó la palma de la mano. Las brujas y sus tortolitos volvieron a jadear, preparados para más violencia:

—¿Quieres que te meta otra? —le amenazó Chick—. Si fuese tú, ya estaría moviendo el culo. Y no te creas que voy a pagar la ronda. Te la cargo en la cuenta.

Kenneth era un viejo con la piel como papel de biblia que parecía haber vivido mejores tiempos vendiendo cepillos en un tenderete. Extendió la mano cuando Dash se le acercó.

—¿Calderilla? —le preguntó con la cara esperanzada.

—Lo siento, tío, de veras que lo siento mucho. —Dash no podía mirar al hombre, no podía mirarle a los ojos—. Vengo de parte de Chick. Dice que quiere su cuota semanal.

Kenneth escupió:

—Y ¿cómo se supone que voy a saber si vienes de parte de Chick? Podrías ser cualquiera. No te he visto antes. —Era más peleón de lo que parecía. Con la suerte de Dash, el primer vagabundo al que extorsionaba resultaría ser uno de esos enérgicos pensionistas.

—Mira, tío, por favor, lo siento, pero no me lo pongas más difícil de lo que ya es. Vengo de ahí enfrente, del Flat Cap. Chick está allí. Dice que quiere su dinero.

Kenneth sacudió la cabeza con énfasis:

—No, no, de eso nada. Se lo daré en persona. Manda a gente y después dice que no se lo he dado. Que si cinco por aquí, cinco por allá. Me utiliza como uno de estos. —Señaló el cajero a sus espaldas.

—Mira, dame el dinero y punto.

Entre los pies de Kenneth había un vaso del KFC y ambos se dieron cuenta a la vez de que estaba ahí. Dash se agenció el vaso antes de que el artrítico de Kenneth pudiese mover sus viejos huesos.

—Sabes lo que eres, ¿no? —le dijo a Dash mientras contaba el dinero: había suficiente para una pinta de Guinness, lo justo. Se embolsó la calderilla.

—Perdona —le dijo, y se volvió para cruzar la calle.

—Escoria —dijo Kenneth. Y volvió a gritarlo mientras Dash cruzaba la calle. Y una vez más mientras abría la puerta del Flat Cap y entraba.

18.55. Chick había contado el dinero y parecía aplacado cuando Dash llegó y le plantó una pinta de Guinness delante. Dash había visto cómo le servían la Guinness (vigilando como un halcón, diciéndole al dueño —hoy, camiseta de los Saxon— «Nada de tréboles», y viendo cómo sonreía mientras cogía un vaso).

¿Por qué tenía que ser Guinness?, pensó, mirando el reloj, mientras la Guinness reposaba en la bandeja de goteo y el dueño volvía a entretener a las brujas.

Ahora le quedaban cinco minutos para su cita con Gary Spencer, que, calculó, estaba a unos cinco o seis minutos largos en coche. No era buena cosa. Quizá no fuese la peor, pero aun así no era buena cosa. Como tampoco lo era el favor que tenía que pedirle a Chick.

—Jefe —le dijo mientras Chick se metía el dinero ya contado en el bolsillo de la sudadera del chándal, una grotesca sátira de sudadera de chándal donde las hubiese—. Jefe, tengo que pedirte una cosa. —Se apartó el pelo de la cara.

Chick tenía los ojos caídos, hacía el amor con la espuma de su Guinness mientras se llevaba el vaso a los labios y sorbía.

—Dispara.

—Es que... resulta que el negocio no ha ido muy bien últimamente. Como digo, he estado sudando la gota gorda. Me estaba preguntando...

Chick le estaba mirando con ferviente y auténtico interés. Le estaba mirando como el que planta algo y espera a que crezca: fascinado, y satisfecho de que la naturaleza estuviese haciendo su trabajo. Iba a acabar así desde el principio, pensó Dash. Desde ese primer encuentro en ese mismo pub, Dash se había dejado llevar de mala manera por sus nuevos colegas matones. Nunca había tenido otra opción. Iba a acabar así desde el principio.

—... me preguntaba si mañana podría, no sé, no pillarle los altavoces a Phil. Solo mañana.

—Bueno, pero entonces no tendrás nada que vender. —Sorbió para disimular una sonrisa.

—Pero tengo. Me quedan algunos.

—¿Que tienes? ¿Y eso? ¿Que tienes en *stock*?

—Sí, bueno. Algo.

—Dalo por hecho, entonces. No pilles mañana altavoces.

Dash sintió como si unas fuertes y bondadosas manos lo hubiesen cogido desde atrás y lo hubiesen devuelto a su tamaño natural:

—¿En serio? Guau, qué bien, jefe...

—Pero tendrás que pagarle a Phil, claro.

Otro par de manos, menos bondadoso, lo empujó hacia atrás:

—Pero...

—Claro, porque si no, ¿cómo quieres que me pague Phil?

—Pero no puedo... Es que no tengo dinero para pagarle a Phil mañana. Lo que te he dado es lo último que me quedaba. No tengo más.

—Pues entonces tienes un problema, ¿no? Le podrías pedir que te lo fiara, pero conozco a Phil, es un cabronazo de los buenos, y se lo cobraría a golpes. —Frunció el ceño como si estuviese cavilando sobre un problema complejo—. ¿Sabes qué? Te puedo dejar la pasta.

Dash asintió y notó cómo sus hombros se hundían más todavía, si es que era posible.

—Supongo que podría apañármelas —prosiguió Chick—, pero con una condición.

—¿Cuál?

—Me tienes que hacer un favor esta noche.

QUINCE

19.21. NO ERA QUE TUVIESE MUCHO TIEMPO PARA RECOGER EL TRAJE de Warren, pero como su casa pillaba de camino se acercó. Aparcó la furgoneta de cualquier manera y subió como un rayo por las escaleras, cogió el traje, se quitó la ropa, se metió en los pantalones y se puso la chaqueta encima de la camiseta. Mierda. Tenía la esperanza de que el efecto de conjunto fuese elegante barra moderno (a lo Eric Clapton). En vez de eso parecía un hombre que se hubiese puesto un traje encima de una camiseta costrosa. Los pantalones le quedaban largos y, claro, encima con zapatillas. Una vez más, él había pensado en la combinación traje-zapatillas (en este caso a lo cantante de soul modernito); una vez más, no parecía más que un pringado que no se podía permitir unos zapatos decentes.

Pero era un Versace. Y, como la mayoría de la gente, sabía que ese Versace ridículo y mal puesto era infinitamente mejor que cualquier cosa sin etiqueta. Cuando menos, transmitía un mensaje: que estaba haciendo un esfuerzo.

Así que traspasó el contenido de sus bolsillos a la chaqueta y salió en estampida del piso, deteniéndose un momento al final de las escaleras para escuchar.

«Un favor esta noche», le había dicho Chick. A Dash le había sorprendido, pero era una sorpresa un tanto vaga, un tanto desgastada por la batalla. El viejo de abajo, ¿un «compinche» de Chick? Y él que pensaba que no tenían nada en común. ¿Estaría en casa? ¿Y qué habría hecho exactamente para cabrear a Chick? No se oía nada, así que salió, se montó de un salto en la furgoneta y arrancó. No se atrevió ni a mirar la hora.

19.28. El despacho de Gary Spencer estaba puerta con puerta con un chino de comida rápida, una placa anunciaba al inquilino. Ahora sí Dash miró el reloj: llevaba un acojonante retraso de veintiocho minutos. Se arregló, irguió los hombros, notando cómo se movían, no con la chaqueta, sino dentro de ella, como si llevase puesta una caja de cartón empapada. Llamó al timbre.

—¿Sí?

—Hola, soy Da... Darren. Vengo a ver a Gary Spencer.

—Gary Spencer soy yo, y llegas tarde, colega.

Hacía mucho que Dash no iba a una entrevista de trabajo. De hecho, tachen eso: Dash nunca había ido a una entrevista de trabajo. A lo más que había llegado era a las clases de empleo del instituto, en las que la misión del profesor era enseñar a los chavales lo básico de una entrevista, y la misión de Dash, torear al profesor. No creía que una comedia de entrevista falsa donde tenía que hacer de astrofísico paralítico le fuese a ser de mucha ayuda. Aun así, sabía lo básico, las cosas de sentido común; tenías que convertir lo negativo en positivo. De camino había decidido que llegaba tarde porque había estado trabajando duro, así de profesional era, un empleado concienzudo, con lo que usted, Gary Spencer, se podrá hacer una idea de los beneficios que le puede reportar esa forma tan profesional y concienzuda de afrontar el trabajo. Dash podía ser un empleado de lo más valioso.

—Estoy tremendamente apenado —respondió al telefonillo que había bajo la placa, intentando poner la voz más pija y más comercial posible—. Lo siento pero me he visto envuelto en un trabajo... —¿un trabajo de qué?—, un asunto de trabajo —dijo abochornado— del que no podía escaparme. Hum, que no habría sido muy profesional dejar de lado.

—Vale, vale. No me cuentes tu vida. ¿Vienes solo?

—Sí, por supuesto.

—De por supuesto, nada, colega. Espera el timbre y luego empuja la puerta. Sube al primero. El primer despacho a la izquierda.

Dash entró y echó un vago vistazo alrededor. ¿Qué había esperado? ¿Ascensores de cristal, guardas jurados y recepcionistas poniéndole ojitos? No, pero bueno... El edificio era un poco cochambroso, para ser sinceros. Se vio al final del hueco de una escalera con eco que estaba pintada de azul urinario público. Los escalones estaban tapizados por una moqueta decrépita y en el aire flotaba un hedor a tabaco. Dash se dio cuenta mientras subía las escaleras de que no tenía ni idea de la clase de negocio que regentaba Gary Spencer. Todo lo que sabía era que, con que no fuese vender altavoces, se contentaba. Ahora, por primera vez, la idea de «salir de Guatemala para entrar en Guatepeor» se materializó en su cabeza, pero la espantó y subió hasta el primer piso.

Llegó a un pasillo donde había una puerta abierta que llevaba a la parte del edificio ocupada por Gary Spencer. Un ficus, una mesita con una pila de números atrasados de revistas del corazón, una máquina de café empotrada en la pared con un post-it pegado informando de que «No funciona», y tres puertas.

La primera a la izquierda estaba entornada. Llamó. Gary Spencer dijo: «Penetra», y Dash pensó por un instante que, si el profesor de empleo hubiese dicho «Penetra» durante la entrevista de prueba, le habrían castigado severamente. Pero esto no era ninguna prueba: era la vida real. Así que penetró.

Gary Spencer estaba sentado detrás del escritorio, con un aspecto más reluciente y más acartonado que antes, con una cantidad de gomina aún más exagerada. Frente a él había un vaso con posibles restos de zumo de arándanos y un cigarro humeante en el cenicero. Cuando Dash entró, se arrellanó en la silla, estirándose sin reparos, enseñando unos dientes demasiado blancos:

—Darren. Siéntate, amigo. —La voz de gravera le sentaba como un guante.

Al instante Dash supo que se sentía totalmente fascinado por Gary Spencer: el traje, la voz de caramelos para la tos, el bronceado. (Y si se hubiese parado a pensarlo, siquiera por un segundo, habría reconocido esa sensación de fascinación: era justo como se había sentido al conocer a Chick: el chándal, la gorra, la voz de caramelos para la tos).

Gary Spencer inspeccionó a Dash.

—Bonito traje. Es un Armani, ¿no?

—No, Versace.

—Ah, claro. Debería haber reconocido el corte.

Al instante Dash ambicionó llegar a «reconocer el corte» de los trajes caros alguna vez en su vida. Fuese lo que fuese lo que hiciese Gary Spencer allí, él quería hacerlo.

—Te habrá costado un ojo de la cara.

Dash asintió, como el que había visto mucho mundo:

—Sí, un ojo.

—Y entonces ¿por qué no te pillaste uno de tu talla?

Lo que dejó a Dash por los suelos. Con una sonrisita, Gary Spencer se incorporó y cogió el cigarro del cenicero, le dio una calada tan fuerte que Dash pudo oír cómo ardía y luego lo soltó. El cenicero era del mismo cristal basto y de pedrería que el vaso de zumo de arándanos.

—Hum —dijo Dash, pensativo: «¿Cómo salgo de esta?».

—Está bien, no me hagas caso, me gusta dar por culo. —Se echó hacia atrás y se encogió de hombros dentro de su traje de talla exacta. Estaba mirando a Dash, pero parecía que los ojos se le iban hacia un lado, y Dash vio que, a su espalda, había un espejo en la pared. Gary Spencer se llevó el anular a una ceja y se la alisó. Dash nunca se había alisado, ni una sola vez, su propia ceja pero ya estaba archivando el gesto para su próxima reencarnación.

—Ja. —Dash sonrió. Por la gracia. En el culo, sí, pero la tenía.

—Bueno —Gary Spencer extendió las manos—, por fin estás aquí...

—Sí, como he dicho, lo siento muchísimo, pero...

Gary Spencer lo mandó callar con una mano en plan Papa:

—No pasa nada, no pasa nada. Espero que seas igual de comprometido cuando trabajes para mí, ¿eh?

Dash asintió y se otorgó una estrella dorada a las buenas excusas, por haber sorteado su tardanza de esa forma: «Claro, claro». Asintiendo demasiado y pareciendo un poco tonto, se detuvo.

—¿Por qué no empiezas contándome algo sobre ti?

—Lo siento pero no he traído el currículum —-dijo Dash. Lo había pensado por el camino, había previsto (o el exasperado profesor de empleo le había dicho que lo previera, mientras pensaba: «Tú ríete, carne de paro. Ríete») que habría alguna pregunta del tipo «Cuéntame algo sobre ti», y que debería ser contestada con un currículum bien presentado que sacaría del bolsillo interior de su Versace y con una charla sobre los puntos más destacados. Gary Spencer lo miró divertido en plan «Es igual», mientras Dash proseguía—: Pero le puedo contar lo que estoy haciendo ahora. —Que era el primer y el único trabajo que había tenido, debería haber añadido, pero no lo hizo—. Como sabe, estoy en el negocio del material de sonido.

—Sí, sí —dijo Gary Spencer—. Eso está muy bien. Cuéntame un poco sobre eso. ¿Cómo te metiste en ese tinglado?

¿Tinglado? ¿Decía tinglado por trabajo? ¿O tinglado por estafa? Dash creyó que se refería a lo segundo pero prefirió continuar como si fuese a lo primero.

—Bueno, estaba detrás de una oportunidad para entrar en el negocio por mi cuenta... Bueno, más bien, la oportunidad de diversificarme y plantearme... un nuevo reto. —Gary Spencer asentía: bien, bien; Dash pensaba: «Sí, "reto", muy buena, Dash»—. Y cuando la oportunidad se me presentó, la agarré con las dos manos.

—Excelente, excelente. Y ¿de qué se trata exactamente?

Podía ser que no lo supiese.

—Bueno, es una empresa de distribución ambulante. Compro los altavoces y los vendo a clientes por precios asequibles. Sin aprovecharse, ¿sabe?

—Claro, claro, sí. Y esos altavoces, ¿de qué marca son?

—Auridial.

—¿Auridial?

—Pues sí.

—Bien, veamos. —Gary Spencer se echó hacia atrás para recapacitar—. Yo estoy bastante metido en el rollo de la música, mi mujer dice que me mantiene apartado de las calles. Pero no puedo decir que me suenen los Auridial.

Dash sintió una ligera punzada de inquietud, pero la desestimó.

—Eso es porque son de gama profesional —dijo con una sonrisa ahora forzada.

—Los B&O, me suenan; los Denon, Nad, Technics, esos los conozco. Pero en mi vida he oído..., ¿cómo has dicho que se llamaban?

—Auridial..., pero eso es porque los utilizan sobre todo en discotecas, en bares y estudios. No suelen..., ya sabe, no son mucho de casas. —Por lo menos no de las casas de la mayoría, pensó, con la imagen de la piara de altavoces en Clarke Street.

—Bueno, no lo serán a no ser que tú los vayas vendiendo por ahí —dijo Gary Spencer con una sonrisa.

—Exacto. —Devolviéndole la sonrisa. Encauzando la conversación hacia aguas menos revueltas—. Así que, el caso es que llevo en el negocio del material de sonido unos...

—Pero funcionan, ¿no? —le interrumpió Gary Spencer—. Me refiero a que no son del pelotazo, ¿no?

—Qué va. Son de guante blanco. —¿De guante blanco? Muy buena. Vamos bien.

—¿Buenos graves?

—Los mejores, sí. Son famosos por sus graves. Por usarse en discotecas y eso.

—Entiendo.

—Entonces..., ¿sigo? —Tenía ganas de continuar porque traía preparado un pequeño discurso sobre cómo desarrollar las técnicas de venta que había adquirido en otro campo, en otro menos... ¿furgonetil, podríamos decir?

—Y ¿qué clase de gente los compra, los Auridial esos?

—¿Perdone?

—Me refiero que a qué clase de gente sueles parar con tu furgoneta.

—Bueno, gente con dos dedos de frente. Gente como usted. Ya sabe, gente con cara de saber un par de cosas sobre material de sonido decente.

—Altavoces.

—Sí.

—Aparte de altavoces, no vendes otro tipo de material de sonido, ¿no?

—Exacto.

—Solo quería dejar eso claro. Y ¿tienes que trabajártela mucho a esa gente con dos dedos de frente a la que paras?

—Ajá, sí, exacto. Bueno, por supuesto, desde que empecé con el trabajo he venido desarrollando mis técnicas de venta y creo que he llegado a un punto en el que puedo vender casi cualquier cosa a cualquiera, por eso es por lo que espero...

—¿Vender nieve a los esquimales?

—Y lo que haga falta —se rió Dash.

Gary Spencer no se rió.

—Eso es lo que quería oír, porque eso es precisamente lo que vendo.

Dash estudió a Gary Spencer detenidamente. Parecía hablar en serio, no se atisbaba ni el principio de una sonrisa.

—Ah, ¿sí? —dijo con cautela, intentando no comprometerse. Podía ser que fuese una técnica de entrevista que el profesor de empleo no conocía. Mejor pisar en firme.

—El caso es que —prosiguió Gary Spencer— la mayoría de los inuits a los que vendemos la nieve son mujeres. ¿Eso te supondría algún problema?

—Hum, esto, no, no creo —dijo Dash, pensando: «Puede que sea algún tipo de sucedáneo de nieve. Oh, por Dios, dime que no es cocaína. Nieve a esquimales. Podría ser algún tipo de código para vender coca a gente que toma coca».

—¿Alguna vez has vendido altavoces a mujeres? —le preguntó Gary Spencer.

—La verdad es que no. Bueno, ya lo sabe usted, son sobre todo hombres a los que les van estas cosas.

—Claro, claro, sí. Entonces ¿nunca le has vendido un juego a una mujer?

Dash reflexionó:

—Bueno, sí, una vez.

La piba del Mercedes, la de las piernas largas y espectaculares. La había parado en una época más desahogada, en los días en que Warren y él partían la pana. Acababa de desplegar sus largas y espectaculares piernas desde un descapotable, en las puertas del Perfect Fried Chicken de la calle principal de Stoke Newington. Se había parado más por hablar con ella que por otra cosa; acabó vendiéndole un juego por ¡quinientas libras!

—Una mujer muy elegante —le dijo Dash a Gary Spencer, le faltó guiñarle un ojo a su jefe en potencia. Los altavoces eran para regalárselos a su marido, le había contado ella, pero lo que Dash recordaba sobre ese particular encuentro era que ella le había tirado los tejos descaradamente, e insinuó todo eso mientras le contaba la historia y añadía que ella le había dicho (ahora se acordaba) que su marido era uno de esos fanáticos del audio, lo que viene a demostrar la clase de gente con dos dedos...

Y mientras retransmitía la historia pensó que (mirándolo bien) Gary Spencer era uno de esos fanáticos del audio, y parecía el típico tío con una mujer de largas y espectaculares piernas al volante de un Mercedes descapotable. Dash sintió un repentino cosquilleo por la nuca, de nuevo esa sensación de inquietud. Gary Spencer lo estaba fulminando con la mirada:

—Hiciste bien, hijo —dijo fríamente.

—Bueno, ya sabe...

—Un bomboncito, ¿no? ¿Un poco juguetona?

—Bueno, no, no era para tanto... —Dash sacudía la cabeza.

Gary Spencer se le quedó mirando, con la barbilla apoyada sobre un puño que parecía demasiado tenso. Luego:

—Vamos a hacer una cosa —le dijo, levantándose y extendiendo una mano para guiar a Dash—. ¿Por qué no vamos al cuarto de al lado y vemos un poco la operación de venta de nieve, eh? Si quieres el trabajo, es tuyo.

De pronto las noticias no eran tan buenas. Dash tenía un mal presentimiento. Se quedó sentado mirando la puerta:

—Hum, bueno, quizás..., tal vez me podría contar un poco más sobre el trabajo. Sobre lo de vender nieve a los esquimales y eso. Es que, ja, ja, suena un poco a chiste, ¿no?

—Te prometo que —dijo Gary Spencer con una voz potente— no es ningún chiste. Y ahora vamos al cuarto de al lado, ¿de acuerdo?

Las piernas de Dash no querían dejarle levantarse. La silla no quería dejarle marchar. Con todo, se levantó, abandonando la silla despacio, fue hacia donde estaba Gary Spencer, junto a la puerta, y siguió el brazo que señalaba. Miró de reojo la puerta de salida. Ya no estaba abierta de par en par y se dio cuenta de que no la había oído cerrarse. Gary Spencer le estaba señalando la puerta de al lado:

—Por aquí —le indicó con ojos pétreos.

—El caso, señor Spencer, es que... —empezó a decir Dash.

—Pasa por aquí ya. Hablaremos dentro.

Dash agarró el pomo. Tal vez su presentimiento se equivocase. A lo mejor giraba el pomo, entraba y había un pequeño grupo de afables vendedores dándole la bienvenida a sus filas. «Este es George, el gracioso de la oficina», ese tipo de cosas. Daría la mano y se reiría para sí por lo hiperactivo de su imaginación.

Abrió la puerta y entró.

No había ningún grupo de afables vendedores.

—Mierda.

DIECISÉIS

ÉL ERA EL HOMBRE AL QUE LLAMABAN PEDE.

Y ¿por qué haría eso Trish, dejar al pequeño Ben en manos de un hombre al que llamaban Pede?

La idea, que le acuciaba.

«Tengo que saberlo», había dicho Trish en el banco, frente al Ojo.

¿Por qué?

¿Por qué tenía que saberlo?

«Me lo traeré a casa», le había dicho.

«No quiero que lo saques de Guatemala para...», había respondido.

Porque ella tenía que saberlo, ¿no es así?, tenía que saber qué iba a hacer con Ben.

Para que funcionase.

—¿Lo ves? —le dijo Verity, pensando que así le tranquilizaría la conciencia—. Ves. No pueden tener al pequeño. —Ahora estaba entusiasmada—. Si lo tuviesen, o si supiesen dónde está, habrían intentado reclamar la recompensa, ¿no? Tenías razón, es una estafa.

—Sí —dijo, paralizado, sabiendo en ese instante que eso era precisamente lo que estaban intentando hacer Trish y Chick: estaban intentando hacerse con la recompensa. Solo que no era tan fácil como llegar a la comisaría, con Ben en el asiento trasero, y admitir tan campantes que lo habían tenido encerrado, en cheque nos va bien, gracias. No, necesitaban un cabeza de turco. Un Oswald en el almacén de libros. Y ¿quién mejor que un hombre al que llaman Pede?

Una repentina sensación de angustia y vértigo. Del tipo por el que la gente de bien paga por sentir en una vuelta de montaña rusa. De «Grita si quieres ir más rápido». De película de miedo, horror autorizado de «Agárrate a tu acompañante». Solo que real. Tu mundo cambia, ya nada importa, cosas que ya no te preocupan, y que resulta hasta gracioso que una vez te hubiesen preocupado. Una gran contracción, primaria, como un soplido. Esa era la sensación. Tal cual.

Sentía náuseas.

Pensó que podían ser náuseas de verdad: échalo ahí en la alfombra de pelo largo. Aguantó la sensación, no quería que se le viera en la cara.

Pero no es que eso mejorase la cosa, ella se había apresurado a añadir:

—Aun así, tienes que ir a la policía.

Se levantó, aturdido, aunque intentando no derrumbarse, y le prometió que se lo pensaría, y él se puso flojo cuando ella fue a abrazarlo y apoyó la mejilla en el pecho de su hermano para oír el latido de su corazón. Lo quería, ahora y siempre, pero eso no significaba que las cosas siempre tuviesen que ir bien entre ellos. Cada uno añoraba lo que una vez tuvo.

Unos minutos más tarde Max se iba, habiendo hecho una promesa que sabía que no cumpliría. Se fue a casa, dándole caladas a un cigarro y dejándose llevar por el piso hasta el viejo sofá, donde se quedó esperando a que Trish llamara. Lo estaba traicionando, ahora lo sabía. Y la verdad es que tenía que felicitarla porque lo suyo había sido una interpretación merecedora de un BAFTA, por lo menos; y se habría salido con la suya si no hubiera sido por los esfuerzos de Verity. Pero ahora lo sabía.

Y no cambiaba nada.

Porque si obedecía la voz de Verity e iba a la policía (incluso anónimamente), lo arrastrarían con ellos. Además, tenían lo suficiente como para hacerlo. Él les había dado por iniciativa propia la prueba de sus cacerías nocturnas por Kettering y, como «Charlie» había dicho, habría cintas del CCT, a lo mejor hasta huellas dactilares, lo suficiente para presentarlo como cómplice. Y si obedecía una voz de instinto de supervivencia, si no hacía nada de nada —si no hacía saltar todo el tinglado—, entonces ¿qué sería de Ben, un niño encerrado en una nave en Walthamstow? ¿Podría vivir con ello? ¿Querría?

No, saber que él era el cabeza de turco no cambiaba nada. O casi nada...

Más tarde llegó el sonido de una furgoneta desde la calle y fue a espiar por la ventana. La furgoneta de Darren aparcada, Darren saliendo.

Llevaba un traje sin mangas, con jirones colgando por donde había sido cortado a trasquilones, por los codos. A juego, unos pantalones con los mismos tajos irregulares, por donde habían desgarrado las perneras: unas bermudas muy logradas. Sin embargo, había algo en Darren (la cara ceniza, la mirada de fracaso absoluto) que sugería que su aspecto era sin duda el menor de sus problemas.

Max sabía cómo se sentía.

DIECISIETE

RESULTÓ QUE GARY SPENCER NO VENDÍA NIEVE A ESQUIMALES. NI COCA
a gente que tomaba coca. Lo que quiera que vendiese —si es
que vendía algo en realidad— sería por siempre un misterio
para Dash.

En el despacho había una silla y un escritorio. En la silla estaba sentada la mujer que conducía el Mercedes descapotable, con
sus largas y espectaculares piernas cruzadas y una mano jugueteando con el pelo. Había estado mirando por la ventana pero
ahora fijó los ojos en Dash, que sintió, más que vio, a un segundo hombre junto a la puerta. Sobre el escritorio había un par de
altavoces Auridial. Si no iba muy desencaminado, esos eran
los altavoces que le había vendido a la mujer de largas y espectaculares piernas.

—Famosos por sus graves, ¿eh? —dijo Gary Spencer tras él.

Dash hizo ademán de volverse. En su cabeza tenía vagos pensamientos sobre intentar razonar con Gary Spencer. Al fin y al cabo,
era un hombre de negocios, como él. Seguro que comprendería...
Pero antes de poder articular las palabras de súplica alguien le hizo
el abrazo del oso. Lo levantó, sus pies colgando y pataleando, y luego lo tiró a lo lucha libre contra el escritorio.

Sobre él se cernía el hombre número dos, el gorila de Gary
Spencer, un pitbull que le enseñaba los dientes a Dash.

—Entonces, reconocerás a mi mujer, ¿no? —le dijo Gary
Spencer; su cara era como la copa de un árbol en la lejanía.

—Argg —gimió Dash, con la cara contra la moqueta a cuadros, masajeándose una muñeca dañada al amortiguar la caída. Y delirando en sus pensamientos.

Pensando: Mierdaaaa.

Pensando: ¿Cómo he podido ser tan tonto? Una entrevista de trabajo... Había pedido un traje prestado, por Dios santo. Su paracaídas había resultado ser una mochila. Una mochila llena de zurullos.

Pensando: ¿Qué van a hacer conmigo? ¿Una paliza? ¿Una bala en la nuca? Dash, el que le había pegado al chaval con Tourette y ahora dormía con los peces. Que esto sea una lección para todos los matones en potencia.

Pensando: ¿Cómo coño voy a salir de esta?

—Lo siento mucho, de verdad —consiguió decir, boca abajo y magullado.

—Más te vale sentirlo, capullo. —Y luego al gorila—: Levántalo.

El gorila recogió a Dash del suelo y lo puso en pie agarrándolo por debajo de los hombros.

—Conque altavoces profesionales, ¿eh? —dijo Gary Spencer—. ¿Profesionales de qué?

—Mira, por favor, lo siento mucho...

El gorila le metió un buen puñetazo en la barriga y Dash volvió al suelo, tosiendo. «Argg». Se llevó las manos a la barriga. Estaba de rodillas, tanto literal como figuradamente.

—Gary —se quejó la esposa, con un tono un tanto adulador que, recordó Dash vagamente, le había resultado desagradable la primera vez que había hablado con ella (¿y no se arrepentía ahora de esa venta en particular?)—. No dijiste nada de hacerle daño. —Debería sonar melosa, nebulosa. En vez de eso, sonaba como una verdulera. Así y todo, la sensiblería era innegable.

—Hey, Frank —dijo Gary Spencer al gorila—. No le pegues. ¿Quién te ha mandado que le pegues?

—Perdona, Gary.

—Spence. —Gary Spencer parecía exasperado—. Spence a secas. Y si quieres llamarme de otra forma, que no sea «Gary». Suena como a «gay», ¿no crees? Limítate al Spence.

El gorila torció el gesto:

—No lo pillo, bróder. ¿Qué sentido tiene que te llame Spence?

—Es verdad, Gary. Los dos sois Spencer —se entrometió la esposa.

Gary Spencer ignoró a su parienta de piernas espectaculares y voz de verdulera, suspiró y le ordenó a su hermano:

—Levántalo.

Frank alzó del suelo a Dash y lo devolvió a la posición vertical. Dash seguía sujetándose la barriga con las manos, sus entrañas, mientras, cantando agonizantes madrigales. Frank lo posó sobre el filo del escritorio, donde se quedó medio sentado, medio de pie, oscilante, manteniendo el equilibrio con los brazos.

—Si alguien le va a pegar, ese voy a ser yo. —Gary Spencer le cogió del pelo y le levantó la cabeza, el puño en la retaguardia. Dash miró el puño y luego apretó los ojos, gimoteando a su pesar, avergonzado del sonido pero sin poder evitarlo.

—Gary —suplicó la esposa.

—Abre los ojos.

Dash negó con la cabeza. La mano de Gary Spencer le tiró del pelo con saña:

—Abre los putos ojos.

—Gary. —La esposa. La voz como una llovizna de miércoles por la mañana.

Dash volvió a sacudir la cabeza, con los ojos arrugados como pasas.

—Te diré una cosa —le dijo Gary Spencer—. Te mereces una buena colleja y te la voy a dar. —A su mujer—: Es él seguro, ¿no?

—Sí, es él, pero déjalo en paz, anda. Es solo un chaval.

Dash abrió los ojos, con la esperanza de que no lo tomasen como un gesto provocativo. El puño seguía allí, rebobinado. Se movió como si fuese a golpearle. Lo esquivó, con el pelo todavía agarrado. Gary Spencer se rió.

—Gary —volvió a suplicar la mujer.

—¿Qué vamos a hacer contigo, eh? —le preguntó Gary Spencer todavía con el puño amenazante.

—Mira, por favor, lo siento mucho —dijo Dash con la voz quebrada en un llanto de bebé.

—Rebúscale en los bolsillos —le ordenó a Frank, que metió las manos en la chaqueta de Dash, encontró al momento el cúter y lo sacó.

—Vaya, vaya —dijo Gary Spencer—. Solo tiene una cuchilla. ¿Para qué es? ¿Vas a hacer aeromodelismo?

—No es mía —se apresuró a decir Dash. Tenía los ojos puestos en la cuchilla, que ahora estaba en la mano de Frank. Con el clic de trinquete al sacar la hoja. Una sonrisa de que no le importaría usarla.

—Y entonces ¿qué haces con eso? —le preguntó Gary Spencer, con toda la razón.

—Es una historia muy larga.

Estaban rodeando a Dash entre los dos. Oyó a la mujer desde la esquina, resoplando, descontenta, y de alguna parte, desde más lejos, llegó el sonido de una sirena de policía, subiendo y bajando. Por un momento Dash, en su ingenuidad, se imaginó a unos polis entrando a patadas porra en mano...

Tenía la hoja en la cara, bisecando la diabólica sonrisa de Frank. Este alzó el cúter de modo que la punta de la hoja quedó a milímetros del ojo de Dash, que oyó un patético lloriqueo y comprendió que provenía de él.

—Vale, déjalo —dijo Gary Spencer, después de lo que a Dash le pareció un siglo de húmedas palpitaciones con los ojos clavados en la cuchilla que tenía en la cara—. No queremos que se nos cague aquí, ¿verdad? Cualquiera saca la mancha de la alfombra... ¿Qué más tiene por ahí?

La mente de Dash hizo un *flash-back* hacia su piso, cuando se había cambiado aprisa y sin pensar había transferido todo lo que tenía en los vaqueros al Versace de Warren. Todo, incluidas las doscientas libras por las que había vendido los últimos reductos de su alma. Todo lo que tenía. El lote completo. Y cuando los dedos del gorila encontraron el fajo de billetes, supo que se había quedado sin ellas. En ese momento pensó que hubiese preferido la paliza, o incluso un balazo en la nuca, o tal vez en las rodillas. Cualquier cosa menos el dinero. Sin él quedaban dos esperanzas, y una de ellas era el señor Meódromo. Sin el dinero sus opciones se habían reducido a una única posibilidad.

—Cuéntalo —dijo Gary Spencer cuando el dinero salió a la palestra. Su hermano ya estaba contándolo—. Cariño, ¿cuánto pagaste por los altavoces? —le preguntó a su mujer.

—Quinientas —respondió de mala gana. Los altavoces culpables estaban a las espaldas de Dash, como el que no ha matado nunca una mosca.

—Aquí hay doscientas —dijo el gorila.

—Lo que significa que me debes trescientas —dijo Gary Spencer soltando por fin el pelo de Dash—. Además, voy a dejar que te lleves este pedazo de mierda contigo. He pensado en metértelos, poco a poco, con el *woofer,* el *tweeter* y todo, por el culo. Pero solo una vez que haya recuperado mi dinero.

Frank tiró el dinero sobre el escritorio. Aleteó hasta posarse.

—¿Cuánto vale el traje? —inquirió Gary Spencer, dándole una palmadita a la chaqueta.

¡Oh, no!

—Por favor, no es mío...

Gary Spencer remedó a Dash:

—«No es mío». O sea que nada es tuyo. Ni la furgoneta, ni la cuchilla, ni el traje. ¿Tienes algo que sea tuyo, colega?

—La verdad es que no —admitió Dash.

—Pues ni idea. ¿Cuánto le echas, Frank? ¿Cuánto cuesta un traje Versace hoy en día? Está bastante bien. Un poco gastado por las rodillas, no tendrá mucho tiempo, no está mal. De segunda mano yo le echo unas trescientas libras.

—Por favor —suplicó Dash, patético, acabado y derrotado.

—Nos lo quedamos. —Gary Spencer se levantó y le hizo señas—. Venga, que nos lo quedamos.

Dash miró implorante a la señora Spencer.

—No pasa nada, ya ha visto antes a un tío en gayumbos —dijo Gary—. Porque no irás en plan comando, ¿verdad? —Dash sacudió la cabeza—. Muy bien, pues entonces dámelo.

Dash se bajó del escritorio, se desabrochó los pantalones demasiado grandes y los dejó caer, desatando así el repentino hedor a hombre en crisis. Lo mismo con la chaqueta, que tendió desconsoladamente a Gary Spencer, quien le hizo señas de que la pusiese en el escritorio. Se quedó en bóxer, zapatillas y camiseta. Miró de reojo a la señora Spencer, que lo estaba evaluando, mientras se retorcía un rizo, antes de apartar la mirada.

—Pensándolo mejor —empezó Gary Spencer—, la verdad es que no estoy mal de trajes. ¿Lo quieres, Frank?

Frank dijo que no, que no era de su talla, demasiado chico. Mientras lo decía, esbozaba una sonrisa de sala de torturas chilena.

—Bueno, entonces, lo mismo prefieres que te lo devolvamos. Pero la verdad es que te queda un poco grande. —Dash supo lo que vendría ahora—. ¿Te lo arreglamos?

—Por favor, no es mío —repitió Dash en vano, impotente al ver cómo Frank cogía la chaqueta y utilizaba el cúter de Pesopluma para rajarle las mangas.

No era un trabajo fácil. El traje Versace era una prenda bien hecha: había que traspasar el forro. Frank disfrutaba con el vandalismo, se reía por lo bajo mientras trabajaba. Su hermano se le unió. Incluso la señora Spencer se lo pasaba en grande mientras Frank proseguía el trabajo con los pantalones, que customizó por debajo de la rodilla. Le tendieron a Dash la nueva vestimenta para que se la pusiese y se la caló, sin saber muy bien si alegrarse —los tres parecían estar divirtiéndose, con lo que la opción bala parecía descartarse— o si sentirse desgraciado y avergonzado. Lo cierto era que experimentaba una mezcla de ambos sentimientos mientras lucía a su pesar el Versace acuchillado.

—Haznos un pase, Naomi —ordenó Gary Spencer, y los tres se partieron de la risa mientras Dash, desconsolado, daba una pequeña vuelta.

—Levanta los brazos, vamos, que lo veamos bien. —Obediente, levantó los brazos como un espantapájaros para que pudieran admirar la obra de Frank.

—Buen trabajo, Frank.

—Ya está bien, Gary —espetó la señora Spencer—. Ya vale, ¿no crees?

—Sí, tienes razón —concedió Gary Spencer—. Pero una última cosa. —Acercó la cara a la de Dash. Frank imitó a su hermano blandiendo el cúter. Había un diminuto hilo de Versace colgando de la hoja—. Quiero que te disculpes con la parienta.

—Lo siento mucho —se apresuró a decir Dash.

—No, so mongolo. Así no. De rodillas.

¿De rodillas? Pero si ya lo estoy. Dash lo miró, en plan «Venga, hombre». Gary Spencer le hizo una seña a Frank, que avanzó amenazante.

—Vale, vale —dijo Dash alzando la mano para que parase. Se volvió hacia donde estaba la señora Spencer, junto a la ventana, y se dio cuenta de repente, con asco, de que había algo excitante en lo que estaba haciendo. Se odió a sí mismo por sentirse así al obedecer. Hincó una rodilla, como en una pedida de mano.

—Hazlo bien, vamos.

Y entonces la otra. De rodillas. Con la piel rozando la raída moqueta a cuadros. Ridículo en su traje recortado.

—Eran un regalo —se justificó la señora Spencer, casi disculpándose—, para su cumpleaños. —Su cara a medio camino entre la pena y la superioridad.

—Lo siento mucho, de verdad, siento haberle vendido los altavoces.

—No pasa nada —dijo remilgada—. Disculpas aceptadas.

—Miró hacia su marido, que estaba con el ceño fruncido, en plan «Se acabó el espectáculo».

—Vale. Ya hemos acabado contigo, colega. Y ahora coge tus putos altavoces y vete a tomar por culo; y como te vuelva a ver, no será el traje lo que corte a trocitos. ¿Te ha quedado clarito? —Y como para cachondearse, cerró el cúter, lo metió en el bolsillo de la chaqueta de Dash y le dio una palmadita casi cariñosa—. Puede que lo necesites para cuando te encuentres al auténtico dueño del traje.

Y mientras Dash, en su enorme y recortado traje, una especie de híbrido entre vagabundo/boy scout/Versace, cargaba los altavoces en la furgoneta, con Gary Spencer y Gorila observándolo (y los clientes del chino observándolo; transeúntes, gente que simplemente pasaba por la calle, observándolo), mientras la vergüenza y la humillación lo rodeaban como olor a vómito, que una vez que se mete en la nariz deforma todo dato olfativo a partir de ese mismo instante, supo una cosa.

Iba a tener que meterle fuego al almacén.

CUARTA PARTE

YELLOW SUBMARINE

UNO

sobre lo que le rodeaba. Primero, que la tita le estaba colando un
gol por toda la escuadra, como decía su papá, con eso de que era
la habitación de invitados. Por no hablar de lo de la reforma del
baño. Le habían dicho una y otra vez que en este mundo había
gente que no tenía la misma suerte que él, así que era posible que
esa gente tuviese habitaciones de invitados horribles, no como
la de sus padres, o como en la que dormía cuando iban a casa
de la abuelita Snape. Aun así, ahora estaba convencido de una
serie de cosas. Primero, una habitación de invitados es una estancia de una casa donde se quedan los invitados, y las casas tienen baños que a los invitados se les permite usar, es más, se les
anima a que lo hagan. No se les pide que utilicen cubos que después hay que tapar con una vieja encimera de cocina que la an-
fitriona quita durante unos minutos para volver a ponerla con
una sonrisa nerviosa y un ligero olor a lejía en el aire. Segundo,
las habitaciones donde se quedan los invitados tienen camas.
Camas de verdad, no esa cosa de metal con rudimentarias patas
donde tenía que dormir y que durante un tiempo le había parecido cómoda, cómoda (cortesía de los grumos blancos), y ahora
no lo era tanto.

Y tercero: ¿quién tiene estanterías metálicas llenas de botes
de pintura en su habitación de invitados? Allí estaban, a lo lar-

go y ancho de la pared, una hilera de estanterías atornilladas unas a otras, como las que tenían en la cochera de su casa, en Cowley Close, salvo que más viejas y descascarilladas y sin las herramientas bien ordenadas, ni los rollos de manguera, ni ningún otro utensilio para la barbacoa, ni regaderas. Las de aquí solo contenían botes de pintura, algunos de ellos usados, por lo que se podía ver. La mayoría, si no todos, tenían pintura reseca por el borde y estaban amontonados y empotrados en los estantes, tres de ancho y dos o tres de alto, formando un eficaz tabique. Lo que significaba que tenías que trepar por allí y mirar entre los huecos para ver que había una ventana.

Pero la había. Tras las estanterías, a lo que dirías era la altura normal de una ventana, había una ventana.

Ahora había cogido una costumbre. Por la mañana la tita (o el hombre misterioso) venía con el termo de judías cocidas y salchichas y el bote de Sunny Delight, que un día había mencionado que le encantaría tomar. (Y no le dijo a la tita que en casa no le dejaban tomarlo, solo podía cuando iba a merendar o a un cumpleaños en casa de un amigo. Se sentía culpable cada vez que se bebía el Sunny Delight. «Porquería», lo llamaba su madre. Incluso chasqueaba la lengua cuando salía el anuncio por la tele).

Una vez terminado el desayuno bajo el atento ojo de la tita (cuando se quedaba de repente mudo y se comunicaba solo por sonrisas y cabeceos mientras se guardaba los grumos en la boca para escupirlos luego en el cubo), la tita se iba en cuanto él hacía como que se echaba a dormir. La puerta se cerraba. Abría un ojo cómico. Antes ella solía abrir la puerta de nuevo, para cerciorarse, pensaba él, y por eso era especialmente cuidadoso. Contaba hasta cincuenta, y contando bien, «uno, uno y medio, dos, dos y medio, tres, tres y medio», hasta que estaba seguro de que se había ido. Luego se deslizaba de la cama y hacía lo de escupir, y esperaba a que empezaran los ruidos. No sabía cuánto duraban, pero pasado un tiempo paraban, y entonces pasaba un buen rato y después tenía que hacerse el dormido para la segunda visita, los McNuggets de pollo y la coca-cola, la bebida, la sonrisa, la espera, de nuevo el proceso de escupir.

Tenía tiempo —en lo que empezó a considerar su «día»— para él. Tiempo seguro. Entre que la tita se iba y comenzaban los ruidos, por ejemplo. Y empezó a mirar con más detenimiento por las ventanas que había detrás de las estanterías. Era como un juego gigante de jenga. Podía sacar latas de pintura para ver la ventana de detrás. Lo que había allí era casi siempre como poner la tele esperando que echasen dibujitos y encontrarse con que ponen noticias: aburrido y decepcionante. Las ventanas no eran de hoja y, lo que era peor, aunque fuesen de hoja se abrían a la nada. Contra ellas había cajas apiladas que las tapaban por completo, bloqueando toda luz y toda posibilidad de salida. En las cajas ponía «Auridial».

Y entonces, y entonces... descubrió otra cosa. En realidad, dos cosas más, una después de otra. Primero, que había una ventana que no era tan segura como el resto. Una ventana a la que se podía convencer para que se abriese, en otras palabras; y lo otro, que, como Dash, Ben se había quedado maravillado por lo poco que había dentro de un altavoz Auridial medio. Eso fue porque, al abrirse camino por una caja de Auridial (¿tal vez las cajas que oía mover durante todo el día?), había dado con el interior de los altavoces, otro obstáculo más en su camino. Pero, hey, como Dash, había descubierto que la tapa trasera salía con facilidad y, en vez de un interior rebosante de componentes electrónicos listos para proporcionar una respuesta de graves superior, Ben vio... la nada. (En realidad, un *woofer*, un *tweeter* y un cableado cruzado, pero, comparado con el espacio que había en el armazón de los altavoces, nada).

Se quedó mirando el túnel in crescendo que estaba escarbando, y pensó: «¿Y si...?».

¿Y si reptaba por los altavoces y las cajas hasta llegar al final? ¿Podría escapar? ¿Quería escapar?

DOS

ESTABAN ESPERANDO EN LA SALA DE PREEMBARQUE CUANDO ELLA LO DIJO. Merle había estado intentando sacarle conversación, en un esfuerzo por no odiar toda la experiencia. O, más bien, un esfuerzo por evitar que Karen notase lo mucho que odiaba toda la experiencia.

—Me pregunto cómo estará el tiempo por allí.

—Hum —había respondido Karen, que intentaba leer una revista pero la pierna de su marido, que rebotaba nerviosa de un lado para otro haciendo crujir los asientos de plástico donde estaban sentados, la distraía.

—Espero que esta vez pasen con las bebidas más de una vez. En el vuelo, me refiero. Al venir solo pasaron una vez. Vas a querer más de una, ¿no?

—El que la quiere eres tú —musitó. (Bote-rebote, crujido-crujido). Empezaba a marearse.

A su lado, con comentarios como «Espero que haya taxis cuando lleguemos», o «¿Sabes? Me lo he pasado de maravilla estas vacaciones», Merle se retorcía por lo desagradables que le resultaban sus conciudadanos. Dondequiera que mirase veía a gente en chándal fumando y llenándose los carrillos con comida y bebida y, en los breves intervalos entre cada llenado de carrillos, gritando órdenes a sus hijos, que, o bien estaban absortos en algún videojuego, o bien chillándose, o bien intentando parecer *hooligans* o estrellas del porno, en versión enana, o bien una combinación de las tres cosas.

Y lo peor de todo era que nadie lo veía. Nadie en todo ese lugar pensaba que la experiencia iba más allá de lo meramente aburrida; la mayoría parecía pasárselo como nunca en la vida. No solo estaba en su propio infierno personal, sino que además no había nadie para maravillarse ante las llamas. Karen podría haberlo hecho, lo sabía, pero prefería no mostrarse indulgente con él; aparentaba inmunidad ante los continuos y profanos disturbios que los rodeaban.

Hasta que por fin estalló.

Bajó la revista y se quedó mirando las piernas inquietas de Merle con manifiesta exasperación:

—¿Te puedes tranquilizar?

—Lo siento, pero no puedo. Me estoy volviendo loco. Esta gente me vuelve loco. ¿Por qué no se comportan...?

—Para ya —murmuró enfadada—. Solo es gente de vacaciones, haciendo lo que hace la gente en vacaciones.

—¿En serio?

—Sí, en serio y tan en serio. —Hizo una pausa—. Mira, te voy a decir una cosa.

—¿Cuál?

—Ya que tanto odias a todo el mundo, ya que crees que todo el mundo es un cerdo en potencia o algo así, hazme un favor e imagínate a Patrick y a Deborah Snape sentados allí con Ben.

Merle dio un respingo:

—¿Que qué?

—Venga. Imagínatelos sentados allí, en aquella esquina, a los tres.

Merle miró hacia la esquina que le decía. Hizo con la imaginación lo que no había podido hacer en la vida real: volver a reunir a Ben, Pat y Deborah.

—Y ¿qué están haciendo? —le preguntó Karen—. ¿Están ahí sentados como tú, poniendo mala cara a todo el mundo como si fuesen de otro planeta? ¿O están ahí sentados sin más, felices y contentos, ocupándose de sus vidas y dejando a los demás vivir las suyas?

—Sí, están ahí sentados sin más.

—¿Verdad que sí? Como todo el mundo, sin meterse con nadie... —Merle empezó a decir algo pero ella lo cortó—. De verdad, sin meterse con nadie, con nadie sensato. Se ocupan solamente de sus asuntos y de sus vidas. Y ahora, Clive, antes de que me ponga a chillar, haz el favor de ocuparte de la tuya y punto.

—Vale, vale, lo siento. —Le había hecho sentir un poco de vergüenza de sí mismo. Ella volvió a su revista. La pierna de él seguía temblando. Karen le puso la palma encima para pararla—. Lo siento —repitió, sin saber que lo estaba haciendo.

—Relájate y punto —le dijo, más suave.

Miró con envidia la revista de Karen y deseó una vez más que en el Syp hubiesen tenido algún buen libro en inglés.

—¿Qué estás leyendo?

—Estoy leyendo sobre tetas de famosas antes y después —dijo sonriendo—. Tu especialidad, qué casualidad.

—Vaya, perfecto, luego me dejas leerlo. —Lo dijo con su mejor imitación de voz adolescente quebrada, lo que la dejó perpleja. Se inclinó para ver.

Una de las fotografías de la página era de una famosa saliendo de una discoteca. Llevaba una gorra y tenía la cabeza agachada. Todo lo que se veía era una enorme duna de escote partida en dos y sobresaliendo de un top ajustado. Le recordaba algo, pensó al verla. Como una versión porno de la cinta del CCT de Holloway Road, solo que con un bolso de lentejuelas en vez de Ben.

Karen también estaba observando la fotografía.

Lo miró. Se estaba pasando el dedo por los labios, parecía bastante pensativa.

—Y ¿cuándo fue?

Esperó a que se explicase, pero al final la instó:

—¿Cuándo fue qué, Kaz?

—Perdona. El cumpleaños de Trisha Campbell, ¿cuándo fue?

TRES

—LA PUERTA DE FUERA LA PUEDES ABRIR A PALANCA —LE HABÍA DICHO
Trish, Lady Judas—. Tienes que hacer que parezca un robo, para
que Charlie no sospeche. —Se tuvo que controlar para no soltar
un burlón «¿En serio?»—. Hay una recepción que utilizan como
oficina, pero tienes que pasar de largo y entrar en el almacén
principal. Está lleno de altavoces, pero si vas hasta el fondo verás
otra puerta. Hay un pasillo lleno de basura y, al final, otra oficina, una que nunca se ha usado. Es más como un trastero, es un
cuartucho. Ahí está. Harás como que ha sido un robo, ¿verdad?

—Sí —le había respondido, rotundo.

—Cuando tengas al niño llámame para decirme que está a salvo —le pidió, y Max se hizo una idea de los mecanismos que
pondría en movimiento esa llamada. Si alguna vez llegaba a ha-
cerla.

No tenía ninguna palanca, pero tenía un martillo y un cincel
recio; y eso es lo que estaba buscando en el armario de debajo
de las escaleras.

Era una especie de alacena, un espacio de almacenamiento
muy práctico para un piso tan pequeño, un sitio que nadie des-
perdiciaría, excepto Max. Dentro había dolorosos recuerdos ma-
teriales de una vida menos espantosa. Se dio cuenta de que era
la primera vez que lo abría desde que había vuelto de prisión, desde que había liquidado la tienda y había traído las herramientas de
la furgoneta para guardarlas en casa, a buen recaudo. El arma-

rio olía a madera, y su bolsa de las herramientas estaba cubierta por una fina capa de polvo de yeso que se había desprendido por culpa de los pisotones de sus vecinos escaleras arriba. Con la furgoneta era tres cuartos de lo mismo. Llevaba aparcada tanto tiempo que la basura, el mantillo y otros detritos urbanos se habían quedado atascados en el hueco entre las ruedas y el bordillo: como si la furgoneta estuviese en simbiosis con la calle. Hacía un tiempo alguien había escrito «guarro» sobre la mugre del costado. Ahora la palabra se había borrado, cubierta también por la mugre. Pero dentro seguía el olor. Serrín y barniz y cera de abejas. Dolorosamente nostálgico. En otros tiempos le encantaba y seguía encantándole, pero había perdido su camaradería para siempre; la perdió el día en que le abrió la puerta a una chica que se hacía llamar Pluma.

Giró la llave del contacto y durante un momento peliagudo pensó que la furgoneta no arrancaría. Resolló y se encendió, pero no cuajó. Max tomó aliento y giró la llave una segunda vez, una tercera, hasta que la furgoneta tosió, y entonces pisó a fondo el acelerador para calentarla; se dio cuenta de que apenas podía ver a través del parabrisas, así que accionó los limpiaparabrisas, una película de abandono limpiándose poco a poco, un hueco con forma de arco iris por el que ver. Alargó la mano para encender la calefacción, pensando en que estuviese caliente para Ben; pensando en lo familiares que le resultaban las acciones. Como si hubiese sido ayer mismo. Abajo, en el hueco de los pies del copiloto, había una taza de café, y recordó vagamente haberla puesto allí, salir del piso una mañana que llegaba tarde, bebiéndose los últimos sorbos de café por el camino. En el semáforo una chica en uno de esos Minis nuevos se le quedó mirando y le sonrió. En respuesta alzó su taza como en un brindis. La chica había sonreído un poco más y cada uno se había ido por su lado, y, dondequiera que estuviese ahora ella, deseó que fuese muchísimo más feliz que él.

Ahora la taza rodaba por el hueco y le incordiaba mientras conducía. Le incordiaba tanto que tuvo que pararse en Seven Sisters

Road y recogerla del suelo para ponerla sobre la acera, dejándola atrás mientras seguía por Tottenham Hale y luego por Walthamstow, rumbo al almacén.

Una vez allí aparcó la furgoneta, miró calle arriba y calle abajo en la oscuridad y vio... nada. Nada salvo por una escombrera, un tráiler de camión (oxidado, sin cabina a la vista), un coche quemado de marca indeterminada, un colchón y algún que otro vehículo aparcado por aquí y por allá.

Se bajó de la furgoneta y fue hacia la explanada, acompañado solo por el sonido de sus pisadas y por el murmullo distante del tráfico de una carretera lejana.

La nave era tal y como se la había descrito Trish. La puerta de la oficina junto a unas enormes persianas metálicas. Tal vez hubiese un sistema de seguridad, era lo más normal. Pero entonces seguro que lo habrían desactivado, no le cabía duda, en honor a su visita. A partir de ahí todo era pura formalidad: se ceñía a un guión escrito para él. Y lo siguió obedientemente. Se sacó un par de viejos guantes de lana del bolsillo y se los puso. No habría huellas dactilares, esta vez no. Luego encajó el cincel en el marco de la puerta, casi sorprendido de que no se la hubiesen dejado abierta, y estaba a punto de golpearlo cuando se detuvo, apartó el cincel y se sacó una tarjeta de crédito del bolsillo trasero: lo que pensaba. Empujó la tarjeta, que se dobló sin que aparentemente el Yale se inmutara. Le dio un golpecito con el dorso de la mano y el cerrojo se abrió con un clic. Una vez la puerta abierta, se metió en el bolsillo la tarjeta, el cincel y el martillo y entró.

Tal y como le habían dicho, una zona de recepción. Solo que no era de esas zonas de recepción donde se recibe a los clientes. En otro tiempo, sí, pero ya no. Había dos escritorios en un cuarto y, tal vez, hacía mucho tiempo, unas hacendosas secretarias se habrían sentando ante ellos mecanografiando dictados y recibiendo las llamadas. Ahora estaban acobardados bajo montañas de basura. Tazas blancas de plástico, periódicos atrasados, cajas de comida para llevar, albaranes, un fajo de folletos enrollados con una gomilla. Cogió uno. «¡Respuesta de graves superior!», rezaba, y Max reconoció el nombre de Auridial de las cajas que había visto transportar hasta el piso de arriba. Se hizo la pregunta: ¿conocería su vecino ese lugar? Luego volvió a dejar el folleto en el escritorio e inspeccionó el sitio un poco más, en busca de la puerta que llevaba al almacén principal.

El silencio le daba escalofríos. Pudo sentir cómo se le contraía el escroto conforme iba hacia el fondo del cuarto. Allí había un pasillo. Largo, oscuro y con olor a cartón y a tripas de cajas de herramientas. Encontró un interruptor. Un tubo de neón pareció esperar a asegurarse de que funcionaba antes de parpadear con desgana y volver a la vida. Tal y como le había dicho. Aparte del baño de caballeros, y de señoras, y lo que parecía una diminuta zona para cocinar, había una puerta.

La probó. Se abrió y entró con los sentidos alerta.

Silencio casi absoluto. Aparte, oscuridad. Tras la puerta accionó una fila de interruptores y la línea de tubos de neón entró en acción con un parpadeo. Fue el sonido, el zumbido que hacían las luces —la forma en que parecía infinito—, lo que le indicó lo grande que era el espacio.

Se encontraba en el almacén principal. A su derecha, las persianas metálicas. Supo que estaban allí aun sin poder verlas debido a las cajas de Auridial; había palés por doquier, apilados de dos en dos justo hasta la altura de la cabeza. Un laberinto de Auridial. Se abrió camino por él hacia el fondo del almacén en busca de la segunda oficina.

Silencio. Solo el zumbido de las luces. Sus propias pisadas. Y, se dio cuenta, su respiración.

Al fondo del almacén habían construido un cubículo en forma de «ele» que supuso que era la oficina. Tenía el techo plano y encima había rollos de manguera gruesa y negra, de origen desconocido. Tal y como le había dicho Trish, había palés de Auridial apilados contra la pared de la oficina, tapando las ventanas. El montacargas estaba en su sitio. Y hela allí: la puerta. Parecía como si no la hubiesen utilizado nunca. Adrede. Vio que habían arrastrado hasta allí un palé con cajas para medio bloquear medio ocultar la puerta y adivinó que, si no fuese por su cita previa, estaría puesto con más cuidado, tapándola por completo. Se preguntó si, en caso de no haberlo sabido, en caso de que Verity no hubiese tenido algo que enseñarle (su trabajo de hormiguita delante del ordenador), lo habría adivinado ahora, si sus sentidos le habrían advertido: «Es todo demasiado fácil».

Tenía unos candados, tal y como Trish le había dicho. Se inclinó para empujar el palé, ya convenientemente puesto a un lado de la puerta.

Por teléfono le había contado dónde encontrar las llaves, y al pasar la mano por encima del marco de la puerta saltaba a la vista que no solían guardarlas allí (claro que no), estaban llenas de polvo. La treta le asqueó. El hecho de haber obedecido le asqueó. Porque no había otra opción. Un mantra le recorría la cabeza. «No hay otra opción. Si me llevo al niño, iré a la cárcel».

Hasta el momento había hecho justo lo que esperaban de él. «Pero si no me llevo al niño y voy a la policía, voy a la cárcel de todas formas».

Pero aun así, sabiendo que estaba obligado a hacerlo porque: «Si no me llevo al niño y no voy a la policía..., ¿qué será del pequeño Ben?».

Las llaves entraron con facilidad en los candados, que probablemente habían sido engrasados en su honor. BUUM. Tiró de ellos y empujó la puerta.

Había un pasillo que supuso haría las veces de cámara de descompresión para los secuestradores de Ben. A lo largo de las paredes había una fila de escobas y fregonas en cubos, detritos de fábrica. El suelo era de linóleo rugoso, y el pasillo tenía un olor que en un principio no pudo ubicar hasta que recorrió cierta distancia hacia la siguiente puerta, donde había una papelera negra. Estaba llena de cajas vacías del McDonald's, las sobras de los McNuggets de pollo que le llevaban a Ben, y ahora, por primera vez, el hecho físico de Ben se le hizo patente a Max. Ya no era solo un espectro en la cabeza de Max. Cuando abriese la puerta el niño estaría dentro, y estaría dormido, drogado, se habría comido sus McNuggets de pollo y se habría bebido su cocacola. Y Max estaba allí para salvarlo.

Tanteó por encima del marco de la segunda puerta, encontró la llave (con otra capa de polvo), la bajó y la introdujo en el candado.

Lo primero que vio fue un póster de Roy Keane en la pared: lo que era un tanto insensato y de mal gusto, teniendo en cuenta que todo el mundo sabía que el pequeño Ben era del Arsenal, y que los del Arsenal no son muy fanáticos de Roy Keane. Aun así, al menos daba muestras de cierta voluntad por hacerle las cosas más llevaderas al niño, pensó. Alguien, probablemente Trish, había hecho un esfuerzo por que estuviese a gusto, lo más a gusto posible, teniendo en cuenta que lo habían separado de su familia y lo habían encerrado en una nave al este de Londres. Al menos ahí quedaba eso.

En un rincón del cuarto había un camastro plegable. En él debería haber habido un niño pequeño.

CUATRO

DASH ESTABA EN CASA CUANDO LO LLAMARON AL MÓVIL. ESTABA SENTADO en el sofá, taciturno y abatido, como un puf al que le hubiesen quitado el relleno. En el intervalo de tiempo entre que sonaba el teléfono y lo descolgaba, su corazón dio un vuelco. Podía ser Sophie. Podía ser Sophie diciendo que venía de camino a casa y que si ¿te apetece lo del chino? Y... ¿que qué, cari? ¿Que no está mi cepillo de dientes? Por Dios, no, es que estaba un poco asqueroso ya y lo he tirado. Me he comprado otro a la hora de comer.

—¿Dash?

No era Sophie. Claro. La pantallita del teléfono le informó de quién estaba exactamente al otro lado de la línea. No era Sophie, y no le quedaba más remedio que responder.

—Sí, soy Dash —respondió dando con los ojos en el techo.

—Jefe.

—Sí, jefe, soy Dash.

—Bien. —Chick se aclaró el pecho con un ruido que parecía el estertor final de un dinosaurio, el contenido llegó a su boca. Dash se apartó el teléfono de la oreja—. Bueno, ¿y qué tienes por ahí para contarme? —añadió Chick.

Dash apretó los ojos, forzando a que saliera de él la respuesta, estrujándola como si tuviera electrodos conectados a los testículos, aceite caliente en los ojos.

—El pavo de abajo se ha ido, jefe. Lo he visto largarse. —Guardó silencio por el camarada al que había traicionado—. Tal y como dijiste. Se ha ido en la furgoneta.

Chick hizo un ruido húmedo con la boca, un ruido de satisfacción.

—Bien —dijo, como un hombre al que le están saliendo bien los planes—. Bien. Quédate ahí. Según mis cálculos debería volver dentro de tres cuartos de hora. Quiero saber cuándo vuelve exactamente. ¿Lo pillas? De todas formas si en una hora no vuelve, me llamas. ¿Lo pillas, Dashus?

—Sí, jefe.

—Vigila ese piso.

—Así lo haré, jefe.

—Y ¿a qué tienes que estar atento?

—A un nota, jefe. Al pavo que vive aquí, cuando vuelva a casa.

—Eso es. Y ¿con qué, lo más probable?

—Con un niño. Puede que lleve un niño con él, un niño con un gorro.

—Eso es. Es solo un asunto doméstico en el que me han pedido que ayude. No es asunto tuyo, ¿me entiendes?

—Sí, jefe.

—Que vigiles bien, Dashus, ¿lo pillas?

—Sí, jefe.

—Luego hablamos.

Dash tiró el teléfono lejos de él, le asqueaba. Pero estaba más asqueado todavía de sí mismo, por haber pensado alguna vez que un móvil era algo *cool*, un producto deseado y justo lo que debía tener, en vez de lo que en realidad era: una mierda. En fin, en fin. Pasase lo que pasase —cualquiera que fuese el problema que tenía el tío de abajo con Chick—, él seguía obligado a pegarle fuego al almacén. Porque el día de mañana estaba empezando a hacerse notar, y aunque Pesopluma estuviese en el hospital, tenía que recoger los altavoces. Y, sí, podía ir a Phil y contarle una historia lacrimógena, que si el conductor inválido y ese tipo de cosas. Nunca se sabía, lo mismo Phil le daba un golpecito de colegueo en la mejilla y le daba el día libre en concepto de condolencias por el hombre caído. Pero ¿y qué, si lo hacía? Siempre quedaba el día siguiente, un nuevo conductor. Todavía tendría que recoger los altavoces a la mañana siguiente, o la de después. La cosa era que nunca pararía a no ser que él le pusiese fin. Chick seguiría exprimiéndole.

Todo este tiempo había estado de pie, se había levantando cuando sonó el teléfono para hablar con Chick como si eso le fuese a beneficiar de algún modo. Pero ahora suspiró y se dejó caer en el sofá. Al hacerlo, algo en el suelo le llamó la atención y al agacharse para recogerlo reconoció la letra de Sophie y supo, al momento —en ese mismo instante—, lo que era, y lo temió.

Un solo folio, doblado en dos, pero sin plegar del todo, lo justo para que se quedase de pie. Ni idea de por qué estaba en el suelo. Qué curioso, ese día le había ido muy bien con los altavoces. Si se hubiese deshecho de dos más lo habría visto.

Lo abrió, leyó. «Querido Darren —decía—: Lo siento muy mucho, pero he decidido dejarte».

Lo leyó con una sensación de distanciamiento, como si no estuviese leyendo en realidad su propia carta de Querido Fulanito, sino la de otro; la de otro pobre tipo al que le hubiesen dado la patada por una serie de crímenes inexistentes. Al menos eso explicaba la desaparición de las cosas de aseo. Y con la misma sensación de distanciamiento dejó la nota encima de una de las cajas de Auridial, se dobló por la cintura, hundió la cabeza entre las manos y empezó a gimotear, como si estuviese teniendo una experiencia extracorporal, flotando por encima de sí mismo y viendo su propio cuerpo convulsionado por los sollozos, y preguntándose qué había de real y qué de interpretación cuando uno se derrumbaba, cuánto de esto se debía al amor perdido y cuánto a una vida condenada al camino equivocado por una pelea de patio de colegio hacía muchos años, cuánto de esto era pura autocompasión.

Se vio a sí mismo llorando y se preguntó cuánto más lloraría, porque no podía haber tantas lágrimas, seguro que no. Debe de haber solamente unas existencias finitas antes de que el cuerpo se deshidrate... Hasta que se vio apartando la cabeza de las manos y, con la misma carga interpretativa, enjugándose la humedad de la cara con decisión. Se incorporó. De repente. Una idea sorpresa, como un rayo de sol a través de un hongo atómico.

Tenía una coartada.

O, más bien, había una coartada esperando a que la recogiesen, con su nombre.

Porque si podía ir al almacén y volver antes de que regresase el tío de abajo, tendría una historia sólida, más compacta que el chocho de una monja. Porque, por lo que respectaba a Chick, él estaba en casa. («Esto es cosa del joven Dash», dice Phil, inspeccionando las cenizas aún humeantes del almacén, con cansados bomberos sofocando el incendio, y Phil pensando que tendría que hacerle una visita al joven Dash, en plan sacarle a ver dónde había estado la noche anterior, ¿sabes lo que te digo? Pero... «Nanay —diría Chick—, no pudo hacerlo. Estaba en casa, doy fe de ello»).

Y otra idea brotando en su interior. Con el almacén calcinado no quedarían altavoces que vender. Y solo él tenía un piso lleno, y todo el mundo lo sabía, porque él era Dash, el pobre diablo, el hazmerreír con la ronda de Stoke Newington, donde a los clientes les preocupaba que unas cosas horrendas y feas como esos altavoces dañasen el oído del pequeño Crispian. Con clientes así no era de extrañar que tuviese una casa repleta de esos cacharros. Que podía revender. No a la gente de la calle, no, a los otros altavoceros.

Si podía ir y volver al almacén a tiempo.

Y... si Chick no estaba allí, en el almacén, claro. Como lo había estado la otra noche.

Cogió el teléfono y llamó a Warren, que respondió alterado. Seguía teniendo a Años Perros en la cabeza:

—¿Síííi?

—¿Woz? —Dash intentó parecer lo más animado posible—. Woz, soy Dash.

—Muy bien, tío. ¿Dónde está mi traje? Me dijiste que me lo devolverías esta noche...

Dash sintió vergüenza solo de pensarlo.

—Es que lo voy a llevar a la tintorería, tío. Ya sabes, para agradecértelo y eso.

En realidad, el dos piezas mutilado estaba en una pila en el baño, donde Dash se lo había quitado (apartando la vergüenza de su cuerpo pero sin poder borrarla de su mente). Mientras lo hacía, reflexionaba sobre el hecho de que, cuando se lo puso, el traje estaba en perfectas condiciones y contenía un fajo de dinero que iba a salvarle la vida. Ahora era poco más que un bikini y no contenía más que el cúter de Pesopluma. «Podría probar a cortarme las venas, pero lo más seguro es que la cague también», había pensado mientras se lo guardaba en los vaqueros que se estaba poniendo.

—¿Sí? —decía Warren ahora—. Bueno, pero no lo vayas a llevar a cualquier lavandería de mierda, ¿vale? Llévalo a algún sitio donde sepan lo que se hacen. Es mi mejor traje, compadre.

—Vale, Woz, no te preocupes. Oye, me preguntaba si me podrías hacer un favor.

—¿Qué clase de favor? —le preguntó Warren con desconfianza. Al dejarle el traje a Dash sentía que ya había exorcizado el demonio de la culpa; no estaba por la labor de hacerle más favores.

—Es solo..., ¿puedes asomarte a la barandilla y mirar si está ahí el coche de Chick?

Warren hizo una pausa.

—¿Ya está?

—Sí.

Dash oyó a alguien (LaDonna, claro está) por detrás: «¿Warren? ¿Wa-rren? ¿Quién es?», incluso por el teléfono Dash pudo apreciar la cursiva amenazante.

—Dash —oyó a Warren responder con cansancio y hastío. Luego le dijo a Dash—: Espera un segundo, compadre.

Un clic de la puerta del piso de Warren al abrirse. Ahora Dash se imaginaba a su ex conductor en la galería de hormigón. Asomando la cabeza, mirando más allá del bloque.

Un momento después:

—Sí, está ahí. ¿Para qué quieres saberlo?

El Saab de Chick estaba allí. Y puede que una pequeña parte de Dash —una especie de angelito en su cabeza— estuviese deseando que Warren dijese: «No. Lo siento, tío, no está ahí», lo que habría significado que no debía arriesgarse a ir al almacén y le habría quitado el peso de encima.

Pero Warren no dijo eso. Dijo: «Sí, está ahí», y preguntó para qué quería saberlo.

—No, por nada —suspiró Dash—. No es nada. Pero gracias, tío.

Dash cortó y se enjugó la cara, todavía húmeda por el llanto. Vale, se dijo. La hemos jodido. Toca meter fuego.

¿Cuánto tiempo? ¿Una hora? Salió disparado por las escaleras, fue a la furgoneta y abrió los portones traseros para comprobar si el combustible para barbacoa seguía allí. Por supuesto. Haciéndole compañía había una caja de Auridial, lo que le dio una idea. Una idea: vale, iba a ir al almacén; así que si se daba prisa lo mismo podía cargar la furgoneta de Auridial antes de prenderle fuego al sitio y tener aún más para venderles a los altavoceros. La idea lo recorrió y le hizo cosquillas en la nuca. Se los imaginó a todos apareciendo por la mañana. (El esqueleto ennegrecido del almacén. El dulce olor a altavoces carbonizados en el ambiente. Bomberos sofocando el fuego, etcétera. Se encogen de hombros: «¿Y ahora qué vamos a hacer?». Y Dash, allí también, inocente como un bebé, con la coartada intacta: «Bueno, la verdad es que yo tengo unos pocos en casa, os los puedo revender»).

Por primera vez en mucho tiempo se imaginó saliendo de la situación, incluso saliendo bien parado y todo. Y además, de rositas. Comprarle un traje nuevo a Warren —eso sería lo primero que haría— y quizá comprarse alguno de ocasión para él. Se animó a sí mismo y se metió en la furgoneta para coger la caja.

Subo esta al piso, pensó, y así tengo más sitio: la voy a llenar hasta el culo de cajas del almacén. La cogió, se giró... y vio una figura en la puerta.

Al parecer Pesopluma no era de esos que amenazan por amenazar.

CINCO

—¿BEN? —DIJO MAX, EN VOZ BAJA; LO CUAL ERA BASTANTE ESTÚPIDO, teniendo en cuenta que estaba en una oficina pequeña (donde quizás otrora un sufrido capataz de almacén había trabajado sin tregua) y que era evidente que la habitación no contenía a un niño de seis años.

Pero lo había contenido: había un ligero olor a orina; Max vio un cubo en un rincón con un rollo de papel higiénico al lado y un tablero de contrachapado encima. Y en el suelo, a los pies del camastro plegable, estaba el álbum de cromos de Ben, arrugado y manoseado por horas de lectura; y una revista de coches medio porno. Su gorro de lana del Arsenal estaba junto al álbum de cromos. Max supo que reconocería a Ben al instante, normal (no le podía haber crecido barba ni nada por el estilo), pero esos objetos, el álbum y el gorro, valían tanto como huellas dactilares. No se los habían quitado: los habían dejado allí porque quitárselos habría sido un acto inhumano que habría superado todo lo demás. Eran Ben. Eran todo lo que había en ese sitio que lo hacía ser Ben.

Entonces reparó en las estanterías, en el hueco entre los botes de pintura; y por detrás de los estantes, la ventana, y el agujero. Por fuera había visto los palés apilados y el montacargas presumiblemente inutilizado para que no lo moviesen; mantenía los palés fijos contra la pared, una barrera que bloqueaba la luz y cualquier posible escapatoria. Pero ahora Max vio que una de las ventanas estaba rota, se habría roto hacía tiempo... Tal vez unos currantes jugando un improvisado partido de críquet, una tarde, la pelota que atraviesa la ventana y el sufrido capataz que aparece: «¿Quién ha sido el capullo que ha hecho eso?». Y uno de los capullos había arreglado la ventana con cinta de embalar, y se había quedado así durante años, se veía, por las marcas de cinta, llevaba allí siglos, hasta hacía poco, cuando alguien la había despegado y había quitado el cristal del marco.

Se acercó más, pensando que, incluso sin el cristal, ¿cómo podía...? Pero viéndolo en primer plano supo cómo. El niño había atravesado la ventana y parecía increíble pero se había metido en una de las cajas que había apiladas contra la ventana. Al mirar por ella pudo ver que habían rasgado el cartón, en forma de puertecita. Después, un aparente intento de volver a ponerlo en su sitio desde dentro.

Max salió flechado del cuarto y atravesó el pasillo hasta el almacén principal. Si Ben se había metido en la caja, lo mismo había trepado hasta fuera, lo mismo se había hecho daño. Max se puso de puntillas para ver la tapa de la caja, en busca de indicios de una salida. Como si Ben hubiese salido como un resorte de dentro, un payaso de una caja sorpresa. Pero estaba intacta: tenía las solapas bajadas, pegadas con cinta. Seguía dentro, tenía que estar allí.

Max volvió a la oficina y pegó la cara a la ventana:

—Ben —dijo. Con la sensación de estar haciendo el tonto, se acercó más y dio un educado golpecito en la caja—. Ben —repitió. En respuesta se produjo un sonido que podía ser un gemido, un ruido de miedo. Max sintió una especie de vergüenza deslizándosele por las entrañas. El pobre niño estaba aterrorizado. Más asustado de él, un extraño, que de Chick o Trish.

—Ben —dijo con delicadeza—. Me llamo Max. He venido a ayudarte. Te voy a llevar con tu papá y tu mamá. De vuelta a casa, colega. Quieres volver a casa, ¿verdad?

Silencio desde la caja. No, no del todo. Un movimiento. A lo mejor estaba intentando salir pero no podía. Aunque, ¿cómo era posible que cupiese en la caja? Max volvió a llamar.

—¿Ben, colega? —Como si llamándole «colega» lo solucionase todo. No parecía surtir efecto, y tampoco era cuestión de coger al niño y sacarlo de allí, no era la mejor forma de ganarse su confianza. Porque esa era la cosa, ¿no? Tenía que ganarse la confianza de Ben. Echó un vistazo a su alrededor y luego se volvió hacia la caja—. ¿Cómo crees que le irá este año al Arsenal, colega? —le preguntó, un hombre hablándole a un cartón.

El cartón no dijo nada. Pasó un rato.

—Venga, colega. He venido para llevarte a casa. No puedo hacerlo si te quedas ahí mucho rato. Tienes que confiar en mí, Ben. Te prometo que te llevaré a casa.

Ninguna respuesta todavía de los Auridial. Max notó un principio de pánico. ¿Y si no podía engatusar a Ben para que saliera de la caja? ¿Qué se suponía que tenía que hacer? Y además, ¿cómo era que estaba despierto? Trish le había prometido a un Ben semicomatoso, no a un fugitivo en potencia bien despierto.

Lo repitió con otro tono, más adulador:

—¿Ben, colega? —Y sinceramente, hasta él hubiese pasado de sí mismo al oírlo. Con el ceño fruncido, miró a su alrededor en busca de inspiración. Solo estaban la cama, el gorro, el álbum de cromos y la revista de coches medio porno.

Así que Max se puso a cantar:

—*In the town, where I was born, lived a maaan, who sailed to sea. And he told us of his life.* —Y llegado a ese punto no recordaba la letra, así que tarareó hasta que llegó al—: *And we lived beneath the waves in our yeeelloow submarine.*

«*We all live in a yellow submarine, a yellow submarine, a yellow submarine*».

—*We all live in a yellow submarine* —cantó Ben desde el interior de la caja.

—*A yellow submarine* —cantó Max.

—*A yellow submarine* —cantaron a coro.

Hubo un movimiento y apareció la cara de Ben, y Max le hubiese dado un abrazo.

Y lo habría hecho si no hubiese sido por un sonido que llegó desde el exterior. El ambiente del almacén pareció transformarse para acomodarse a él. Un motor, unas gruesas ruedas sobre el asfalto. Una furgoneta. Se detuvo, justo delante de la persiana metálica, le pareció a Max. Su propia furgoneta estaba aparcada fuera, detrás de una escombrera. La otra había llegado hasta la explanada y había aparcado justo enfrente de la nave.

Los ojos de Ben se cruzaron con los suyos. Todavía temerosos, se abrieron con miedo, probablemente al notar la tensión en Max.

—Una cosita, colega —le dijo Max, lo más calmado que pudo—, ¿por qué no te vuelves a meter dentro un momentito? Ahí

estarás más seguro. —Era una locura, pero se vio a sí mismo pensando cómo hablarle a un niño de seis años. Se dio cuenta de que deseaba con todas sus fuerzas hacerse amigo de Ben—. No te preocupes, todo va a salir bien, te lo prometo. Cuando no haya moros en la costa, te digo la contraseña, ¿vale? ¿Cuál quieres que sea la contraseña?

Desde fuera de la persiana metálica llegó un chasquido: la puerta de la furgoneta abriéndose.

—Rápido, Ben, una contraseña.

—Estegosaurio.

—Vale —dijo Max, impresionado—. Vale, estegosaurio. Ahora métete dentro. —Ben desapareció en la caja de Auridial.

—¿Estás bien ahí? —le preguntó Max en un susurro.

—Sí —respondió Ben, con la voz como una versión en eco de sí misma.

—¿Tienes miedo?

—No.

—Vale, bien. Espera un poco ahí. —Se fue corriendo hacia el pasillo.

Ahora estaba delante de la puerta, con las torres de Auridial como única compañía. Al ver las luces de neón, se maldijo por haberlas dejado encendidas, pero pensó que si alguien las veía, ¿qué era lo peor que podía hacer?, ¿apagarlas? En la oscuridad no podrían ver a Max. Y si llegaban hasta allí, pues bueno, si ese era el caso entonces venían a por Ben, o a por Max, y acabarían encontrándose. Max tenía un martillo y un cincel en el bolsillo, su peso le daba confianza. Tal vez podría esculpirlos hasta que se rindiesen.

Aguzó el oído. Hubo un sonido como de los portones de la furgoneta abriéndose, y luego pisadas. Se puso tenso al pensar que si subían la persiana metálica podrían llegar hasta el pasillo, pero las pisadas seguían, iban hacia... —sí—, hacia la puerta de la primera oficina. Quienquiera que fuese había entrado en la oficina; después de eso, no obstante, resultaba difícil descifrar sus movimientos.

Luego, otro sonido: la puerta que separaba la oficina y el almacén principal abriéndose. Estaban a solo unos cien metros de allí, pero con las cajas de Auridial por medio, no podía ver nada. Aun así, se echó hacia atrás, se encogió y contuvo la respiración. Si llegaban hasta la parte de atrás, lo verían. Lo que oyó hizo que se le alegrase el corazón. Era el sonido de cargar una caja, un pequeño gruñido de esfuerzo de quien lo estuviese haciendo. Ahora volvían a la furgoneta y descargaban la caja. Una partida de material, eso era todo. Se regocijó en silencio. Habían venido a por una partida de Auridial. Las pisadas volvieron, otra caja de Auridial levantada y cargada. Cada vez que ocurría se sentía un poco más tranquilo, mientras oía el trayecto de los pies, por la recepción hacia el exterior, un segundo gruñido más distante al descargar la caja en la furgoneta.

Volvieron, otra caja cargada, y Max esperó a oír los pies sobre el asfalto de fuera para retirarse hasta el pasillo y cerrar la puerta tras él. Corrió con sigilo hasta la oficina y golpeó la puertecita de Ben diciendo:

—Ben. —Y entonces recordó—: Estegosaurio.

La cabeza de Ben apareció por el hueco de la caja de Auridial. Max se puso un dedo de silencio sobre la boca.

—Está bien —susurró—. Es alguien que ha venido a recoger unas cosas. No tardará mucho. Espérate aquí un momentito, ¿vale?

Ben asintió con vehemencia.

—Luego —añadió Max—, te llevaremos a casa. —Otro entusiasta asentimiento de Ben.

Desde el cuarto ya no podía oír las pisadas.

—Espera un segundito —le susurró, y volvió al pasillo, abrió la puerta del almacén y se lo encontró sumido en la oscuridad. Quienquiera que fuese había terminado con lo suyo y había apagado las luces al salir. Cuando volvió a la oficina vio que Ben había vuelto a su caja, así que repitió la contraseña y ayudó al niño a salir. Ahora por primera vez pudo ver a Ben de cuerpo entero, con pinta de golfillo de Dickens. Trish tenía razón, le hacía falta un baño: tenía el pelo grasiento y la ropa —su primera equipación de fútbol—, mugrienta y maloliente. Sus ojos eran chispas resplandecientes en una cara con una capa de roña de tres semanas.

—Vale, colega —le dijo Max—. Nos vamos, ¿eh? —Echó un vistazo por el cuarto—. ¿Quieres ponerte tu gorro? —Ben sacudió la cabeza—. Bueno, nos lo llevamos para después. Pero que no se nos olvide el álbum, ¿no?

Cuando le dio la mano, Ben se la estrechó, y a Max le embargó la emoción al dejar atrás el cuarto. Ben pestañeó al ver el pasillo y miró tras él, como relacionando el lugar que le era tan familiar con este otro, con solo una puerta entre medias. Vio la papelera con las bolsas de comida rápida vacías. Max dejó que Ben se aclimatara, sintiendo una extraña tranquilidad protectora con el niño de la mano.

La sensación no duró mucho. La sustituyó otra emoción más imperiosa cuando llegaron al pasillo y abrieron la puerta que daba al almacén principal.

Se miraron el uno al otro como si el contrario tuviese la respuesta de por qué en la nave olía ahora a humo.

SEIS

PESOPLUMA ESTABA JUNTO A LOS PORTONES TRASEROS DE LA FURGONETA.
La última vez que Dash había visto a Pesopluma, el hombre grisáceo había utilizado a una enfermera para amenazar a Dash
con una violencia desmedida. Con la muerte, para ser exactos, si
no recordaba mal. Estaba encorvado, con un brazo vendado alrededor de las
costillas. Dash vio cómo su cabeza subía y bajaba porque le costaba respirar. Luego torció el gesto cuando se subió a la furgoneta,
con un fondo de oscuridad y farolas tras él. Ahora, al igual que
Dash, estaba de pie en la furgoneta, inclinado. Ambos cara a
cara, como educados caballeros japoneses.

Pesopluma levantó una mano y, por un segundo, Dash tuvo
que aguantarse las ganas de reír porque, encorvado como estaba, con el brazo vendado alrededor del cuerpo, parecía un..., un
zombi. Un miembro carnívoro de los muertos vivientes, imparable, un no-se-puede-matar-lo-que-no-tiene-vida. Y había venido
a por Dash. Y no iba a parar. Jamás.

El zombi carraspeó y escupió un pollo, que fue a dar contra el
suelo de la furgoneta de la misma forma en que lo iban a hacer los
sesos de Dash cuando el zombi se los comiese. Retrocedió un paso.

Pesopluma contextualizó su mano extendida:

—Me voy a llevar el dinero ahora, nenaza.

Dash extendió a su vez las manos. Una parte ultrajada de su
cerebro estaba pensando en lo injusto que era todo. Cielo santo,

había llevado al colega al hospital. Habría muerto tirado en medio de la carretera si no fuese porque Dash había vuelto a por él. ¿Y cómo se lo pagaba Pesopluma? Apareciendo allí, con pinta de muerto viviente, pidiéndole dinero y amenazándole con virulencia. Muy bonito, una forma muy bonita de dar las gracias.

—Mira, colega —balbuceó—, para el carro, ¿vale? No tengo dinero que valga. —Era para volverse loco—. Después de dejarte en el hospital..., porque fui yo, no sé si lo sabrás, porque no estabas consciente del todo, fui yo el que te recogió del suelo y te llevó a Urgencias, de acuerdo, pero... ¿lo sabes, no?

Pesopluma seguía acercándose. Arrastrando tras él la pierna (no rota, claro, solo herida).

—Pero el caso es que —continuó Dash—, después de dejarte, volvieron a caer sobre mí los de Holloway Road, joder. En la furgoneta. —Y el Dash del colegio tampoco la hubiese dejado pasar—. Y me quitaron toda la pasta. Pero toda. Hijoputas.

Ahora estaba pegado contra la pared de la furgoneta. Pesopluma detuvo su avance un segundo, para sonreír y enseñar unos labios que todavía tenían grumos de sangre y una boca con un irregular *skyline* de Manhattan por dientes.

—Te cayeron encima los de Holloway Road —gruñó.

—Sí —asintió Dash, creyendo por un segundo que había engañado a Pesopluma, quien volvió a carraspear y a escupir, en parte rojo, observó Dash.

—Pero no te tocaron, ¿eh? ¿Te dejaron irte sin más? Eso es mentira cochina, nenaza. Y ahora dame la pasta.

Dash se escoró hacia la izquierda.

—No hay dinero que valga, tío.

Venga, pensaba ahora. Estaba claro que Pesopluma tenía ventaja psicológica pero casi le matan de una paliza con un bate de béisbol; probablemente le habrían dado pastillas para caballos en el hospital, antes de darse a sí mismo de alta, poniendo aún más en peligro su salud, casi seguro, y estaba enganchado al crack (en desintoxicación). Así que estaba claro que él, Dash, tenía la ventaja física. Además, conservaba la cuchilla de Pesopluma. La idea le insufló confianza y se apartó de la pared trasera de la furgoneta, irguiéndose todo lo que pudo, que no era mucho.

—Mira —dijo, la voz firme. La idea de la cuchilla en su bolsillo lo alentaba pero no quería usarla. Todavía no—. No tengo el dinero, colega, ¿te enteras? Se esfumó. Y sé que te debo un pico, y te lo pagaré, pero lo siento, no va a ser esta noche. Creo que lo mejor que puedes hacer es volver al hospital.

Y ahora que la balanza de poder de la furgoneta se inclinaba a su favor, empezó a pensar que le podría decir a Pesopluma que lo llevaba, pero ahora no podía, no tenía tiempo. Si acaso podía llamar un taxi. Pero ¿quién lo iba a pagar?

Pesopluma le dio una bofetada.

Fue más la conmoción que la potencia de la bofetada lo que hizo retroceder a Dash. Notó cómo se le ponía la cara roja al instante. Lo habían abofeteado. Una de esas bofetadas que seguro que Pesopluma llamaría una bofetada de nenaza. (Hoy le habían abofeteado dos veces. Primero Chick y ahora Pesopluma. Añadamos el encuentro con Gary Spencer y cualquiera diría que era una especie de Día Nacional de Pegar a Dash. De Abofetear a Dash, más bien).

—Dame mi dinero —dijo Pesopluma.

—No puedo. —Dash, doblado, con una mano en la mejilla. Tenía la cuchilla en el bolsillo.

Pesopluma volvió a abofetearlo. Dash oyó el tortazo y sintió un estallido de dolor en la mejilla. En todo ese rato Pesopluma no había apartado el otro brazo de la barriga.

—Mira, tío... —empezó Dash.

Pesopluma volvió a abofetearlo.

Solo que esta vez a Dash se le fue la cabeza. Porque el mundo no iba bien si se dejaba pegar por un yonqui dopado y medio muerto. Porque, sí, en el tenderete ambulante de su alma casi no quedaba orgullo, pero todavía había algunos restos.

Puso ambas manos sobre el pecho de Pesopluma y empujó. Pesopluma gritó de manera que Dash creyó haber encontrado su punto débil, casi literalmente. Y como estaba doblado, se cayó hacia atrás, primero el culo, luego los brazos —ahora sí los dos—, que alargó intentando agarrar a Dash. Este, que ya estaba casi de pie, volvió a irse hacia atrás, y ambos se estamparon contra el suelo: la cabeza de Pesopluma dando contra el canto del Auridial y los brazos y piernas de ambos enmarañados como al final de una partida de Twister.

Dash fue el primero en reaccionar y salir de la maraña, arrastrándose hacia la puerta. Como tenía las piernas atrapadas, siguió pataleando mientras se sacaba el cúter del bolsillo de los vaqueros. Entonces, se dio la vuelta y lo blandió ante él, hacia donde Pesopluma tenía sus piernas cogidas.

Salvo que, cuando pataleó, los brazos de Pesopluma se desprendieron y este se quedó medio tumbado, más o menos como había caído; de la nuca al suelo de la furgoneta caía un oscuro botón de sangre. No había sacado la hoja. Dash se dio cuenta y, clic-clic, la abrió y la sostuvo en el aire mientras su mente procesaba los datos disponibles.

No se mueve. Está muerto. O... se ha golpeado y se ha quedado inconsciente, lo que explicaría la sangre. O... se ha desmayado por el dolor del pecho. O... una combinación de ambas. Es lo mismo.

Dash se puso de pie y miró por la puerta. La refriega apenas había durado un segundo, pero no había nadie, nadie en la calle a la vista. Aun así, cerró los portones y se deslizó hacia donde yacía Pesopluma. Al poner la mano sobre su pecho, Dash sintió un latido, luego no estaba muerto. Gracias a Dios. (O no, gracias a Dios no, dependía de cómo se mirase, porque al menos si estuviera muerto no podría volver de nuevo a la vida). Ahora miró de reojo el reloj y vio que había perdido cinco minutos que nunca podría recuperar. Cogió los dos botes de combustible para barbacoa, saltó de la parte trasera de la furgoneta, cerró los portones en la cara de un Pesopluma medio muerto y se apresuró hacia la cabina. Quedaba tiempo. Eso era lo que se decía.

Fue de camino cuando se le ocurrió la idea de dejar a Peso-pluma en el edificio en llamas. En realidad era una cuestión de defensa propia (se decía). Si no mataba ahora a Pesopluma, se despertaría e iría a por él, y jamás se detendría; además, Pesopluma estaba ya con un pie en la tumba; y lo más probable era que lo tomasen por el principal sospechoso, lo que libraría aún más a Dash de toda sospecha. Y ya no le debería dinero.

Y... odiaba con toda su alma y más a Pesopluma.

(Eso era lo que se decía).

Sabía que había sido bastante temerario aparcar en la explanada en vez de en la calle. Pero no tenía tiempo. Abrió los portones para comprobar de nuevo el estado de Pesopluma y luego lo arrimó todo lo que pudo a un lado del vehículo para hacer sitio a los altavoces. Después salió pitando hacia la puerta de la oficina mientras buscaba la funda del bono del metro, que usaba de cartera, y sacaba su tarjeta de crédito.

Que resultó no ser su tarjeta de crédito, observó. Era la de Sophie.

Se detuvo. No tenía que meterle fuego al almacén. Tenía la tarjeta de Sophie, y tenía dinero en la cuenta, lo había visto. Todo este tiempo. Había tenido los medios para conseguir el dinero todo este tiempo. La sostuvo ante él, volteándola, como un naipe al que estuviese a punto de hacer estallar en llamas. No tenía por qué hacerlo, podía irse, un día de gracia al menos. La volteó de nuevo. Pero eso era todo, ¿no? Un día de gracia. Un día más y volvería a lo mismo, solo que nunca tendría otra oportunidad como esta. Nunca.

Decidido, metió la tarjeta de Sophie por la ranura, la manipuló y se hizo a un lado al abrirse la puerta. Tenía cierto miedo a que saltase una alarma antirrobo, o a que un pitbull rabioso pegase un salto desde la penumbra.

En el interior, la oficina principal estaba a oscuras, aunque las luces de atrás estaban encendidas. Nada. «Hola», susurró, sintiendo un repentino respeto por el silencio. Se le erizó la piel. Nunca había visto la oficina así. Esta era su vida secreta y él era como una especie de intruso indeseable. «Hola». De nuevo, poco más que un susurro. Llevaba los botes de combustible a la espalda, por si acaso un Phil de medianoche salía del meódromo subiéndose la bragueta. Nada, y además, ¿qué alternativas había? Ahora se adentró un poco y dejó los botes en el suelo mientras seguía inspeccionando la oficina. Por debajo de la puerta que daba al almacén principal salía un rayo de luz. Fue hacia él y abrió la puerta: todo estaba en silencio. La sensación de piel erizada se acrecentó. ¿Por qué se habrían dejado las luces encendidas? «¿Hay alguien ahí?».

Las cajas de Auridial no dijeron una palabra. Ahora volvió al pasillo y comprobó los baños. Nadie. Tenía toda la nave para él, estaba convencido. ¿Las luces encendidas? ¿Y qué? Se las habrían dejado encendidas y punto, lo mismo siempre se quedaban así. Volvió al almacén principal y se sirvió una ración de Auridial, para luego llevarla hasta la furgoneta, donde comprobó que Pesopluma seguía en el suelo con los plomillos fundidos. De vuelta a la nave cogió otras tres cajas de Auridial, era casi todo lo que podía meter con Pesopluma allí.

Salvo que Pesopluma no iba a estar allí mucho tiempo más. Hizo otros dos viajes a la nave y dejó las cajas sobre el asfalto, listas para cargarlas una vez se hubiera librado de Pesopluma. Una vez en la parte trasera de la furgoneta consultó la hora. Mierda. Estaba sin aliento, con los ojos puestos en Pesopluma. Todo lo que tenía que hacer era llevar el cuerpo hasta la oficina, empaparlo en combustible para barbacoa, empapar la oficina y las cajas del almacén..., y sería libre. Se imaginó a sí mismo rociando el cuerpo y se lo intentó pintar como una escena feliz y triunfal —Dash jodiendo por fin a sus enemigos—, pero no pudo. Intentó imaginarse rociando la oficina con Pesopluma dentro, pero esta vez, algo crucial para su conciencia, sin regar a Pesopluma con el líquido.

Pero tampoco se lo pudo imaginar.

Por fin había encontrado un punto en el que parar. Bastante más al sur de donde solía parar, pero lo cierto era que había llegado. Homicidio queda un poco más arriba, pero me voy a quedar en Incendio Provocado, gracias. Lo que significaba que no se le había ido la cabeza del todo. Debía dar gracias por ello.

Por segunda vez en el mismo día, llevaría a Pesopluma al hospital, eso era lo que iba a hacer. Así que, en vez de cogerlo y conducirle a una muerte brutal, agarró una de las dos cajas de Auridial que tenía a los pies y se fue a paso ligero hacia la nave para devolverla al almacén principal. Volvió y, con Pesopluma aún fuera de combate, recogió la segunda caja y regresó. Luego le quitó el tapón a uno de los botes de combustible. El bote era como los de esos lavavajillas que salen a chorro, y como los que el joven Darren solía usar para las peleíllas de agua, salvo que rellenos de líquido altamente inflamable. A un paso de las puertas del almacén principal, roció todas las cajas de Auridial que pudo y luego retrocedió dibujando una línea de líquido hasta la oficina, que regó en toda su extensión, sin apenas captar a Pesopluma por el rabillo del ojo.

Cuando más tarde pensó en ello, Dash se imaginó a Pesopluma recobrando la conciencia lentamente, arrastrándose —junto a su odio, a su rabia, a sus extremidades apenas operativas y sus costillas peligrosamente fragmentadas— hasta fuera de la furgoneta. El zombi grisáceo, herido, miró a su alrededor y no tardó en reconocer la nave por sus visitas diarias. Luego, al ver la puerta de la oficina abierta y la luz encendida, y tal vez oyendo el sonido de Dash, reptó hasta allí. Dash se imaginó el pie colgante de Pesopluma arrastrándose por el asfalto de la explanada. Como en una visión, contempló a Pesopluma con una mano extendida hacia él y la otra agarrándose la barriga. Se lo imaginó haciendo un sonido como de muerto recién resucitado.

Y luego a Pesopluma llegando a la oficina, escudriñando la habitación en busca de alguna arma en potencia y atisbando algo sobre el escritorio.

Que era donde estaba cuando Dash lo vio. Aunque no lo vio hasta que fue demasiado tarde...

Volvía del almacén principal; Pesopluma estaba reclinado contra el escritorio, donde había encontrado un cúter con el mango envuelto en cinta de carrocero. Para cuando Dash entró en la habitación Pesopluma estaba blandiendo la cuchilla. En su cara había una sonrisa retorcida, malvada.

Que desapareció en cuanto el chorro alocado de Dash lo alcanzó. La sonrisa pareció derretírsele en la boca, que se relajó de repente en torno al cigarro que se estaba fumando y que se le cayó de los labios. Y justo cuando comprendió lo que estaba a punto de suceder —que no puede salir nada bueno de un cigarro encendido entrando en contacto con combustible para barbacoa—, quiso cogerlo, sin éxito. Así que en vez de intentar atraparlo, parecía que estaba haciendo malabares con él, esparciendo sin querer rescoldos de un naranja brillante por el aire.

Dash pensó que era un buen momento para batirse en retirada. Así que eso fue lo que hizo: al salir cerró la puerta de la oficina tras él y corrió hacia la furgoneta, haciendo oídos sordos al boom del fuego a su espalda; ignorando el repentino calor en el cogote.

Estaba ya corriendo de vuelta a casa cuando la neblina de miedo y pánico empezó a despejarse por fin y el sentido común alzó una mano trémula. Su mente estaba convulsionada dudando qué hacer. Al final tuvo que dar voz al pensamiento, otorgarle la voz cantante. Porque si no lo hubiese hecho, habría seguido conduciendo.

—¿Qué estoy haciendo? —se preguntó retórico—. ¿Qué coño estoy haciendo?

Y allí estaba, al descubierto. ¿Qué coño estaba haciendo?

Llevaba las ventanillas abiertas; como no había puesto bien el tapón del combustible para barbacoa se le había derramado por la cabina, llenándola con los benignos efluvios de una tarde de domingo. Solo que no eran tan benignos. (Eran los mismos efluvios que en la oficina. Dash encharcando el almacén principal con combustible, volviendo, Pesopluma allí, con el cúter. El cigarro. Un sonido, como un fiuuu..., y luego UOH-FIUUU).

Tenía que volver. Era Dash. Le había pegado al chaval con Tourette, vale; y se había quedado mirando junto con las madres solteras y había dicho el «No creo que quisieses hacerlo», mientras los matones le daban una lección a Jason Vaya-cómo-era-su-apellido. Había hecho un infierno de los años de colegio de Colin Stumple. Pero no dejaba a gente en edificios en llamas. Ni siquiera a gente como Pesopluma.

Paró a un lado de la carretera, sin reparar en la gente que había en una parada de autobús, tomó aliento varias veces y se apartó el pelo de los ojos. Había esperado a ver salir el humo antes de irse, el fuego iba bien, había prendido. Pero tal vez si volvía a tiempo...

Dio media vuelta y se fue hacia la nave murmurando mientras conducía: «Jesús, por favor, Jesús, por Dios». De nuevo por Tottenham Hale, dejando atrás el canódromo donde una vez viera a Vinnie Jones. Y entrando en el polígono y el «Jesús, por favor» paralizado en la boca ante la visión. De humo. Una gran nube, densa y lo suficientemente negra como para hacerle sombra a la noche. Aun así, llegó hasta la explanada y se detuvo allí. El calor, incluso a esa distancia, era horroroso, y podía paladear el humo. Pero fueron las llamas las que le impidieron salir de la furgoneta. Eran como los brazos de Gigantis, el monstruo de fuego, abrazando la puerta de la oficina, donde la ventana ya se había roto del calor y tosía humo hacia la explanada. Había llamas lamiendo los bajos de la persiana metálica, y por los lados, el metal ondulado negro ya.

Una pequeña parte de él no pudo evitar sentir admiración por la eficacia del fuego.

Otra pequeña parte de él pensó: «¡Oh! Oh, Dios bendito».

Después se oyó el aullido de las sirenas y pudo ver cómo el cielo anunciaba las luces azules giratorias. Se alejó de la explanada, todavía anonadado, avanzó un poco por la calle y se volvió a detener para contemplar el humo apocalíptico que manaba de la nave, mientras los coches de bomberos entraban en el polígono, uno que doblaba hacia la explanada y otro que se quedaba fuera, en la calle. Vio cómo los bomberos corrían con sus mangueras y cómo dos de ellos conferenciaban señalando el edificio en llamas. Recordó vagamente que una vez, hacía años, había querido ser bombero. Y más vagamente aún, haber oído a alguien decir que los pirómanos solían ser bomberos frustrados, lo que era a todas luces cierto, puesto que él era un pirómano incipiente. E incluso más vagamente todavía, recordó —era probable que de la misma fuente— que la policía pillaba a los pirómanos cuando rastreaban la escena del crimen, porque estos no pueden resistir la tentación de quedarse para ver cómo trabaja su fuego.

Sonó un golpecito en la ventanilla del conductor.

El agente llevaba una linterna larga, como un bastón, de esas que llevan los polis en las películas norteamericanas. La utilizan también como porra, por eso los polis suelen llevarla cogida por encima del hombro. Dash recordó haberle contado a Sophie ese dato en particular. Ella le había preguntado que por qué Tommy Lee Jones iba con la linterna así y él le había contado eso. Pero no le creyó porque Tommy Lee Jones estaba solo en esa escena: no tenía sentido que la fuese a usar a modo de porra. Bueno, es la costumbre, le dijo, y ella se rió de él como si le estuviese metiendo una trola, cosa que no estaba haciendo, pero tuvo que admitirlo: parecía una trola.

En el lado del copiloto había otro agente y, cuando Dash miró hacia él, este le deslumbró con la linterna.

Dash suspiró. Fue un largo, largo suspiro.

—¿Querría usted salir del vehículo, por favor, caballero? —dijo el poli que estaba en el lado del conductor, como si fuese una sugerencia.

«No, gracias —quiso decir Dash—. Si no le importa, me largo ya para casa».

El poli se apartó de la puerta para dejar que Dash la abriese. Detrás el otro poli estaba abriendo la puerta del copiloto. El primero hacía un movimiento un tanto pomposo, en plan ujier, con su descomunal linterna.

—Bonita vista, ¿eh? —le dijo señalando el fuego que estaba a sus espaldas, mientras un tercer coche de bomberos entraba en escena.

—Es horrible, ¿no es cierto? —dijo Dash, pensando de pronto que, vale, sí, claro, estar allí era mal asunto (muy mal asunto), con aquel fuego embrutecido. Pero no significaba que lo hubiese hecho él, ¿no? Era inocente hasta que se demostrase lo contrario.

—¿Qué? ¿De barbacoa? —dijo el segundo agente detrás de él. Dash se giró para verle salir de la furgoneta con un bote de combustible en la mano.

Su colega miró primero el bote y luego a Dash. Puso los ojos en blanco:

—Vale, amigo —dijo con hastío—. Vamos.

Por alguna extraña razón, como si le hubiesen puesto en piloto automático una peli de Hollywood, Dash se dio media vuelta, extendió las manos y adoptó la posición contra la furgoneta, esperando a que unas manos lo cachearan. Cuando nada de esto ocurrió, miró hacia atrás y vio cómo los dos agentes se estaban cachondeando de él. Tal vez su expresión fuese lo suficientemente sobrecogedora como para detenerlos, y que uno de ellos lo sacase de su miseria. Lo cachearon mientras tosían para ponerse serios.

Luego le leyeron sus derechos: «Tiene derecho a guardar silencio». Y esas cosas. Como si tuviesen que ser diferentes en la vida real... para que supieran que eran reales.

El segundo agente se alejó para hablar por radio pero volvió y le susurró algo al primero. Dash pudo oír la palabra «cuerpo».

—Caray, parece que nos hemos metido en un buen lío, ¿no? —dijo el primer agente.

SIETE

NO MUCHO DESPUÉS, CUANDO IBA SENTADO EN EL COCHE-PATRULLA DE camino a la comisaría, a Dash le vino la idea del secuestro de niños. Pese a todo, por increíble que pareciese, estaba preocupado porque no había llamado a Chick. Después se preguntó por qué..., ¿por qué tenía que llamar a Chick para hablarle de un hombre con un niño pequeño? ¿Qué haría un niño con el hombre que vivía abajo solo? Un solitario como él, con su chaquetón negro, un tanto decrépito, habían pensado siempre Sophie y él, todo el rato mirando por las ventanas y paseándose en pantuflas por el pasillo.

Fue muy egoísta el tiempo que se había tomado para caer en la cuenta, pero cuando cayó, se echó hacia delante, entre los asientos del coche, con las manos detrás, esposadas, para decir algo de gran importancia. El agente en el asiento del copiloto le puso una mano sobre la frente y con delicadeza, pero de esa delicadeza que no admite contestación, lo empujó contra el asiento.

—No te muevas, hijo —dijo, aburrido.

Dash se retorció para volver a acomodarse.

—No —contestó—. Miren, es que tengo que contarles una cosa.

El agente no se molestó en girarse, porque, como todos los polis, ya había visto y oído de todo.

—Ahórratelo. No nos interesa. —Bostezó.

Ahora estaba sentado en un pequeño cuarto. Le sonaba todo, esa sensación de estar haciendo algo que hubiese hecho como unos cientos de veces, observando el proceso de ser fichado, custodiado hasta una celda, y luego a otro cuarto, probablemente de esos que llaman «confesionarios», con una mesa, una grabadora, dos sillas de plástico y el inevitable cenicero de metal.

La puerta del cuarto se abrió y entraron dos oficiales; uno de ellos, el que iba de uniforme, se quedó junto a la puerta mientras que el segundo, este en traje, bronceado, se aflojó la corbata al sentarse y empezó a desenvolver una cinta de casete.

Sonrió a Dash, que le devolvió la sonrisa, aunque con timidez, preguntándose si sería una especie de truco policial.

El policía bronceado seguía sonriendo.

—Hola, Darren —dijo por fin.

—Hola.

—Es Darren, ¿no? No Daz o algún otro apodo.

—Bueno, Dash —dijo relajándose un poco.

—Ah, ¿sí? Vale, aun así, le llamaré Darren, si no le importa.

Dash asintió.

—Soy el inspector Merle. Y le han conducido aquí como sospechoso de haber provocado un incendio, ¿no es así? —Tamborileó sobre una carpeta que había traído consigo—. Todavía están echando agua allí, pero me han informado de que han sacado a alguien.

Dash le miró:

—¿Está muerto?

—¿Quién está muerto?

—La persona a la que han sacado.

Merle estudió a Dash con detenimiento.

—No tengo un informe actualizado sobre su estado. Conseguiré uno dentro de poco. Pero, entretanto, tengo entendido que le ha dicho al oficial que tiene información urgente, puede que en relación con el secuestro de un niño.

Dash asintió enérgicamente y el pelo le cayó por la cara.

—En concreto, le ha dado usted al oficial un par de nombres que cree que pueden estar involucrados en el secuestro de ese niño.

Dash volvió a asentir.

—Uno de ellos, esto..., Maxwell Coleman, del 64 de Clarke Street, su vecino de abajo, y el otro... —Merle suspiró con fuerza— es por lo que he venido a hablar con usted.

Merle terminó de desenvolver la segunda cinta, metió ambas en el aparato y cerró con un clic las pletinas de la grabadora. Se dio cuenta de que se estaba mordiendo los labios.

—Bien. Antes de empezar, déjeme decirle que aquí viene mucha gente a contarme que saben algo sobre el..., sobre niños desaparecidos o maltratados. Y suelen hacerlo para apuntarse un tanto, porque quieren una recompensa, porque simplemente son unos imbéciles, o unos enfermos, o porque se creen que su supuesta información del todo inventada servirá de algún modo para salvarlos. Y, viéndole aquí, barrunto que, puesto que tiene que afrontar un incendio provocado, que puede llegar a convertirse en homicidio, o incluso en asesinato, es posible que esté usted intentando salvarse. Y si es así, mejor que lo diga ahora, antes de que pulse este botón, porque, se lo estoy advirtiendo, si me hace perder siquiera un segundo de mi tiempo en este caso, caeré sobre usted como la viruela.

Dash asintió.

—Y recuerde esto —prosiguió Merle—. Hace un par de horas estaba en un avión de vuelta de Mallorca, y solo han pasado con el carrito de las bebidas una vez. —Dijo esto último más para información del oficial uniformado, quien sacudió la cabeza indignado—. Además, en vez de irme directamente a casa para hacerme cargo de cualquier problema doméstico que haya podido surgir durante mi ausencia, me he venido para acá. Y si lo he hecho no es porque estuviese loco por volver al trabajo o porque me apeteciese un buen rapapolvo de la parienta. —De nuevo, esto estaba dirigido al agente, que, en respuesta, torció el gesto con compasión—. Sino por lo que usted tenía que decirles a los oficiales. Así que supongo que entenderá lo vital que es que lo que me diga no resulte una pérdida de tiempo. —Dash asintió—. ¿Quiere empezar? —Nuevo asentimiento—. ¿Seguro? —Sí. Merle le dio al botón de grabar. Esperó un largo pitido antes de hacer la introducción—. Bien —le dijo a Dash—. Usted afirma que tiene información en relación al posible secuestro de un niño. —Dash volvió a asentir con la cabeza—. A la cinta, por favor. —Dash dijo «Sí»—. Bien, entonces oigámosla.

Dash respiró hondo.

—Trabajo para un hombre, se llama Chick.

Merle se echó hacia delante.

—De acuerdo, sí.

Había algo en la forma en que lo había dicho que hizo que Dash le preguntara:

—¿Lo conoce?

—Conozco su trabajo, sí. Pero ¿qué pasa con él?

Así que Dash se lo contó.

Sonó el móvil de Trish. O, más bien, vibró. Como estaba en vibrador, se aerodeslizó por la mesa de la cocina y navegó lejos de su mano cuando fue a cogerlo. Se había estado mordiendo las uñas. Frente a ella, Chick fumaba. Se había bajado la visera de la gorra y estaba encorvado en su asiento. Cada uno sobrellevando los nervios a su manera. Cuando el teléfono vibró, Chick pegó un brinco y lo miró con los ojos desorbitados. Se oía el televisor desde el salón. La MTV. Carl despotricando al son de algún dueto de R&B y añadiendo sus propias palabrotas, como si no pudiese pasar sin ellas.

—No es él, es Patsy —dijo Trish, mirando la pantalla del teléfono.

—Me cago en la hostia con tus colegas. ¡Corta! —bramó Chick. Se quedaron mirándose el uno al otro—. Venga, joder, que le cortes, coño.

Tenía su propio móvil en la mano; en su malvada cabeza rebobinaba ya hacia delante, rumiando un discurso: «Hey, Merlin, me dijiste que pegase la oreja a ver si oía algo sobre el niño desaparecido. Sí, pues bien, tengo algo para ti. Pero antes de nada, la recompensa esa que ofrecen...».

Trisha lanzó el móvil contra la mesa y se levantó.

—Pede no llama, Trish —dijo Chick, apremiante—. ¿Por qué no llama? Me dijiste que se lo habías dicho.

—Y lo hice —dijo con brusquedad—. Me dijo que llamaría. Pero tu colega tampoco ha llamado, así que será que todavía no lo ha hecho.

—Han pasado horas.

—Bueno, lo mismo ha esperado después de hablar conmigo, yo qué sé —le chilló.

—¡Dash ha llamado diciendo que se había largado! —le chilló a su vez.

—Y a mí ¿qué me cuentas?, ¡lo mismo ha ido a tomarse una copa antes! —chilló el doble.

Chick le lanzó una mirada fulminante desde el otro lado de la mesa.

—Y además, ¿qué coño está haciendo tu coleguita? —añadió Trish, escupiendo veneno.

Chick volvió a probar a llamar al móvil de Dash. Apagado. El mariconazo estaba muerto cuando le pusiese las manos encima. Muerto y más que muerto.

—Esto no está saliendo como debería —dijo pensativo.

—¿Dónde está, Charlie? —dijo Trish con las manos en el pelo.

—¿Cómo coño quieres que lo sepa?

—Y entonces ¿qué está pasando? —alzando la voz, aterrada.

La tomó con ella:

—¿Cómo cojones quieres que lo sepa?

—¿Y qué vamos a hacer? ¿Crees que se habrá llevado al niño a otra parte?

—Que Dios me asista, Trish. Cómo cojones quieres que lo sepa.

No le hizo caso:

—Charlie, mira, mientras tenga al niño, podemos llamar a Merle. No importa que Pede no lo haya llevado a casa.

Ambos estaban ahora de pie y Trish alargó una mano temblorosa hacia el paquete de Rothmans.

—Déjame pensar —dijo Chick—. Déjame que piense un minuto. —Se sentó y se caló bien la gorra—. Vale. —Se inclinó hacia un lado y se sacó las llaves del Saab—. Vas a ir a la nave. Coge el cuatro por cuatro. Mira a ver si está allí el niño. Si no está, límpialo todo tal y como planeamos. Si está, ni idea, agárrate fuerte.

—Y ¿dónde vas a ir tú?

—Voy a buscar a Pede —dijo misteriosamente. Sacó un pequeño cuchillo de cocina del taco y lo envolvió en un trapo. Trish se quedó mirándole.

—Venga, vete —le dijo—. Mueve el puto culo.

En ese momento. En la puerta de la calle: ¡Pon-pon-pon!

Antes de que ninguno de los dos pudiera impedirlo, Carl estaba saliendo del salón para ir a abrir la puerta. Chick cerró la de la cocina con sigilo y los dos se miraron, boquiabiertos e inquisitivos, mientras oían cómo Carl abría la puerta.

El inspector Merle volvió a la oficina y se sentó junto a Dash, que estaba cabizbajo, con la cara enmarcada por el pelo. Merle parecía risueño por lo que le había contado Dash, pero seguía poniendo cara de poli. Como antes, se aflojó la corbata y se sentó.

—De acuerdo. Y, de algún modo, todo esto encaja con lo de esta noche, ¿no?, lo que me ha contado hasta ahora.

Dash asintió vagamente.

—Como le he dicho, me dijo que esperara a que el de abajo...

—Max Coleman.

—Eso. Que cuando lo viese llegar con un niño, le avisase.

—Sí, vale. ¿Y?

—Que eso suponía una coartada para mí. Suponía que podía pegarle fuego al almacén sin que pensase que había sido yo.

Merle se echó hacia atrás y se cruzó de brazos, furioso.

—O sea, que en vez de informar de sus temores sobre el posible rapto de un niño a la policía, ¿usted va y aprovecha la oportunidad para incendiar un edificio?

Dash bajó la cabeza:

—Sí —dijo con la voz sumida en la vergüenza.

—Ah, bueno, está bien, entonces. Caso cerrado, amigo. Lo mismo hasta se va a casa —dijo Merle con crudeza. Hizo una pausa al oír a Dash sorberse la nariz detrás del pelo. Ahora dijo, más suave—: Mire, como decimos los policías, no se está haciendo ningún favor que digamos.

—No lo entiende —dijo Dash, despacio—. No entiende cómo es él.

Merle se rió, pero no de forma desagradable sino con ganas, por la ingenuidad de la juventud.

—Sí que lo sé, amigo. Entiendo perfectamente cómo es.

—Habría seguido exprimiéndome —dijo Dash, más para sí mismo que otra cosa.

—Bueno, supongo que en el futuro elegirá a sus amistades con más cuidado.

Sorbidos de Dash.

—Lo que quiero decir es que..., que no me quedó más remedio.

—Eso es lo que dicen todos —replicó Merle.

La puerta se abrió y alguien le pidió que saliese un momento. Medio minuto después estaba de vuelta.

—Bien —dijo—. Tengo noticias buenas y noticias interesantes para usted.

Dash lo miró.

—Lo primero, las buenas. El cadáver del almacén no es ningún cadáver. De hecho, está vivito y coleando. Tanto que se ha dado de alta en el hospital.

Cada neurona de su cerebro, de su raciocinio, supo que el que Pesopluma estuviese vivo suponía una buena noticia para él. Pero, en cierto modo, no era capaz de alegrarse. Significaba que estaba suelto, y si estaba suelto iría a por Dash.

—Y lo interesante es que este conejito Duracell no es su amigo Pesopluma. Este es blanco.

OCHO

CHICK Y TRISH ESTABAN ESCUCHANDO TRAS LA PUERTA DE LA COCINA.
—¿Qué está haciendo aquí? —bufó Chick.
—No lo sé, no lo sé. —Su mujer le estaba empujando—. Sal ahí y entérate. Sal ahí de una puta vez.
—Vale, vale. —Le dio un golpe a las apremiantes manos de ella—. Ya voy. —Y abrió la puerta de la cocina y se adentró en el pasillo. Adoptó pose de graderío, con las piernas separadas, las manos en jarras a lo «Venga, vamos» y la barriga sacada.
—¿Qué pasa, Pede? —dijo. Carl estaba desapareciendo ya por el salón.
—Nada, aquí oyendo su última batallita de rimas —dijo Max, que entraba por el pasillo.
Merle había dicho que el hombre que habían encontrado no era negro, pero Max había llegado a serlo. Hasta hacía unos veinte minutos su cara tenía un bronceado color carbón, con algunos destellos de la antigua piel por debajo, en las líneas de alrededor de los ojos, en los surcos de las mejillas. Pero entre el hospital y el piso de Chick, Max había ido a su casa y había enjugado los indicios de incendio de su cara, hasta se había lavado rápidamente el pelo y, al llegar a Neesmith House, había dejado en la furgoneta el chaquetón negro con olor a chamusquina. Era la primera vez que Chick lo veía sin él.
—Y ¿qué te trae por aquí? —preguntó Chick, intentando dar con el tono adecuado.

Sin decir nada, Max avanzó por el pasillo, hacia él.

—¿Puedo pasar? —le dijo al llegar a la puerta de la cocina.

Chick se apartó y ambos tomaron asiento ante la mesa de la cocina, Trish a un lado. Lanzaba miradas inquisitivas a Chick, que tenía los ojos clavados en Max, intentando adivinar cómo iba a acabar la historia.

—He pensado en venir para ver dónde tengo que hacer las basuras esta noche —dijo Max por fin. Estaba sentado con las piernas estiradas y las manos en los vaqueros. Ahora se echó hacia delante tranquilamente. Chick era pura confusión.

—Ya sabes —añadió Max—, que a ver dónde trabajo esta noche.

En su interior era un completo huracán. Tormentas de las de vomitar por las escotillas. Tenía las manos en los bolsillos y en uno de ellos empuñaba el cúter tan fuerte que el dolor era casi insoportable. Tras su piel todo se retorcía y gritaba con fuerza.

Porque había perdido al niño.

En el almacén las torres de Auridial habían ardido tan bien como Dash había esperado (o mejor incluso). Columnas de fuego con graves superiores. Eructaban fuego y Max se sintió repentina y horrorosamente desorientado mientras atravesaba el almacén principal con Ben. Las llamas parecían materializarse desde la sofocante y densa oscuridad; el humo se negaba a apartarse cuando lo empujaba al abrirse paso. Llevaba al niño en brazos, intentando crearle una especie de filtro en la boca. En la suya no podía ni ponerse una mano para taparla. Luego traspasó la puerta y llegó al pasillo de la oficina y allí, de repente, todo era luz.

Lo primero que vio fue fuego; lo siguiente, a Pesopluma, medio sentado, medio tirado al principio del pasillo, casi fetal, tosiendo. Max tuvo tiempo para reconocer al compañero de Dash, el hombre de color gris al que había visto cruzado de brazos mientras Dash cargaba los altavoces en la furgoneta.

A la izquierda de Max las llamas lo habían tomado todo, hasta la puerta de la oficina, y se estaban deslizando hacia el pasillo, donde los baños y la cocina esperaban educadamente su turno para ser reducidos, y donde, al fondo, se abría una salida de incendios. Había fregonas en cubos, y escobas, y una señal caída, bloqueando la puerta, pero cedió cuando la empujó y fue a dar a un diminuto patio donde dejó a Ben, para luego agacharse y volver al pasillo, que estaba ahora lleno de humo, podía notar los pulmones en el pecho, los notaba calientes; y oía su respiración por la garganta, un resuello cardiaco. Le pesaban las manos y las tenía como flojas cuando llegó hasta Pesopluma, a quien agarró de los hombros y arrastró hacia atrás, mientras que Pesopluma seguía, era increíble, en la misma posición, como si lo que estuviese arrastrando fuese una figurita de yeso de Pesopluma, un cuerpo encontrado a las faldas de un volcán exhausto.

Y entonces salieron a trompicones por la salida de incendios y Max empezó a pensar en cómo cerrarla para mantener las llamaradas al otro lado. Estaba pensándolo y quería que sus piernas se moviesen, al tiempo que intentaba respirar. Le escocían los ojos, los tenía llorosos e incapacitados, le lloraban del esfuerzo de respirar. Alargó una mano hacia la puerta pero cayó mustia, y lo último que vio antes de perder el conocimiento fue a Pesopluma en el suelo, también él luchando por respirar, pataleando de una extraña forma, y más allá de Pesopluma, a Ben, y Ben estaba tosiendo, pero no mucho, nada preocupante, lo que era buena señal, pensó Max. Por lo menos el niño está bien...

Por fin Chick rompió su silencio, después de lanzar lo que le pareció una adecuada mirada apreciativa. Una que parecía decir «Te tengo calado», pero que también se podía interpretar de otra forma, como si no hubiese nada que calar.

—Hoy nada de basuras, Pede. Y, por la pinta que tienes, lo que te hace falta es irte a casa y pegarte una buena sobada. ¿Qué coño has estado haciendo?

—Eso era lo otro por lo que quería verte —dijo Max, y sacó entonces el cúter, a la vista de todos, con la cuchilla hacia fuera. Chick ni se inmutó; de todas formas, Max tendría que levantarse para llegar hasta él. Aun así, el aura de la habitación chisporroteó con la aparición de la navaja; todos lo notaron. Ahora Chick estaba pensando en su cuchillo, que seguía envuelto en el trapo, sobre la encimera, a un salto. Se le fueron los ojos hacia él. Max los siguió pero no vio nada, un trapo.

—¿Qué querías, enseñarme tu nuevo cuchillo? —dijo Chick sonriente—. ¿Era eso? Muy bonito, colega, sí. Y ahora quítalo de mi vista, sé un buen Pede, ¿vale? Porque si no, puedo malinterpretarlo, pensar que has venido a mi casa a amenazarme con eso; a amenazarme en mi propia cocina con mi parienta aquí y mi pequeño en el cuarto de al lado. Porque si creyese que es eso, me enfadaría mucho. —Movió la barbilla, la sacó hacia fuera, con una parte de él todavía pensando en el cuchillo, pensando en lo que iba a hacer con él cuando lo cogiese.

El cúter seguía allí. Max lo empuñaba, con el codo apoyado en la mesa.

—Has intentado jugármela.

Chick soltó un gran resoplido y se volvió a reclinar contra el respaldo:

—No sé de qué me hablas, colega.

—Sí que lo sabes. Ibas a esperar a asegurarte de que tenía a Ben conmigo para llamar a la policía; sabiendo que soy Pede, que seguro que se lo habrían tragado, y que te habrías llevado la recompensa. Pero yo se lo habría dicho, y lo sabes. Les habría dicho que habías sido tú.

Chick se rió, ya no se molestaba ni en negarlo:

—Pues claro que se lo dirías. E investigarían, pero no hay pruebas.

—Salvo por el hecho de que te conozco.

—Trabajas para mí, ¿y qué? Has venido aquí muchas veces y has dicho algunas cosas que me han preocupado, así que he informado de mis temores a las Autoridades, y si resulta que llegan y llaman a tu puerta y tienes al chaval en tu piso —se echó hacia delante, retorciendo el gesto—, posiblemente a punto de bajarle los pantalones, entonces ¿qué quieres que piensen? Echarme a mí la culpa no iba a serte de mucha ayuda.

—Pues entonces el niño.

—El niño nunca me ha visto.

Trish dijo de pronto:

—¿Que qué?

—No te metas ahora en esto, Trish —le advirtió Chick.

—¿A qué te refieres con que nunca te ha visto? Has ido a llevarle la comida. ¿Cómo es que nunca te ha visto?

—¡Que no te metas, cojones! —bramó Chick, sin apartar los ojos de Max.

—El almacén —insistió Max, estrujando el mango del cúter, con la mano blanca.

—El niño no sabe dónde ha estado metido. Iba a limpiar el almacén esta noche, y me refiero a limpiarlo de verdad. —Hizo como el que enciende una cerilla.

Max se rió secamente:

—Pues alguien se te ha adelantado.

—¿Cómo? —A Chick se le borró de la cara la mirada confiada y posó los ojos en Trish, que, en respuesta, sacudió la cabeza, confundida.

—El almacén estaba ardiendo. Había un incendio. Yo estaba dentro. Y el niño también.

—¿Dónde está? —chilló Trish.

—Trish —le advirtió Chick, con los ojos en la cuchilla. (Pensando en el cuchillo al otro lado).

Pero no le hizo caso:

—¿Dónde está? ¿Qué has hecho con él?

Trish le daba asco.

—Sigue allí —dijo Max con maldad, sin más objeto que hacerle daño—. Está muerto.

Empezó a lloriquear. Se llevó una mano a la boca y se apoyó en la pared para no caerse.

—¡Puto mentiroso! —bramó Chick, apartándose un poco de la mesa entretanto—. El muy cabrón está mintiendo, Trish.

Max no le hizo caso.

—Y había alguien más, un negro.

Chick sacudía la cabeza, con auténtica confusión.

—No sé de qué coño me hablas. Allí no debería haber habido ningún cabrón esta noche. —Trish soltó un fuerte sollozo detrás de su mano—. Que te calles, Trish. Que no está muerto. Lo que quiere Pede es acojonarnos.

—Lo has matado, Trish —dijo Max sin alterarse.

—No —sollozó.

—Lo siento, Trish, pero lo has matado y ¿sabes lo más gracioso de todo? Que tú también habrías caído. Y Chick lo sabe. Porque fue una mujer la que se llevó a Ben. Y esa mujer eres tú, y la policía lo sabrá porque se lo voy a decir y van a venir derechitos aquí, pero esta vez vendrán a por ti. Y él sabe que eso es lo que va a pasar. Está intentando colártela igual que a mí. ¿Por qué te crees que Ben nunca lo ha visto? Tú también ibas a caer.

—Mejor que te calles la puta boca, Pede —dijo Chick, conteniéndose—. Y tú —a Trish—, no hagas ni puñetero caso de una sola palabra.

Trish había dejado de sollozar. Tenía las dos manos en la cara.

Chick apartó la vista de ella.

—Buen intento, Pede. Ahora te voy a decir una cosita, estoy ya hasta los cojones de esto. Mejor que quites eso de mi vista antes de que pierda los nervios.

—Has intentado meterme en la cárcel para el resto de mi vida, ¿y hay que preocuparse por tus nervios? —dijo Max.

A Chick se le oscureció el rostro.

—Mira, marica de mierda, creo que olvidas con quién estás hablando. Aparta eso ahora mismo. —Se inclinó hacia delante—. Porque, total, no vas a hacer nada con eso, colega, ¿no es verdad?

Se volvió a reclinar. Con mirada de «Demuéstrame que me equivoco». Venga, demuestra que me equivoco. Y Max se dio cuenta entonces de que era un hombre que había venido armado con un arma que no tenía intención de utilizar, con la esperanza de que su mera presencia fuese suficiente para sacarles la información sobre quién era el negro; ahora sabía que se había equivocado, pero, así y todo, siguió con el cúter empuñado.

Chick se cruzó de brazos, satisfecho de tener razón.

—Bueno, Pede, tengo que decirte algo: estás despedido.

—Me llamo Max, no Pede. —Esperó a que le sobreviniese la ira, quería montarse encima de ella y cabalgar hacia la batalla, y rajar la cara gorda que tenía enfrente.

—Lo siento, Pede, pero para mí siempre serás Pede. Te conozco de la cárcel, ¿no? Otro asunto desagradable. ¿Has visto sus muñecas, Trish? —Ella se sorbió la nariz—. Las tiene hechas una pena, no son algo bonito de ver. Pero podía ser peor, ¿no, Pede? —(Ahora Chick pensaba en el cuchillo. Un salto hacia el lado y desenvolver el trapo antes de que Max tuviese tiempo de reaccionar)—. Podría ser peor. Porque podrías estar muerto, ¿sí o no? Te podrías haber quedado allí desangrándote en el gancho hasta morir, como en un matadero. Solo que no fue así, ¿verdad? Porque alguien te bajó de los ganchos. —Max notó que le temblaba la mano, ante él la hoja parecía trepidar como un velocímetro averiado—. Y ¿quién fue quien te bajó de los ganchos, Pede? Dímelo. —El cúter tembló, y Chick pensó: el cuchillo de la encimera—. ¡¿Que quién fue?! —aulló, avanzando algo más.

—Tú. —A Max le sorprendió haberlo dicho.

Chick se estiró hacia atrás y cruzó las manos detrás de la cabeza para decir:

—Pues no, la verdad es que no fui yo.

—¿Qué? —Max oía un sonido efervescente en su cabeza—. ¿Qué has dicho?

—Sí, que no. Que sé que he estado llevándome todo el mérito por eso, pero tengo que admitir que yo no tuve nada que ver. De hecho, colega, si te soy del todo sincero, yo era uno de los tíos que te colgaron de los ganchos. Y tengo que decirte, aunque me dé pena herir tus sentimientos, que yo también deseaba que te desangrases hasta morir como el otro. —Sonrió a Max—. Como un puto cerdo.

Nunca había existido ninguna deuda. No existía ninguna deuda que pagar.

—Y ¿sabes por qué quería que te desangraras allí? —dijo Chick. Mientras la cara de Max había ido mostrando la conmoción, él había escorado la silla poco a poco hacia la encimera—. Porque eres un pervertido asqueroso y mereces morir.

Max lo miró:

—Repite eso.

—Cómo no. Eres un pervertido asqueroso y mereces morir.

Las palabras exactas.

—Eras tú —musitó—. El que me mandaba las cartas.

«¿Por qué no le haces un favor al mundo y te suicidas?». Esa era otra.

—Pues sí. —Sonrió Chick con orgullo—. Era yo.

El cúter tembló.

—¿Por qué?

Chick se encogió de hombros, sonriendo.

—Hay que recordar de dónde viene uno. Y tú tenías que recordarlo.

—Yo no... —A Max le temblaba la voz—. Yo no hice... nada.

Chick torció el gesto:

—Eso es lo que dices tú, Pede.

Esas cartas, como llamas saliendo de su ataúd...

Y entonces saltó, cortando el aire con la cuchilla. Chick estaba preparado, más que preparado. Se puso en pie y empujó la mesa de la cocina hacia el Max que se abalanzaba hacia él, mientras alcanzaba la encimera para coger el cuchillo envuelto en el trapo.

Trish llegó antes.

Tal vez había estado pensando: Sí, ¿cómo es que Charlie no había dejado que Ben le viese? ¿Y cómo pensaba su marido explicar lo de la mujer —ella— de las imágenes del CCT? Tal vez había estado pensando que Max tenía toda la razón: ella iba a caer también.

Así que de un salto llegó a la encimera, donde los dedos de Chick alcanzaban el trapo.

Y se hizo con él, dejando que Chick atrapara el vacío.

Un segundo de conmoción, de discernimiento. Chick fue a por ella, pero se le escabulló y, cuando se disponía a embestirla, tuvo que levantar una mano ante Max, al que vio ir hacia él y clavarle la cuchilla.

Luego Chick retrocedió, con las manos extendidas. Una estaba intentando parar la sangre de la otra, pero tendría que hacer algo más. El corte iba del codo a la muñeca. La sangre le goteaba por el antebrazo, un bonito sonido de goteo contra las baldosas de la cocina.

—Mierda.

Poseído por el odio, Max fue hacia él, con el cúter. Chick se escabulló. Puedo hacerlo, pensó Max. Podía avanzar y acuchillarle esa cara gorda y egoísta hasta desfigurarla y llenarla de sangre y, lo mejor, de vergüenza. Un corte en la cara para liquidar una deuda que nunca había existido. Un corte en las manos que lo habían clavado en los ganchos; que habían escrito las cartas llamándole pervertido. Y seguir acuchillando. Seguir hasta que Chick estuviese abierto en canal y sus entrañas se esparcieran por el suelo de la cocina y, por un segundo, por un escaso abrir y cerrar de ojos, el mundo tendría sentido.

Se oyó el sonido del cúter cerrándose. Max se lo metió en el bolsillo de los vaqueros.

Chick lo miró con recelo, sujetándose todavía el brazo sangrante, gimoteando. Detrás de Max, Trish le tiró un paño y lo cogió para ponérselo en el corte.

—¿Tienes otro, querida? —Otro paño llegó volando.

Max se volvió.

—Me voy.

Con la cara bañada en lágrimas, Trish se quedó mirando al judas de su marido, que intentaba parar la sangre.

—No está muerto de verdad, ¿no? Por favor, dímelo. No lo está, ¿verdad?

Max la miró, a esa mujer que un día estaba en el metro y que, a diferencia del resto de pasajeros, había decidido no ignorar al pequeño asustado que estaba solo, y que probablemente, pensó Max, al menos en un principio, había querido hacer lo correcto.

Fue hacia la puerta:

—No, no está muerto —le contestó—. Pero no gracias a ti.

NUEVE

al instante. Una vez que paró de toser y de escupir pollos en-
sangrentados y de contemplar a un inconsciente Max —el
hombre que le acababa de salvar la vida y que estaba ahora
peligrosamente cerca del fuego—, fue cojeando hasta Ben,
poniendo lo que esperó fuese una sonrisa amigable y hon-
rada para, medio asfixiándose, asegurarle a Ben que cuidaría
de él.

—¿Qué coño te crees que estás haciendo? —chilló LaDonna,
que se suponía, hasta donde Warren sabía, que estaba «con las
chicas»; aunque tampoco era que a él le importase mucho.

Nada más llegar Pesopluma, LaDonna se había escabullido al
otro cuarto. Ahora Pesopluma estaba sentado en el salón, re-
confortado por una pipa de cristal, un clíper y el deuvedé que hasta hacía cinco minutos LaDonna había estado viendo con su
hombre, con Años Perros. Seguro que el sofá estaba todavía caliente; y su taza de té también, pero no tenía ninguna intención
de cogerla estando allí ese animal.

—¿Qué coño te crees que estás haciendo? —repitió. Estaba en
el dormitorio, preparada para la batalla—. ¿Para qué le dejas
quedarse? Sácalo de aquí.

De pronto LaDonna se llevó una mano a la boca al ver a Ben,
que estaba junto a Años Perros, con los ojos bien abiertos pero,
por lo demás, milagrosamente imperturbable. Estaba de veras con-

tento porque al menos no tendría que pasar más tiempo con ese hombre canijo que le acariciaba todo el rato la cabeza.

—¿Quién eres, cariño? —le preguntó LaDonna, cuyo bravo corazón se suavizó al ver al niño.

—Es tu nuevo mejor amigo —dijo Años Perros, guardándose el móvil. Luego, le señaló el cuarto y le ordenó—: Métclo ahí y jugad a la Xbox hasta que solucione esta mierda.

—¿Qué? —berreó LaDonna—. Yo no soy la canguro de nadie, joder.

—Tranquilita —le apremió Años Perros, con una mirada que atravesó el pasillo hasta el salón, donde Pesopluma seguía sentado—. Estoy pensando..., pensando... —Por encima de la cabeza de Ben, como si el niño no fuese a oírle, estaba moviendo los labios: «Es el niño», pero LaDonna o no lo entendió o no quiso entenderlo, porque frunció el gesto. Al final Años Perros se rindió—: Mira, solo necesito solucionar unas mierdas, compadre, y ahora vuelvo. Solo necesito que te encargues de él un rato.

—Pero si ni siquiera sé cómo coño funciona la Xbox —le espetó.

—Yo sí —dijo Ben. Ella torció el gesto y posó los ojos en el niño.

—Entonces eso lo arregla todo —dijo Años Perros, y por un momento los tres eran una pequeña unidad familiar.

—Vamos allá —dijo LaDonna, y alargó una mano-garra aterradora. Ben la cogió y miró las uñas. Ella miró las de él. Se fueron juntos al cuarto, donde Ben le enseñó lo mejor del *Halo* a LaDonna, que resultó ser bastante diestra.

Entretanto, Pesopluma continuaba relajándose con la pipa cuando de repente aparecieron dos de los jóvenes amigos de Años Perros, las beemeequis aparcadas abajo en el portal. Saludaron a Pesopluma, que los miró desde la lejanía, tosiendo, encendiendo el clíper. Luego los jóvenes hicieron lo que Años Perros les había pedido: recibir una bolsa llena de parafernalia de drogas. Un confundido Pesopluma le dio la pipa a uno de los chavales, quien le insinuó que había que cambiarle el agua, y luego se la quitó, la añadió al contenido de la bolsa y se fue. Años

Perros esperó a que se largaran para hacer otra llamada. Se fue hacia el cuarto.

Una pregunta de Pesopluma le siguió los pasos:

—¿Qué pasa, compadre? —Estaba como ronco, apretando los dientes.

—¡Relájate, compadre! —le gritó Años Perros en respuesta—. Vuelvo en un segundo.

—¿Dónde has estado? —le acusó LaDonna en cuanto entró en el cuarto, sin quitar los ojos de la pantalla del televisor.

No le hizo caso y se inclinó hacia Ben, que estaba impresionado por el vicio que tenía LaDonna con el mando.

—Hey, compadrito —dijo—. Vamos a dejar claro cómo han pasado las cosas, ¿vale? Porque la policía está al llegar...

—¿La policía? —Esto en boca de LaDonna.

—Cállate un minuto. —Se volvió a Ben—: Y te van a hacer unas preguntas, y solo quiero asegurarme de que les vas a decir la verdad, que mi novia y yo te hemos cuidado, ¿vale?

Llamaron a la puerta de la calle. Bueno, la aporrearon.

—Serán ellos —dijo Años Perros, poniéndose en pie.

Fue toda una escaramuza.

Después de abrirles la puerta a cuatro agentes uniformados y de conducir a una de ellos hasta el cuarto, Años Perros volvió con Ben, LaDonna y la agente mientras que sus colegas intentaban arrestar a Pesopluma.

—Mejor esperen aquí —les había dicho la poli, así que los cuatro se sentaron en la cama a la escucha de los sonidos de pelea que llegaban del salón. Años Perros se maravilló de ver cómo los agentes se ceñían con estoicismo a su papel; cómo siguieron llamando «caballero» a Pesopluma, a pesar de que estaba hasta las cejas de crack y le había pegado una patada en los huevos a uno y escupido a otro.

—Más vale que tengan cuidadito con mi tele —le dijo Años Perros a la poli, que puso una mueca lastimosa—. Como me la rompan me la pagan, compadre —le advirtió.

De buenas a primeras el ruido de gresca cesó.

—Tal vez deberían esperar aquí —dijo la agente, pero, apenas salió por la puerta, Años Perros la siguió por el pasillo y entraron en el salón para vez cómo los polis hacían un corrillo en torno al cuerpo tendido de Pesopluma.

Había un pequeño murmullo, como cuando unos niños rompen el jarrón favorito de mamá. La poli se agachó y Años Perros entró en el cuarto y la vio sacudir la cabeza y decir:

—Está muerto.

Los agentes intercambiaron miradas. Todavía no lo sabían, pero en la refriega una de las costillas de Pesopluma se había liberado de las amarras, se le había clavado en el corazón y lo había matado. Los cuatro agentes de servicio iban a cogerse unas largas vacaciones mientras investigaban la muerte de Pesopluma.

Entretanto, Años Perros estaba mirando el televisor, que tenía una gran pisada en la pantalla, pensando: «Como esté roto, me lo van a pagar».

Pero Max se fue de casa de Chick sin saber nada de esto. Cerró la puerta tras él y bajó corriendo las escaleras; se alejó del edificio y fue probando una, dos y hasta tres cabinas antes de encontrar una que funcionase; hizo entonces una llamada que fue transmitida a un coche que ya estaba de camino a Neesmith House. Informaron a los ocupantes, uno de ellos el subinspector Simon «Cy» Cyston, de que a la luz de la nueva información iban a necesitar refuerzos y, cuando llegaron, uno de los oficiales era el inspector Merle, que acompañó a Cy hasta la puerta.

Llamaron y al instante se oyó el sonido de unos pies corriendo y un grito de Trisha:

—¡Carl! ¡Entra para dentro!

Pero nadie fue a abrir la puerta. Volvieron a llamar. Cy y Merle intercambiaron miradas, con un suspiro. Merle metió un dedo y levantó la tapa del buzón.

—Trish —llamó—. Trish, soy el inspector Merle. Sabemos que estás ahí, querida, ¿por qué no vienes a abrir la puerta?

—Se dio cuenta de que había sacado pecho. Trisha Campbell. Con tetas nuevas.

—¡Es Charlie! —gritó Trisha desde la cocina, y su voz retumbó—. Ha tenido un accidente.

—¡Papá! —chilló Carl.

—No, quédate ahí, por favor, cariño —Trisha.

Merle chasqueó la lengua.

—Abre la puerta, Trish.

—Hay que llevarlo al hospital.

—Vale. Bien, déjanos verlo. Llamaremos a una ambulancia.

A través del buzón, Merle vio a Trish en la puerta de la cocina y a Chick junto a ella, con una enorme manga de trapo sangrante alrededor del brazo.

—¿Te has cortado afeitándote? —preguntó Merle.

Chick miró hacia la abertura del buzón, que estaba levantada.

—Necesito ir al hospital, Merlin. Necesito tratamiento médico urgente.

Merle frunció el ceño y se incorporó mientras le abrían la puerta. Ambos estaban ya intentando salir al pasillo, como un par de viejos soldados de vuelta de la batalla. Por un segundo o así Trisha Campbell lo distrajo, y pensó en que Karen le preguntaría luego: «¿Y cómo estaba, entonces, la chica a la que querías que me pareciese más en el instituto?». Y en que respondería, convencido: «Una birria comparada contigo, Kaz», y en que aun así ella lo acusaría de mentiroso.

—Un momento, un momento —dijo, extendiendo las manos para detenerlos—. Hemos venido aquí por cierta información. De aquí no se va nadie. Esperaremos aquí hasta que venga una ambulancia. Dentro.

—¿De qué estás hablando? —consiguió decir Chick. Merle pensó que probablemente estaba haciéndose el pobre soldadito.

—Estoy hablando de la información que tenemos que os relaciona con la desaparición de Ben Snape. Una acusación de que hay importantes pruebas en relación con el caso en este mismo piso. Así que nos gustaría echar un vistazo y vamos a esperar aquí a la ambulancia, y mientras, vamos procediendo, ¿de acuerdo?

Chick parecía sorprendido por segunda vez esa noche, sorprendido de verdad. Pero si sabía algo era que no había ni una sola cosa en el piso que pudiera relacionarlo con Ben Snape. Si había algo, sería circunstancial.

Junto a Merle, Cy tenía la mirada fija, algo tras Trish y Chick había llamado su atención. Merle giró la cabeza. MC Carl estaba detrás de sus padres, acababa de llegar del salón, incapaz de contener su curiosidad durante más tiempo.

Merle y Cy se miraron el uno al otro. Cy dijo:

—Bien, Carl, ¿me puedes decir de dónde has sacado ese gorro y ese álbum de cromos?

EPÍLOGO

ni nada —dijo Sophie, repasando con la mirada la sala de visitas para volver luego a Dash. Era solo la segunda visita que recibía. En la primera, papá y mamá, que contaban como una, se habían apretado al otro lado de la mesa, apoyados uno contra otro, en un desesperado intento por no parecer tan abatidos. «Bueno, no está tan tan mal», habían dicho, inspeccionando la sala como a punto de decir que al sitio le hacía falta una manita de pintura. Los tres decidieron ignorar el sonido de golpes que llegaba de la mesa vecina, el apremio en voz baja del preso, la resignada diligencia de la visita femenina.

Ahora Dash estudiaba a Sophie. A pesar del chiste, se podría decir que la experiencia (la cola, la búsqueda, la amenaza constante, las quejas y el odio de las novias o esposas del resto de presos) le había impresionado. Bajo litros y litros de bronceador, tenía una extraña palidez. Así y todo, estaba allí. Había sido buena chica al venir. Él se rió:

—No pasa nada, Soph. Gracias por venir de todas formas.

Sophie se le quedó mirando.

—Bueno, todavía me debes bastante pasta.

Dash parecía avergonzado.

—Lo siento.

—No pasa nada —contestó, más suave, y luego agitó un dedo que se hacía el enfadado—. Pero lo quiero de vuelta. Así que ya puedes estar cosiendo sacas de correo o lo que quiera que hagáis aquí.

El tribunal se había reído cuando, durante su defensa, se descubrió que de todas formas el almacén estaba condenado a arder. Tal vez el juez se apiadó de él. Era una sentencia de cárcel, pero corta; al parecer el abogado creía que había sido todo un triunfo cuando llevaron a Dash esposado al fondo de la sala. Si era franco consigo mismo, podría haber sido peor, y por lo menos Sophie había estado en contacto con él. (Estaba preparando algo sobre que no se cansaba de su novio el matón, el diario de su ruptura había gustado pero no le había abierto las puertas que ella había esperado..., no hasta que mencionó que a Dash lo habían metido en la cárcel).

Sophie se acercó a la mesa:
—Y aquí, ¿eres ya la puta de alguien?
Dash chasqueó la lengua y sacudió la cabeza:
—Las cosas no son así. La gente no va por ahí teniendo putas. Los de mi categoría, por lo menos, no.
Sophie estaba medio sorprendida, medio escandalizada.
—Ah, ¿tú eres un preso de categoría?
—Todo el mundo tiene una categoría. —Suspiró.
—Ah. —Parecía decepcionada—. Pero ¿tu categoría es de las que no tienen putas?
—Bueno, no conozco a todo el mundo, solo puedo hablar por mí.
—Entonces ¿no eres la puta de nadie?
—Soph. —Se acercó, señalándose a sí mismo con el dedo—. Si acaso, sería yo el que tuviese una puta.
—Ah. Bueno..., ¿pero la tienes?
—No.
—Ah. Entonces ¿para qué lo dices?

—Por nada, déjalo.

—Bueno, pero, de todas formas, ¿qué hacen las putas?

Dash se giró para comprobar que nadie estuviese escuchando.

—Favores y movidas.

—¿Movidas sexuales?

Haciéndole señas de que bajara la voz, le susurró:

—No, siempre no. Mira, ¿podemos dejar de hablar de putas ya, por favor? —Era curioso, en las visitas de sus padres no había salido el tema.

—Vale, vale. Es solo que ahí hay un tipo que no deja de mirarte. Solamente me preguntaba si eras su puta, eso era todo.

Dash se giró para mirar y, cuando sus miradas se cruzaron, le devolvió el saludo al hombre.

—No —le dijo a Sophie—. No, es solo un tipo, eso es todo.

—¿Quién es?

—No importa, ¿de acuerdo? Es un hombre malo, es todo lo que tienes que saber.

—Guau, ¿en serio? ¿Por qué está aquí?

Para Dash algunas cosas nunca cambiarían. Se echó hacia delante, en plan conspirativo.

—¿Te acuerdas del niño que estaba en el almacén?

—Sí.

—Tiene que ver con eso. —Bajó aún más la voz—. Se pasará una buena temporada entre rejas.

—¿En serio? ¿Cuánto?

—Vaya que sí, mucho.

—¿Perpetua?

—Puede.

—Y ¿es colega tuyo?

Dash asintió haciéndose el interesante.

—Cuidamos el uno del otro, sí.

—¿En serio?

—Sí. Soph, mira, baja la voz, ¿vale?

—Vale, vale —dijo echándole un vistazo al hombre que estaba enfrente, y pensando, sin querer: «Mola»—. Óyeme, estaba pensando que, tal vez, cuando salgas, a lo mejor podemos darnos otra oportunidad.

Ahora le tocaba a él decir, también en voz alta:

—¿En serio? —Le salió un tono de voz un tanto optimista que no quiso que se malinterpretara—. ¿En serio? —se corrigió, con la voz más grave.

Los ojos de ella se suavizaron.

—Sí —dijo amable—. Creo que me gustaría.

—A mí también —dijo Dash, ambos como dos actores aficionados recitando su parlamento. Por un momento o así se miraron con ojos de ensoñación y Dash imaginó que las cosas volverían a ser como antes. Le quería preguntar sobre Peter. Sabía que habían tenido alguna peleílla por cuestiones de dinero, pero aparte de eso, los detalles que había recibido eran bastante vagos.

—Pero te voy a decir una cosa —añadió—. Vas a tener que compensarme por esto, y mucho, ¿estamos? —Dash asintió, y ella sonrió y observó la sala de visitas, pensando en las gafas Gucci a las que les había echado el ojo.

Sonó el timbre para informar de que se había acabado el tiempo, y Sophie se levantó, con la confianza un poco mermada ahora. Ya estaba temiendo el trayecto de vuelta. Dash se levantó a su vez y se dieron un beso, que Dash quiso que fuese todo morreos y lengua y pasión reprimida, pero Sophie lo convirtió en un besito al poner la mejilla y apartar la boca.

—Entonces ¿vas a volver? —le dijo, después del amargo beso.

—Claro —le contestó.

Dash le sonrió y luego le dijo entre dientes:

—Creo que somos tal para cual. —Un desesperado intento de romanticismo en la sala de visitas, donde había un predominante olor a tabaco, humanidad y tal vez algo incluso peor.

«¿"Deseo y peligro: mi novio el matón"? —estaba pensando—. No. "Mi novio: un preso que no escapará". Eso estaba mucho mejor».

—Sí —respondió, soñadora—. Somos tal para cual. Cuando sus caminos se separaron, a Dash le embargó una cálida y confusa sensación de que las cosas iban a salir bien. Cuando pasara todo, irían bien. La sensación duró hasta que se le acercó su colega, el tipo al que Sophie había visto mirándolos.

—¿Todo bien, Dashus? —dijo Chick.

—Todo bien —suspiró Dash.

—Todo bien ¿qué?

—Todo bien, jefe.

—Mucho mejor. Esa era tu novia, ¿no?

—Sí, la misma.

—Muy bonita. Un color raro, pero bonita. No me importaría hacerle un favor. Bueno, ¿y qué tienes pensado para luego?

Dash se metió las manos en los bolsillos.

—Cine, disco. Quizá una partidita de golf antes.

—¿Que qué?

—Nada, jefe. Que no tengo nada pensado.

—Bien —sonrió Chick—. Porque quiero que me hagas unos recaditos, ¿vale?

—Sí —dijo Dash, sintiéndose de pronto cansado, muy cansado—. Sí, jefe.

Ben pensaba a menudo en el hombre que había cantado *Yellow submarine* con él. Como intento de rescate, no es que le hubiese salido a las mil maravillas, teniendo en cuenta que Ben acabó en las garras de Pesopluma y luego en casa de Años Perros, quien, por fortuna, llamó a la policía. Pese a todo, Max solía aparecer en los pensamientos de Ben.

La casa de Cowley Close estaba distinta a su vuelta, y su instinto le dijo que la causa había sido su ausencia. Cuando le llevaron con su padre, ambos se abrazaron y al intentar soltarse, Pat continuó el abrazo. Al final, Ben notó un sonido de sollozo sobre su cabeza y comprendió que su padre estaba llorando, lo que le hizo llorar, porque nunca había visto llorar a su padre. Daba miedo.

—Lo siento —dijo, como si de algún modo él tuviese la culpa del llanto.

Pat se agachó y cogió la cara de su hijo entre las manos.

—No, no lo sientas. Estoy llorando porque estoy contento de verte, Ben. Te..., te hemos echado de menos.

Te hemos echado de menos. Un resumen de «Nos temíamos lo peor, e incluso peor que lo peor. En los momentos más oscuros temíamos malsanas intrusiones en tu cuerpecito y nos despertábamos temblando, sin control, en medio de la noche. Temíamos que estuvieses muerto. Incluso deseábamos que estuvieses muerto antes de que estuvieses sufriendo. Pensamos que no volveríamos a verte. Nos culpábamos, e incluso en los momentos más negros, nos culpábamos el uno al otro».

—Yo también os he echado de menos —contestó.

Soportó la carga del alivio de sus padres. Hubo momentos en que, si hubiese podido expresar lo que sentía, habría exclamado, exasperado: «Ya estoy aquí. ¡Dejad de mirarme así!». Pasaron siglos, y ellos seguían omnipresentes. Siempre había uno de ellos palpándolo, arreglándolo, como una excusa para tocarlo. En los seis meses desde que lo sacaron de la nave de Auridial de Walthamstow, Ben nunca tuvo un pelo fuera de sitio, nunca una arruga en la camiseta, nada de migas ni manchas de chocolate. Era el *dandy* de Kettering.

En Cowley Close nunca se volvió a hablar de los McNuggets de pollo. Ben les había cogido asco. Lo anunció una mañana poco después de su liberación, diciendo afectado:

—Ya no me gustan los McNuggets de pollo.

Pat y Deborah intercambiaron una mirada por encima de la mesa de la cocina y Deborah le acarició el brazo a su hijo. Lo mismo con las judías y las salchichas.

Tampoco de Max se volvió a hablar. Al menos, nunca más después de aquella primera vez, cuando Ben bajó para desayunar y se encontró con la misma mirada expectante de sus padres de todos los días, se podía sentir la gratitud y el amor.

—Buenas, cariño. —Deborah poniéndose en pie al instante, toqueteando a Ben—. Aquí. —Quitándole las legañas de los ojos, retirando una silla y poniéndole los cereales. (Sus cereales favoritos, ahora todo era de sus favoritos. Ben se vio suspirando por los días en que le obligaban a hacer cosas que no quería)—. ¿Has dormido bien?

Le dio un sorbo al zumo y alzó la vista, hacia sus padres, que le miraban como si esperasen que desapareciese en una nube de humo. A veces ese escrutinio constante y agradecido podía llegar a cansar.

—Anoche vi al hombre —dijo.

Se miraron.

—¿Qué hombre? —dijeron a coro.

—El hombre que cantaba *Yellow submarine* —respondió sin inmutarse.

—¿En un sueño? —preguntó Pat.

—No, en la vida real.

Los padres volvieron a mirarse.

—¿Dónde, Ben? —insistió Pat con la voz sumida en la preocupación—. ¿Dónde viste al hombre?

Diez minutos después, Pat estaba al teléfono, llamando a Merle, que le contó que no, que a Max no lo habían encerrado. Que se le había interrogado pero que había quedado libre sin cargos; no se le consideraba un peligro.

—¿Por qué lo preguntas, Pat?

—¿Es posible que haya venido hasta aquí?

—Bueno, sí, ya ha estado allí antes. Pero, insisto, ¿por qué lo preguntas?

Porque Ben había estado en su cuarto la noche anterior. Se había quedado hasta tarde jugando a un nuevo juego de Mario de su nueva Game Boy. Por un hueco de la cortina, había mirado hacia los columpios que había detrás de la casa y había visto el castillo de cubos. Y subido al castillo, había visto al hombre del *Ye-*

llow submarine. Supo que era el hombre del *Yellow submarine* por el chaquetón que llevaba, y porque, cuando le saludó con la mano, tímidamente, antes de correr las cortinas e irse a la cama, sintiéndose seguro y calentito y —esa palabra— amado, el hombre del *Yellow submarine* le devolvió el saludo.

AGRADECIMIENTOS

Estoy muy agradecido a Jaime Smith, que me salvó el iBook   441
y su contenido; como no tenía copia de seguridad, es gracias a
él que han leído lo que acaban de leer. Alivio es decir poco. Gracias también a aquellos que me ayudaron en la escritura del libro: mi agente, Antony Topping, mi editora, Amber Burlinson,
Lucy Fawcett, Dave Taylor, Andrew Gordon y Rob Waugh, que
lo fueron leyendo conforme lo escribía, Hannah Markham por
contarme lo de los ganchos, y Neil Wileman por sus sugerencias
de método. Asimismo me gustaría dar las gracias, por distintas
y variadas razones, a Henry Jeffreys y a Jocasta Brownlee de la
editorial Hodder, a Louise Sherwin-Stark y a todo el departamento de ventas de Hodder, a Ellie Glason de la agencia Greene
& Heaton, a Katy Follain, Toby, Sarah y Daniel, mamá y papá, la
abuela, Dave, Nat y Georgina, Joanna Anderson, David Roberts,
Sam Baker y Kate Monument, David y Maria Granger, Alex
Simmons, Steve O'Hagan, Nick Taylor, John Dilley, Julia Gasio-
rowska, Gerald Mowles, Eddie Lloyd-Williams, Neil Mason de
la organización War Child, y, sobre todo, a Claire.

ÍNDICE

Prólogo 9